Grace Kelly,
l'amour et moi

DÉJÀ PARUS DU MÊME AUTEUR

Audrey Hepburn, la vie et moi
Marilyn, les hommes et moi

LUCY HOLLIDAY

Grace Kelly, l'amour et moi

roman

Traduction de l'anglais (Royaume-Uni) par
ALEXANDRA HERSCOVICI-SCHILLER

Harper Collins
POCHE

Titre original :
A NIGHT IN WITH GRACE KELLY

HARPERCOLLINS FRANCE

83-85, boulevard Vincent-Auriol, 75646 PARIS CEDEX 13
Tél. : 01 42 16 63 63

www.harpercollins.fr

ISBN 979-1-0339-0078-8

1

Minimaliste. Je leur dirai que j'ai adopté un style minimaliste.

Lignes épurées, volumes spacieux et rien de superflu.

C'est un excellent mode de vie, surtout si, comme moi, vous travaillez dans le design. Sauf que, dans mon cas, l'impression d'espace dans mon tout nouvel appartement est moins due à ma sensibilité artistique qu'aux dimensions de mon dernier logement (le placard à balais standard). La poignée de meubles qui me donnait le sentiment d'étouffer dans mon studio minuscule se perd désormais dans l'immensité de mon salon.

Mais ça ne me déplaît pas de dire que ce vide est un parti pris esthétique et non un impératif trivial. Dans une demi-heure, je reçois la visite de mon investisseur, Ben, qui vient d'atterrir à Londres, où il doit rester quelques jours. Accompagné par sa meilleure amie, Elvira.

Elvira Roberts-Hoare : ex-mannequin, *it-girl*, principale dénicheuse de talents de Ben et, depuis hier, ma propriétaire.

Son appartement de South Kensington, tout près d'ici, est un véritable musée consacré à son incroyable collection de mode vintage, où les Ferragamo exposées dans une vitrine sur mesure côtoient les étoles Alexander McQueen amoureusement drapées sur les fauteuils. Si je sais tout ça, ce n'est pas parce qu'elle m'a invitée, évidemment, mais parce que j'ai admiré l'ensemble dans le dernier numéro de *Elle Décoration*. Mes propres efforts pour rendre ce magnifique appartement digne des pages glacées d'un magazine tendance se trouvent gravement contrariés par le fait que je n'ai pas d'incroyable collection de mode vintage à exposer. Et même si j'en avais une, l'effet serait gâché par mes meubles miteux : un futon, une armoire IKEA, une table basse en verre et, clou du spectacle, un énorme et vénérable canapé Chesterfield, dont le tissu orange à imprimé fleuri pue le chien mouillé.

En fait, maintenant que j'y pense, la simple présence du Chesterfield et sa débauche de kitsch suffisent à démentir mes prétentions minimalistes.

Pour ne rien arranger, ma sœur, Cass, vient de débarquer à l'improviste et sème le chaos avec une efficacité inimitable. Sac à main abandonné par terre, mug de thé qui déborde… elle parvient à remplir la pièce à elle seule.

— Fait chier ! couine-t-elle, les yeux rivés sur son téléphone, en renversant à nouveau du thé partout. L'ex de Zoltan a tout déballé au *Daily Mirror*. Leur site ne parle que de ça.

C'est le dernier épisode de la longue série de drames qui compose la vie de Cass. Il y a une semaine, la presse a découvert sa liaison de trois mois avec un footballeur de première division. Un footballeur de première division *marié*, plus précisément. Et si je suis malheureusement habituée à son penchant répugnant pour cette catégorie d'hommes bien particulière, l'épouse trompée était moins bien préparée. A vrai dire, la pauvre femme a été tellement choquée qu'elle a littéralement jeté à la rue son salopard de mari avant de se déchaîner sur un forum pour parents — et le *Daily Mirror* s'est empressé de faire écho à ce précieux témoignage… Vous imaginez la suite.

Cette histoire sordide s'est même retrouvée dans un numéro de *OK !* que Cass m'a agité sous le nez en débarquant chez moi avec une expression qui ressemblait un peu trop à du triomphe. Maintenant que j'y pense, je suis quasiment sûre qu'elle n'est venue que pour brandir fièrement sous mon nez son exemplaire du tabloïd. En tout cas, ce n'était pas pour m'aider à ranger mon appartement avant l'arrivée de mes visiteurs.

— Tu as du culot, quand même, de dire qu'elle devrait avoir honte.

Je ne sais pas pourquoi je prends la peine de protester contre les aventures de ma sœur avec des hommes mariés. Ce n'est pas comme si elle m'avait écoutée une seule fois en trois ans. Zoltan (défenseur des Charlton Athletic et membre de l'équipe nationale bulgare) n'est que le dernier en date, précédé de peu par Dave le Pervers.

Comme je m'y attendais, elle m'ignore.

— Il n'y a pas quelqu'un à qui je pourrais me plaindre ? demande-t-elle d'un ton dramatique. Je ne sais pas, moi… une sorte de syndicat ?

— Un syndicat de femmes qui couchent avec les maris des autres ?

— Nan ! Je veux dire, quelqu'un à qui me plaindre des paparazzi !

Elle réfléchit un instant.

— Mais ça existe, ton syndicat de femmes qui couchent avec les maris des autres ? Parce que même si ma situation est un peu inhabituelle, vu que je suis une célébrité et tout… si je pouvais avoir un avis d'expert… ?

Ma sœur (demi-sœur, pour être précise, et dans ce genre de cas je dois dire que j'insiste sur le *demi*) a sa propre émission de télé-réalité, *Vis la vie de Cassidy*. D'où son statut de « célébrité ». Ce qui explique sans doute que *OK !* lui ait consacré un quart de page, même si la couverture est réservée aux sourires crispés du prince Albert de Monaco et de sa charmante épouse.

Je lui réponds d'un ton sévère :

— Je ne pense vraiment pas qu'il y ait un syndicat, Cass. Bon, maintenant, si ça ne te dérange pas, ça m'a fait plaisir que tu viennes voir mon nouvel appartement mais…

— Oh ! *bravo*, Libby, coupe-t-elle en faisant la moue

et en renversant encore du thé partout. C'est classe, de mentionner ton nouvel appart très chic l'air de rien.

— Mais pas du tout ! Et en plus, ce n'est pas *mon* appart.

J'ai besoin d'insister sur ce point, en partie parce que tout cela me paraît encore irréel.

— J'y habite juste parce que je loue l'atelier du rez-de-chaussée.

Et parce que, malgré l'énorme remise qu'Elvira Roberts-Hoare m'a faite sur le loyer de ce local choisi par Ben (le quartier huppé est idéal pour exposer mes créations), je ne peux pas me permettre de payer en plus celui d'un appartement.

Mais Cass a raison sur un point. Je n'ai jamais vécu dans un endroit aussi chic que cette petite rue un peu au nord de Notting Hill. Sans parler de l'appartement. Certes, il n'est pas très bien conçu — le salon occupe tout le premier niveau tandis que la cuisine, la salle de bains et la chambre sont entassées à l'étage —, mais je ne me plains pas. Je vis en plein centre de Londres, dans un quartier charmant, et pour ainsi dire gratuitement. D'accord, je n'ai aucune garantie, Elvira peut me mettre à la porte dans l'heure si elle décide de se trouver un vrai locataire, mais ça en vaut la peine. C'est un pur bonheur de vivre dans un appartement qui ne tremble pas à chaque fois que le métro passe en dessous et où je n'ai pas les yeux qui pleurent en permanence à cause des odeurs des fast-foods Bogdan.

Un pur bonheur de vivre et de créer dans un endroit aussi… fabuleux.

— Tu sais, j'avais un coach qui travaillait dans un club de gym privé dans cette rue, il y a quelques années, reprend ma sœur. A l'époque où je voulais être au top pour *Danse avec les stars*. Enfin, quand maman m'a fait croire que j'avais une chance d'être retenue au casting, corrige-t-elle avec amertume.

Elle pose son postérieur parfaitement rebondi sur l'accoudoir de mon canapé.

— Je devrais probablement reprendre mes séances là-bas, si j'ai tout le temps ma photo dans les magazines people.

— Je suis sûre qu'ils passeront bientôt à autre chose.

— J'espère, répond-elle d'un ton peu convaincu. Je veux dire, OK, autrefois, la presse ne me dérangeait pas. Mais là, c'est différent. Mes priorités ont changé. Je suis devenue mère.

— Cass. Tu n'es pas devenue mère.

— Bien sûr que si ! Zoltan a deux enfants, tu sais ! Deux filles ! Et si je finis par l'épouser…

— Ça ne fait que trois mois que vous êtes ensemble !

— … je serai leur belle-mère. Et, évidemment, ça va être génial. Je veux dire, ça fait super longtemps que j'ai envie d'avoir des enfants…

J'arrête d'arranger les fleurs horriblement chères que j'ai achetées dans une boutique huppée du quartier et je la regarde, étonnée.

— Ah bon ?

— … mais comme ça, j'ai le côté marrant sans passer par la phase hyper chiante. Tu sais, grossir, tout ça.

— On dit « tomber enceinte », Cass. Ce n'est pas la même chose.

— Tu peux dire ce que tu veux, Libby, mais j'ai vu les photos de Nora au baptême, elle avait l'air énorme ! Et c'était, quoi, au moins deux mois après la naissance du bébé ?

— Quatre, je réponds, sur la défensive.

Parce que la dénommée Nora est ma meilleure amie depuis presque vingt ans. J'étais témoin à son mariage l'été dernier. Je suis même la marraine de sa fille de huit mois, Clara.

— Elle n'était pas grosse, elle était rayonnante.

— Ouais, enfin, je ne vais pas prendre le risque. Et puis ce n'est pas juste les kilos. Les gosses, ça pleure et ça met le bazar, et t'es hyper fatiguée le soir donc tu ne couches avec ton mec que, genre, trois fois par semaine, tout ça… Mais après, quand ils ont six ou neuf ans ou… bref, l'âge des enfants de Zoltan… ils sont super faciles ! Tu passes du temps avec eux et tu fais des trucs mère-fille trop mignons, par exemple, euh… parler des garçons qui leur plaisent, et…

Elle sèche un instant.

— Je ne sais pas, moi… Aller au spa ?

— Je ne crois pas que les enfants de neuf ans soient très spa, pour être honnête.

— Moi, si. J'ai passé une journée au spa géniale avec maman pour mes neuf ans !

— Quand j'avais treize ans… ? Je ne me souviens pas d'être allée au spa avec maman aussi jeune.

— Oh ! c'était probablement un week-end où tu étais chez ton père ou je ne sais quoi… Hé, je me rappelle ! Je crois qu'on t'avait dit qu'elle m'emmenait à une audition pour *Doctor Who*.

— Ah oui, je me rappelle aussi !

Je n'étais déjà plus invitée très souvent chez mon père à cette époque, ce qui ne l'empêchait pas de me laisser seule à la maison avec un coffret Humphrey Bogart pendant qu'il sortait presque tout le week-end avec sa copine du moment. Je me faisais des toasts au fromage (en partie parce que je ne savais rien faire d'autre et en partie parce qu'il n'y avait que du pain et du fromage dans l'appartement) et je m'endormais par terre devant la télé : il y avait un grand placard inquiétant dans la chambre d'amis, et j'avais peur d'être attaquée au milieu de la nuit par le monstre qui s'y cachait.

— Bref, Cass, ça te dérangerait qu'on parle de, euh… ton nouveau rôle de belle-mère une autre fois ?

— Pourquoi ? Tu n'as rien de prévu, si ?

— Si !

Je suis invisible ou quoi ? Qu'est-ce qu'elle croit que je fais depuis une demi-heure ?

— Je te l'ai dit ! J'ai rendez-vous avec Ben et Elvira, et ils vont arriver d'une seconde à l'autre !

— Ah oui, c'est vrai. Mais tu n'as pas du tout le temps

d'arranger suffisamment l'appart pour impressionner Elvira Machin-Chose. J'espère que tu en es consciente.

Cass parcourt la pièce d'un regard méprisant et plisse le nez en voyant le canapé.

— Sérieusement, Libby, t'as toujours pas les moyens d'acheter un truc un peu moins miteux ? Ça te coûterait à peine cent cinquante livres chez IKEA !

— Je sais. Mais celui-là me plaît.

Elle fait la grimace.

— Dans ce cas, je ne peux rien faire pour toi. De toute façon, c'est toi qui dois convaincre cette Elvira que tu ne vas pas infester son appartement de punaises, enfin des bestioles qui vivent là-dedans.

— Il n'y a rien dans ce canapé ! Ni punaises ni qui que ce soit d'autre.

— *Quoi* que ce soit d'autre.

— Euh, oui. Bien sûr. Mais sérieusement, Cass, il faut que je me prépare…

— OK, OK. Je m'en vais.

Elle se relève en chancelant un peu sur les talons de douze centimètres sans lesquels elle n'envisage pas de sortir.

— Il faut que j'aille voir maman à l'hôpital.

Tôt ce matin, maman s'est fait enlever des calculs biliaires dans une clinique près de Harley Street. Non, pardon : elle a subi une « opération bénigne de chirurgie esthétique ». En tout cas, c'est ce qu'elle a absolument tenu à raconter à tout le monde, parce que les calculs biliaires, ce n'est pas assez glamour. Elle préfère laisser croire qu'elle s'est offert un lifting ou un nouveau nez plutôt que d'avouer quelque chose d'aussi bassement prosaïque.

Pour autant que je le sache, elle nous a interdit à toutes les deux de lui rendre visite avant demain, quand elle sera suffisamment remise pour enfiler une veste d'intérieur et tenir sa cour. Mais apparemment, l'interdiction ne concerne pas Cass.

— Tu la vois *aujourd'hui* ?

— Oui, elle m'a demandé de passer si j'avais le temps. Pourquoi ? Pas toi ?

— Non ! Je croyais qu'elle ne voulait pas qu'on y aille.

— Oh. Peut-être que c'était *toi* qu'elle ne voulait pas voir.

Cass se reprend, cherchant généreusement une formulation moins blessante :

— Ou peut-être que c'est juste qu'elle veut me voir et pas qu'elle ne veut pas te voir, si tu vois ce que je veux dire.

— Eh bien, dis-lui que j'irai lui rendre visite demain, selon ses instructions, je réponds sèchement. Enfin, si son emploi du temps de ministre le permet.

Mais Cass ne m'écoute que d'une oreille. Elle s'examine dans le miroir près de la porte et sort sa trousse à maquillage de son sac. Quelques pelletées de blush, un océan de gloss et un tsunami de mascara, au cas où un paparazzi lui tendrait un guet-apens entre ici et l'hôpital, j'imagine. Elle s'en va en m'adressant un petit signe de la main, me laissant dix minutes à peine pour me maquiller à mon tour, enfiler une tenue correcte et descendre à l'atelier/galerie préparer les pièces que je veux montrer à Ben et Elvira.

Il faut que tout se passe bien aujourd'hui. Il le faut. Je n'ai pas le choix.

Quand Ben a débarqué il y a un an et consacré quarante mille livres de son fonds d'investissement à mon entreprise de bijoux, Libby A La Conquête de Hollywood, j'étais aux anges. Son argent — sans parler de son carnet d'adresses impressionnant et de son expérience des affaires — a permis à LALCH, minuscule entité financièrement bancale comptant une poignée de clients, de devenir une vraie petite entreprise avec un beau site Internet et des commentaires élogieux dans la presse. Et surtout (désolée, mais c'est probablement ce qui m'enthousiasme le plus), un packaging magnifique : des boîtes gris perle et vert céladon où le nom de la marque est imprimé en lettres argentées gaufrées et dans lesquelles flotte un nuage de papier de soie argenté.

Ces temps-ci, je n'arrive plus à faire face au volume de

commandes pour les bijoux les moins chers que je vends sur le site, si bien que je les fais fabriquer en Croatie, dans une petite manufacture artisanale géniale, pendant que j'essaie de me concentrer sur la conception et la fabrication des pièces les plus délicates. Il y a six mois, j'ai même collaboré brièvement avec le département bijouterie de Liberty London (le grand magasin glamour auquel je dois probablement mon prénom, même si ma mère jure que non), dans le cadre d'une vitrine « jeunes talents ». Récemment, le magazine pour futures mariées *Brides* a consacré un article entier à mes diadèmes d'inspiration vintage sur mesure. Bon, mon entreprise est toujours de taille modeste, mais elle s'agrandit, et rien de tout cela n'aurait été possible sans Ben.

Le revers de la médaille, c'est que je dois parfois, comment dire… me battre pour garder la direction artistique. Plus précisément, pour contrôler l'orientation de l'entreprise. D'accord, il y a douze mois, je n'avais pas de plan très clair. Je voulais juste faire des bijoux excentriques inspirés par l'âge d'or de Hollywood, à un prix abordable. Mais au moins, j'en prenais doucement le chemin. Je commence à comprendre que Ben a des idées légèrement différentes et, à chacune de nos conversations ces derniers mois, il m'a poussée à abandonner les pièces bon marché pour me concentrer sur les commandes sur mesure. D'accord, les marges sont plus importantes, mais je le soupçonne d'avoir d'autres raisons de prendre cette position. D'autres créateurs spécialisés en bijoux et accessoires grand public font partie de sa petite écurie d'entreprises et, surtout, Elvira Roberts-Hoare, sa proche collaboratrice, lui souffle de m'orienter vers le marché du luxe. Je ne suis pas beaucoup en contact avec elle, mais je sais qu'elle n'est pas convaincue par l'inspiration hollywoodienne — « Au fond, ma chérie, ces célébrités sont mortes. Ça fait un peu trop *Boulevard du crépuscule*. » Et elle approuve encore moins l'idée des prix abordables. Pour autant que je puisse en juger, elle voudrait que Libby A La Conquête de Hollywood se spécialise dans les pièces horriblement chères, confectionnées sur mesure pour des *it-girls* avec des noms composés, essentiellement à l'occasion de mariages.

J'imagine que c'est parce que ce genre de clientèle constitue son domaine d'expertise. Et probablement parce qu'elle n'a pas digéré que Ben ait traité directement avec moi, alors qu'en général c'est elle qui commence par repérer les créateurs. Elle doit vouloir imposer son autorité à Libby A La Conquête de Hollywood pour conforter sa position.

Mais je n'ai pas à me plaindre. D'ailleurs, je ne peux pas. Ben possède soixante-cinq pour cent de mon entreprise et a investi des dizaines de milliers de livres. Et Elvira est son bras droit, il l'écoutera toujours plus que moi.

J'espère simplement que la réunion d'aujourd'hui fera pencher les choses un peu plus en ma faveur. J'ai travaillé dur sur une nouvelle collection de manchettes en bronze serties de pierres semi-précieuses et j'en ai quelques-unes à leur montrer aujourd'hui. Je suis aussi armée des chiffres prometteurs des ventes de la dernière collection fabriquée en Croatie, et…

J'entends la porte d'entrée s'ouvrir. Elvira a dû utiliser sa propre clé, je vais devoir lui toucher un mot sur le respect de mon intimité dès que… bon, soyons honnête, jamais. C'est son atelier (enfin, celui de son père, mais ne chipotons pas), qu'elle me loue à un prix tellement dérisoire que ça pourrait aussi bien être gratuit. Elle pourrait débarquer sans prévenir au milieu de la nuit pour un numéro de claquettes accompagné par une fanfare, je ne dirais rien.

— Libby ? Tu es là ?

— J'arrive, Ben !

Je sors de la pièce du fond et je les rejoins dans le futur espace d'exposition, vide pour l'instant.

— Salut ! Merci d'être venus.

Je fais la bise à Ben en admirant sa tenue impeccable : costume bien coupé, chemise à col ouvert et mouchoir de poche en soie rose vif, pour bien montrer qu'il est le genre de spécialiste du capital-risque multimillionnaire qui investit dans la mode plutôt que dans des domaines aussi tristement terre à terre que la production d'acier ou les micro-puces. Quant à Elvira… elle est tout simplement éblouissante. Elle porte un caftan court à motifs cachemire qui couvre à peine ses fesses minuscules, des spartiates lacées jusqu'à ses cuisses tout aussi menues, un sac Birkin de chez Hermès niché au creux de son bras squelettique. Ses cheveux d'un blond argenté sont séparés en deux grosses tresses surmontées d'une énorme paire de lunettes de soleil.

— Elvira !

J'envisage de lui faire aussi la bise, mais son air hautain m'en dissuade.

— Merci encore pour tout.

J'embrasse la pièce du regard.

— Bien sûr, je n'ai pas encore eu le temps de réfléchir à la façon dont je vais l'aménager, mais l'endroit est tellement génial, je suis sûre que ça va être…

— J'ai besoin d'eau, coupe-t-elle sèchement.

Elle monte l'escalier sans attendre d'invitation.

— Il y a de l'eau minérale dans la cuisine ?

— De l'eau minérale ? Euh… non, juste de l'eau du robinet. Je peux passer à l'épicerie en bas de la rue, si…

— Pas le temps, jette-t-elle par-dessus son épaule, clairement en pleine crise de déshydratation. Tant pis, il va falloir faire avec.

— Libby, ça fait plaisir de te voir installée, commence Ben.

Il a pris son ton brusque habituel, mais je m'y suis faite et je sais qu'il est (presque toujours) plein de bonnes intentions.

— C'est un peu plus chic que… Désolé, comment s'appelait l'endroit où tu vivais avant ?

— Colliers Wood.

— Un peu plus chic que Colliers Wood, non ?

— Oui, c'est super.

Je ramasse ma pile de manchettes en cuivre, ainsi que

les chiffres des ventes, et je le suis dans l'escalier qui mène au salon.

— Merci d'avoir convaincu Elvira de me prêter cet espace.

— De rien. De toute façon, ça fait des mois qu'El parle de te trouver un atelier pour que tu puisses recevoir les clients, non ?

— Effectivement. En fait, c'est l'un des sujets que je voudrais aborder aujourd'hui, Ben.

On entre dans le salon. Elvira a disparu à l'étage supérieur, en quête du verre d'eau dont elle ne pouvait se passer une seconde de plus.

— Je veux dire, j'adore la salle d'exposition, évidemment, et ça va être génial pour recevoir mes clients pour les commandes sur mesure… mais, euh, j'espère vraiment ouvrir mon propre magasin, un jour. Et je voudrais juste m'assurer que tu approuves le projet, en plus de cet espace, quand le moment…

— Je croyais que tu avais emménagé.

— Pardon ?

— Je croyais que tu avais emménagé.

Ben désigne le salon d'un geste.

— Où sont tes affaires ?

— Ah oui ! Tout est là.

— C'est une blague ?

— Non, non, j'ai un style, euh… très minimaliste…

— C'est une blague, répète Ben.

Il indique d'un signe de tête le Chesterfield.

— Tu ne vas pas me faire croire que cette vieillerie est minimaliste ?

— Eh bien, non, mais je préfère associer minimalisme et… excentricité vintage.

— Vintage, c'est le mot.

Ben s'approche du canapé, qu'il examine avec précaution.

— Il n'y a pas de souris, là-dedans, au moins ?

Je suis vexée que, pour la deuxième fois de la journée, quelqu'un suggère que mon pauvre Chesterfield est habité.

Ou, pour être précise, qu'il abrite des bestioles peu ragoûtantes.

Parce qu'il est bel et bien habité. Je ne vais pas m'étendre parce que, quoi que je dise, j'aurais l'air dingue, mais il héberge des stars de l'âge d'or de Hollywood.

En fait, je ne crois pas qu'elles *vivent* vraiment sur le canapé. C'est plutôt qu'elles *apparaissent* dessus. Parce que le canapé lui-même est… magique ? C'est la seule explication cohérente, non, la seule explication tout court que j'ai trouvée.

Je vous ai prévenus que j'aurais l'air dingue, non ?

— Non, il n'y a pas de souris ! Bref, Ben, comme je le disais, je suis très contente qu'on puisse parler, parce que…

— Qu'est-ce qui se passe ? demande Elvira d'un ton impérieux en réapparaissant au bas de l'escalier. De quoi vous parlez ?

— Eh bien, je disais…

Ben m'interrompt :

— Je demandais à Libby si elle avait des souris dans ce vieux canapé. Tu as déjà vu un truc pareil ?

— Jamais.

Elvira contemple le Chesterfield.

— J'adore.

Je suis abasourdie.

— Vraiment ? Tout le monde le déteste.

— Oh ! tu sais, les gens ne s'y connaissent pas en meubles vintage, ma chérie. Il faut avoir l'œil.

Comme elle, bien évidemment. Pour être honnête, c'est sûrement vrai, à en croire l'article élogieux dans *Elle Décoration*.

— En fait, il a servi pendant le tournage de vieux films, dis-je, soulagée d'avoir trouvé un intérêt commun après des mois de cohabitation inconfortable. Il vient des studios Pinewood.

— Non !

Elle écarquille les yeux.

— Comment tu as mis la main sur un truc pareil ?

— J'ai été actrice, enfin, juste figurante. Mais je travaillais sur un tournage à Pinewood il y a quelques années, quand j'ai emménagé dans mon ancien appartement, et un… euh… ami à moi qui travaillait aussi là-bas s'entendait bien avec le type qui gère l'entrepôt des accessoires. On pouvait récupérer tout ce dont ils n'avaient plus besoin.

— Et personne d'autre n'en voulait ?

Elvira pose son Birkin sur le canapé et caresse le tissu orange douteux.

— Qu'est-ce que les gens peuvent être bêtes. Il est magnifique !

— Tu rigoles, ma belle, lâche Ben avec un petit rire. Cette vieillerie ?

— Ne fais pas le philistin. Imagine l'histoire de ce canapé, après toutes ces années à Pinewood !

Je me sens rougir. On ne s'est peut-être jamais aussi bien entendues et, comparé à nos rapports habituels, nous sommes clairement devenues meilleures amies — mais je ne suis pas près de lui raconter toute « l'histoire » de mon Chesterfield.

— C'est bien possible.

— Tu sais, ma chérie, si tu veux refaire la tapisserie, je connais des restaurateurs géniaux…

— Pitié, non !

Je suis très loin d'être une experte et je n'ai pas vu de légende de Hollywood apparaître sur le canapé depuis Marilyn Monroe en juin dernier, il y a quasiment un an, mais j'ai l'impression que si je change quoi que ce soit je n'aurai plus aucune chance de réactiver ses pouvoirs. Alors d'accord, il est un peu miteux, et l'odeur de chien mouillé ne s'est jamais vraiment dissipée, malgré toutes les fois où j'ai tenté de lui apporter un peu d'air frais en faisant claquer mon torchon tout autour, la fenêtre grande ouverte. Mais pour autant que je le sache, un nuage de désodorisant suffirait à lui retirer pour toujours ses propriétés extraordinaires. Je ne vais pas prendre le risque.

— Je te remercie de ta proposition, Elvira, mais il me plaît comme ça.

— Oh ! c'est à toi de voir.

Elle me considère avec un peu plus de respect que d'habitude.

— Je comprends que tu ne veuilles pas toucher à ce qui fait son âme.

— C'est exactement ça.

Je lui décoche un grand sourire. Dans l'espoir de mettre à profit ce rapprochement inattendu, je continue :

— En parlant d'âme, j'aimerais vraiment qu'on parle de la suite du programme pour Libby A La Conquête de Hollywood.

— C'est pour ça qu'on est là, répond Elvira. Maintenant que tu as le nouvel atelier, on va pouvoir avancer.

— Super !

J'éprouve un immense soulagement en voyant que notre rendez-vous semble bien se passer, pour une fois. Nos réunions précédentes étaient tellement guindées ! J'étais intimidée par sa silhouette de rêve, son style inimitable et ses manières aristocratiques, et elle était probablement... eh bien, pas du tout impressionnée par ce qu'elle voyait chez moi. Plutôt agacée, de toute évidence, par mon côté plébéien. Et voilà que nous bavardons à bâtons rompus (ou presque).

Je prends une grande inspiration et je commence le petit topo que j'ai répété dans ma tête.

— Eh bien, j'ai regardé les chiffres des ventes du site web, et ils ont vraiment remonté ces derniers mois. Donc je me dis que j'aimerais...

— Ah oui, on voulait t'en parler, justement.

Ben, qui semble avoir oublié ses inquiétudes, s'assoit sur le Chesterfield.

— On a discuté dans le taxi et on pense tous les deux qu'il est vraiment temps d'abandonner cet aspect-là du business et de te concentrer davantage sur les commandes sur mesure.

— Tout à fait, renchérit Elvira. En particulier les accessoires pour mariées. Après tout, je pense qu'on est tous d'accord pour dire que c'est pour ça que tu es le plus douée, Libby.

— Quoi ? Non. Je veux dire… Je ne crois pas qu'on soit tous d'accord là-dessus.

Je les regarde dans les yeux l'un après l'autre.

— C'est peut-être ce qui a dégagé les plus grosses marges ces derniers mois mais, si vous regardez les ventes, vous verrez que les bracelets à breloques et les bagues en opale ont un succès fou.

Me rappelant que je tiens toujours mes nouvelles manchettes en bronze, je continue :

— Et j'espère que ce genre de choses se vendra bien aussi quand je les lancerai sur mon site.

Elvira jette un bref coup d'œil à la manchette que je lui tends.

— C'est joli, commente-t-elle avec un haussement d'épaule nonchalant. Mais ce n'est pas vraiment l'orientation qu'on envisage, n'est-ce pas, Ben ?

— Pas vraiment, non.

Il a sorti son téléphone et pianote sur l'écran.

— Ecoute Elvira. Elle sait de quoi elle parle.

— Je n'en doute pas mais, moi aussi, je sais de quoi je parle.

Je n'arrive pas à croire que j'ai vraiment dit ça au propriétaire *de facto* de mon entreprise et à quelqu'un d'aussi impressionnant qu'Elvira, mais quand il faut y aller, il faut y aller. En plus, après notre bref instant de complicité grâce au canapé, je pense qu'elle me respectera davantage si je ne cède pas. Je reprends :

— Ce n'est pas que je n'aime pas les accessoires pour mariées…

— Je suis heureuse de l'entendre.

Elvira me décoche un rare sourire.

— Après cet article dans *Brides*, tu as été contactée par des centaines de clientes potentielles, non ? Et tu as reçu plusieurs dizaines de commandes.

— Oui, et comme je le disais, ce n'est pas que je n'apprécie pas.

Je prends une grande inspiration.

— C'est juste que… eh bien, les mariées qui m'ont appelée après cet article veulent toutes à peu près la même chose.

— Tu veux dire le diadème vintage dont ils ont parlé dans le papier qu'Elvira a fait faire pour toi ? demande Ben en levant le nez de son portable. Celui avec une marge de *trois cents pour cent* ? ajoute-t-il en insistant lourdement.

— OK, j'ai compris, ça rapporte.

Je supplie Elvira du regard, dans l'espoir de faire appel à sa sensibilité créative.

— J'aimerais simplement avoir un peu plus mon mot à dire dans la conception des bijoux. Plutôt que de reproduire encore et toujours le même modèle.

Elle me regarde dans les yeux.

— Oui, je peux comprendre, dit-elle.

J'entrevois une étincelle d'espoir.

— Je le savais ! Elvira, peut-être que si tu regardes d'un peu plus près certaines pièces sur lesquelles je travaille en ce moment, pas juste les manchettes, mais aussi… OH MERDE, UN RAT !

Je n'avais pas prévu de finir ma phrase de cette façon, mais je ne m'attendais pas non plus à ce qu'un rongeur vienne confirmer les craintes de Ben en surgissant entre les coussins moelleux du Chesterfield.

Je réagis avec ce que j'estime être une rapidité remarquable étant donné les circonstances — après tout, c'est mon canapé, et donc mon rat, je tiens à assumer mes responsabilités. Et je balance les deux manchettes en plein sur la bestiole.

Soyons clairs : j'aime les animaux. Mon but n'était vraiment pas de tuer ce rat, juste de le faire fuir ou, je ne sais pas, de l'assommer.

Mais à l'instant où Elvira voit partir les manchettes, elle se met à hurler comme si je m'en prenais à un nouveau-né.

— Ne touche pas à mon bébé ! glapit-elle.

Elle se jette en travers, mais trop tard. L'un des bijoux a atteint le rat (plutôt vers la queue, je crois, pas sur la tête), qui s'est mis à couiner bizarrement.

Je me demande pendant une seconde comment un rongeur peut faire un bruit pareil et, surtout, pourquoi Elvira l'appelle son bébé.

D'un bond, Ben se lève pour aller aider Elvira à s'en occuper.

— Comment il va ? demande-t-il. Il a été touché ?

— Je crois. Oh ! mon pauvre bébé !

Abasourdie, je vois Elvira prendre le rat dans ses bras et le couvrir de baisers.

— Je crois qu'il a été touché à la patte ! En tout cas, ajoute-t-elle en me décochant un regard assassin, il va être traumatisé à vie !

— Je... désolée, mais je ne crois pas que les rats puissent être traumatisés, si ?

— Ce n'est pas un rat ! C'est un chien ! Mon chien !

J'en reste bouche bée.

— Oh mon Dieu, Elvira, je ne...

— C'est un xoloitzcuintle, explique sévèrement Ben.

Je cligne des yeux.

— Un chien nu miniature du Mexique ! crache Elvira. Les Aztèques les considéraient comme sacrés !

Quels abrutis, ces Aztèques ! Parce que, honnêtement, ce chien a une allure très bizarre. Je viens quand même de le prendre pour un gros rat !

— Il n'a que huit semaines, poursuit Elvira en continuant à examiner le chien/rat et à le couvrir de baisers. C'est un chiot ! Comment as-tu pu l'agresser, Libby ?

— Elvira, encore une fois, je suis vraiment désolée. Je ne l'ai pas agressé... Bon, d'accord, j'ai lancé les manchettes, mais je pensais que c'était… euh, tu sais… et Ben disait qu'il y avait peut-être des souris sur le canapé…

— Il était dans mon sac !

Elvira désigne d'une main tremblante son Birkin, toujours posé sur le Chesterfield, dont le chien a dû sortir.

— Et puis franchement, Libby, pourquoi tu croyais que je voulais de l'eau, en arrivant ?

— Je suis désolée, je pensais… Il va bien ?

Je fais un pas en avant, un peu hésitante, mais Elvira saute en l'air comme si je brandissais un arsenal entier d'armes de destruction canine.

— Tu en as assez fait, crie-t-elle. Ben, chéri, tu peux appeler un taxi ? Il faut emmener Tino chez le vétérinaire immédiatement.

— Bien sûr, ma belle.

Ben me jette un regard las et récupère son téléphone sur le canapé.

— Merde, Libby. C'est quoi ton problème avec les chiens ?

C'est une référence assez injuste à notre rencontre, une scène à laquelle nous n'avons jamais fait allusion jusque-là : je m'étais retrouvée coincée en sous-vêtements dans une niche de chien.

Elvira me fusille du regard. Je tente de me justifier :

— Honnêtement, j'adore les animaux ! J'ai juste cru…

— Oui, on a compris. Tu as cru que c'était un rat. Tu as été très claire là-dessus, merci, Libby.

— Mais franchement, il a l'air d'aller bien.

Je jette à Tino un regard que j'espère plein de sollicitude plutôt qu'un peu dégoûté. Et c'est vrai : sa petite gueule de rongeur a l'air assez détendue, et il n'y a aucune trace de blessure sur son corps de rat. En fait, il a l'air de vouloir s'échapper des bras d'Elvira pour se jeter sur… Il couve le canapé du regard. Il doit sentir toutes les délicieuses odeurs de chien qui s'y sont accumulées.

— Qu'est-ce que t'en sais ? T'es pas vétérinaire, merde !

— Le taxi sera là dans trois minutes, El, dit Ben en

remettant son téléphone dans sa poche. Il faudra poursuivre cette conversation une autre fois, Libby, d'accord ?

J'essaie de ne pas paniquer.

— Quoi ? Non ! Je veux dire, j'attendais ce rendez-vous depuis longtemps. Il y a beaucoup de choses dont on doit discuter, et on n'a pas souvent l'occasion de…

— Ce n'est pas le moment, enfin !

— Ça, c'est sûr.

Elvira se dirige d'un pas raide vers le Chesterfield pour récupérer le Birkin et y placer tendrement Tino. Mais, de toute évidence, celui-ci a d'autres projets. Il s'échappe des bras d'Elvira et se jette sur le canapé, où il commence à… J'ignore le terme technique, mais j'ai bien l'impression qu'il se masturbe sur le vieux tissu orange. Choqués, nous le contemplons un instant en silence.

— Hmm, commente Ben. J'imagine que pas mal de clébards ont laissé leur odeur sur ce truc, hein ?

Je ne crois pas que ce soit ça. Bien sûr, le Chesterfield sent le chien, ce n'est pas nouveau, mais à voir l'expression extatique de Tino, je pense qu'il perçoit d'autres effluves que ceux des labradors et des caniches d'antan.

Les animaux sont censés avoir un sixième sens, non ? Surtout le genre d'animal que les Aztèques considéraient comme sacré.

— Non mais franchement !

Le visage empourpré, autant par la gêne que par la colère, Elvira interrompt les ébats de Tino et le coince fermement sous son bras en se dirigeant vers l'escalier.

— On reparlera de cet *incident* une autre fois, Libby, promet-elle. Mais sache que je ne suis pas contente. Pas contente du tout.

Pour être honnête, c'est globalement l'impression que j'ai eue à chacune de nos rencontres. Qu'elle n'est pas contente de moi. Mais pendant quelques minutes, j'ai cru qu'on se rapprochait, en parlant du canapé vintage. Et nous voilà revenues à la case départ. Pire, parce que même si je ne lui plaisais pas auparavant, au moins, je n'avais jamais attenté aux jours de son précieux chien nu du Mexique.

— Ouais, dit Ben, qui pianote de nouveau sur son téléphone en la suivant. Je te tiens au courant, Libby. J'essaierai de passer la prochaine fois que je serai à Londres.

— Mais Ben…

— Salut, Libby, conclut-il en m'adressant un signe de la main sans même me regarder. Oh ! et essaie de continuer les commandes de diadèmes vintage, OK ? C'est du pain béni pour toi. Sans ça, tu n'arriveras jamais à équilibrer tes comptes.

Quelques instants plus tard, la porte d'entrée claque. Je me retrouve seule avec mon Chesterfield dans notre nouvel appartement accidentellement minimaliste.

2

Heureusement pour mon moral, je dois dîner avec mon ami Olly ce soir. Après la désastreuse réunion (qui n'en était même pas vraiment une, étant donné qu'on n'a quasiment pas parlé affaires), j'aurais été tentée de me mettre en pyjama et de m'enfiler des gâteaux en m'apitoyant sur mon sort. Mais j'ai promis à Olly de le retrouver au restaurant, et on se voit si rarement ces jours-ci que je ne veux pas me défiler.

Le restaurant, c'est bien sûr le sien, à Clapham.

Le Grignotis.

Voilà comment ça s'appelle.

Et c'est un peu dommage.

Pas le terme *grignotis*, en soi, même si je continue à penser que c'est un nom plus adapté à un salon de thé cucul de bord de mer qu'à un bar à tapas à succès, nominé pour toutes sortes de prix culinaires. Non, le problème, c'est ce que ce choix représente. Le moins qu'on puisse dire, c'est que c'était une décision de dernière minute…

En parlant de dernière minute, je viens de recevoir un texto d'Olly, alors que je m'apprête à entrer. Il me demande de le retrouver un peu plus loin, dans le petit bistro français.

Finalement, on a besoin de toutes les tables, et de toute façon je suis épuisé et je n'ai qu'une envie, m'enfuir ! ! Je commande une bouteille. A tout de suite. O xxx.

Ça me va très bien. L'inconvénient des dîners avec Olly au Grignotis, c'est que malgré tous ses efforts, on est constamment interrompus. Même quand officiellement il ne travaille pas, il travaille quand même : un problème en cuisine, deux serveurs qui veulent s'entre-tuer, un client qui menace de tomber raide mort si Olly ne lui raconte pas immédiatement comment il a eu l'idée de sa recette d'arancini aux petits pois et à la menthe…

Un peu de calme et d'intimité autour d'une bouteille de rouge au bistro, ça me semble parfait. D'autant plus que je ne sais même plus à quand remonte notre dernière soirée tranquille à bavarder tous les deux. Deux mois ? Trois ? Même si on est proches depuis mes treize ans, quand j'admirais le grand frère de Nora, de deux ans notre aîné, même si autrefois, on se retrouvait plusieurs fois par semaine pour refaire le monde autour d'un plat et de quelques verres, on s'est un peu éloignés ces derniers temps. Probablement parce qu'il est accaparé par son restaurant et moi par mon entreprise.

Oh ! et probablement aussi parce que je suis un peu amoureuse de lui.

Je vais reformuler, on dirait une gamine qui a le béguin.

Je n'ai pas le béguin. Je suis passionnément, désespérément, et pire, secrètement amoureuse d'Olly. Pire encore, lui aussi était secrètement amoureux de moi pendant presque toute la durée de notre amitié, jusqu'à il y a un an, quand (de façon tout à fait raisonnable, je l'admets) il a enfin abandonné et commencé à sortir avec Tash, une collègue de Nora à l'hôpital de Glasgow, avec qui il est toujours.

Il avait prévu de donner mon nom au restaurant, et tout le tralala. Il devait s'appeler Chez Libby, pas Le Grignotis. C'était la décision de dernière minute dont je vous parlais. J'imagine qu'il s'était toujours dit qu'il ouvrirait un jour un restaurant auquel il donnerait mon nom, que ce serait la grande déclaration d'amour qu'il n'arrivait pas à me faire, et que je comprendrais enfin ses sentiments. Mais je croyais bêtement être amoureuse de mon ex, Dillon O'Hara, et Olly en a eu assez d'attendre.

C'est la pire erreur que j'ai jamais commise, et je n'en étais même pas consciente.

C'est pour ça que je l'évite autant ces jours-ci. Même si je cherche aussi désespérément des prétextes pour le voir. Je sais, la logique et moi, ça fait deux.

Mais c'est souvent trop douloureux de rêver à tout ce qu'on n'a pas obtenu. De plus, j'ai peur de ne pas être capable de dissimuler mes sentiments et, horreur suprême, de sauter par-dessus la table avec autant de retenue que Tino le Mexicain nu sur mon canapé cet après-midi.

Il suffit de me voir à cet instant. Les jambes flageolantes, je tombe en arrêt dès que j'entre dans le bistro et que je l'aperçois assis dans un coin. Il est tellement beau que j'en ai le cœur serré, avec ses cheveux qu'il ébouriffe d'une main quand il est stressé, et ses grands yeux bruns, francs et honnêtes, et…

— Lib !

Les grands yeux bruns se sont posés sur moi, et il se lève en me décochant un immense sourire.

— Ça me fait plaisir de te voir ! dit-il en me serrant dans ses bras.

Aussi discrètement que possible, je respire son odeur : le parfum chaud de cuisine que je connais par cœur depuis vingt ans, et quelque chose d'épicé et de plus masculin que je n'avais jamais remarqué jusqu'à il y a un an, mais qui doit s'y mêler depuis toujours.

— Viens prendre un verre de vin. Enfin, de champagne, plutôt. J'ai commandé ta bouteille préférée. On fête ton emménagement, non ?

— Oh ! Olly. C'est tellement gentil.

— Ne sois pas bête. C'est un grand moment. Tu l'as mérité, ça se fête !

— Si tu le dis. J'ai l'impression de m'être déjà fâchée avec ma nouvelle proprio.

— La fashionista flippante qui t'explique tout le temps comment tu dois gérer ta propre entreprise ?

— Je n'aurais pas mieux dit. Waouh ! Je suis impressionnée que tu t'en sois souvenu. Je l'ai juste mentionnée en passant la dernière fois qu'on s'est vus.

— Je n'oublie jamais les trucs importants, affirme-t-il en me guidant jusqu'à la table. J'ai commandé un plateau de charcuterie et un autre de fromage, mais si tu préfères autre chose, je peux leur demander un menu…

— Non, non, ça va. Enfin, ça a l'air parfait.

Je m'assois en face de lui et je tente de calmer mon cœur affolé.

— Salut, dis-je avec un rire nerveux que je tente immédiatement de déguiser en quinte de toux. Ça fait un bail, non ?

— Beaucoup trop longtemps. Tiens.

Il nous sert à chacun une grande flûte de champagne. Sa main tremble un peu : il doit être épuisé par ses longues journées. C'est probablement pour ça qu'il remplit autant les verres.

— Tu as l'air d'en avoir besoin. Qu'est-ce qui s'est passé avec la fashionista flippante ?

— Oh ! tu sais, comme d'hab… J'ai pris son chiot adoré pour un rat et je lui ai balancé un gros morceau de métal…

— Ah oui, bien sûr. Comme d'hab.

Il me sourit et lève son verre.

— A la tienne, Lib. Et félicitations. Pour le déménagement, je veux dire. Pas pour l'agression canine. Je tiens à souligner que, malgré notre longue amitié, je ne peux en aucun cas cautionner ce genre de comportements.

— Je n'en attendais pas moins de toi.

Nos verres s'entrechoquent, et je lui rends son sourire.

Au bout d'un moment, mon sourire m'évoque plutôt un rictus et, pour être tout à fait honnête, le sien s'est figé aussi. Il se demande probablement pourquoi je souris toujours. Je prends une grande gorgée, et il suit mon exemple. Dès que nous posons nos flûtes, je lance d'un ton enjoué :

— Bon ! Assez parlé de moi…

— Allez, Lib, je veux tout savoir sur ton nouvel appart !

— Dans ce cas, il faudra que tu passes le voir. Avec Tash ! j'ajoute, juste au cas où il croirait que je lui propose un tête-à-tête langoureux. Mais en attendant, franchement, il n'y a pas grand-chose à raconter.

Autrefois, je l'aurais soûlé en lui détaillant mes espoirs et mes craintes pour l'entreprise et je l'aurais obligé à sur-analyser avec moi chaque mot prononcé par Elvira et Ben. Mais maintenant qu'il me plaît autant, maintenant que je voudrais, disons… l'enivrer plutôt que de le soûler, j'ai soudain beaucoup plus de scrupules à l'ennuyer. Sans parler de la présence invisible de Tash entre nous. Ça me semble malhonnête de demander ce genre de soutien à un homme qui est — très clairement — déjà pris.

— De toute façon, j'ai l'impression que tu as eu une journée difficile, toi aussi, dis-je.

— Ah bon ?

Je l'étudie discrètement, en évitant son regard.

— Tu as l'air fatigué.

— Oh ! c'est la routine quand on travaille dans la restauration.

Pendant un instant, il semble encore plus épuisé.

— Il y a toujours des tonnes de trucs à faire, et je n'ai tout simplement jamais assez de *temps*. C'est quand, la dernière fois qu'on a fait ça, Lib ?

— C'est-à-dire ?

— Tu sais, la dernière fois qu'on a partagé une bouteille et discuté. J'ai l'impression que c'était il y a une éternité.

— Non, enfin, si, ça fait longtemps.

Je n'ai pas envie de lui rappeler que j'ai annulé deux de nos derniers rendez-vous à la dernière minute (par lâcheté) et qu'il en a lui-même annulé trois (urgences au restaurant).

— Mais tu as raison, on a trop de trucs à faire. Et bien sûr, tu dois donner la priorité à Tash.

J'avale une énorme gorgée.

— Comment elle va, au fait ?

— Tash ? Oh ! très bien. Elle va toujours très bien.

Il soulève son propre verre.

— Enfin, bien sûr, il y a le problème de…

Il s'interrompt parce que, comme s'il nous avait espionnés (ce n'est pas possible, si ?), son portable s'est mis à sonner.

— Oh ! c'est Tash ! Désolé, Lib, ça te dérange si… ?

— Pas du tout !

— Parce que, en général, je l'appelle à peu près à cette heure-ci, quand elle finit son service à l'hôpital…

— Olly, ça ne me dérange pas du tout ! Vas-y, réponds.

— Merci, Lib.

Il décroche et murmure :

— Coucou, ça va ?

En l'entendant murmurer, sur ce ton intime qu'on réserve à l'être aimé, j'ai envie de pleurer.

Heureusement, le serveur choisit ce moment pour faire son apparition avec deux gros plateaux qu'il pose devant moi. Je veux dire, spécifiquement devant moi, avec un sourire lubrique et l'assurance que si je désire *quoi que ce soit*, je n'ai qu'à…

— Oui, merci, Didier, intervient Olly d'un ton sec, interrompant un instant son coup de téléphone. Je suis sûr qu'elle est capable d'affronter un plateau de fromage toute seule… Désolé, Tash, continue-t-il en reprenant le téléphone, je modère juste les ardeurs d'un Français… non, non, pas pour moi ! Je mange un morceau avec Libby…

Il y a une courte pause.

— Tash t'embrasse, me dit-il.

Bien sûr, parce que, comble de l'agacement, Tash est sympa et amicale, en un mot, parfaite.

— Salut, Tash !

J'agite la main, bêtement, puisque ce n'est pas comme s'ils étaient sur FaceTime ni rien.

Et je fais signe à Olly, pour lui indiquer qu'il devrait juste poursuivre son appel, que ça me va très bien, non, ça me ravit, d'attaquer ces délicieux plateaux de charcuterie et de fromage, et que tout va pour le mieux dans le meilleur des mondes, au point que je suis à deux doigts de sauter sur la table en entonnant des cantiques à la *Sister Act*.

Il n'est pas impossible que je force un peu le trait, juste pour qu'il ne se rende pas compte que je préférerais me cacher sous la table et sangloter en fredonnant du blues.

C'est pour ça que je n'aurais jamais dû venir ce soir. J'aurais mieux fait d'inventer un prétexte douteux et d'annuler une fois de plus.

Bien sûr, ce n'est pas la première fois que je fréquente quelqu'un qui ne partage pas mes sentiments. Il y a eu Dillon O'Hara, par exemple, dont je croyais dur comme fer être amoureuse même si notre relation ressemblait à un accident de voiture mortel, avec lui dans le rôle du conducteur. Et il n'a pas été le seul : la comparaison avec mon éblouissante petite sœur m'a convaincue presque toute ma vie que j'étais super moche, ce qui, combiné à mon romantisme invétéré, m'a assuré une longue expérience dans ce domaine. Je suis tombée amoureuse d'hommes qui ne m'auraient pas remarquée même si je m'étais plantée devant eux en culotte avec une pancarte « Célibataire et désespérée : entrée libre » accrochée autour du cou.

La différence, l'énorme différence, qui me brise le cœur, c'est que cette fois, avec Olly, je sais que ça n'aurait pas dû se passer comme ça. A cause de ma propre stupidité et de l'intervention cruelle du destin, on s'est ratés comme des navires dans la nuit noire.

En fait, c'est tellement douloureux de penser à mon imbécillité dans cette affaire que j'ai besoin de charger le destin au maximum. Autrement, ce serait trop insupportable. Comme si Juliette s'était réveillée près du cadavre de Roméo et s'était rendu compte qu'elle avait malencontreusement oublié une bouteille de poison à côté du jus d'orange dans le frigo. C'est suffisamment horrible d'avoir perdu à jamais son âme sœur ; ça aurait été le coup de grâce de se dire que si elle avait fait un peu plus attention, ça ne serait pas arrivé.

— Non, bien sûr, dit Olly au téléphone. Et je comptais… à quelle heure tu seras chez toi ?… Non, j'imagine que je rentrerai directement quand j'aurai fini… OK, je te skyperai à ce moment-là… non, bien sûr… bien sûr… OK, à tout à l'heure…

L'air un peu coupable, il ajoute un rapide « je t'aime » avant de poser son téléphone. Il garde les yeux fixés sur la nappe quelques instants, comme s'il évitait de me regarder en face.

Je déglutis.

— Tout va bien ?

— Non, bien sûr, répond-il, comme il l'a répété à Tash.

Drôle d'expression, maintenant que j'y pense. En général, c'est plutôt *oui* qui va avec *bien sûr*, n'est-ce pas ? Mais bon, ce ne sont pas mes affaires. Ça les regarde.

— Tash est juste… eh bien, elle en a un peu marre qu'on ne se voie jamais, c'est tout.

— Oh ! Olly, je suis vraiment désolée. Ecoute, tu devrais rentrer chez toi tout de suite et la skyper…

— Ne sois pas ridicule, répond-il sèchement.

Il prend une grande inspiration, comme pour se maîtriser, et s'empare de son verre de champagne.

— Désolé, Lib. Mais même si je rentre la skyper, ça ne va pas vraiment régler le problème. C'est surtout qu'on vit à six cents kilomètres l'un de l'autre et qu'on bosse tous les deux comme des tarés.

— Non, bien sûr.

— Je veux dire, elle a travaillé pendant les trois derniers week-ends et, évidemment, moi aussi je suis toujours très occupé…

— Désolée, Ol. C'est compliqué, les relations à distance.

— Je sais. Mais ça ne devrait pas paraître aussi…

Il réfléchit un instant, et un nuage de tristesse passe sur son visage.

— … impossible.

Il a l'air si malheureux que même si c'est parce que Tash lui manque, je mets ma propre souffrance de côté.

— Honnêtement, Ol, je pense qu'il faut juste que tu te débrouilles pour dégager plus de temps. Je sais que tu es très occupé, mais tu ne pourrais pas prendre un samedi soir et aller à Glasgow ? Si tu partais juste après le déjeuner, tu ne raterais que le dîner, et ensuite tu es fermé le lundi soir et le mardi midi, donc il suffirait que tu rentres le mardi en début d'après-midi…

— Ouh là, m'interrompt-il en levant la main, l'air un peu surpris. Tu y as réfléchi ou quoi ?

— Non, mais ça paraît évident, non ?

— Pas vraiment. Ce n'est pas juste parce que je dois être au restaurant pendant le service, Lib. Il y a plein d'autres choses à faire ! Il faut que je gère les comptes, la paperasse pour les employés, et tu sais bien que je préfère superviser le grand ménage du samedi soir, et puis j'ai tous les rendez-vous avec les fournisseurs et les cavistes… Sans parler du fait que j'aime créer de nouveaux plats de temps en temps.

— OK, eh bien, tu vas devoir persuader Tash de venir te voir plus souvent.

— Elle est médecin hospitalier en début de carrière, Libby. Ce n'est pas si simple.

— Dans ce cas, il va falloir simplifier la situation.

J'ai un peu l'impression d'être un bulldozer bloqué sur la puissance maximale, mais maintenant que j'ai commencé, je n'arrive pas à m'arrêter. Le seul point positif, c'est que les efforts que j'ai faits pour dissimuler mon désir de couvrir de baisers l'intégralité du corps d'Olly ont payé. J'ai fait semblant et apparemment, j'ai réussi. Et j'espère qu'il ne va pas remarquer que je surcompense.

— Je veux dire, tu l'aimes et elle t'aime, non ? dis-je d'un ton chaleureux.

Olly est occupé à remplir nos verres de champagne et met donc un instant à répondre.

— Non, bien sûr.

Encore cette expression étrange (et étrangement contagieuse).

— Alors prends sur toi. Dis-lui que tu as très envie de la voir. Demande-lui si elle pourrait prendre deux jours de congé. Ou, je ne sais pas, retrouvez-vous à mi-chemin. Ça pourrait être hyper romantique. Vous pourriez réserver dans un joli hôtel, avec un bar au coin du feu, et un room-service tellement génial que vous n'auriez plus besoin de sortir de la chambre, et…

— Libby.

Heureusement, Olly m'a interrompue avant que je puisse détailler davantage ce fantasme de nuit à l'hôtel que j'ai en fait inventé pour nous deux cette année, pendant les longues nuits où j'essayais de ne pas pleurer sur mon oreiller.

— Désolée, c'était probablement un peu trop détaillé…

— Ce ne serait pas le fromage mystère ?

C'est pour ça qu'il m'a coupé la parole. Il a les yeux fixés sur le plateau de fromage.

— Celui-là, continue-t-il en désignant un chèvre. Je crois que c'est ça. Ça me semble très possible.

Vous trouvez peut-être que c'est une façon un peu étrange de parler fromage. Laissez-moi vous expliquer.

Il y a quelques années, pour le vingt et unième anniversaire d'Olly, nous étions allés à Paris pour une journée hédoniste passée à boire, manger et (on parle quand même d'Olly, plus gastronome tu meurs) explorer diverses boutiques en quête de confiture aux mirabelles, de saucisson aux épices, de grands crus de chocolat. Et de fromage. Tellement de fromage, en fait, que nous avions fini par l'attaquer dans l'Eurostar au retour et par découvrir qu'un chèvre crémeux, roulé dans la cendre, au goût âpre et un peu acide, était en fait la définition même de l'ambroisie. Il n'est pas impossible que la quantité de vin qu'on avait sifflée pendant la journée ait joué, ainsi que nos efforts pour ne pas penser au baiser inattendu échangé dans un bar rive gauche dans l'après-midi. Du coup, le fait de composer des poèmes à la gloire d'un fromage nous était apparu comme une distraction parfaitement adaptée à la situation. Nous ne connaissions pas son nom et, malgré des années de recherches plus ou moins actives, ni lui ni moi n'avons jamais retrouvé notre fromage mystère.

— Eh bien, tu vas devoir goûter, je réponds d'un ton aussi concentré que lui. On ne sera fixés que quand tu auras essayé.

— On doit le goûter tous les deux, corrige-t-il.

Il coupe le morceau de chèvre cendré en deux d'un geste assuré très professionnel.

— Allez, Libby. Ferme les yeux. C'est peut-être le moment tant attendu.

Dans un silence religieux, nous prenons chacun une moitié, nous fermons les yeux et nous la déposons sur notre palais.

— Qu'est-ce que tu en penses ? chuchote Olly au bout d'un moment.

— Je ne sais pas…

— Première impression ?

— Ce n'est pas celui-là… quoique… je ne suis pas sûre. C'est possible ?

— La texture ne me convainc pas complètement.

— Je suis d'accord. Mais le goût est exactement le même.

— Tu trouves ? Je pensais que notre fromage était un peu plus poivré.

— Cendré, tu veux dire ?

— Non, non, je veux dire qu'il y avait du poivre dans le fromage lui-même, enfin, un goût poivré.

— Ah, d'accord. Non, tu dois avoir raison. Je veux dire, c'est toi l'expert.

— Pas du tout ! proteste-t-il, l'air agacé. On y était tous les deux !

— Oui, d'accord, mais c'est toi qui prends ce genre de trucs au sérieux.

On dirait que je l'ai frappé.

— Je pensais que toi aussi, tu prenais le fromage mystère au sérieux.

— Evidemment !

— Je sais que c'est un peu du délire. Je ne suis pas stupide ! Mais ça a toujours été… notre délire. Non ?

— Si.

J'ai la gorge serrée. Je bois une longue gorgée de champagne.

— Je ne dis pas que je ne l'ai jamais pris au sérieux, Olly. Mais c'est toi, l'expert en gastronomie. C'est toi qui te souviens du goût précis d'un sangiovese que tu as bu en Italie il y a trois ans par opposition au sangiovese chez tes parents il y a trois semaines. La plupart du temps, je ne pourrais même pas dire si mon sandwich du midi était un poulet mayo ou un thon mayo.

— Dans ce cas, il faut que tu les achètes ailleurs, rétorque Olly, l'air irrité. C'est inexcusable de servir du thon qui ressemble à du poulet.

— Ce n'est pas très grave. C'est juste un sandwich.

— Et le fromage mystère était juste un fromage. Je comprends. Peu importe.

— Mais pas du tout, Olly, bien sûr que c'est important !

Dans un geste qui me surprend moi-même, je pose ma main sur la sienne.

J'espère vraiment qu'il ne sent pas mon pouls s'accélérer à son contact.

Mais je ne crois pas, parce que sinon, il réagirait, non ? Il dégagerait sa main, me regarderait bizarrement ou me demanderait si je vais tomber dans les pommes. Et il ne fait rien de tout ça. Il laisse simplement sa main où elle est, sous la mienne, et ne dit rien du tout pendant un moment. Puis il lâche :

— En tout cas, je ne crois pas que ce soit notre fromage.

— Non. Moi non plus.

Je retire ma main avant de poursuivre :

— Mais c'est une bonne nouvelle. Parce qu'on peut continuer à chercher.

— Oui, c'est vrai. Ça m'a toujours réconforté, dit-il

en me regardant avec un sourire espiègle, de savoir qu'il existait, quelque part.

Il se fiche de moi. C'est bon signe.

— Il attend patiemment qu'on le trouve, je renchéris.

— Il compte les jours.

— Il fait contre mauvaise fortune bon cœur.

— Il nous observe depuis les coulisses.

— Et je ne suis même pas sûre que celui-ci m'ait plu, en fait.

— Moi non plus.

Olly examine le plateau de fromage. A la lumière des bougies, son beau visage semble plus noble que jamais.

— Par contre, le comté a l'air bon. Prends-en, je vais goûter le camembert.

Pendant les minutes qui suivent, nous faisons un sort au plateau de fromage, et un silence paisible s'installe.

Enfin, autant que faire se peut, puisque je ne suis même pas capable de le regarder sans être submergée par une vague de désir et de tristesse.

Puis il brise le silence :

— Tu as probablement raison pour Tash, Lib. Il faut qu'on fasse des efforts pour passer du temps ensemble. C'est le principe des relations adultes, non ? Les compromis. Les efforts.

Je m'apprête à plaisanter que je n'en sais rien, puisque je n'ai jamais eu de relation adulte. Mais le cœur n'y est pas. Je me contente d'approuver d'un hochement de tête que j'espère enthousiaste et je me coupe une lichette de roquefort.

Le temps de rentrer à la maison, il est presque minuit.

Enfin, à la maison, ça reste à voir.

Même s'il était minuscule et un peu minable, je me sentais chez moi dans mon studio de Colliers Wood. Ce qui n'est pas encore le cas dans ce nouvel appartement de Notting Hill, le temple du chic. Et si mes relations avec

Elvira Roberts-Hoare continuent d'empirer, je ne suis pas près de me détendre.

Mais c'est peut-être simplement le champagne qui me rend mélancolique et me fait m'apitoyer sur mon sort. Le champagne que j'ai bu avec mon âme sœur perdue. Nous avons descendu deux bouteilles avant de nous séparer, Olly pour aller skyper Tash, et moi pour…

Quel est le programme ? M'enfiler un litre d'eau, me démaquiller et m'octroyer un sommeil réparateur ?

Et si j'ouvrais plutôt la bouteille de vin blanc au frais et le gros paquet de chips caché dans un placard avant de m'affaler sur le canapé et de zapper sur les émissions nulles qu'il y a à cette heure-ci, histoire de ne pas penser à ma soirée avec Olly ?

Oui, c'est un super plan. Une distraction temporaire qui me fera me sentir encore plus mal demain matin. J'ai pris la bonne décision.

Je gravis péniblement l'escalier, je récupère le vin et les chips dans la cuisine et je redescends en quête de la télécommande.

— *Excusez-moi ?* fait une voix près du Chesterfield.

Oh mon Dieu.

C'est Grace Kelly.

Et pas n'importe laquelle : Grace Kelly en mariée. La robe légendaire, avec son corsage en dentelle ancienne et sa large jupe en soie. Le voile, dont les kilomètres de tulle recouvrent désormais l'intégralité du parquet de mon nouveau salon. La coiffe brodée de perles, qui souligne la perfection de son visage serein.

Enfin, là, tout de suite, elle n'a pas l'air si sereine que ça. Je peux parler : j'ai probablement une expression de poisson rouge giflé par un hareng. Mais elle semble encore plus abasourdie que moi — si c'est possible.

Le silence règne un instant.

— *Je suis désolée*, poursuit-elle.

Sa voix tremble plus que dans les films, malgré sa diction

impeccable. Elle se lève. Elle est plus grande que ce que j'avais imaginé, mais c'est peut-être simplement l'effet de son maintien parfait : ses larges épaules sont rejetées en arrière sous un cou de cygne bien droit.

— *Mais je suis un peu… je ne sais pas le mot en français… euh… Parlez-vous anglais ?*

Je bredouille :

— Je *suis* anglaise.

— Oh !

Elle lève ses sourcils élégants.

— Je suis désolée. Je ne savais pas qu'il y avait des employés anglais ici.

— Ici… ?

— Au palais. Vous m'excuserez, j'espère, poursuit-elle d'une voix assurée maintenant qu'elle s'est remise de ses émotions, si je ne sais absolument pas qui vous êtes ni ce que vous faites. Depuis mon arrivée, je ne sais plus où donner de la tête, et évidemment, avec le mariage demain matin…

— Ah oui, je marmonne. Le mariage.

On pourrait croire que je me suis habituée, depuis le temps. Que je suis même devenue blasée devant ce qui commence à ressembler à une invasion de légendes hollywoodiennes sorties de mon canapé magique.

Mais c'est *Grace Kelly*. Littéralement la reine de Hollywood.

Oui, Audrey Hepburn était ravissante, et oui, Marilyn Monroe était une bombe. Mais aussi incroyable que cela puisse paraître, elles ont l'air plutôt ordinaires à côté de Grace Kelly.

Sa beauté tranquille, alors qu'elle se tient en robe de mariée à deux mètres de moi, est éblouissante. Elle a sans doute le visage le plus parfait que j'aie jamais vu. Bien sûr, je le savais déjà — après tout, j'ai regardé ses films en boucle toute ma vie —, mais de la voir là, en chair et en os, c'est… époustouflant. Enfin, en chair et en os, c'est beaucoup dire. Sa peau de pêche est tellement parfaite que je la soupçonne d'être en perles et en diamants. En fait, c'est le même éclat que chez Audrey et Marilyn, et il n'est probablement pas complètement réel, mais plutôt lié à leur statut de manifestations magiques sorties d'un canapé enchanté. Ses cheveux ramenés en arrière sont d'un blond lumineux, et ses yeux d'un bleu aussi perçant qu'à l'écran. Et tout comme Audrey et Marilyn, elle exhale un parfum très présent — dans son cas, un somptueux accord floral, un bouquet de violettes, de roses et d'iris. Le nom me revient soudain, à la façon dont certains détails surgissent alors qu'on ne savait même pas qu'on les connaissait : Fleurissimo de Creed. Le parfum conçu spécialement pour le mariage de Grace Kelly.

— Etes-vous l'une des filles qui doivent m'aider à défaire mes bagages ?

— Hmm ?

— Etes-vous l'une des filles, répète-t-elle avec sa diction impeccable, qui doivent m'aider à défaire mes bagages ?

Maintenant qu'elle s'est remise de sa surprise, elle a une attitude polie mais distante.

— Je ne sais pas si vous êtes toutes des femmes de chambre, ou des assistantes... Il y a tellement d'employées de maison, ici, que ça en devient un peu étouffant.

— Je... je ne suis pas une employée de maison.

— Bref, je me demandais si par hasard vous n'auriez pas sorti mon livre de prières, poursuit-elle en ignorant mes explications.

Elle examine l'appartement et son regard se pose sur l'un des cartons que je n'ai pas encore déballés. Dans un bruissement de tissu, elle va l'inspecter.

— C'est particulièrement important pour moi, voyez-vous, et... Eh bien, évidemment, la cérémonie religieuse est demain matin. C'est mon galop d'essai dans cette robe, si vous voulez. Je ne fais jamais rien sans répéter en costume avant !

— Non, je veux bien le croire.

Elle lève les yeux, et son regard perçant se pose cette fois sur moi.

— Il vaudrait peut-être mieux que ce soit vous qui regardiez ? Je ne veux pas risquer d'abîmer la robe.

— Surtout pas… Elle est beaucoup trop précieuse. Légendaire, même.

— Que voulez-vous dire ?

Je déglutis.

— Simplement que pour des générations de femmes, c'est le Graal de la robe de mariée. La perfection incarnée. L'objectif suprême. Le…

— Mais je ne l'ai même pas encore portée en public !

Elle éclate d'un petit rire nerveux.

— Je sais que les rumeurs vont bon train, mais je suis d'avis que toutes ces femmes feraient mieux d'attendre de la voir pour en juger. Vous ne croyez pas ?

— Oui, mais…

— Mon Dieu, continue-t-elle en frissonnant, ce qu'il fait frais ! Je n'aurais pas dû m'aventurer jusqu'ici, mais je voulais juste savoir ce que cela faisait de marcher avec cette robe, et le palais est tellement immense, je me suis trompée au moins deux fois… Laissez-moi vous dire que je n'avais pas exactement prévu de finir dans un grenier. Mais maintenant que je suis là, j'aimerais vraiment trouver ce livre de prières.

— Mais ce n'est pas… ce n'est pas un grenier. Et ce n'est pas non plus le palais de Monaco.

Elle lève un sourcil parfait d'un air dédaigneux.

— Je vous demande pardon ?

— Ce n'est pas un grenier, je répète d'un ton ferme. Vous n'êtes pas à Monaco.

Je me suis promis que si jamais ça recommençait, j'essaierais sans perdre de temps de percer le mystère du canapé. Je n'en ai jamais eu l'occasion avec Audrey et, pour être honnête, j'étais convaincue de parler à ma propre tumeur au cerveau. Et quand j'ai abordé le sujet avec Marilyn, elle m'a prise pour une voyante. Mais avec Grace Kelly en face de moi, j'ai enfin une chance de percer le mystère. Elle est calme, froide et flegmatique, là où Marilyn était un peu loufoque, essoufflée et plus ou moins éméchée. D'accord, Grace a l'air nerveuse sous ses manières hautaines de princesse, mais c'est probablement parce que dans son monde, elle s'apprête à devenir une vraie princesse, en épousant devant des millions de spectateurs un homme qu'elle connaît à peine. Mais quand même. C'est *Grace Kelly*. Elle est intelligente, perspicace, et c'est une dure à cuire. Si je ne profite pas de l'occasion, je sais que je le regretterai.

— Excusez-moi… vous avez bien dit que vous étiez anglaise ?

— Oui, pourquoi ?

— Eh bien, ce que vous dites n'a aucun sens. Mais cela ne peut pas être la barrière de la langue… Ecoutez, je vais essayer de retourner dans ma chambre et demander à quelqu'un d'autre de m'aider à retrouver le livre de prières. Je vous laisse à vos affaires.

Elle fait un pas en direction de la porte, comme si elle allait pouvoir sortir par là.

— C'était un plaisir de vous rencontrer, mademoiselle… mademoiselle comment ?

— Lomax. Libby Lomax. Ecoutez, Gra…

Je m'arrête juste à temps.

— Mademoiselle Kelly. Il faut que vous compreniez quelque chose. Enfin, c'est surtout moi qui veux comprendre…

Je désigne le Chesterfield.

— Vous voyez ce canapé ? Il est magique, d'accord ? Je sais que ça va vous paraître étrange, mais il y a des gens qui en sortent. Des stars hollywoodiennes, pour être précise. Audrey Hepburn. Marilyn Monroe. Et maintenant, vous.

Ses yeux de la couleur d'un ciel d'hiver se posent sur moi sans ciller. Il y a un long silence.

— Je vous demande pardon ? dit-elle enfin avec une diction plus parfaite que jamais. Vous êtes consciente de ce que vous venez de dire ?

— Je sais que ça paraît… fou. Complètement impossible.

Mais je vous promets que c'est vrai. Le canapé est bel et bien enchanté. Je l'ai récupéré aux studios Pinewood, et…

— Pinewood ?

Son regard s'adoucit.

— C'est Hitch qui vous a envoyée, c'est ça ?

— Hitch ?

— Alfred Hitchcock. Il a décidé de me faire une blague, n'est-ce pas ? C'est tout à fait son genre de me jouer un tour la veille de mon mariage, maintenant que j'y pense…

— Non, non ! Pas du tout.

— … et en plus, je sais qu'il est contre ce mariage. Il s'imagine que je ne reviendrai jamais travailler à Hollywood maintenant que je suis une princesse.

Elle croise ses bras gantés.

— Il se trompe. Et la prochaine fois que vous le verrez, vous lui direz…

— Je ne le verrai pas. Je ne le connais pas. Ce n'est pas une blague. Je vous dis la vérité.

Grace Kelly fronce les sourcils. Son front parfait se plisse.

— Vous êtes sincèrement convaincue qu'il y a un canapé enchanté dans le grenier ?

— Encore une fois, ce n'est pas un grenier. Je vis ici.

— Vous vivez dans un *grenier* ?

Elle semble soudain inquiète. Son flegme impressionnant vacille.

— Veuillez excuser ma brusquerie, mais vous n'êtes pas… une folle que l'on aurait enfermée dans le palais, si ?

— Non ! Bien sûr que non.

— C'est juste que je ne connais pas encore très bien le prince… Bien sûr, nous sommes très amoureux, sans quoi je n'aurais certainement pas accepté de l'épouser, même pour faire plaisir à mes parents…

Elle s'éclaircit la gorge.

— Mais tant qu'on n'a pas vécu avec quelqu'un, on ne sait jamais quels squelettes il cache dans ses placards. Ou, en l'occurrence, quelles folles il garde dans le grenier.

Une autre idée semble soudain lui traverser l'esprit, et elle plisse les yeux.

— Si vous avez inventé tout cela pour détourner mes soupçons parce que vous êtes la maîtresse de Rainier…

— Bien sûr que non, quelle idée !

— Inutile de prendre l'air aussi horrifiée, ma chère.

Grace Kelly semble soudain plus humaine. Pendant un bref instant, son maintien parfait fléchit, et son front se creuse.

— C'est un homme très séduisant ! Et un prince, bien sûr. Sinon, je ne l'épouserais pas…

Elle s'interrompt.

— Je ne veux pas dire… Je ne l'épouse pas parce que c'est un prince, bien sûr. Je l'épouse parce que je l'aime.

— Oui, bien sûr.

— Il est tout aussi facile de tomber amoureuse d'un prince que d'un homme ordinaire, poursuit-elle, sur la défensive. Sans parler du fait que… eh bien, tout le monde croit qu'aucun homme ne résiste à mon charme, mais à quoi bon quand tous ceux qui sont intéressants sont déjà mariés ?

— Oui, ne vous inquiétez pas, vous n'avez pas à vous justifier. Même si je n'ai jamais aimé de prince, et que l'homme dont je suis amoureuse est un homme ordinaire… Mais revenons à nos moutons.

Je prends une grande inspiration et je me rapproche de Grace Kelly, soudain un peu moins snob dans sa robe de princesse.

— Je peux vous le prouver, vous m'entendez ? Je peux vous prouver que je dis la vérité. Vous croyez être au palais à Monaco, n'est-ce pas ? Le palais qui surplombe les eaux scintillantes de la Méditerranée…

— Il donne sur la marina, en fait, me coupe-t-elle sèchement, et je ne vois pas le rapport entre la vue et…

Je relève le store.

— Regardez. Regardez par la fenêtre et dites-moi ce que vous voyez.

Elle ouvre la bouche, sûrement pour protester. Je prends un ton suppliant :

— Jetez un coup d'œil, c'est tout. Et dites-moi si vous voyez une marina et des yachts qui dansent sur l'eau au clair de lune. Ou…

Je regarde par la fenêtre.

— … dites-moi si vous ne voyez pas plutôt une rue ordinaire, avec des voitures garées, les poubelles sorties avant le passage des éboueurs et… Oh ! je crois qu'il y a un renard qui fouille dans les ordures par là-bas.

A la lumière des lampadaires, j'aperçois un animal famélique à la queue touffue se débattre avec ce qui ressemble à un carton de pizza Domino's et une bouteille de Tropicana.

— Je vous en prie, mademoiselle Kelly. Juste un coup d'œil.

Pendant un instant, j'ai l'impression qu'elle ne va pas bouger.

Puis, en dissimulant sa curiosité, elle s'approche de la fenêtre.

Elle a l'air abasourdie.

— Je n'y comprends rien !

Elle me regarde par-dessus son épaule.

— Où est passée la marina ?

— Et voilà ! C'est ce que je vous disais !

Je me hisse sur le rebord de la fenêtre et je la regarde droit dans les yeux. A cette distance, l'odeur de son parfum est plus présente que jamais, et je vois les fines rides autour de ses yeux qui la rendent, étrangement, plus réelle. Ou au moins, plus terre à terre. Plus vulnérable, peut-être.

— Vous êtes magique ! Et je ne parle pas de la magie de Hollywood, mais de vraie magie. Vous apparaissez en sortant du canapé et ensuite… Eh bien, en fait, je ne sais pas du tout où vous allez quand vous retournez sur le canapé.

Je réfléchis un instant.

— Je veux dire, je ne sais pas si vous retournez dans votre monde ou si vous cessez temporairement d'exister…

la seule chose dont je sois certaine, enfin, je crois, c'est que ça ne marche que dans un sens. Je ne peux pas aller dans votre monde. C'est plutôt comme dans *Alice au pays des merveilles*, j'imagine…

— Je vois. Je vois, répond-elle à voix basse, comme pour elle-même. Je… crois que j'ai compris.

— Fantastique ! Alors, pour ce que j'en sais, d'après mes expériences précédentes…

— C'est un rêve. Cela explique tout. Ce n'est pas une blague. C'est un rêve. Un rêve très réaliste, mais un simple rêve.

— Quoi ? Non, pas du tout !

— Ne soyez pas absurde, ma chère.

Elle a retrouvé sa froideur royale et me dévisage.

— En dehors du fait que ce que vous dites ne peut pas être vrai — un canapé magique, franchement ? —, il est tout simplement impossible que ce soit moi qui apparaisse dans votre existence réelle.

Elle relève fièrement son menton, qu'elle a plutôt fort.

— Je suis Grace Kelly. Je suis peut-être entourée de magie — une carrière de star de Hollywood, un oscar, un mariage de princesse —, mais moi, je suis réelle.

— Oui, d'accord, je comprends votre raisonnement, mais…

— Ce n'est pas un simple raisonnement. Je le sais. Je ne suis pas une figurante dans votre vie ! Une créature magique dans un monde où c'est vous qui êtes réelle ? Non. C'est tout simplement impossible. Les miracles me suivent, après tout. Et pas l'inverse !

Je cligne des yeux.

— Alors… vous croyez que je suis une créature magique ?

Elle a un éclat de rire cristallin de petite fille. Je serais probablement charmée si elle n'était pas en train de m'expliquer que je n'existe pas.

— Oh non, je ne vous dis pas que vous êtes magique ! N'est-ce pas évident ? Vous êtes dans mon rêve !

— Non, je…

— Cela me semble limpide.

Avec une vigueur surprenante pour quelqu'un qui traîne des kilomètres de dentelle, elle retourne au canapé et s'assoit. Elle semble réfléchir à voix haute.

— J'ai subi beaucoup de pression, ces derniers jours ont été tout simplement épuisants… Je dors dans un endroit que je ne connais pas et je n'aurais vraiment pas dû goûter ce fromage français malodorant au dîner… donc, même si j'admets que tout cela semble très réel, c'est bien évidemment un rêve. Si je faisais une psychanalyse, comme tout le monde… en fait, j'aurais probablement dû en faire une, mais mes parents ont toujours trouvé cela ridicule… eh bien, je pourrais glaner dans ce rêve toutes sortes d'indices qui m'aideraient dans la vraie vie.

Elle pose son regard bleu pénétrant sur moi pendant un instant.

— Vous êtes peut-être censée représenter une autre version de moi-même ? Oh ! vous êtes celle que je serais si je n'étais pas aussi belle, c'est cela ? Si je n'avais pas joué dans des films et rencontré le prince ? Après tout, vous semblez terriblement abattue et ordinaire.

— Hé ! La soirée a été dure, c'est tout.

A mon tour de la fixer d'un regard perçant.

— Essayez de ne pas avoir l'air abattue alors que l'homme dont vous êtes amoureuse ne vous aime pas.

— Ah ah !

Elle frappe dans ses mains, comme pour capturer l'idée avant qu'elle lui échappe.

— C'est la deuxième fois que vous mentionnez cet homme dont vous êtes amoureuse ! Quel message essayez-vous de transmettre ? Quelle vérité cachée tentez-vous d'arracher à mon subconscient ?

— Je n'ai ni message ni vérité cachée !

— Parce que, bien évidemment, j'ai eu quelques histoires d'amour.

Elle baisse soudain sa voix parfaitement modulée, de peur que quelqu'un du palais ne l'entende, j'imagine.

— Par le passé, il n'est pas impossible que je sois tombée amoureuse d'un homme qui n'éprouvait pas la même chose. Et bien sûr, le jour de son mariage, on se souvient de ce genre de choses… Ce n'était pas volontaire, mais je me suis surprise à penser à Clark tout à l'heure, quand je me préparais pour la cérémonie civile…

— Clark Gable ? Vous étiez amoureuse de Clark Gable ?

Sa peau satinée rougit presque imperceptiblement.

— Eh bien ! Si vous êtes la manifestation de mon subconscient, vous ne croyez pas que vous devriez être au courant ?

— Mais je ne suis pas la manifestation…

— Bref, je ne sais pas si je l'ai aimé plus que les autres. Mais je n'arrivais pas à le chasser de mon esprit tout à l'heure. Et j'imagine que Rainier lui ressemble un peu, avec sa moustache… Dites-moi : ce garçon dont vous parlez, celui dont vous dites être amoureuse, est-ce qu'il a une moustache ? Ce serait logique.

— Non, il n'a pas de moustache.

Je suis horriblement frustrée mais, en toute honnêteté, l'heure tardive et le champagne n'y sont peut-être pas pour rien. Je commence à perdre espoir, mais je fais une dernière tentative :

— Ecoutez, je ne sais pas si vous connaissez Audrey Hepburn et Marilyn Monroe…

— Bien sûr que oui. Elles sont charmantes… Oh ! serait-ce un autre message ? Parce qu'il paraît que le prince voulait faire la connaissance de Marilyn Monroe en vue de l'épouser, avant notre rencontre. Même si cela n'aurait jamais marché, évidemment. Je n'ai rien contre Marilyn, mais je ne crois pas que les Monégasques auraient approuvé.

Elle s'interrompt soudain.

Elle a les yeux fixés sur ma table basse.

Plus précisément, elle semble hypnotisée par le *OK !* que

Cass a oublié. Celui avec le prince Albert de Monaco, son épouse, Charlène, et leurs enfants en couverture.

— Qui est cette femme ? demande Grace en désignant la couverture d'un doigt tremblant. Et pourquoi porte-t-elle mes boucles d'oreilles ?

Un frisson d'horreur me parcourt.

Je ne peux pas dire à Grace Kelly (même à une Grace Kelly magique) que c'est son fils adulte qui, de son point de vue, n'a pas encore été conçu. Même si elle croit que je suis un rêve, un présage du futur, ça touche de trop près à sa destinée tragique, c'est trop douloureux pour que je lui en parle...

— Et qui, demande-t-elle d'une toute petite voix, sans aucune trace de dédain princier, est cet homme avec elle ?

J'ouvre la bouche pour lui répondre... quoi ?

Qu'est-ce que je peux bien lui dire ? Parce que sur la couverture, le gros titre annonce clairement qu'il s'agit d'*ALBERT DE MONACO ET SA CHARMANTE FAMILLE LA VEILLE DE LA PUBLICATION DE LA NOUVELLE BIOGRAPHIE OFFICIELLE DE SA MÈRE BIEN-AIMÉE, GRACE KELLY*.

— Mademoiselle Kelly...

Je prends une grande inspiration.

— Grace...

Mais elle n'est plus là. Elle a disparu. Elle s'est évaporée.

Là où elle était assise quelques instants plus tôt, il ne reste que de l'air.

De l'air où flottent les effluves de rose et de violette de son parfum Fleurissimo, bien sûr.

3

Malgré ma gueule de bois, j'ai rangé mon appartement de fond en comble ce matin (et caché le *OK !* fautif sous une pile de magazines), avant l'arrivée de Bogdan à 10 heures.

Bogdan (fils de Bogdan) est, comme son nom l'indique, le fils de mon propriétaire précédent, Bogdan Senior, et l'un de mes meilleurs amis. Il partage son temps entre les chantiers et la coiffure (en secret, pour ne pas s'attirer les foudres de son père, parrain de la mafia moldave), et ces deux compétences m'ont rendu plus d'un service depuis que je le connais. Ce matin, il vient m'aider à monter un petit bureau IKEA, pour que je puisse travailler dans de bonnes conditions dans l'atelier en attendant de décider ce que je vais en faire.

Même s'il ne le sait pas encore, il vient aussi parler de l'apparition mystique sur mon canapé d'hier soir. Parce que Bogdan est la seule personne que je connaisse qui ait vécu l'expérience magique du Chesterfield. Je n'oublierai jamais le moment où je l'ai surpris assis sur mon canapé, en pleine conversation avec Marilyn Monroe. En bon coiffeur, il essayait de la convaincre d'abandonner son blond légendaire (« trop cliché, mademoiselle Marilyn ») et de se teindre les cheveux en brun. Le sang-froid de Bogdan face à l'impossible m'a époustouflée et, même si nous n'en avons pas beaucoup reparlé, ça m'a ôté un poids de le savoir à mes côtés dans cette situation bizarre.

Je viens de mettre la bouilloire à chauffer pour lui préparer une tasse de thé noir bien fort, comme il aime, quand on frappe à la porte.

Quand je lui ouvre, il arbore son expression tragique habituelle, ainsi qu'un chino rayé aux couleurs de l'arc-en-ciel pour le moins audacieux et un T-shirt m'informant que « Harry Styles est craquant… mais moins que son petit copain ».

Je n'arrive pas à croire que son père n'ait toujours rien remarqué. Mais si ça se trouve, quand Bogdan part de chez ses parents le matin, il porte un costume traditionnel moldave, ou je ne sais quelle tenue approuvée par son mafieux de père, et il attend d'être hors de vue pour enfiler des vêtements qui proclament son amour pour les chanteurs de boys bands.

— Bonjour, me salue Bogdan d'un ton lugubre. Je suis extrêmement enthousiasmé.

— Ah bon ?

— Tu as nouvel appartement, me rappelle-t-il.

Il tend sa main énorme en direction de la rue.

— Dans quartier épatant. Tu as faire rencontre de voisins célèbres ?

— Je ne crois pas que j'en aie.

Bogdan entre et ferme la porte derrière lui.

— Tss ! Bien sûr que tu as voisins célèbres. Notting Hill, Libby. Tu tombes dans Claudia Schiffer quand tu vas au magasin bio acheter smoothie au guarana et noix de cajou. Tu échanges le signe de tête avec Elle Macpherson quand tu vas courir le matin. Tu…

Je commence à monter l'escalier et je l'interromps :

— Attends. Qu'est-ce qui te fait croire que sous prétexte que je vis à Notting Hill, je vais automatiquement me transformer en obsédée de fitness ?

— Mais c'est tout à fait ce que tu dois effectuer !

Il semble choqué que je n'y aie pas pensé.

— Tu es très jolie, Libby, mais je vais pas mâcher mes peaux.

— Mâcher tes mots, tu veux dire ?

— Oui. Si tu es dessineuse de bijoux à Notting Hill, tu dois avoir look.

Il examine d'un regard désapprobateur mon jean et mon sweat gris. Pour ma défense, je ne les ai mis que pour faire le ménage ce matin.

— Maintenant que j'y réfléchis, smoothie au guarana et jogging le matin, peut-être trop compliqué pour l'instant. Peut-être on doit d'abord se concentrer sur la toilette basique.

— Merci, Bogdan, mais je ne crois pas que j'ai besoin de toi pour faire ma toilette…

— Je suis pas d'accord. Déjà, tes cheveux sont dans grande détresse, Libby.

Il fixe d'un regard mélancolique mes mèches d'un brun indéterminé vaguement ramenées en queue-de-cheval.

— Je dois appeler un rat un rat…

— Appeler un chat un chat.

Comme j'ai atteint mon quota d'expressions déformées pour la matinée, je poursuis :

— Ecoute, on parlera de mes cheveux plus tard. J'ai quelque chose d'important à te raconter.

— Plus important que coiffure ?

— Oui, Bogdan.

Je pose une main sur le dos trop rembourré du canapé.

— Ça recommence.

— Quoi recommence ?

— Le canapé. Tu sais bien. Son… truc.

Il reste imperturbable, mais il faut bien davantage qu'un canapé magique pour ébranler le calme arc-en-ciel de Bogdan.

— Quelqu'un de neuf est venu ?

— Oui.

Il contemple le canapé.

— Elizabeth Taylor ?

— Non.

— Jean Harlow ?

— Non.

— Ava Gardner ?

— Non plus.

Sans savoir pourquoi, je baisse la voix.

— C'était… Grace Kelly.

Bogdan a l'air impressionné.

— Je suis en amour d'elle.

— Oui, eh bien…

— Vraiment. Je l'aime. C'est mon… comment dis-tu ? Mon idéal de femme.

J'examine son T-shirt « Harry Styles est craquant ».

— Euh… tu es sûr d'avoir un idéal féminin ?

— Pas la peine de me moquer. Je te demande des questions personnelles sur ton orientation sexuelle, moi ?

— Oui, non, d'accord, tu ne me poses pas de questions sur mon orientation sexuelle en tant que telle. Mais ça ne t'a pas empêché de me demander des détails sur ma vie sexuelle avec Dillon.

Bodgan a un faible pour mon ex Dillon, en plus de Harry Styles, du « petit copain » de Harry Styles et, apparemment, de Grace Kelly.

— Je suis tombé en amour d'elle, continue-t-il passionnément, depuis que je la vois dans *Mogambo*. J'essaie même de me faire pousser une moustache comme Clark Gable, mais c'est difficile parce que j'ai onze ans à l'époque.

— Je n'aurais pas cru que se faire pousser une moustache à la Clark Gable était *difficile* à onze ans. J'aurais pensé que c'était *impossible*.

— Non, non. Pour moi, c'est très possible. C'est juste difficile parce que le monde est pas prêt pour un petit garçon avec moustache de Clark Gable. Je m'ai fait beaucoup moquer dans rues de Chișinău. Peut-être aurait été différent à Londres.

— Je ne parierais pas là-dessus.

— Mais Grace Kelly…

Bogdan pousse un soupir.

— Il y a déjà eu beauté classique pareille ? Et son style ! Quand je pense à elle dans robe de mariée, je sens…

Je m'empresse de le couper avant qu'il entre dans les détails :

— Oui, eh bien, elle était justement en robe de mariée quand elle a débarqué hier. Juste là, sur le Chesterfield.

— Juste là ? murmure Bogdan.

Il s'assoit sur le canapé et caresse le coussin de sa grande main.

— Je suis très enthousiasmé, Libby. Très très enthousiasmé.

— Oui, j'imagine qu'il y a de quoi, même si… Elle était un peu autoritaire, pour être honnête. Et elle prétendait que c'était elle qui était réelle et que je n'étais qu'un rêve. La manifestation de son subconscient.

— Est un grand honneur d'être subconscient de Grace Kelly.

— Bogdan ! Bien sûr que je ne suis pas son subconscient !

— Ah oui. J'oublie.

— Et je ne sais même pas si elle va revenir, parce qu'elle a vu par hasard une photo de son fils dans un magazine et je ne sais pas trop pourquoi, mais ça l'a fait disparaître dans un nuage de fumée…

— Ah, répond Bogdan d'un ton sentencieux. C'est d'un intérêt de capitale.

— Alors, tu es d'accord pour qu'on essaie d'en apprendre un peu plus ? Je voulais te demander, pour la tante dont tu m'as parlé la dernière fois…

— La tante ?

— Tu m'as dit un jour que tu avais une tante qui est… euh… médium, ou je ne sais quoi.

Je me sens idiote rien qu'en prononçant ce mot. Mais je continue :

— Apparemment, elle a déjà vu ce genre de choses.

— L'enchantement des meubles de salon ?

Bon, je me sens encore plus idiote. Soulagée que nous soyons seuls (avec peut-être une trace de Grace Kelly), j'affirme :

— Oui, Bogdan, exactement.

— Ah, tu discutes de tante Vanya. Sœur de deuxième femme du cousin de mon père.

Pour moi, ce n'est pas une tante, mais je ne veux surtout pas me lancer dans un débat sur la culture moldave avec Bogdan.

— J'aimerais que tu appelles cette tante Vanya et que tu lui demandes si elle voudrait bien me donner son avis. Avec toi, évidemment, pour que tu puisses traduire.

— Ce n'est pas besoin appeler.

— Oh ! eh bien, skype-la alors. Ou je ne sais pas, ce qui est le plus simple pour joindre la Moldavie.

— Mais tante Vanya vit pas en Moldavie. Elle habite à Londres. Elle a mari conseiller municipal.

— Oh ! c'est… Je ne m'y attendais pas.

Il a éveillé ma curiosité.

— Et son mari, le conseiller municipal, ça ne le dérange pas qu'elle soit… médium ? Spécialiste des meubles enchantés ?

Bogdan hausse les épaules.

— Il a expérience. Et puis il voit les choses bizarres aussi, dans monde sauvage de politique londonienne.

— D'accord. Eh bien, ce serait vraiment génial si je pouvais la rencontrer bientôt.

— Je vais contacter elle.

Son ton mystérieux me fait me demander s'il compte la joindre avec des signaux de fumée ou une planche de ouija. Je suis étonnée de le voir sortir simplement son portable.

— Le texto est probablement moyen le plus sûr. Dernière fois que je parle à elle, elle pense que son téléphone espionné par grand rival de son mari, directeur des services de la voirie.

— OK. Je vais juste descendre acheter du lait pour le thé, et pendant ce temps tu peux peut-être commencer à regarder les meubles IKEA ?

— Oui, possible. Et après, on peut regarder sérieusement tes cheveux.

— Je ne vois pas ce que tu reproches à mes cheveux, Bogdan.

— C'est pour ça que j'ai inquiétude, soupire-t-il. Je te plains, Libby, pour perte d'âme sœur. Mais c'est pas raison de se laisser aller.

— Je ne me laisse pas aller !

— C'est important être jolie pour toi-même, Libby, pas juste pour homme.

— Mais je n'en ai pas !

Il lève les sourcils.

— Et tu te demandes jamais pourquoi ?

OK, je ne sais pas trop comment on en est arrivés là, mais c'est la spécialité de Bogdan : il est capable de détourner n'importe quelle conversation vers les hommes. Plus précisément, pourquoi je n'en ai pas. Encore plus précisément, pourquoi, puisque je n'ai personne d'autre, je ne passe pas mes nuits à faire des galipettes avec mon ex, Dillon O'Hara.

— Je désolé, continue-t-il, que tu es condamnée à être jamais avec âme sœur…

— Oui, enfin je crois que « condamnée », c'est un peu fort. C'est juste… comme ça que ça s'est fait.

— … mais c'est pas raison pour renoncer à amour tout reste de vie.

— Je n'ai pas renoncé à l'amour, Bogdan ! Tu dis ça juste parce que je ne passe pas mes nuits dans les bras de Dillon.

— Je dis pas ça. Enfin, je dis pas que c'est mauvaise idée…

Il devient sérieux (enfin, encore plus que d'habitude).

— Mais c'est temps que tu prennes contrôle de ton propre destin. Je dis pas ça doit être Dillon. Mais tu es trop jeune, Libby, pour renoncer à hommes pour toujours. Trop jeune et trop jolie. Et trop gentille.

— Oh ! Bogdan.

J'ai la gorge serrée.

— C'est la chose la plus gentille que tu m'aies jamais dite.

— De rien.

Il plisse les yeux.

— Imagine pas que ça veut dire j'ai oublié catastrophe des cheveux.

— Loin de moi cette idée.

Je prends mon sac et je conclus :

— Et pour te remercier de m'avoir dit tout ça, je te promets, Bogdan, que la prochaine fois que je rencontrerai un bel inconnu — puisque ça court les rues, ces trucs-là —, je le laisserai me séduire et m'offrir le conte de fées que je mérite, OK ? Rien que pour te faire plaisir.

— Ceci, répond Bogdan, que mon ironie laisse de marbre, est ce que je veux entendre.

Puis il entreprend d'écrire à tante Vanya pendant que je descends acheter du lait.

En arrivant dans la rue, j'en profite pour appeler Nora sur FaceTime. Elle vient à Londres cette semaine (un plaisir rare, malheureusement) pour déposer sa fille, Clara, chez ses parents. Mark et elle s'offrent un week-end en amoureux pour leur premier anniversaire de mariage. Il faut qu'on parle, même brièvement (c'est de toute façon devenu la norme, entre le boulot, l'allaitement et les centaines d'heures qu'elle passe à essayer de convaincre Clara que si, elle a envie de dormir), pour prévoir un rendez-vous pendant la demi-journée qu'elle passe à Londres. Un petit café, ou peut-être même un verre de vin…

— Nora !

Je suis déjà toute ragaillardie en voyant son visage apparaître sur l'écran.

— J'ai réussi à t'avoir !

— Salut ! souffle-t-elle.

Elle a les yeux écarquillés et semble terrifiée.

— Une seconde, ajoute-t-elle d'une voix toujours aussi basse.

Elle disparaît de l'écran. Tout devient flou, puis noir, et elle réapparaît quelques instants plus tard, l'air tout aussi paniquée mais avec une voix normale. Enfin, un murmure à peine audible.

— Désolée ! Je viens de la coucher ! Dans cinq minutes, une bombe pourrait exploser dans sa chambre sans que ça la réveille, mais pour l'instant, si un chat éternue dans la rue, elle va se remettre à hurler. Je vais juste dans la salle de bains tout en haut. C'est à l'opposé de sa chambre, donc si je me penche par la lucarne, elle ne m'entendra pas.

— Tu vas te pencher par la lucarne ?

Je suis un peu inquiète. Je n'ai été qu'une fois dans la nouvelle maison de Nora à Glasgow, mais elle fait quatre étages, avec un patio pavé en guise de jardin.

— Sois prudente, d'accord ?

— Ne t'inquiète pas, je le fais tout le temps ! Et honnêtement, Lib, je préfère risquer de m'écraser sur le patio que de la réveiller ! Comment ça va, chez toi ? Il paraît que tu as vu Olly hier soir ?

— Oui. Euh, c'est lui qui t'en a parlé, ou…

Et soudain, je décolle.

Littéralement. Mes pieds ne touchent plus le trottoir, et je m'envole avant de retomber sur les fesses — *aïe !* — quelques mètres plus loin.

Je reste étalée là un instant, trop étourdie pour comprendre ce qui m'est arrivé, avant de voir un visage d'homme au-dessus de moi.

— Ouh là ! Ça va ?

— Hmm ?

— Vous arrivez à bouger ? A parler ? Vous croyez que vous vous êtes cassé quelque chose ? Vous vous êtes cogné la tête ?

Je ne connais pas la réponse à ces questions. Je me contente donc de répéter :

— Hmm ?

— Mince, vous n'arrivez pas à parler… J'appelle une ambulance… Esti, appelez une ambulance ! crie-t-il par-dessus son épaule.

— Non, non, ce n'est pas la peine !

Je me redresse brusquement, et seuls ses bons réflexes nous évitent de nous cogner mutuellement la tête.

Dès que je me redresse, je suis frappée par sa beauté stupéfiante.

Cheveux bruns, yeux bleus ourlés de longs cils, peau caramel. Un cocktail explosif.

Mais je suis tirée de mes rêveries par l'apparition soudaine de la dénommée Esti.

— Tout va bien ? demande-t-elle par-dessus son épaule. Qu'est-ce que je peux faire ?

— N'appelez pas d'ambulance, je peux parler !

En digne disciple de Yoda, je poursuis :

— Bien je vais. Euh, je veux dire, je vais très bien.

— Mais vous avez fait une belle chute.

Son accent est aussi difficile à définir que la couleur délicieuse de sa peau. Un peu américain, un peu britannique, un peu… néerlandais ? Scandinave ? Il m'aide à me relever, et je sens des muscles impressionnants dans ses bras et son dos. Pas étonnant : il est en jogging et veste FitRox Training. Ça doit être un coach du club de gym un peu plus loin, celui où Cass était inscrite. Et cette Esti est probablement l'une de ses clientes — ou plutôt un autre instructeur, parce qu'elle est aussi super en forme, avec des bras à la Madonna et des abdos de tortue Ninja sous son haut court.

— Vous êtes un peu pâle.

Le coach a l'air inquiet.

— Je crois qu'une boisson chaude vous ferait du bien, quelque chose de sucré…

— Oh ! ne vous inquiétez pas, j'allais justement acheter du lait pour le thé.

— Je vais vous chercher une tasse de thé.

— Vraiment, ce n'est pas la peine.

— Inutile de protester, je vous offre un thé. C'est la moindre des choses.

Il désigne la rue commerçante voisine.

— Starbucks, ça vous va ?

— Euh, oui, mais vraiment…

— Esti, vous pourriez aller chercher du thé ? demande-t-il à l'amazone qui, à mon grand agacement, court toujours sur place. Je vais attendre avec… désolé, je ne vous ai même pas demandé votre nom avant de vous faire culbuter.

— Libby.

— Je vais attendre avec Libby, on va s'asseoir un moment. Là, par exemple, propose-t-il en me guidant vers un muret devant une maison. Mon… euh… amie Esti va acheter une boisson.

— Comme vous voulez, répond Esti d'un ton hésitant.

Il confirme d'un signe de tête que oui, c'est ce qu'il veut, et elle part en petite foulée en direction du Starbucks.

Encore un peu étourdie, je regarde son fessier tonique moulé dans un short en lycra disparaître au coin de la rue.

— On peut bavarder un peu ? demande le coach. Juste pour être sûrs que vous n'avez pas une commotion cérébrale ou je ne sais quoi.

— Euh, oui, d'accord.

Je lui jette un coup d'œil. *Waouh*. Maintenant que je suis assise et plus ou moins consciente, je me rends compte qu'il est encore plus canon que ce que je pensais. Quand j'arrive à détourner les yeux de ses yeux bleu vif et de sa peau mate, je remarque sa mâchoire bien dessinée, ses lèvres pulpeuses et… même ses oreilles sont parfaites !

— Vous êtes censé me demander le nom du Premier ministre, c'est ça ?

— Oui, ce genre de choses. Ou quel jour on est.

— Ah. Le problème, c'est que même dans mon état normal j'ai du mal à savoir quel jour on est. Je me suis cogné la tête l'an dernier, et je ne savais pas si j'avais oublié la date à cause du choc ou parce que je suis tout bonnement incapable de me rappeler si on est mardi ou jeudi.

— Oh mon Dieu, vous vous êtes déjà blessée à la tête récemment ?

Il semble consterné.

— Vous êtes sûre que vous ne devriez pas aller à l'hôpital ?

— Non, ce n'est vraiment pas la peine. En plus, c'était il y a un an. Et aujourd'hui, on est mercredi. Vous voyez ?

— Impressionnant.

Il me sourit, l'air un peu moins inquiet. Je lui rends son sourire.

— Alors, vous travaillez dans cette rue ?

— Pardon ?

— La veste. Vous êtes instructeur à FitRox.

Il jette un œil à sa veste et passe le doigt sur le logo.

— Vous êtes très observatrice.

— Ma sœur a pris des cours là-bas il y a quelques années, quand elle espérait participer à *Danse avec les stars*.

— C'est, euh… étonnant.

— Qu'elle ait cru avoir une chance d'entrer à *Danse avec les stars* ? Eh bien, oui, parce qu'elle a deux pieds gauches. Mais elle est relativement célèbre, donc ce n'était pas déraisonnable, j'imagine. Enfin, ce n'était pas juste une fan anonyme qui se faisait des illusions, vous voyez…

Je sais que je parle trop. C'est l'effet que me font les hommes très beaux. Je décide de le faire parler pour que ça m'oblige à me taire.

— Et vous, comment vous appelez-vous ?

— Joel. Je m'appelle Joel. Je…

Il s'interrompt et me dévisage.

— Vous savez, Libby, dit-il au bout d'un instant, j'ai un service à vous demander.

— Bien sûr. Ce que vous voudrez.

Je ne sais pas si c'est très malin de faire ce genre de promesse à un inconnu, aussi charmant soit-il. Je m'empresse donc d'ajouter :

— Enfin, dans les limites du raisonnable.

— Oui, bien sûr !

Il plonge son regard dans le mien, l'air très sérieux. J'ai l'impression qu'il entrevoit tous mes secrets.

— Vous croyez qu'une invitation à dîner avec moi ce soir entrerait dans les limites du raisonnable ?

Je ne m'y attendais pas du tout.

— Enfin, vous n'êtes peut-être pas libre…, se reprend-il. Si ça se trouve, vous n'êtes même pas célibataire ?

— Si, je suis célibataire. Et disponible. Ce soir. Mais… écoutez, ce n'est vraiment pas la peine de m'inviter à dîner pour vous faire pardonner.

— Je vous promets de ne plus vous demander pardon. Je m'engage à ne pas prononcer un seul mot d'excuse de tout le dîner.

Je souris.

— Je vous le rappellerai.

— Très bien. C'est réglé, alors. On peut peut-être se tutoyer ?

— Euh, oui, bien sûr.

— Je peux passer te chercher… pardon, tu vis dans le quartier ?

— Oui, dans la rue. Je viens d'emménager. Enfin, j'habite au-dessus de mon nouveau studio — je suis créatrice de bijoux —, et il ne m'appartient pas, c'est juste…

Je m'oblige à arrêter de déblatérer.

— Oui, tu peux passer me chercher ici. J'imagine que ça sera pratique pour toi aussi, quand tu sortiras du boulot ?

— Oui, tout à fait. Alors… 20 h 30 ?

— Parfait.

— Super. On n'a qu'à commencer par aller boire un verre et décider ensuite de ce dont on a envie. Enfin, de l'endroit où on a envie d'aller dîner, se hâte-t-il de préciser. Ça te va ?

— Très bien.

— Parfait. Ah, voilà Esti, avec le thé…

Au même instant apparaît Bodgan, qui a dû regarder par la fenêtre et me voir assise sur mon muret.

Je parie qu'il a aussi remarqué le mec canon à côté de moi.

— Libby ?

Il se met lui aussi à courir en traversant la rue.

— Que se surpasse-t-il ?

— Rien. Un petit accident, c'est tout.

Je m'empresse de le présenter comme un ami, au cas où Joel n'aurait pas remarqué le pantalon arc-en-ciel et le T-shirt Harry Styles.

— Et je devrais vraiment te laisser continuer ton jogging.

— Je vous ai pris un *English Breakfast*, annonce Esti avec un accent tout aussi indéfinissable. Ça vous va ?

— Parfait, merci, c'est très gentil de votre part.

— D'accord, eh bien, si tu es sûre que ça va, on va te laisser entre de bonnes mains, avec… euh…

— Bogdan, roucoule Bogdan, extatique — un peu comme quand il parlait de Grace Kelly. Je suis très heureux de faire votre reconnaissance.

Il est temps d'arrêter les dégâts.

— Je t'en prie, continue ton jogging. On se voit ce soir.

— 20 h 30, me rappelle Joel. J'ai hâte. A ce soir, Libby.

Nous regardons Joel et Esti s'éloigner à petites foulées en direction du parc.

— Je sais jamais, dit Bogdan dans un murmure émerveillé, comment tu fais ça.

— Comment je fais quoi ?

— Comment tu fais tomber les mecs canon à tes pieds comme moucherons dans flamme.

— Il n'est pas tombé à mes pieds. Il m'a invitée à dîner parce qu'il se sentait coupable de m'avoir bousculée.

— Ceci est ton plus gros problème, Libby. Tu es naïve. Tu vois pas ce qui est suspendu à ton nez.

— Attends, je croyais que mon plus gros problème, c'était que je refuse de te laisser me faire une vraie frange.

— Tu as beaucoup de problèmes, clarifie-t-il. Mais plus gros est que tu fais jamais attention au destin. Tu dis pas il y a deux minutes que tu attends bel inconnu pour te séduire ?

Oh.

J'imagine que j'ai dit ça.

Mais… vous savez. C'était une blague.

Je n'espérais pas vraiment voir surgir un inconnu à la beauté… littéralement renversante.

Avant que je puisse y réfléchir, mon portable sonne. Dans le caniveau, où il a dû atterrir pendant ma chute.

— C'est Nora. Il faut que je réponde. Elle doit se demander où je suis passée.

— D'accord. Mais tu prends pas trop longtemps. On finit meubles IKEA et après on fait cheveux glamour pour ce soir.

Je réponds à une Nora à l'air inquiet et je commence à lui expliquer pourquoi j'ai brusquement disparu tout en suivant Bogdan, un peu ankylosée.

4

Comme je suis une fille attentionnée, la visite à l'hôpital pour voir ma mère est toujours au programme de ce soir, même si (comme l'a répété Bogdan), quelques heures ne seraient pas de trop pour me préparer à mon rendez-vous avec Joel le coach.

Malgré l'expression pleine d'espoir de Bogdan, qui me tournait autour avec une paire de ciseaux, j'ai refusé ses propositions de relooking complet, frange comprise. Au milieu de tout ce bazar (la visite de Grace Kelly, l'apparition d'un bel inconnu), il me reste encore du travail. Cet après-midi, j'ai passé deux bonnes heures à répondre à des mails, en majorité de futures mariées, avant de retourner au Starbucks pour un rendez-vous avec une cliente (devinez ? une future mariée), afin de discuter des huit pendentifs assortis qu'elle veut faire porter à son armée de demoiselles d'honneur et, bien sûr, du diadème vintage qu'elle aimerait tant que je confectionne pour son mariage le mois prochain.

Oh ! et juste au moment où j'espérais pouvoir sauter dans la douche, raser ce qui doit l'être avant une soirée avec un homme aussi séduisant que Joel, choisir une tenue ultra-avantageuse et appliquer une couche épaisse de maquillage subtil et naturel, Elvira a appelé.

Impossible de l'ignorer.

Ça ne s'est pas très bien passé. Le dégel amorcé hier a été réduit à néant. J'ai eu droit à un rapport détaillé sur le rendez-vous de Tino chez le vétérinaire (rien de cassé et pas de lésions internes, apparemment, mais ça n'a pas empêché le véto de lui faire payer la consultation deux cents livres, et Elvira d'annoncer qu'elle m'envoyait la facture). Elle a terminé la conversation avec ce qu'elle a appelé une « mise en garde formelle ». D'humeur audacieuse, peut-être parce que l'inflexibilité de Grace Kelly est contagieuse, je lui ai répondu qu'elle pouvait difficilement me mettre formellement en garde alors que théoriquement, je suis toujours indépendante et à la tête de mon entreprise. Evidemment, ça n'a pas plu à Elvira, qui s'est lancée dans une diatribe de dix minutes : plutôt que de scier la branche sur laquelle je suis assise, je ferais bien de regagner leur confiance et d'assumer la responsabilité de mes erreurs, sinon…

Heureusement, j'ai quand même pu prendre une courte douche, mais je n'ai pas eu le temps de m'attarder devant mon armoire en quête d'une tenue fabuleuse, ni de me maquiller comme je l'aurais voulu. Je me suis rabattue sur une tenue passe-partout (jean skinny, petit haut et blazer) et je me suis maquillée dans le bus en allant rendre visite à ma mère, mais ça devrait passer.

Je n'ai pas d'attentes particulières, bien sûr. Mais qui voudrait avoir l'air débraillé pour un rendez-vous avec un canon ?

Quand on parle du loup… Quand j'entre dans la chambre de ma mère, au troisième étage de l'hôpital, je suis accueillie par un spectacle stupéfiant.

Il ne s'agit pas de ma mère, censée être alitée après son opération. En fait, je ne sais pas où elle est. Son lit est carrément vide.

C'est Cass.

Enfin, je crois que c'est elle.

La personne qui est peut-être ma sœur est assise près d'une fenêtre ouverte, en train de fumer une cigarette dont elle rejette la fumée dans la rue. Elle a une queue-de-cheval décoiffée et… non, ce n'est pas possible. Elle n'est pas du tout maquillée. Même pas un peu d'anti-cernes. Pas un trait de crayon à sourcils. Elle porte un legging, un sweat informe et le genre de tongs en carton qu'on vous offre parfois après une pédicure de luxe.

Elle ressemble si peu à la Cass habituelle — en talons aiguilles, jupe moulante et brushing ; celle que j'ai vue avant-hier, en fait — que mon cœur fait un bond.

— Oh mon Dieu, Cass… c'est maman ? Il lui est arrivé quelque chose ?

— Quoi ? Non ! Elle est dans la salle de bains, crache-t-elle en indiquant une porte fermée derrière laquelle j'entends un bruit de douche.

— Mais alors… quel est le problème ?

— Le problème, c'est les putains de gamins de Zoltan !

Ah.

On dirait que son rôle de belle-mère ne se passe pas si bien que ça, finalement.

Je lui pique sa clope pour l'écraser dans un mug près du lit avant que l'alarme incendie se déclenche et qu'on soit mises à la porte de l'hôpital.

— Qu'est-ce qui s'est passé ?

— Ces petits salopards ont débarqué chez nous !

— Cass, ne traite pas des enfants de six et neuf ans de petits salopards…

— Mais c'est vrai !

— Comment ça, ils ont débarqué chez vous ?

— C'est elle. Son ex. C'est sa vengeance. Elle les a déposés hier soir, juste au moment où on s'apprêtait à aller au lit avec une bouteille de champagne. Elle a dit qu'elle allait passer quelques semaines chez une amie à New York et que leur père n'avait qu'à s'occuper d'eux. A cause d'eux, je n'ai pas eu une minute à moi depuis ce matin ! Je n'ai même pas pu prendre de douche, me maquiller, me coiffer… En plus, ils sont entrés dans ma chambre sans me demander la permission et ils ont joué à la marchande avec mes chaussures ! Des traces de doigts collants sur mes Louboutin ! Et de la morve — de la morve, Libby ! — sur mes nouvelles sandales Kurt Geiger ! Ils ont dit qu'ils n'avaient pas fait exprès, mais je ne les crois pas une minute, ces sales petits délinquants…

— OK, Cass, on se calme. Ce sont des enfants, c'est tout. En plus, ça ne fait qu'un jour qu'ils sont là !

— Oui, mais c'est un jour de trop… qu'est-ce que t'en sais, de toute façon ? Miss Célibataire, libre comme l'air.

Elle me jette un regard noir.

— Pourquoi est-ce que t'es sapée comme ça ?

— Je sors.

— La chance.

— Tu sais, Cass, si tu n'avais pas jeté ton dévolu sur un homme marié et père de famille…

Elle boude mais ne répond pas.

— Ecoute, tu ne peux pas parler à Zoltan ? Chercher une solution décente ?

Cass plisse son joli nez non poudré.

— Tu veux dire, engager une nounou à temps plein ?

— Non !

— *Deux* nounous à temps plein ?

— Cass…

— Le pensionnat ?

Je la dévisage.

— Pour des enfants de six et neuf ans ?

— Ben oui. Ça doit exister, non ?

— Sûrement, mais autant les envoyer directement à l'hospice.

— Tiens, je n'en ai jamais entendu parler, dit Cass en se penchant vers moi d'un air intéressé. C'est loin ? Ils peuvent les garder pendant les vacances ?

Je ravale ma réponse (beaucoup plus vulgaire qu'en temps normal), parce que la porte de la salle de bains s'ouvre et que ma mère fait son apparition.

Elle a l'air plutôt en forme pour une sexagénaire à qui on vient de retirer des calculs — pardon, qui sort d'une « opération bénigne de chirurgie esthétique ». En fait, en kimono de soie et pantoufles en cachemire (non, je ne rêve pas), elle est terriblement glamour. Une vague de fierté inhabituelle m'envahit. Il en faut, du cran et du culot, pour être éblouissante quarante-huit heures après une opération.

— Oh.

Mon émotion se dissipe devant le mécontentement que parvient à exprimer cette unique syllabe.

— C'est toi, Libby.

Ce n'est pas que ma mère me trouve antipathique — même si c'est parfois l'impression qu'elle donne. C'est plutôt qu'on n'a absolument rien en commun. Et elle n'est pas très douée pour faire semblant de s'intéresser aux gens qui ne lui ressemblent pas. Ni aux autres, d'ailleurs. Il n'y a que deux choses qui arrivent à attirer son attention : sa petite personne, et Cass. Bon, d'accord, je suis injuste : il y en a trois, sa petite personne, Cass, et l'interprétation de Michael Ball dans le rôle de Marius pendant la première production londonienne des *Misérables*, en 1985.

Ensuite, il y a à peu près deux cents trucs qui l'intéressent un tout petit peu par intermittence — en fonction des trois choses les plus importantes — et, tout en bas de la liste, sa fille aînée. Moi.

— Comment tu te sens, maman ?

— Oh ! tu sais, je suis une battante, dit-elle du ton mélodramatique de celle qui se bat courageusement contre l'adversité. Il faut plus qu'un bistouri pour m'abattre !

— Tant mieux. Tu as l'air en forme, je réplique d'un ton suggérant qu'il faut choisir son rôle. Tu es très glamour et sexy, pour quelqu'un qui vient de se faire opérer.

Elle me fusille du regard.

— J'essaie de tenir bon pour soutenir ta sœur. Tu te rends compte des épreuves qu'elle a traversées ? Harcelée par les paparazzi, poursuivie par une ex violente, et maintenant terrorisée par ces petits merdeux !

— Au fait, Libby a eu une super idée, intervient Cass en attrapant une cigarette de contrebande sur le rebord de la fenêtre. Tu as déjà entendu parler d'un endroit appelé l'hospice, maman ?

Ma mère hausse les sourcils. Je m'empresse d'intervenir :

— Ce n'était pas ce que je voulais dire, Cass ! Je pensais plutôt qu'il vaudrait peut-être mieux que tu rompes avec Zoltan. La situation est très compliquée, et ça paraît injuste de…

— Oh ! je ne crois pas que ce serait raisonnable, réplique ma mère du ton désapprobateur que la plupart des mères réservent aux enfants qui sortent les cheveux mouillés l'hiver ou qui ne prennent pas leurs vitamines. Je ne sais pas si tu es au courant, Libby, mais il est *footballeur*.

— Oui, je suis au courant, maman. Pourquoi, il y a une loi qui interdit de rompre avec les footballeurs ?

— Bien sûr que non. Mais ce serait idiot d'abandonner aussi vite !

— Non mais franchement ! Donc Cass est censée rester avec ce type, malgré tous leurs problèmes, juste parce qu'il est footballeur ?

Cass secoue sa queue-de-cheval mal coiffée.

— Ça n'a rien à voir avec le fait qu'il est footballeur !

— Tout à fait, approuve ma mère. Bien dit, Cassidy, ma chérie !

— Pourquoi est-ce que j'aurais envie d'être avec quelqu'un juste parce qu'il sait taper dans un ballon ? Le principal, c'est que comme il sait taper dans un ballon, il est plein aux as.

Ma mère a quand même la décence d'afficher une mine embarrassée.

— Et puis, en étant avec Zoltan, je suis l'exemple de Victoria Beckam ! Qui est quand même mon idole depuis que j'ai, genre, treize ans. Je n'ai jamais oublié les premières images des Spice Girls, leurs vêtements, leurs chaussures, leurs coiffures…, énumère-t-elle, l'air ému. C'est le genre de trucs qui marquent.

— Et surtout, intervient ma mère, Zoltan a l'air d'être un jeune homme merveilleux.

— Tu ne l'as jamais rencontré, dis-je.

— Je le *sens*, réplique-t-elle en me jetant un regard noir. J'ai lu beaucoup d'articles sur lui ces derniers jours, dans les magazines. Il est très engagé dans le caritatif — les visites aux enfants hospitalisés, tout ça…

— Waouh. C'est super. Même si ça ne lui ferait peut-être pas de mal de penser un peu à ses gosses à lui de temps en temps…

— … et c'est un père de famille dévoué, parce qu'il a une maison magnifique dans le Surrey. N'est-ce pas, ma chérie ? J'ai vu la photo dans *Hello !*

— Oui, marmonne Cass, mais c'est son ex qui la gardera après le divorce.

— Pas s'il se bat. Après tout, si vous avez les enfants chez vous de temps en temps, ma chérie, vous allez devoir déménager dans un endroit plus grand. Dans le Surrey, évidemment, parce qu'on ne va quand même pas arracher ces pauvres amours à leur école et à leurs amis.

Il y a deux minutes, c'étaient des petits merdeux. Mais c'était avant qu'ils deviennent des arguments utiles pour l'acquisition d'un manoir dans le Surrey.

— En fait, pendant que je me reposais tout à l'heure, j'ai regardé les annonces immobilières, ma chérie.

Elle s'empare de son iPad.

— Il y a des endroits tout à fait charmants en vente près de Cobham… regarde, celui-ci a même des écuries !

— Oh ! j'ai toujours rêvé de faire du cheval ! s'exclame Cass, qui semble retrouver d'un seul coup tout son allant. La maison est magnifique. C'est loin de l'hospice dont parlait Libby ?

Je crois que c'est le signal du départ.

— Bon, eh bien, si tu es en forme et que tu as tout ce qu'il te faut, je vais y aller, maman.

— Libby a un rendez-vous, soupire Cass avec amertume.

— Oh ! avec Dillon ?

Ma mère paraît ragaillardie. Elle trouve que sortir avec Dillon était la meilleure idée que j'aie jamais eue, et elle n'est pas près de me pardonner d'y avoir renoncé.

— Non, pas avec Dillon.

— Avec qui, alors ?

— Personne. Juste un type que j'ai rencontré dans la rue.

— Oh ! Libby. Je sais que tu as presque trente-cinq ans…

— J'ai trente ans !

— … mais je pense quand même que tu peux trouver mieux qu'un homme qui vit dans la rue.

— Il ne vit pas dans la rue ! Je l'ai juste rencontré près de chez moi. Il est coach, et il est canon.

— Oh ! c'est un coach de FitRox ? souffle Cass. Petite coquine ! Ils étaient tous à tomber. C'est Nathan ? Kyan ? Sabrina ?

— Sabrina, c'est un nom de fille.

— Oui, mais c'était tellement une bombe, je me la serais bien tapée aussi. Pfff. Pourquoi est-ce que Libby sort avec un coach canon pendant que je suis coincée à la maison avec les gamins débiles de mon mec ?

— Je sais, je sais. C'est très indélicat de sa part de t'en avoir parlé. Mais écoute, ma chérie : si tu convaincs Zoltan d'acheter cette maison, près de Walton-on-Thames, tu pourrais mettre les enfants dans l'annexe…

Je les laisse penchées au-dessus de l'iPad et je m'en vais en me retenant de justesse de claquer la porte.

J'arrive chez moi à 20 h 27 exactement et j'ai juste le temps de me donner un coup de peigne et de remettre du rouge à lèvres à toute vitesse. A 20 h 30 précises, on frappe à la porte.

Joel attend poliment que je vienne ouvrir, un bouquet de roses pâles magnifiques à la main.

— Si tu m'offres des fleurs pour t'excuser…

— Pas du tout, répond-il avec un sourire. Pour des excuses, je te conseillerais plutôt des jacinthes, des iris ou éventuellement des œillets. Dans le langage des fleurs, ces roses veulent dire « je suis heureux de passer la soirée avec toi ». Ça me paraît évident.

— Mais bien sûr, où avais-je la tête.

Je lui souris.

— Elles sont magnifiques, Joel, merci.

Il me les tend, et je remarque le papier dans lequel elles sont enveloppées.

— Oh ! et tu les as achetées chez le fleuriste près du métro ! Ça a dû te coûter un bras ! Tu n'aurais pas dû.

— Ça en valait la peine. En plus, je n'aurais jamais été capable de parler aussi bien de jacinthes, d'iris et d'œillets sans la vendeuse. Je t'ai impressionnée, hein ?

— Beaucoup. Je vais juste les mettre dans de l'eau, et on peut y aller.

La politesse voudrait que je l'invite à entrer pendant que je mets ses magnifiques roses dans l'évier, mais nous ne sommes pas encore assez proches. En plus, après Marilyn Monroe, je me méfie. Même si je n'ai pas revu Grace Kelly depuis hier soir, j'imagine déjà le scénario catastrophe où elle se matérialiserait là, tout de suite, et s'étendrait sur le canapé en robe de mariée pour m'expliquer que je suis son double ou je ne sais quoi.

Finalement, il n'y a aucune trace de ma visiteuse, mais mieux vaut prévenir que guérir. Je suis déjà gênée par mon peu d'expérience des relations amoureuses, inutile d'en rajouter en abordant mon canapé magique avant la première bouteille de blanc.

— On n'a qu'à aller au petit pub au coin de la rue, propose Joel quand j'émerge de l'appartement. Et ensuite, on pourra négocier le restaurant ?

— Parfait.

J'essaie d'être discrète tout en le dévorant des yeux. Il est à croquer. Il porte simplement un jean, une chemise blanche et des bottes marron, mais combinés à son corps parfaitement musclé et à son beau visage viril… le résultat est éblouissant.

— Alors, qu'est-ce que tu aimes ? demande-t-il en me regardant.

— Pardon ?

— Qu'est-ce que tu aimes manger ? Il faut régler cette question importante.

— Ah oui… Oh ! je suis plutôt facile. Enfin, pour les repas, je veux dire !

— Tant mieux. Donc tu n'es pas intolérante au gluten, crudivore ou obsédée par les trucs *healthy* ?

— Non. Mais, euh… j'imagine que toi, si ?

— Je devrais ? lâche-t-il, abasourdi.

— Eh bien, vu que tu es coach, je pensais que tu serais à la pointe, question nutrition.

— Oh… oui, je mange plutôt sain, je pense. Mais je ne suis pas du genre à être… comment tu as formulé ça ? A la pointe, question nutrition ?

Je me sens un peu bête.

— Ce n'est peut-être pas le terme technique. Je ne m'y connais pas trop, désolée. Et je préfère être cash dès le début, avant que tu me fasses me sentir coupable en me racontant le nombre de kilomètres que tu cours… Je dois t'avouer que ça fait au moins cinq ans que je n'ai pas mis les pieds dans une salle de sport !

— Je ne te ferais jamais te sentir coupable, répond-il d'un ton un peu déçu, comme si je l'avais sous-estimé. Et surtout pas à cause de tes records sportifs. En plus, ça ne se voit pas. Tu es magnifique.

C'est généreux, parce que même si j'ai fait de mon mieux, et je crois que je suis plutôt à mon avantage ce soir, je suis loin d'être magnifique.

Heureusement, on arrive au pub, il me tient la porte et me fait signe d'entrer, mettant un terme à cette conversation légèrement gênante.

On trouve une table dans un coin, étonnamment bien placée étant donné que c'est bondé, et je la garde pendant qu'il va commander une bouteille de vin au bar.

— Rouge ? s'enquiert-il quelques minutes plus tard en réapparaissant avec une bouteille et deux grands verres. Je me suis rendu compte au moment de commander que je ne t'avais pas demandé ce que tu voulais. J'ai pris un merlot. Ça te va ?

— C'est super. Ne t'inquiète pas ! Je ne suis pas difficile.

Mais ça me fait me poser des questions sur le genre de femmes avec lesquelles il a l'habitude de sortir : la stricte ponctualité, les fleurs, le souci permanent de mon confort et de mes préférences. Je ne me plains pas, il a des manières aussi exquises que sa peau parfaite. J'espère simplement qu'il va se détendre un peu au cours de la soirée.

Je n'ai pas l'habitude d'être la moins stressée des deux à un rendez-vous, c'est certain.

— Très bien.

Il s'assoit en face de moi et nous verse à chacun un verre bien équilibré : pas trop grand (il aurait l'air d'essayer de me soûler), pas trop petit (ça ferait rat).

— A la tienne. Et je sais que j'ai dit que je ne m'excuserais plus…

— Dans ce cas, ne le fais pas, parce que je vais très bien. Je veux dire, je suis plutôt bien rembourrée.

L'image de mon corps bien rembourré nous réduit au silence pendant un moment très gênant.

Puis il fait tinter son verre contre le mien.

— Cul sec, j'imagine ?

Ouf, on a brisé la glace.

J'éclate de rire, il sourit et boit une gorgée, l'air un peu plus détendu.

— Alors, dis-m'en un peu plus sur toi. Pour l'instant, je sais juste que tu t'appelles Libby et que tu es créatrice de bijoux. Et bien rembourrée.

— Eh bien, pour commencer, je pense que personne n'a envie de s'attarder sur mon corps bien rembourré.

— Oh ! je ne sais pas, répond-il d'un ton léger, le nez dans son verre.

J'ai un frisson.

Je suis tellement habituée à Dillon et à son approche de bulldozer (des préliminaires verbaux agressifs, sans aucune retenue et saturés de sous-entendus) que j'ai oublié l'effet que ça fait de flirter en adultes, selon les règles de l'art. En fait, non : je ne l'ai jamais su. Toutes mes connaissances en la matière viennent du cinéma. Gregory Peck, Cary Grant, Fred Astaire. J'aurais donné la prunelle de mes yeux pour fréquenter ces trois hommes plutôt que le ramassis de minables que constituent mes ex. On ne m'a jamais invitée à un dîner aux chandelles, ni même aux néons. Toutes mes histoires ont suivi la même trajectoire, depuis la case départ jusqu'à la case d'arrivée :

Se rouler des pelles bourrés à une soirée ;

Vaguement coucher ensemble ;

Dire qu'on sort ensemble pour éviter de reconnaître qu'on ne partage rien d'autre que du sexe (peu satisfaisant) et qu'on n'a rien à se dire ;

Casser rapidement (mais jamais assez vite).

Ma vie amoureuse s'est résumée aux aspects peu ragoûtants et gênants dont Taylor Swift n'a jamais voulu parler dans ses chansons.

C'est d'autant plus ironique que pendant toutes ces années de désastres sentimentaux, j'aurais pu (et dû) filer le parfait amour avec Olly.

Et voilà, ça recommence.

Je ne penserai pas à Olly ce soir. Hors de question, sinon la soirée est gâchée d'avance. A partir de maintenant, interdiction de l'évoquer.

— Libby ?

Joel me dévisage, l'air un peu inquiet. Au lieu de répondre

à sa question polie, je devais avoir le regard perdu dans le vide comme une idiote.

— Tout va bien ?

— Oui ! Plus que bien, même !

Pour compenser mon moment d'absence, je me surprends à prendre un ton super enthousiaste digne d'un Père Noël sous stéroïdes.

— Formidable ! Qu'est-ce que je peux te raconter ? Eh bien… ça fait presque deux ans que je dirige mon entreprise de création de bijoux. Au début, c'était un simple passe-temps. J'étais actrice et je ne me débrouillais pas très bien. Mais l'entreprise cartonne, ça dépasse mes rêves les plus fous. Je travaille avec, euh… des gens super.

Pour ne pas plomber la soirée, il vaut mieux ne pas pleurnicher sur la « mise en garde formelle » d'Elvira.

— Et en ce moment, je me concentre sur le développement de la marque.

Je suis plutôt contente de cette conclusion improvisée, qui me fait paraître déterminée et dynamique, deux qualités qui impressionnent sûrement Joel.

— Génial.

Il hoche la tête.

— Comment ça s'appelle ?

— Libby A La Conquête de Hollywood. J'adore les vieux films, et mes bijoux sont inspirés par le glamour de l'âge d'or hollywoodien. Tu sais, Marilyn Monroe, Ava Gardner et, euh… Grace Kelly…

— Je te suis complètement.

Il presse une main contre son cœur.

— Grace Kelly était mon premier amour. Même si, malheureusement, elle ne l'a jamais su. Mais j'aurais donné n'importe quoi pour la voir au faîte de sa beauté.

— Euh, oui, j'imagine que ça devait être quelque chose.

J'avale une grande gorgée de vin.

— Hé, si tu aimes le cinéma, on devrait aller voir un

film la prochaine fois. Enfin, s'il y a une prochaine fois. Tu n'en auras peut-être pas envie.

— Peut-être que c'est toi qui n'en auras pas envie.

— Pour l'instant, Libby, je peux t'assurer que si.

Je lui souris. Lui aussi. On se regarde un instant, béats, comme deux idiots.

Je romps le charme la première.

— Bref ! Assez parlé de moi. Je veux tout savoir sur toi. Un nom, ce serait déjà un bon début !

— Perreira.

Il rougit et lâche sans explication :

— Désolé.

— Pourquoi est-ce que tu devrais t'excuser à cause de ton nom ?

— C'est juste… eh bien, je sais que c'est un nom un peu bizarre. C'est brésilien, en fait.

— Oh ! tu es brésilien !

— A moitié, par mon père. Ma mère est née en Slovaquie.

— Waouh, donc tu es… brésilo-slovaque.

Je commence à comprendre d'où viennent sa peau caramel et son accent mystérieux.

— Un cocktail explosif.

— Oui, je suis un bon vieux chat de gouttière, dit-il avec un petit rire. Enfin, peut-être pas si vieux que ça, bientôt trente-neuf. Et toi ? Vingt-huit ? Vingt-neuf ?

— Bien essayé. Trente.

— Pas possible !

— Encore une fois, bien essayé. Mais si, j'ai trente ans.

Il me décoche un grand sourire.

— C'est bien, d'avoir trente ans. C'est génial, même. Tu sais, j'ai accompli davantage après mes trente ans qu'à n'importe quelle autre période de ma vie.

— C'est bon à savoir.

Je bois une gorgée de vin.

— Alors tu as trente-huit ans. Et tu es coach sportif. Ça te plaît ?

— Oui, mon travail me plaît.

Il est soudain étrangement guindé, mais après une gorgée de vin, il poursuit d'un air plus naturel :

— J'ai des clients super. Et des gens bien qui travaillent pour moi.

— Waouh, tu es le propriétaire de FitRox, alors ? Je croyais que tu étais juste employé.

— Non, non, je ne suis pas employé.

— C'est génial. D'être directeur, je veux dire. Mais ça doit être difficile, parfois, non ? J'ai toujours pensé que ce serait fantastique d'avoir sa propre entreprise, et c'est le cas, mais… Il n'y a pas des fois où tu as l'impression que ça ne prend pas tout à fait la direction que tu avais imaginée ?

— Bien sûr. Tout le temps. Quand j'ai commencé, j'avais toutes sortes de rêves et une vision précise de ce que devait être mon entreprise : une réussite, un modèle. Mais en cours de route, il faut faire des compromis, et accepter la réalité…

Il hausse les épaules et reprend :

— Comment dire… ça fout le cafard.

— Exactement.

— La seule chose que tu puisses faire — et au bout de vingt ans d'expérience, c'est le meilleur conseil que je puisse te donner, Libby —, c'est de refuser le compromis de trop. Si tu as l'impression de vendre ton âme, de perdre ton intégrité ou simplement de ne plus faire ce que tu voudrais, fais confiance à tes instincts et accroche-toi.

— OK. C'est un bon conseil. Pas vraiment ce que j'ai envie d'entendre, pour être honnête. J'ai… eh bien, j'ai quelques problèmes avec les gens pour qui je travaille. *Avec* qui je travaille !

Mon cœur se serre quand je me rends compte de ce lapsus révélateur.

— J'ai ma propre vision de la direction artistique, et mes investisseurs en ont une autre… Mais je ne veux pas t'ennuyer avec ça, désolée.

— Mais pas du tout ! Si je peux faire quoi que ce soit…

Tu sais, j'ai quelques clients qui pourraient te conseiller un peu mieux. Des avocats, des conseillers en management, ce genre de choses. Des gens qui m'aident parfois moi-même, en fait. Je pourrais demander à l'un d'entre eux s'il accepterait de te parler ?

— Merci, Joel. Mais je me débrouillerai. Tes clients doivent t'adorer, pour être prêts à te donner un avis juridique gratuit pendant que tu leur fais faire des pompes ! Oh ! mais les pompes, ce n'est plus du tout à la mode, si ? On n'est pas censés faire la planche ou je ne sais quoi à la place ?

— C'est ça.

Il remplit plus généreusement les verres.

— Mais assez parlé de moi. Dis-m'en plus sur tes bijoux. Tu as un site web ? Un endroit où je pourrais commander quelque chose ? C'est bientôt l'anniversaire de ma mère, et elle a toujours adoré les boucles d'oreilles…

— Oh ! Joel, ce n'est pas la peine ! Tu n'as pas besoin de commencer à m'acheter des bijoux juste pour être sympa, dis-je, effarée. Je suis très touchée, mais c'est inutile.

— Ça n'a rien à voir ! Ma mère adore vraiment les boucles d'oreilles, et c'est difficile d'en trouver de jolies.

— OK, mais je t'en prie, ne dépense pas deux cents livres sur mon site ! Mes bijoux sont chers. Beaucoup plus que ce que je voudrais… Ecoute, je vais te trouver quelque chose et te faire un énorme rabais. Ça te va ? Je peux te les avoir pour, genre, dix livres.

Je sens que je m'empourpre. Si seulement il n'avait pas abordé ce sujet gênant !

— Je veux dire, je serais ravie de te donner quelque chose gratuitement, mais les gens avec qui je travaille…

— Libby, Libby.

Il pose sa main sur la mienne, l'air presque aussi mal à l'aise que moi.

— Ne sois pas ridicule. Qu'est-ce qui te fait penser que je ne suis pas prêt à mettre deux cents livres dans le cadeau d'anniversaire de ma mère ? Crois-moi, ça ne la dérangerait pas que je dépense beaucoup plus que ça !

Il sourit.

— Je t'en prie, ne brade pas tes belles boucles d'oreilles ! Et si je te promets que je ne commanderai quelque chose — au prix normal, on est d'accord — que si ça me plaît vraiment ? Marché conclu ?

— Marché conclu.

Cet homme me fait craquer.

Quelque part, je commence à me demander s'il ne serait pas aussi magique que Grace Kelly et les autres légendes de Hollywood qui sont sorties de mon canapé. Ça existe vraiment, un homme aussi gentil et sexy à la fois ? Dans la réalité, je veux dire, pas dans un conte de fées. Je ne le fais pas car ça me donnerait l'air très, très bizarre, mais je demanderais bien à la femme de la table d'à côté si elle voit aussi l'homme assis en face de moi ou bien si je fais peur à tout le monde en parlant toute seule.

— Et je te promets que si tes bijoux me plaisent autant que je le prévois, je deviendrai un très bon client. J'ai une maman, une grand-mère, une ex-femme avec qui j'essaie de rester en bons termes…

— Ah. Tu attendais une occasion de la mentionner ?

— Mon ex-femme ?

— Oui.

— Touché, fait-il avec un sourire penaud. Je ne m'y connais pas trop, mais… j'imagine que c'est le genre de choses qu'on est censé avouer au premier rendez-vous, non ? Enfin, si tu as vraiment envie qu'il y en ait un deuxième.

C'est là où je devrais probablement avouer que je ne me suis toujours pas remise de la perte de mon âme sœur.

Sauf que… je ne sais pas. Je devrais plutôt attendre le prochain rendez-vous. Un *ex*-mariage, ce n'est pas très grave. Ne s'être *toujours pas* remis de la perte de son âme sœur, mieux vaut probablement ne pas en parler tout de suite.

Sinon, je pourrais aussi passer à autre chose et n'avoir jamais besoin d'aborder le sujet.

— Peut-être. Mais on a tous une histoire, Joel, je réponds prudemment. Tu n'as pas à être gêné d'avoir été marié.

— Merci, Libby. Oh ! et j'ai aussi une fille, au fait. Pas que ça me gêne, bien sûr. Je suis ravi de le crier sur tous les toits.

Il cherche son téléphone dans sa poche.

— Mais elle n'a que cinq ans, donc je ne pense pas que je te commanderai quelque chose pour elle. Elle préfère la camelote en plastique style princesses Disney.

— Ah. Eh bien, j'envisage de lancer une collection de camelote en plastique. Je ne sais pas si c'est l'orientation idéale pour ma boîte, mais je suis ouverte aux suggestions.

Il sourit.

— Dans ce cas, permets-moi de te donner un conseil : quand on a cinq ans, plus il y a de paillettes, mieux c'est. Il faut y aller franco.

— Je note.

— Parfait.

Il me montre une photo de lui (aussi éblouissant sur l'écran de l'iPhone que dans la réalité) en compagnie d'une petite fille tout aussi ravissante : blonde, mais avec la peau caramel et les yeux bleus de Joel.

— Mon bébé. Julia.

— Oh ! Joel. Elle est magnifique. Tu arrives à la voir souvent ?

— Pas autant que je voudrais. Elle vit à Sydney.

— En Australie ?!

— Eh oui. Mon ex est de là-bas.

— Waouh. Elle doit vraiment te manquer.

— Oui. J'essaie d'y aller aussi souvent que possible. Tous les mois si je peux.

— Ouh là.

Je le dévisage.

— Ça ne doit pas être donné.

— C'est surtout que ce n'est jamais suffisant. Mais tu sais, je voyage beaucoup, donc même si elle vivait ici, je ne la verrais probablement pas si souvent que ça.

— Tu devrais essayer de gagner à la loterie.

— Pardon ?

— Tu pourrais acheter un jet privé et aller la voir aussi souvent que tu en as envie…

Je me tais, parce que maintenant que j'y pense, c'est vraiment une idée stupide : un fantasme digne d'une petite fille de l'âge de Julia.

— Désolée. Ce n'était pas très constructif.

— Non, non, c'est l'intention qui compte.

Son regard se reporte sur la photo, et il s'adoucit.

— Je pourrais te montrer dix mille autres photos d'elle… mais pas le premier soir, hein ?

Il me fait un sourire complice.

— Une ex-femme et une fille, ça te donne peut-être déjà envie de fuir.

— Pas du tout. On a tous une histoire compliquée, Joel.

Il acquiesce et prend une gorgée de vin.

— Et la tienne, alors ?

— Pardon ?

— Ton histoire. Tu as un ex-mari ? Des enfants ?

— Ouh là, non !

J'éclate de rire, puis je me rends compte que ça donne l'impression que ma vie sentimentale a été un échec complet.

— Non. Ni ex-mari ni enfants.

— Alors, de quoi s'agit-il ? Tu as bien dit qu'on avait tous une histoire compliquée, non ?

— Oh ! euh…

J'ai une inspiration soudaine.

— J'ai une famille difficile ! Ma mère et ma sœur.

— Ah, la famille. Oui, j'imagine que j'ai aussi quelques problèmes de ce côté-là. Enfin, rien de trop grave. C'est très banal, en fait. Un père absent qui n'a jamais vraiment eu envie de me connaître.

Il fait la grimace.

— Pas de quoi faire pleurer dans les chaumières.

— Non, je comprends. Mon père est horrible aussi. Je ne le vois plus vraiment.

— Désolé de l'apprendre. Moi non plus. Mais il est mort, ça n'aide pas.

— Oh ! Joel… Je suis vraiment désolée…

— Pas la peine ! Avant sa mort, on avait des rapports très compliqués. En plus, il vivait à São Paulo, et ma mère et moi ne restions jamais longtemps au même endroit, donc c'était dur d'avoir une vraie relation avec lui. Compliquée ou non. Surtout qu'il était complètement narcissique. Sa mort a été une excellente nouvelle pour l'humanité.

Je dois dire que c'est agréable de parler à quelqu'un qui sait ce que c'est que d'avoir une famille difficile. Je ne reproche rien à Olly, mais malgré toute sa bonne volonté, avec sa famille unie, heureuse et nucléaire, il ne pourra jamais vraiment comprendre ce que ça fait d'avoir un père à qui ma mort ne ferait ni chaud ni froid. Et Nora non plus. Même Bogdan, qui a une famille gratinée, a au moins un père qui l'aime et qui exige qu'il dîne à la maison tous les samedis soir. Evidemment, ce n'est pas parfait : Bodgan ne peut pas dire à son père qu'il est gay, et son père ne peut pas parler librement de ses activités criminelles.

— Et… ta mère ?

Je me demande si Joel va compléter le tableau en admettant d'un ton las que sa mère est une hystérique qui préfère éhontément sa jeune demi-sœur.

— Oh ! ma mère est incroyable, dit-il, l'air béat. Elle travaille dans l'humanitaire. Elle n'hésite pas à mettre les mains dans le cambouis : elle fouille les écoles détruites par les tremblements de terre, elle va dans les zones touchées par la sécheresse et la famine… C'est une vraie héroïne.

OK.

Je vois.

Eh bien, on a quand même des pères absents en commun.

— Enfin, ajoute-t-il après un instant, je dois avouer que j'ai souvent regretté de ne pas avoir une maman normale. Qui serait restée à la maison avec moi plutôt que d'aller sauver le monde.

Si on enlève la partie sur « sauver le monde », ça nous fait encore une chose en commun.

— Parle-moi de ta mère.

Je sirote une petite gorgée de vin avant de me lancer.

— Eh bien, elle n'aurait pas servi à grand-chose après un tremblement de terre. Sauf si les victimes traumatisées, affamées et sans abri avaient soudain décidé qu'au lieu d'abris et d'eau potable, elles avaient besoin d'un petit numéro de claquettes et d'un best-of de chansons de comédies musicales.

Joel est pris d'une crise de fou rire.

— Tu es géniale, Libby, lâche-t-il quand il parvient à se calmer. On te l'a déjà dit ?

— Tu n'es pas mal non plus.

— Ça te dirait qu'on aille dîner ? Et poursuivre notre conversation ailleurs ?

— Et aussi boire un peu trop de vin et continuer à comparer nos mères ? Carrément ! Allons-y !

Mais on finit d'abord la bouteille. Parce qu'on passe un très, très bon moment, et que ce serait impoli d'en laisser.

5

Finalement, on a opté pour un *fish and chips*, mais, Notting Hill oblige, dans un endroit chic avec de vraies nappes, des couverts et des assiettes au lieu de papier gras. On a descendu une autre bouteille de vin et le mieux, c'est qu'il n'y a pas eu un seul blanc de toute la soirée.

Il me raccompagne chez moi dans les rues tranquilles. Je crois qu'il habite près de Shepherd's Bush, mais je suis pompette et je ne me souviens pas très bien de tous les détails. Et il vient de me prendre la main. La grande nouvelle des cinq dernières minutes. C'est… délicieux.

— J'ai passé une excellente soirée, Libby, dit-il quand on arrive dans ma rue. Ça faisait longtemps que je n'avais pas passé un aussi bon moment.

— Moi aussi.

— Vraiment ? J'étais un peu inquiet, j'avais parfois l'impression que… comment dire ? Tu n'étais pas vraiment là.

Je lui fais un clin d'œil.

— Tu veux dire que je ne prends pas assez de place ?

Il me décoche un de ces sourires radieux dont il a le secret.

— Loin de moi cette idée.

— Honnêtement, Joel, j'ai passé une très bonne soirée.

On s'arrête devant mon immeuble.

— Et je suis désolée si je t'ai parfois semblé un peu distante. J'ai… beaucoup de pain sur la planche en ce moment.

— Ah. Et il y a de la place pour moi ? Sur ta planche ?

En guise de réponse, dans un geste qui me surprend

moi-même, je me mets sur la pointe des pieds et je dépose un baiser sur ses lèvres douces et parfaites.

Après un instant d'hésitation, il me rend mon baiser.

C'est extrêmement agréable.

Surtout quand il me prend par la taille pour me plaquer contre lui, ce qui me permet de profiter de son corps enivrant de sportif.

Au bout de quelques instants, il se détache doucement de moi et sourit.

— Tu m'as surpris. Très agréablement, je dois dire.

— Je voulais te montrer à quel point j'ai apprécié la soirée.

— Et tu n'as pas trouvé les mots pour le dire ?

— Aucun n'était assez fort.

— Waouh. Je t'ai laissée sans voix. Pas mal !

Il s'éclaircit la gorge.

— Alors, il y a de la place pour moi, sur ta planche ? Entre le pain, le saucisson et…

Il ne finit pas sa phrase, parce qu'un terrible hurlement s'élève soudain derrière nous, et une silhouette noire surgie de l'ombre se jette sur Joel, les poings levés.

J'ai une demi-seconde pour me rendre compte qu'il s'agit de Dillon O'Hara.

Et il se retrouve par terre, terrassé par une prise d'arts martiaux extrêmement impressionnante.

— Oh merde…, souffle-t-il.

Joel, un bras sur le torse de Dillon pour le maintenir au sol, me jette son téléphone.

— Appelle la police. Dis-leur que c'est une agression.

— Mais pas du tout ! croasse Dillon.

Je confirme :

— C'est vrai, je le connais ! Même si je ne sais pas pourquoi il nous a sauté dessus comme ça…

— J'ai entendu ce connard te parler de sa saucisse ! siffle Dillon. Qu'est-ce que tu voulais que je fasse ?

— Tu délires ! On a dîné ensemble.

Je n'ai jamais été aussi furieuse contre Dillon, et ce n'est pas peu dire. Je me tourne vers Joel qui nous regarde, l'air perplexe.

— Tu peux le laisser se relever ? C'est un ami à moi.

— Un ex, en fait, corrige Dillon pendant que Joel le relâche.

— Non mais franchement !

Je me tais, parce que Dillon titube et que je me rends compte qu'il est bourré.

Ce qui, pour un ancien alcoolique, est une très, très mauvaise nouvelle.

Oh non. Oh ! Dillon.

— Hé ! s'exclame soudain Dillon en dévisageant Joel. Mais c'est pas Olly !

Je vais le tuer. Rechute ou pas, je vais le tuer.

— Tu as dit que vous aviez dîné ensemble, continue-t-il avant que je puisse l'interrompre, mais ce n'est pas Olly ! Pas que je me plaigne, hein. Je serais ravi de ne jamais revoir cet abruti… Je suis Dillon, au fait, dit-il en tendant la main à un Joel médusé. Permets-moi de te féliciter, mon cher, d'avoir eu la chance de gagner le cœur de Libby.

— Je n'irais pas jusque-là. Je ne crois pas avoir gagné quoi que ce soit pour l'instant.

Dillon le fusille du regard.

— Hé ! C'est pas un concours, tu sais !

— Non, je sais, je répondais simplement à… écoute, tu veux qu'on t'aide à appeler un taxi ?

Joel prend Dillon par l'épaule d'un geste plein de sollicitude, probablement en partie pour l'aider à tenir debout.

— Tu m'as l'air un peu… Eh bien, en toute honnêteté, tu m'as l'air…

C'est à cet instant précis que Dillon se penche en avant à 180 degrés, dégobille sur les chaussures de Joel et s'effondre sur le trottoir, le front à deux millimètres (savamment calculés) de l'énorme flaque de vomi.

— Oh mon Dieu… Joel, je suis tellement désolée…

Mais Joel, avec le même sang-froid tranquille et

incroyablement sexy que quand il a fait sa prise de judo magistrale il y a deux minutes, se contente de secouer ses chaussures avant de se pencher pour hisser Dillon sur ses larges épaules.

— On l'emmène chez toi ?

Muette de honte, j'acquiesce et j'ouvre la porte.

Ce n'est pas le moment d'y penser, mais je dois dire que même si Joel m'attirait déjà beaucoup au début de la soirée, c'est multiplié par dix depuis que je sais qu'il est capable de porter un homme de poids moyen dans un escalier sans être essoufflé.

Je lui emboîte le pas en surveillant la tête de Dillon, au niveau du bas du dos de Joel, jusqu'à ce que Joel pénètre dans le salon et s'arrête brusquement.

Je comprends pourquoi dès que je passe la tête par-dessus son épaule.

La robe de mariée de Grace Kelly est étalée sur le canapé.

L'ex bourré n'a pas eu l'air de le déranger. Le vomi sur les chaussures non plus. Mais la magnifique robe de mariée en dentelle et le voile assorti qui m'attendent semblent être la goutte d'eau qui fait déborder le vase.

— Euh…, dit-il au bout d'un instant.

Sa voix, d'ordinaire assurée et veloutée, est étranglée.

— Est-ce que… enfin, si tu veux que cette… euh… robe reste sur le canapé, je peux toujours le mettre par terre…

— Non, non, je vais la changer de place !

Je sens que je m'empourpre pendant que je récupère la robe et le voile et que je les laisse tomber sur une pile de cartons, sans aucune considération pour leur beauté et leur valeur inestimable.

— Joel, c'est… ce n'est pas ma robe. Je ne vais pas me marier !

Mais ça ne fait qu'empirer les choses, parce que maintenant j'ai l'air d'une vieille fille désespérée prête à enfiler une robe de mariée dès que je rentre d'un rendez-vous.

— C'est bon, Libby. Tu n'as pas besoin de t'expliquer.

— Mais justement ! Il n'y a rien à expliquer…

— Bassine, marmonne Dillon, que Joel vient de déposer sur le canapé. Vomir.

Je m'empresse de sortir une bassine du placard en haut de l'escalier, où je range mon aspirateur et mes quelques produits ménagers.

— Tu sais quoi, Joel, tu n'as qu'à y aller. S'il te plaît. Je crois que ça vaudrait mieux.

— Mais tu es sûre que tu vas arriver à gérer ? A le gérer ?

— Tout à fait. Ce sera plus facile si tu n'es pas là, en fait.

— Bon, d'accord, si tu le dis, mais…

— J'insiste.

Mon ton sec me surprend.

— Excuse-moi, Joel, c'est juste que… écoute, j'ai passé une excellente soirée. Merci.

Je mets la bassine sous la tête de Dillon juste à temps pour la vague de vomi suivante.

— Mais vraiment. Vas-y. Oh !

Je me souviens soudain qu'en quittant le restaurant il a dit qu'il n'avait pas de ticket de métro sur lui.

— Tu veux emprunter mon pass ? Pour le métro ?

— Quoi ?

Il semble éberlué, à juste titre : s'il l'empruntait, ça voudrait dire qu'il faudrait qu'il me revoie pour me le rendre.

— Non, non. Je n'ai pas besoin… Ecoute, je t'appellerai, promet-il d'une voix faible. D'accord ?

— D'accord, je réponds d'un ton aussi joyeux que possible, pour qu'il ne soit pas gêné par son mensonge évident. Merci encore !

Heureusement, il s'en va.

Je reste seule avec un Dillon à demi-conscient et la robe de mariée de Grace Kelly.

*
* *

Je viens de finir de vider la bassine dans les toilettes quand j'entends la voix inimitable de Grace Kelly s'élever dans le salon.

— Oh ! c'est merveilleux ! J'espérais que ce rêve durerait encore un peu !

Elle est assise sur l'accoudoir du Chesterfield, l'air enthousiaste. Sa combinaison de soie ivoire laisse entrevoir une silhouette ferme, anguleuse et très, très mince ; la peau de ses jambes et de ses bras nus a le même éclat nacré que son visage.

Je m'inquiète un peu qu'elle soit apparue en présence de Dillon (qui est toujours effondré sur le canapé) mais, comme il n'est plus vraiment conscient, ce n'est pas si grave. Et je suis soulagée que le canapé marche toujours. J'ai eu peur de l'avoir cassé en laissant Grace Kelly voir une photo de son fils, de sa belle-fille et des petits-enfants qu'elle ne connaîtra malheureusement jamais. Elle semble l'avoir délibérément oublié ou avoir décidé de ne pas en parler. Je croise les doigts.

— Je crois que j'ai rêvé d'autre chose pendant un moment, continue-t-elle en se relevant, mais je suis de retour. Ou plutôt, *vous* êtes de retour. Nous pouvons peut-être poursuivre notre conversation de tout à l'heure ?

Je désigne la bassine.

— Qu'est-ce qui vous donne l'impression que j'ai le temps de rester assise à bavarder ?

— Mais il le faut ! Nous avions si bien avancé !

Elle ne semble pas avoir remarqué Dillon, à quelques mètres d'elle.

— Bon, cet homme dont vous parliez. Votre Clark Gable…

— Ce n'est pas mon Clark Gable.

— Evidemment ! Vous n'existez pas ! Je parlais de l'homme que vous avez évoqué, votre âme sœur. Il symbolise Clark Gable, de même que vous, vous me représentez, moi… Il faut que vous me disiez ce qui a refroidi ses ardeurs.

— Eh bien, il en a eu assez de m'attendre et il est tombé

amoureux de quelqu'un d'autre, ça a probablement joué. Mais honnêtement, Grace, ce n'est pas le…

— Non, non. C'est impossible.

La voix aristocratique de Grace est encore plus brusque que d'habitude, sa diction encore plus précise. En fait, elle a l'air assez énervée.

— Clark ne peut pas s'être impatienté ainsi ! Au contraire, j'ai toujours pensé que je le poussais trop à s'engager. Et bien sûr, il y a eu l'intervention de ma mère, je continue à penser que c'est ce qui a tout gâché… Dites-moi, votre mère ne se serait pas mêlée de vos histoires de cœur, par hasard ? Vous avez des révélations à me faire sur ce point ?

— Non, je réponds d'un ton presque aussi brusque qu'elle. Ma mère s'en contrefiche. Enfin, sauf quand je sors avec le type effondré sur le canapé, juste à côté de vous.

Grace semble surprise de découvrir sa présence.

— Et d'ailleurs, il faut vraiment que je le débarbouille, si ça ne vous fait rien. On ne pourrait pas reparler de tout ça une autre fois ?

— Oh !

Elle jette un coup d'œil horrifié à Dillon. Je ne peux pas lui en vouloir : il est inconscient et il empeste.

— Est-ce l'homme dont vous parliez ? Votre âme sœur ?

— Ouh là, non !

Dillon semble se réveiller, probablement pour vomir. Je me précipite, la bassine à la main, mais c'est une fausse alerte. Pour l'instant.

— Non, ce n'est pas mon âme sœur.

— Mais qui est-ce, alors ?

Grace examine attentivement Dillon, sûrement pour déterminer ce qu'il représente dans son rêve freudien.

— Un clochard, peut-être ?

Je ris jaune.

— Non, c'est un acteur. Il est juste complètement ivre.

— Un acteur ivre ? Bonté divine ! Dans ce cas, il symbolise forcément Clark… Croyez-vous que mon subconscient espère que Clark a été anéanti après m'avoir quittée ? Qu'il a passé ses nuits à boire sur un vieux canapé miteux pour oublier la femme qu'il avait laissée échapper ?

Je suis trop fatiguée pour argumenter.

— Eh bien, je ne sais pas. Mais écoutez, Grace, si vous pensez toujours autant à un homme dont vous avez été amoureuse, est-ce vraiment une bonne idée d'épouser le prince ? Bien sûr, je comprends tout à fait que vous essayiez de passer à autre chose, mais de là à vous marier… surtout qu'en plus d'épouser un homme, vous héritez d'un royaume tout entier…

— Mais ne croyez-vous pas que c'est justement ce qu'il faut faire ? Après une déception amoureuse ?

— Euh… épouser un monarque et régner sur une principauté méditerranéenne ? Je ne suis pas sûre qu'il soit nécessaire d'aller jusque-là.

— Ce n'est pas du tout ce que je veux dire, enfin ! Quand on a eu le cœur brisé, le bon sens exige que l'on se remette en selle sans perdre de temps. J'abuse peut-être des métaphores…

Elle se passe la main sur le visage, l'air soudain très lasse.

— Mes parents m'ont toujours répété que le monde appartient à ceux qui prennent leur vie en main. Pas à ceux qui restent en retrait à la regarder filer. J'imagine qu'après la rupture avec Clark, j'ai eu très peur de ne plus jamais ressentir la même chose pour quelqu'un d'autre, de ne jamais avoir ce dont je rêvais avec lui — un mariage réussi, une maison, une famille.

— Vous avez donc décidé de tomber amoureuse du prince, juste pour ne pas être accusée de faire tapisserie ?

— Mon Dieu, non, j'ai eu des tas d'histoires depuis Clark ! Enfin, corrige-t-elle en rougissant, je n'ai pas choisi de tomber amoureuse du prince en particulier. J'ai seulement décidé de ne pas me résigner à ce que le destin semblait me réserver et de ne pas rester seule pour le restant de mes jours. Après tout, la vie est bien trop brève pour qu'on gâche ses meilleures années à pleurer la perte de son âme sœur... Qu'est-ce qu'il y a, j'ai une poussière sur le nez ?

Je me rends compte que je la regarde un peu trop fixement.

— Non, non ! Excusez-moi... c'est simplement votre remarque sur le destin. Ces derniers temps, j'ai beaucoup pensé à la façon dont il a tout fichu en l'air. Et contrairement à vous, je n'arrive pas à me résigner humblement. Ou plutôt, je voudrais être capable d'aller de l'avant sans un regret, mais ce n'est pas facile. J'ai passé la soirée avec Joel et je n'arrêtais pas de penser à Olly...

Grace m'interrompt d'un geste impérieux.

— Attendez un peu. C'est de moi qu'il s'agit, ne l'oublions pas. Avant de poursuivre, je voudrais comprendre qui symbolise qui. Ce Joel avec qui vous avez passé la soirée — il s'agit en fait de Rainier, n'est-ce pas ? L'homme avec qui vous allez de l'avant ? Et je suppose que cet Olly représente... Clark ? Ou est-ce simplement la synthèse de tous les hommes que j'ai aimés... ?

Un coup à la porte nous fait sursauter.

— Ça doit être Bogdan.

Je l'ai appelé juste après le départ de Joel pour lui demander de m'aider à m'occuper de Dillon. Après tout, il me harcèle pour que je couche avec mon ex, alors il peut bien venir voir pourquoi c'est une très mauvaise idée.

Grace lève un sourcil.

— Bogdan ? Ne me dites pas qu'il y a encore un autre homme dans mon subconscient ? Pfiou, heureusement que ma mère n'est pas là pour voir ça ! Ni Rainier, d'ailleurs.

— Oh ! je crois que Bogdan n'a pas de quoi inquiéter votre mère ni Rainier. C'est juste un ami. Je suis sûre qu'il ne symbolise rien du tout.

Je me dirige vers l'escalier.

— Je vais lui ouvrir.

J'ai le choc de ma vie.

Depuis la dernière fois que je l'ai vu, il y a moins de dix heures, il a réussi à se laisser pousser une moustache.

Une vraie moustache. Peut-être pas très fournie ni luxuriante, mais loin d'être clairsemée, et soigneusement brossée.

— Bogdan, comment… c'est un postiche ?

— Pas du tout ! proteste-t-il, l'air vexé. Pourquoi je porte un postiche ?

— Pourquoi porterais-tu une vraie moustache ?

— Parce que la conversation de tout à l'heure m'a rappelé que j'ai toujours voulu essayer look de Clark Gable. Et si je vais rencontrer Grace Kelly bientôt, pourquoi pas j'essaie ressembler un peu à Clark Gable ? Elle se sentira moins perdue.

— Mais comment… tu l'as juste laissée pousser cet après-midi ?

Il hausse les épaules.

— D'habitude je dois raser deux fois chaque jour. Parfois trois. J'ai juste sauté rasage de 4 heures.

— Ah quand même.

— Me fais pas sentir mal là-dessus, Libby, répond-il, l'air pincé. Ou tu vaux pas mieux que camarades d'école qui se moquent à Chişinău.

— D'accord, d'accord, je suis désolée…

— Elle est là maintenant ?

— Oui, il se trouve qu'elle est là, mais ce n'est pas pour ça que je t'ai appelé. Dillon a fait une rechute, il…

Mais Bogdan ne m'écoute pas. Il gravit l'escalier quatre à quatre, ce qui lui donne une vague allure d'échassier qui fond sur une crevette.

— Oh !

Même si je suis encore dans l'escalier, j'entends le hoquet de Grace.

— Bonté divine ! Mais vous m'aviez dit que cet homme ne symbolisait personne !

— Oui, écoutez, ce n'est pas Clark Gable, je vous le jure…

Grace joint les mains devant son cou de cygne.

— Mais… il lui ressemble tellement !

— Vous trouvez que je ressembler à Clark Gable ?

Bogdan semble un peu sonné.

— C'est grand, grand compliment pour moi, mademoiselle Kelly. Je suis balleversé. Je tombe des nuages.

— Oh ! j'adore votre accent, souffle Grace.

Sous mes yeux, je vois la majestueuse reine des neiges se transformer en vamp ultra-sensuelle : pile ce qui, d'après Hitchcock, a fait son succès sur le grand écran.

— Est-ce russe ? Yougoslave ? Grec ?

— Je suis de Moldavie.

Grace Kelly lâche un éclat de rire cristallin.

— Un pays imaginaire ! Comme c'est spirituel ! Vous me rappelez la première fois où j'ai entendu parler de Monaco, j'ai aussi cru que c'était un pays imaginaire !

— Moldavie est pas pays imaginaire.

Bogdan se rapproche de Grace Kelly, et je la vois chanceler un peu. Non mais franchement !

— C'est endroit réel. Voisin de Roumanie à l'ouest et au sud, d'Ukraine au nord et à l'est.

— Oh ! je vous en supplie, continuez, fait Grace en frissonnant. Je pourrais rester là à écouter votre accent sans jamais avoir envie de me réveiller.

— Nous avons chance de profiter de deux grands fleuves, susurre Bogdan, qui semble avoir compris que ses connaissances en géographie moldave ont conquis Grace Kelly. Dniestr à l'est et Prut à l'ouest. Le climat est chaud en été, froid en hiver. Exportations principales sont…

Je l'interromps.

— Bogdan ! Je t'ai appelé parce que j'ai besoin de ton aide pour *ça*.

Bogdan jette un coup d'œil à Dillon, toujours effondré sur le canapé.

— Dillon, dis-je d'un ton accusateur. L'un de tes amis les plus proches. Je ne sais pas si tu as remarqué l'odeur de vodka… ?

— Mais je pensais c'est toi, Libby. Dillon boit plus.

— Oui, c'est ce que je pensais aussi jusqu'à il y a vingt

minutes, quand il est arrivé bourré devant l'immeuble et qu'il a vomi sur les chaussures de Joel.

— Mais c'est terrible tragédie.

— Tragédie, c'est un grand mot, mais est-ce que tu pourrais arrêter un peu de te disperser et m'aider à le nettoyer ? Tu pourrais l'emmener dans la salle de bains et, je ne sais pas… le mettre sous le robinet ouvert ?

— D'accord.

Bogdan reporte son attention sur Grace Kelly.

— Veuillez-vous nous excuser un instant, mademoiselle Kelly ?

— Oh ! mais bien sûr !

Bogdan se penche et hisse Dillon sur ses épaules encore plus facilement que Joel. Grace se précipite vers moi et me prend la main.

— Ecoutez, me demande-t-elle de son ton décidé habituel (exit les yeux de biche et les rires cristallins), je ne sais pas du tout comment ça marche — de toute évidence, vous êtes mon double, donc ce n'est peut-être pas possible —, mais pourriez-vous… vous éclipser quelques instants ?

— M'éclipser ?

— Oui. Me laisser seule quelques minutes avec cette créature magnifique.

— Magnifique, c'est peut-être un peu exagéré…

— Demain, je serai une femme mariée… en fait, aux yeux de la loi, je le suis déjà ! N'ai-je pas droit à un dernier rêve sensuel avant de m'engager devant Dieu ?

— Libby ? appelle Bogdan du haut de l'escalier. Je peux monter ? Dillon a réveillé et veut te voir. Aussi, j'ai impression qu'il va encore vomir partout…

— Oh non.

J'abandonne Grace à ses fantasmes bogdaniens et je me précipite dans la salle de bains, où Dillon (en caleçon, effondré dans la baignoire sous la douche) est effectivement réveillé.

Enfin, réveillé, c'est beaucoup dire : il a les yeux ouverts et il est en train de parler, mais de là à dire qu'il est conscient à cent pour cent… ou même cinquante… En fait, en y regardant de plus près, je ne suis même pas sûre qu'il ait récupéré ne serait-ce que vingt-cinq pour cent de ses facultés mentales.

— Libby, ma chérie, marmonne-t-il dès qu'il me voit à travers la paroi en plastique. Et ce bon vieux Bogdan. Deux de mes amis les plus chers dans la même pièce, en même temps. Ça n'arrive pas souvent, hein ? C'était quand, la dernière fois que j'ai passé du temps avec vous ?

— Je vais continuer à le doucher, dis-je à Bogdan. Tu peux descendre dans la cuisine et préparer une tasse de thé bien fort ?

— Bien sûr, mais je pense que Mlle Kelly préférer peut-être champagne…

— Pour Dillon !

— Ah. D'accord. Sans problème, je peux faire ça.

Il s'éloigne d'un pas lourd. Je continue à asperger Dillon. Il a la tête appuyée sur le mur carrelé et semble à peine conscient qu'il est sous l'eau chaude. Il est toujours aussi musclé : Dillon reste un bel homme viril. Mais ses traits sont brouillés, son regard éteint, et, surtout, il a une expression de petit garçon perdu.

Je ne peux pas rester fâchée contre lui juste parce qu'il a gâché mon rendez-vous. Dillon est un ami, et c'est terrible de le voir faire des erreurs pareilles.

— Qui est Mlle Kelly ? demande-t-il soudain d'une voix moins pâteuse, un peu dégrisé par la douche.

— Pardon ?

— Bogdan voulait offrir du champagne à une certaine Mlle Kelly… C'est la blonde que j'ai vue dans ton salon ?

— Oh là là. Tu l'as vue ?

— Tu parlais bien à quelqu'un en bas, non ? Je ne sais pas. Je n'étais pas bien réveillé… c'était peut-être un rêve.

Pleine d'espoir, je suggère alors :

— Tu rêves tout le temps de blondes, non ?

— Tu sais, ma belle, je n'ai pas besoin d'en rêver…

Mais il n'est clairement pas en état de badiner comme d'habitude. Il pose une main sur sa tempe.

— Merde, je me sens vraiment mal.

— Parfait, dis-je sans méchanceté.

Je ferme le robinet et je lui tends une serviette.

— J'espère que ça sera encore pire demain matin.

— Hé ! Si je suis venu ce soir — merci de m'avoir donné ta nouvelle adresse, au fait —, c'est parce que je pensais que tu étais une amie !

— Et c'est justement pour ça que j'espère que tu vas en baver demain. Il faut que tu retournes en cure de désintox, Dillon. Tu en es conscient, non ? Je pense que c'est pour ça que tu es venu me voir. Tu savais que je dirais ça et, au fond, tu as envie d'aller mieux.

Il sort en chancelant de la baignoire. Enveloppé dans la serviette, il ressemble encore plus à un enfant. Franchement, si je m'écoutais, je lui ferais un gros câlin, je lui brosserais les dents, je lui enfilerais un pyjama Spiderman et je le borderais en lui racontant une histoire.

— Ah, dit-il en évitant mon regard. La psychologie de comptoir.

— C'est la vérité. Et tu t'attendais à quoi, Dillon ? Tu te pointes devant chez moi, tu vomis sur les chaussures du mec avec qui je passe la soirée…

— OK, désolé.

Il s'assoit sur le bord de la baignoire.

— Raconte-moi tout ! Je sais que je n'ai pas beaucoup pris de tes nouvelles ces derniers temps, mais ce mec, c'est nouveau, non ? Qu'est-ce qui s'est passé avec Olly Walker ?

— Strictement rien. Il est avec quelqu'un d'autre, tu te souviens ? Bref, on n'est pas là pour parler de moi. Quand est-ce que c'est arrivé ? Quand est-ce que tu as replongé, je veux dire ? Et surtout… pourquoi ?

— Oh ! tu sais…

Il hausse les épaules.

— C'est un peu la merde depuis la dernière fois que je t'ai vue, Lib. J'ai… j'ai été viré de *Sodome et Gomorrhe*.

Il ne parle pas d'une des boîtes de nuit douteuses où il a ses habitudes, mais de la nouvelle série télé qu'il était en train de tourner à Belfast.

— Hein ? Mais pourquoi ?

— Comme d'hab. J'ai couché avec la maquilleuse. J'ai traité de tous les noms le premier assistant-réalisateur. Ensuite, je suis sorti avec l'assistante de la maquilleuse. Qui était la copine du premier assistant-réalisateur…

— Et ça, c'est *comme d'hab* ?

— Pour moi, oui.

Il éclate de rire.

— Allez, quoi. Je n'ai même pas droit à un petit rire ?

— Hors de question.

— Un gloussement ?

— Non plus.

— Un ricanement sans joie, au moins ?

— Même pas.

— Bon, ça ne doit vraiment pas être drôle, alors.

— Non, Dillon. Vraiment pas. Mais écoute, si on t'emmène en désintox demain à la première heure…

— Alors tu ne crois plus à l'amour ?

Je lui jette un regard noir.

— Ne change pas de sujet.

— Hé, je pose la question, c'est tout ! Tu es étonnée que j'aie recommencé à boire depuis la dernière fois qu'on s'est vus. Et moi, je suis étonné que tu aies tourné la page aussi vite.

— Comment ça, vite ? Ça fait un an qu'il est avec Tash !

Gagnée par une détermination glacée digne de Grace Kelly, je poursuis :

— Je refuse de continuer à me lamenter sur le sort que le destin me réserve, d'accord ?

— Je ne sais pas si je suis d'accord. C'est qui, ce type ? Ça pourrait être n'importe qui.

— C'est un coach sportif. Et il est charmant.

— Jack l'Eventreur aussi était un type charmant.

— J'en doute.

— Au premier abord, il devait sûrement être très cool. Jusqu'à ce qu'il asphyxie ses victimes.

— Je crois qu'il leur tranchait la gorge. Et à mon humble avis, il n'avait certainement pas l'air d'un enfant de chœur, Dillon.

— Bon, d'accord, il n'était peut-être pas aussi sexy que ce Joel…

— Il t'a porté jusque chez moi. Alors que tu avais vomi sur ses chaussures.

— Tout ce que ça prouve, c'est qu'il est très fort pour transporter des corps inanimés. Et voilà, on en revient à Jack l'Eventreur.

— Arrête avec ça ! Et le problème n'est pas ma vie amoureuse, Dillon, c'est ta rechute, alors si tu pouvais arrêter…

Mais il est devenu verdâtre et se précipite vers la cuvette des toilettes.

Je lui tapote le dos quelques secondes puis, sentant que je ne fais qu'ajouter à sa honte, je me relève.

— Je vais voir où en est cette tasse de thé. Je reviens tout de suite.

— Tu es un ange, dit-il d'une voix rauque.

Sa voix résonne dans la cuvette.

— Tu mérites le meilleur, tu sais ça ? Tu mérites un prince.

Je referme la porte et je vais à la cuisine.

Ce n'est pas très surprenant, mais Bogdan n'est pas là. En fait, il n'a même pas mis l'eau à chauffer.

Par contre, le rire inimitable de Grace Kelly me parvient depuis le salon. Elle a délaissé sa diction impeccable pour prendre une voix de vamp.

— Parlez-moi de votre petit pays imaginaire, susurre-t-elle. Si nous étions dans la vraie vie et pas dans un rêve, est-ce que vous me ramèneriez là-bas pour faire de moi votre reine ?

— C'est question intéressante, répond Bogdan d'un ton grave. Histoire de royauté en Moldavie pas très heureuse. Et bien sûr, vous savez ce qui arrive à famille royale en Russie, pas très loin, tous assassinés par bolcheviques, même le chien… Mais possible que dans votre cas, mademoiselle Kelly, même républicains convaincus veulent pas vous enfermer dans sous-sol et vous tuer avec baïonnette…

Heureusement que Bogdan est (à peu près complètement) gay, si c'est comme ça qu'il s'y prend pour séduire une femme.

Malgré tout, je n'ai pas le cœur de les interrompre. Il y a déjà trop peu de romantisme dans ce bas monde, je ne vois pas pourquoi je mettrais un terme à leur flirt adorable, bien qu'un peu étrange.

Je laisse donc Grace Kelly déployer son charme ravageur et Bogdan raconter de façon bizarrement détaillée le massacre des Romanov. Clairement, le courant passe bien, et peu importe qu'elle ne soit pas réelle et qu'il ne soit généralement pas hétérosexuel. Je suis mal placée pour juger.

Aussi discrètement que possible, je fais demi-tour pour aller mettre la bouilloire à chauffer.

6

La nuit dernière s'est terminée par la pyjama party la plus bizarre de l'histoire de l'univers.

Dillon s'est effondré sur mon lit près de sa tasse de thé pleine, vêtu uniquement d'un caleçon et d'un de mes sweats gris oversize lui arrivant au nombril (ce qui n'était pas très flatteur). Bogdan et Grace Kelly ont continué à bavarder (rien de plus, heureusement) sur le canapé jusqu'à l'aube, puis elle s'est évaporée d'un coup, laissant Bogdan endormi sur le Chesterfield, un sourire rêveur sous sa moustache de plus en plus luxuriante. En l'absence d'autre lit ou canapé, j'ai fini par me coucher sur le sol de la chambre sous une couverture, aussi loin de Dillon que possible pour éviter d'être aspergée de vomi. Le téléphone m'a réveillée un peu après 6 heures : c'était Grove House, l'ancienne clinique de Dillon, à qui j'avais laissé un message tard dans la nuit en demandant qu'on me rappelle à la première heure.

J'aurais dû deviner que dans une clinique qui propose des séances de salutations au soleil et de reiki à l'aube, on me prendrait au pied de la lettre.

Une fois remise du choc de la conversation avec la réceptionniste anormalement guillerette vu l'heure, je me rends compte que ce n'est pas plus mal que la journée ait commencé aussi tôt. Même avec l'aide de Bogdan, je mets une bonne heure à réveiller Dillon, puis encore quelques heures à le convaincre que la nuit dernière n'était pas un simple « détour » sur le « chemin de la sobriété » (qu'est-ce qu'il peut baratiner parfois) et qu'il faut vraiment, vraiment qu'il retourne en désintoxication en moins de temps qu'il n'en faut pour dire *Jack Daniel's*. Le temps que Bogdan et lui partent pour la clinique, il est presque 10 heures, l'heure de mon rendez-vous Skype avec l'une de mes rares clientes à ne pas être une future mariée, une responsable de la communication dans la mode très sympa, qui me commande souvent des accessoires pour des séances photo.

En fait, elle voulait m'annoncer ses fiançailles et me demander de lui faire un diadème vintage, le même que celui de l'article de *Brides*, assorti à sa robe des années 1930.

Je viens de raccrocher et je m'apprête à appeler Bogdan pour vérifier que Dillon n'essaie pas de se défiler quand je remarque un nouveau mail.

C'est une certaine Celeste Browne, et l'objet est :

Prise de rendez-vous.

Probablement encore une future mariée qui veut une réplique du diadème, mais comme je ne peux pas me permettre d'ignorer mes mails (sinon, ce sont les expéditeurs qui finissent par m'ignorer), je clique dessus avant d'appeler Bogdan.

Chère Libby,
Pourriez-vous s'il vous plaît me donner vos disponibilités pour un rendez-vous dans nos bureaux avec Caroline et Annika ? Elles admirent beaucoup vos créations et souhaiteraient discuter avec vous d'une éventuelle collaboration entre votre marque et Pressley/Waters. Merci de me répondre par retour de mail ou de m'appeler quand vous aurez un moment.
Cordialement,
Celeste.

Je fixe l'écran quelques instants, hébétée, avant de comprendre le sujet du mail.

On parle bien de Pressley/Waters, le site de vente de bijoux le plus en vogue du moment ?

Caroline (Pressley) et Annika (Waters) veulent discuter d'une… collaboration ?

Une proposition pareille, avec des déesses de la mode, ça doit venir d'Elvira, non ?

Mais pourquoi Elvira, qui essaie depuis le début de me convaincre de réduire mes activités, d'augmenter les prix et de me restreindre à une niche, voudrait-elle que je travaille avec une boutique de bijoux grand public (bien que relativement luxueux) ? Et si c'était le cas, elle m'en aurait parlé avant que je reçoive ce mail sorti de nulle part, on est d'accord ?

C'est trop étrange — et excitant — pour que je me contente d'envoyer un mail à Celeste et de prendre rendez-vous dans longtemps. Je cherche donc son numéro direct à la fin du mail et je l'appelle.

— Pressley/Waters, Celeste à l'appareil, en quoi puis-je vous être utile ?

— Oh ! bonjour ! Euh… je m'appelle Libby Lomax. Vous venez de m'envoyer un mail à l'instant…

— Oui, bonjour, Libby !

Elle a l'air jeune et très sympa.

— Merci de m'avoir rappelée aussi vite. En fait, j'aurais dû vous préciser que Caroline et Annika seront en déplacement à partir du milieu de la semaine prochaine. Donc si par hasard vous avez une disponibilité d'ici là, même une demi-heure, elles essaieront de vous recevoir.

— Euh… oui. Oui, je suis disponible. Enfin, je me débrouillerai ! C'est… excusez-moi, c'est Elvira qui vous a donné mes coordonnées ?

— Elvira ?

— Elvira Roberts-Hoare.

— Oh. Je n'en sais rien, Libby, désolée. Caroline m'a juste demandé de vous contacter quand elle est arrivée ce matin. Mais… je doute que ça ait quoi que ce soit à voir avec Elvira Roberts-Hoare. Vous parlez bien du mannequin ?

— Oui, c'est ça.

— Dans ce cas, ça m'étonnerait vraiment. Elle et Caroline ne s'entendent pas. Pas du tout, même.

Je n'en avais pas besoin, mais c'est un argument supplémentaire en faveur de Caroline Pressley.

En plus de ça, bien sûr, elle a conçu le site de vente de bijoux le plus en vogue du pays : le net-à-porter des accessoires. J'adore presque toute sa sélection, pourtant conséquente (bien que triée sur le volet), des bracelets de l'amitié très bon marché aux boucles d'oreilles en perle éblouissantes à dix mille livres. Ils vendent bagues en strass et gros diamants avec le même enthousiasme, et s'ils écoulent sûrement plus de pendentifs à initiales en argent que de ras-de-cou en or rose et saphirs, c'est tout aussi agréable pour le client d'acheter l'un que l'autre. Pour la naissance de Clara, j'ai envoyé à Nora un joli collier tout simple avec des pendentifs en argent, un N (pour Nora), un M (pour Mark) et un C, en partie parce que je n'en fais pas et en partie parce que je me disais qu'un magnifique paquet Pressley/Waters noir et or en livraison express, c'est le réconfort parfait après quarante-huit heures d'accouchement et une césarienne en urgence.

— Pourriez-vous passer dans les jours qui viennent ? Elles ont un peu de temps jeudi matin, si par hasard vous êtes disponible ?

— Oui. Oui, tout à fait.

— Génial ! 10 h 30 ? Dans nos bureaux de Paddington ?

— C'est parfait. Merci, Celeste.

— Oh ! je vous en prie ! Je vous envoie un SMS de confirmation, d'accord ?

— Super, merci.

En posant le téléphone, je m'accorde un petit cri de joie. Ça ne donnera peut-être rien, mais c'est déjà incroyable d'avoir l'occasion de rencontrer Caroline Pressley et Annika Waters.

Surtout à un moment où j'en ai vraiment assez de mon travail, pour être honnête. Savoir que ces deux femmes ont vu mes créations et qu'elles ont aimé au point de vouloir me rencontrer, c'est très stimulant.

Bien sûr, il est tout à fait possible qu'elles envisagent de lancer leur propre collection d'accessoires pour mariées vintage. Ce qui me décevrait un tout petit peu, d'un point de vue artistique…

Mais franchement ? Si Caroline Pressley et Annika Waters me proposent une collaboration, j'accepterai les yeux fermés, peu importe le domaine. Je serais prête à ne faire que des diadèmes vintage pour le restant de ma carrière… Bon, d'accord, je ne serais pas ravie, mais ce serait quand même un honneur qu'elles aient pensé à moi. Et j'aurais du mal à refuser.

Enfin, j'y réfléchirai si j'ai la chance d'en arriver là.

Pour l'instant, le principal est de mettre à jour mon portfolio et, très important, de choisir ma tenue pour jeudi, et…

Mes réflexions sont brusquement interrompues. On a frappé à la porte.

Je vais ouvrir.

Après cet appel grisant, j'ai l'impression que je vais tomber dans les pommes quand j'aperçois mon visiteur.

— Joel !

Il est en jogging, évidemment, et à la lumière du jour, il a l'air encore plus fringant qu'hier soir. Mais c'est peut-être parce que les deux derniers hommes que j'ai vus étaient Dillon et Bogdan : l'un en pleine gueule de bois, les yeux bouffis, l'autre épuisé par une nuit passée à se pâmer devant Grace Kelly et, après tant d'heures sans se raser, disparaissant presque entièrement derrière une barbe épaisse.

— Salut, Libby.

— Salut.

Il a sûrement laissé tomber un truc quand il a filé à toute vitesse hier soir.

— Tu as oublié quelque chose ?

— Oui. Mes bonnes manières.

— Je ne comprends pas.

— Même si tu as dit que tu préférais rester seule, je n'aurais pas dû partir comme ça. J'ai eu tort. Tu t'en es sortie ?

— Avec Dillon ? Oui, ça va.

Je remarque soudain la flaque de vomi sur le trottoir derrière Joel. Il faut vraiment que je trouve un seau et que je nettoie ça.

— Enfin, ce n'est pas la meilleure nuit que j'ai passée. Mais il n'y a vraiment pas de quoi te sentir coupable. Il valait mieux que tu partes.

— Quand même. Ça m'a trotté dans la tête quand je suis rentré chez moi — j'ai pensé à toi pendant tout le trajet.

Il prend une grande inspiration avant de poursuivre :

— J'aurais préféré que tu me dises tout de suite que tu étais fiancée, Libby. Je n'aurais pas mis tant d'espoir dans notre soirée d'hier.

— Je ne…

— Et je voulais te dire que… Je ne sais que trop bien à quel point ça semble difficile de revenir en arrière, mais si tu as des doutes — et tu en as forcément, sinon tu ne serais pas sortie avec moi — je te conseille d'attendre. Ça paraît impossible, quand on a acheté la robe, commandé le gâteau, tout ça. Mais…

— Joel. Ecoute-moi. Je ne vais pas me marier.

Je pose la main sur son bras.

— Vraiment. Cette robe… appartient à une amie.

— Oh !

— Je la lui garde, c'est tout. Je dessine des bijoux pour mariées, et il faut souvent que je prenne en compte la robe quand je crée des accessoires… Franchement, si tu l'avais regardée de plus près, tu aurais vu qu'elle ne m'irait jamais ! Il faut avoir une taille de cinquante-cinq centimètres pour rentrer là-dedans. Et je ne sais pas si tu as remarqué, mais ce n'est pas du tout mon cas.

Prête à tout pour le convaincre que je ne suis pas la propriétaire de la robe, je conclus lamentablement :

— En fait, son tour de taille doit faire à peu près celui de mes cuisses.

— OK. Je suis vraiment désolé.

Joel s'empourpre joliment.

— J'ai simplement pensé, vu que tu étais distante pendant le dîner… Honnêtement, la robe de mariée fournissait une explication logique.

— Crois-moi, cette robe n'a rien de logique.

— D'accord. Si tu ne m'as pas caché de mariages secrets, ni d'ex problématiques…

— Vraiment pas.

— … tu accepterais de me revoir ?

Je tente de dissimuler ma surprise.

— Avec plaisir. Avec grand plaisir.

— Super ! Je… je suis vachement content, Libby.

Avec son accent délicieux, l'expression *vachement content* me fait soudain fondre.

— Je serai en déplacement pour le boulot ce soir et demain, mais si tu es libre jeudi soir… ?

— Oui, tout à fait.

C'est parfait : ça me laisse aujourd'hui et demain pour préparer mon rendez-vous avec Pressley/Waters, et ensuite, je pourrai me détendre et profiter de la soirée avec Joel.

— Et je te promets qu'aucun ex bourré ne viendra nous gâcher la soirée cette fois-ci. Enfin, aucun des miens.

— Hé, il ne l'a pas gâchée.

— Il ne l'a pas non plus améliorée.

— Oh ! je ne sais pas. C'est la première fois que je me fais agresser par un ex hostile… je n'irais pas jusqu'à dire que ça mérite d'être sur la liste des cinquante choses à faire avant de mourir, mais ça change. En plus, ça m'a donné l'occasion d'essayer une de mes prises de krav maga.

— Ah, je croyais que c'était du judo.

— Non, non, c'est beaucoup plus impressionnant que du judo.

Il me décoche un grand sourire.

— Esti était fière de moi quand je lui ai raconté. D'habitude, c'est elle qui me met au tapis. Aussi valorisant que ce soit de se faire botter le cul par une nana, c'est agréable de changer de rôle. Si tu vois ce que je veux dire.

— Ah bon, Esti est ton… coach ?

Je suis perdue.

— Je croyais que c'était le contraire.

— Euh, non. Ce n'est pas mon coach, mais elle me donne des cours de krav maga. Je crois qu'elle a appris dans l'armée israélienne. En tout cas, elle est dangereuse… Bref, je me suis toujours dit que ça pourrait être utile un jour. J'espère juste que Dillon n'est pas aussi cassé que moi après un cours. Enfin, j'imagine que s'il se sent mal, ce n'est pas juste à cause de ça.

— Oui, effectivement. Il…

Je m'interromps, parce que ce serait injuste de raconter à quelqu'un qui ne le connaît pas que Dillon est un alcoolique qui a rechuté.

— … il ne tient pas l'alcool, c'est tout.

— Ne t'en fais pas. J'ai eu quelques amis avec le même genre de problème.

Il pose une main sur mon épaule et poursuit :

— Ce n'est jamais facile.

Non mais c'est vraiment l'homme parfait ! Discret, compréhensif, terriblement sexy…

… et en train de se pencher vers moi, pendant que je le regarde dans les yeux, pour déposer un baiser sur mes lèvres.

C'est divin.

Et ça dure.

Encore.

Et encore un peu.

OK, beaucoup.

Quand nous nous séparons enfin pour reprendre notre souffle, il me sourit, les yeux plissés.

— Je suis très heureux de t'avoir rencontrée, Libby.

— Moi aussi.

— Tu es une bouffée d'air frais, tu sais ? C'est tellement agréable de rencontrer quelqu'un avec qui je peux parler. Quelqu'un de désintéressé.

Quelle remarque étrange.

Mais pas tant que ça, en fait, parce que j'imagine que beaucoup de femmes sont simplement attirées par la beauté de Joel. Ses yeux. Sa peau. Son accent sexy. Son corps…

Bien sûr, je n'ai jamais été dans la situation (quelque peu enviable) où on ne s'intéresse à moi que pour mon apparence physique, donc je ne sais pas ce que ça fait. Mais je comprends qu'il puisse avoir du mal à croire qu'il plaît pour d'autres raisons.

— Ça te dirait qu'on fasse quelque chose d'un peu différent jeudi soir ? Un film, par exemple ? Ça fait une éternité que je ne suis pas allé au cinéma, et tu as dit que tu aimais ça…

— Ce serait super.

A ma grande honte, j'espère qu'il proposera quelque chose que je n'ai pas spécialement envie de voir pour qu'on puisse passer la séance à se rouler des pelles au fond de la salle comme des adolescents bourrés d'hormones. Je poursuis :

— J'ai hâte.

— Moi aussi. Je t'envoie un SMS demain pour qu'on décide de l'heure.

— Parfait, mais ne t'inquiète pas si tu es trop occupé… Tu vas où, d'ailleurs ? Pour le boulot ?

— A la Barbade.

— Waouh ! Ça ne fait pas très… euh… déplacement pro.

— Euh, non, admet-il, l'air gêné. Mais pourtant, c'en est un. J'ai un client là-bas, donc voilà. J'y vais quand il a besoin de moi.

— Trop bien ! Il me faut des clients comme ça.

— Oh ! tu sais… La Barbade, ce n'est pas aussi génial que ce qu'on raconte.

— Je te crois sur parole.

— Vraiment.

Il regarde sa montre.

— Il faut que j'y aille, mais on se voit jeudi, OK ?

— OK. J'ai hâte !

— Moi aussi. Passe une bonne journée, Libby. Et prends soin de toi.

Il m'envoie un baiser du bout des doigts, se retourne et commence à courir vers FitRox.

J'ai à peine eu le temps de rentrer dans l'immeuble que j'entends quelqu'un m'appeler.

— Libby ?

C'est Elvira, qui fonce vers moi en cuissardes bleu cobalt, minijupe en daim à franges et vareuse bleu marine un peu incongrue. Plus son sac Birkin habituel et son écharpe à imprimé têtes de mort Alexander McQueen. L'ensemble est certainement original, mais je dois admettre qu'elle arrive à éviter le ridicule qui frapperait toute personne normale vêtue de cet accoutrement.

Le martèlement de ses talons sur le trottoir suggère qu'elle est de mauvaise humeur. Enfin, plus que d'habitude. Je me suis faite à son air constamment maussade et irrité.

— Salut ! Tino a l'air très en forme.

Le chien est coincé sous son bras.

— Je peux lui apporter…

— Est-ce que tu pourrais me dire, m'interrompt-elle sur un ton qui suggère que c'est une question rhétorique, pourquoi les Willington-Jones m'ont signalé qu'il y avait eu une bagarre et du vomi dans la rue la nuit dernière ?

Merde. Merde, merde, merde.

— Et ne prétends pas que ça n'a rien à voir avec toi, continue-t-elle en m'agitant un doigt sous le nez, parce qu'ils t'ont vue entrer après la bagarre.

— OK, alors d'abord, ce n'était pas une bagarre. C'était

un… malentendu. Et honnêtement, on ne s'est pas battus. Il y a bien eu une prise de judo, enfin, de krav maga, mais c'était très rapide et silencieux. Je crois que c'est fait pour.

— Libby…

— Et pour le vomi, je suis vraiment, vraiment désolée. Je m'apprêtais à nettoyer, mais je ne manquerai pas d'aller m'excuser auprès des Willington-Jones.

— Bien essayé, mais tu ne t'en tireras pas aussi facilement, dit-elle en entrant sans me demander la permission. Tino a besoin d'eau. Tu vas lui en chercher ?

— Bien sûr.

Je monte puis redescends les deux étages quatre à quatre. A mon retour, Elvira est installée sur ma table basse et Tino, le nez fourré dans mes piles d'emballages, s'amuse à déchirer du papier de soie vert céladon flambant neuf et hors de prix.

— Et voilà son eau !

— Tiens, Tino, mon chéri, dit Elvira.

Mais après m'avoir fait monter deux étages, elle ne semble pas si préoccupée que ça par les besoins en hydratation de Tino. Elle est bien plus motivée par son véritable objectif de la matinée : me passer un savon.

— Je ne sais même pas par où commencer, Libby. Des bagarres de rue, du vomi dans le caniveau… Je sais que tu n'es pas habituée à vivre dans des endroits chics, mais je ne m'attendais pas à ce que tu transformes cet endroit en véritable ghetto.

— Mais pas du tout ! Ecoute, Elvira, comme je te l'ai dit, je suis vraiment désolée…

On frappe de nouveau à la porte, de l'autre côté du studio.

Franchement, on se croirait dans le métro à l'heure de pointe.

— Excuse-moi, Elvira, il faut juste que j'aille répondre. C'est probablement un colis de DHL, j'en ai pour une seconde.

Mais dès que j'ouvre la porte, je dois me rendre à l'évidence : cette personne est tout sauf un livreur.

— Libby Lomax ?

Ma visiteuse a la cinquantaine, des cheveux sombres et une couche épaisse de maquillage. Son rouge à lèvres fuchsia s'accorde parfaitement avec l'écharpe rose drapée sur son blazer noir. Son sac à main (un truc énorme qui pend sur son épaule carrée) est également fuchsia, et elle porte aussi un grand sac de supermarché plein à craquer.

— Oui, qu'est-ce que je peux…

— Où est canapé ? demande-t-elle avec un lourd accent avant d'entrer en me bousculant. Bogdan est aussi là ?

— Oh ! vous devez être tante Vanya.

Désespérée, j'aperçois Elvira qui tend le cou pour voir à qui je parle.

— Ecoutez, le moment est vraiment mal choisi. Et Bogdan n'est pas là. Est-ce que vous pourriez repasser un peu plus tard ?

— Pas possible. J'ai temps libre maintenant. Qui sait, ajoute-t-elle d'un ton sombre en examinant l'appartement et en passant la main sur les murs, quand je peux repasser ?

— Oui, d'accord, mais ce n'est vraiment pas urgent…

— Canapé est là-haut ?

— Oui, mais…

— Alors c'est où je dois aller.

Elle remet son sac rose sur son épaule.

— Veuillez montrer à moi ?

— Franchement, je…

Tante Vanya commence à monter l'escalier.

— Non, non, je vais vous montrer ! Mais je pense qu'il vaudrait mieux attendre le retour de Bogdan. Il pourra tout vous expliquer en… euh, moldave.

— Je parle anglais parfait, affirme-t-elle sans se démonter.

Elle fonce droit vers le Chesterfield, qu'elle commence à palper.

— Ne te fais pas de billes. Tu as allumettes ?

— Des allumettes ? Oh non, ce n'est pas la peine de mettre le feu à quoi que ce soit !

— Pour bougies, explique-t-elle en sortant quelques chauffe-plats de son sac. Important pour ambiance. Morts aiment pas apparaître en plein jour.

— Euh… Je ne sais pas ce que Bogdan vous a dit, mais je ne crois pas que les gens qui apparaissent sur le canapé soient morts, en tant que tels…

La voix furieuse d'Elvira retentit au rez-de-chaussée.

— Libby ? Qu'est-ce que tu fabriques ? Nous étions en pleine conversation !

— Oui oui, j'arrive ! Je n'ai pas d'allumettes, tante Vanya, mais je préférerais vraiment que vous attendiez le retour de Bogdan, et la fin de mon rendez-vous.

— Je vais juste m'installer, alors, répond-elle en haussant les épaules. S'il vous plaît, continue affaires.

Je la laisse seule. Je n'ai pas le choix : je ne veux surtout pas qu'Elvira vienne enquêter. Après tout, si elle est déjà fâchée à cause de la bagarre et du vomi, elle sera furieuse qu'une inconnue moldave organise ce qui ressemble de plus en plus à une séance de spiritisme dans son appartement.

Je dévale l'escalier. Elvira m'attend dans l'atelier, les bras croisés, l'air exaspéré.

— Qui c'était ?

— Oh ! juste… la nouvelle femme de ménage. J'ai du mal à m'en sortir dans un appartement aussi grand.

— Eh bien, peut-être que cet arrangement était une erreur, alors.

— Quoi ? Non, non, ce n'était pas une erreur !

— Vraiment ? Parce que je commence à me demander si je ne me suis pas trompée sur ton compte.

Son beau visage prend une expression encore plus pincée et amère que d'habitude.

— Je sais qu'au début Ben ne tarissait pas d'éloges sur toi, Libby, mais tu dois te rendre compte qu'il y a plein d'autres start-up dans lesquelles il pourrait investir, qui lui causeraient moins de problèmes.

— Excuse-moi… tu es en train de me dire que Ben envisage de revenir sur son investissement ?

C'est encore plus grave que ses menaces de me mettre à la porte.

— Je suis en train de te dire que ni lui ni, surtout, moi, n'avons le temps ni l'envie de travailler avec des gens qui créent des ennuis pour rien. Ma réputation est en jeu, Libby, au cas où tu n'y aurais pas pensé. Je ne parle pas simplement de la façon dont tu déranges les voisins de mon père ou de l'horrible traumatisme que tu as fait subir à mon chien.

Je réplique d'une voix un peu tremblante, parce que je déteste les disputes, et encore plus avec une fille à papa pourrie gâtée qui a tout le pouvoir :

— Mais avec tout le respect que je te dois, Elvira, j'ai l'impression que le problème est précisément que je dérange les voisins et que j'ai traumatisé ton chien. Parce que franchement, je crois que tu n'as rien d'autre à me reprocher, n'est-ce pas ? Je limite mes dépenses, je respecte le business plan que tu as conçu avec les employés de Ben.

Je poursuis d'une voix qui ne tremble plus, en élevant le ton :

— Je vais jusqu'à te laisser décider de la direction artistique ! Même si je n'ai jamais eu l'intention de me spécialiser autant dans les diadèmes vintage…

Je suis interrompue par un bruit qui ressemble étrangement à un feulement.

— Qu'est-ce qui se passe, putain ? s'énerve Elvira.

— Oh ! c'est juste… euh… je crois que c'est *Sifflez en travaillant* en moldave.

— Ça pourrait être *Un jour mon prince viendra* en cantonnais, je m'en tamponne ! Va lui dire d'arrêter son ramdam.

Elle me fusille du regard.

— Tu crois que les Willington-Jones sont d'humeur à supporter ce vacarme alors que tu les as déjà réveillés au milieu de la nuit ? Tu veux te prendre une amende pour tapage nocturne, c'est ça ? Et vu que c'est mon appartement, je suppose que ce sera à moi de payer !

— Non, non, bien sûr que non ! Je vais lui dire d'arrêter.

Je monte les marches quatre à quatre. A ma grande frayeur, je constate qu'en plus de brailler à tue-tête, tante Vanya a allumé une bonne douzaine de bougies qu'elle a disposées en forme de pentacle sur le sol autour du canapé.

— Tante Vanya ! Qu'est-ce que vous fabriquez ?

Elle arrête de chanter.

— Oh ! salut, ma chérie. Je trouve allumettes au fond du sac. Bonne nouvelle, hein ? Sinon pas possible de mettre ambiance pour appeler esprits.

— Mais personne ne vous demande de les appeler ! Et en plus, ce n'est pas un esprit, tante Vanya. Je ne sais pas ce que vous a dit Bogdan, mais je suis à peu près sûre que le canapé est magique…

— Toi dis magique, moi dis possédé, réplique-t-elle en haussant les épaules. Monnaie blanc et blanc monnaie.

— Mais possédé, ça veut dire que… Ecoutez, il n'y a pas de démon là-dedans !

— Le démon, explique-t-elle d'un ton pontifiant, capable de se déguiser sous beaucoup de visages.

— Peut-être, mais pas ceux d'Audrey Hepburn, de Marilyn Monroe et de Grace Kelly.

— Aaah, Grace Kelly, soupire-t-elle, le regard perdu dans le vague. La femme plus belle qui existe.

— Oui, je suis au courant, j'ai fait sa connaissance récemment. Et je vous promets que ce n'est pas un démon déguisé.

— Justement ce que diable veut que tu croies. Quoi, tu penses démons ressemblent tous à costume de Halloween, avec cornes et fourche ? Pas très malin.

Elle fouille dans son sac de supermarché capricieux et en sort un gros vaporisateur, le genre qui sert à arroser les plantes délicates.

— Et démons sont très malins.

Elle commence à asperger méthodiquement le canapé. Je suis de plus en plus inquiète.

— Qu'est-ce qu'il y a dans cette bouteille ?

— Peux pas dire ingrédients précis. C'est recette brevetée. Mais contient eau déionisée, alcool à quatre-vingt-dix et, bien sûr, eau bénite…

— De l'eau bénite ? Je ne sais pas exactement ce que vous comptez faire, mais je ne suis pas intéressée. Désolée.

— Vous voulez pas que je débarrasse vous du démon ?

— Non ! Excusez-moi, tante Vanya, mais je croyais… Bogdan m'avait dit que vous étiez médium.

— Ah. C'est malentendu de Bogdan.

Elle secoue la tête et glousse affectueusement.

— Je sais pourquoi il s'emmêle les pinces. Dans ma langue, même mot pour médium et exorciste.

— Oh mon Dieu, je ne veux pas d'exorcisme ! dis-je dans un souffle, consciente qu'Elvira est toujours en bas.

— Tu veux *garder* mauvais esprit ?

Elle semble surprise.

— Comme animal de compagnie ? Je déconseille toi, chérie. Tu as yeux plus gros que ventre.

— Non, ce n'est pas ça du tout ! Ecoutez, on ne pourrait pas juste…

— Au fait, m'interrompt-elle d'un ton beaucoup plus terre à terre, tu as animaux ? Animal est proie très facile pour démon, c'est pour ça que mon Pack Purificateur inclut exorcisme d'un animal. Plusieurs, ou animal très compliqué, c'est supplément. Mais pour toi, comme es recommandée par famille et amis, je fais payer supplément que si animal vraiment très bizarre. Une fois, je dois faire exorcisme sur capybara.

Elle fait la grimace.

— Tu vois déjà cette chose ? Comme cochon d'Inde géant mais sans caractère doux et gentil de cochon d'Inde. Pour ça je fais payer supplément…

— Libby ? hurle Elvira. Tu peux venir, s'il te plaît ?

— J'arrive !

Je me tourne vers tante Vanya.

— Bon, il y a clairement eu un malentendu, mais je ne veux pas de Pack Purificateur, OK ?

Elle arrête de pulvériser son eau bénite et croise les bras.

— Je comprends. Tu veux marchandage.

— Non, pas du tout…

— Libby !

— Je reviens tout de suite.

Je descends l'escalier à toute vitesse. Elvira m'attend entre l'atelier et la salle d'exposition, les bras croisés. Argh.

— Puis-je savoir, demande-t-elle d'un ton glacial, pourquoi tu as un rappel sur le calendrier de ton téléphone pour un rendez-vous à Pressley/Waters ?

Je la dévisage.

— Tu as regardé mon téléphone ?

— Il était posé sur la table. Le message s'est affiché sur l'écran.

Elle n'a visiblement rien à faire de cette atteinte à ma vie privée… Elle reprend d'un ton plus glacial que jamais :

— Sais-tu que les clauses du contrat d'investissement t'interdisent spécifiquement de travailler pour quelqu'un d'autre ?

— Je suis au courant. Mais ce n'est qu'un rendez-vous.

— Un rendez-vous clandestin !

— Mais non ! Je les ai eus au téléphone cinq minutes avant ton arrivée ! Je n'ai même pas eu le temps de t'en parler.

Elle regagne l'atelier d'un pas raide et récupère son sac Hermès.

— Je vais devoir en parler à Ben. Mais je peux t'assurer qu'il ne va pas être content. Pas content du tout.

— Ecoute, je lui parlerai. Je serai ravie de lui expliquer…

— Où est passé Tino ? m'interrompt Elvira en regardant autour d'elle. Tino, mon chéri ? Maman est prête à partir !

Je m'attends à voir Tino surgir de sous la nouvelle table

IKEA, où il était occupé à détruire des liasses de papier hors de prix, mais non.

— Tino ? appelle Elvira en claquant la langue. Chéri ? Viens voir maman !

Pas de réponse. Elvira regarde sous la table.

— Où est-il ? Tino ?

En haut, tante Vanya recommence soudain à chanter.

En fait, ça ressemble plutôt à une incantation.

En réponse, on entend un bref aboiement un peu inquiet.

— Tino ! hurle Elvira.

Elle se rue dans l'escalier. Je suis de près ses cuissardes cobalt. Mon cœur s'emballe quand j'entends une salve d'aboiements.

— Tante Vanya ! Je ne sais pas ce que vous fabriquez, mais…

En arrivant en haut de l'escalier, je peux constater par moi-même l'étendue des dégâts : elle tient Tino à bout de bras, comme pour un sacrifice, et l'asperge d'eau bénite.

— Lâchez mon bébé tout de suite !

Elvira bondit, mais tante Vanya réplique en lui vaporisant de l'eau bénite dans les yeux.

— Au secours ! hurle-t-elle en s'effondrant par terre comme si c'était du spray au poivre.

— Tante Vanya, non !

J'essaie de lui prendre Tino, terrifié.

— Posez le chien.

— Pas chien.

— Je sais qu'on dirait un gros rat, mais…

— Ou plutôt, corps de chien possédé par mauvais esprit. Exactement ce que je te dis.

Elle continue à l'asperger.

— Animaux de compagnie souvent proies faciles pour démons.

Elvira se relève en titubant et intervient, haletante :

— Mon bébé est une proie facile pour quoi ? Je rêve ou elle a parlé d'un démon ?

— Vous êtes propriétaire ? Désolée d'annoncer mauvaise nouvelle à vous. Mais oui, je suis certaine ce chien possédé par même démon qui habite canapé de Libby. Il a très mauvaises ondes. Expression très méchante, déjà. En plus, je sais pas si est naturel avoir aussi peu de poils…

— Si, si, c'est un chien nu mexicain.

Mais Elvira se tourne vers moi, hors d'elle.

— Tu as fait entrer une *exorciste* dans mon appartement ?

— Non ! Bien sûr que…

— Pour avoir honnêteté, m'interrompt tante Vanya, est seule solution raisonnable. Vu qu'elle a apporté canapé possédé par démon dans appartement.

— *Rendez-moi mon chien !* rugit Elvira.

Elle parvient héroïquement à arracher Tino des griffes de tante Vanya, le coince sous son bras et titube vers l'escalier comme si elle fuyait une catastrophe naturelle — ce qui, avouons-le, n'est pas une mauvaise description de tante Vanya l'exorciste. Elle se retourne pour pointer un doigt accusateur dans ma direction.

— Toi ! Prends tes affaires et dégage de mon appartement.

— Elvira, je t'en prie, c'est juste un…

— Si tu prononces le mot *malentendu*, grogne-t-elle, je te jure que je te fais expulser par la police.

— Mais tu ne peux pas…

— Bien sûr que si ! C'est chez moi, merde !

Elle fait volte-face et dévale l'escalier, claquant la porte derrière elle, ce qui ne va pas arranger les relations avec les Willington-Jones.

7

Stevenage. Je crois que c'est là que je vais vivre.

Parce que j'ai passé l'après-midi à consulter compulsivement les annonces immobilières, et Stevenage est le seul endroit dans un rayon de cinquante kilomètres autour de Londres qui ne soit pas complètement hors de prix.

Et il va vraiment me falloir un appartement bon marché si, comme je m'y attends, Elvira parvient à convaincre Ben de me retirer son soutien financier. Depuis qu'elle a claqué la porte de mon salon noyé sous l'eau bénite, ce matin, j'ai reçu un SMS sec m'informant, conformément aux instructions précédemment aboyées, que je dois avoir évacué les lieux d'ici la fin de la semaine et qu'elle parlera à Ben « pour savoir s'il veut maintenir son partenariat avec quelqu'un qui n'hésite pas à aller solliciter un autre investisseur ».

Et dans un autre message, elle aborde ce qui constitue probablement le véritable problème :

Et en tant que parrain de Tino, je ne crois pas qu'il sera ravi d'apprendre que tu as essayé de L'EXORCISER.

Je suis foutue, hein ?

Elvira a toute la confiance de Ben (la preuve, il a accepté d'être le parrain de son chien !), et il est suffisamment débordé pour être prêt à me laisser tomber si j'ai l'air de causer des ennuis.

Je n'ai jamais autant eu hâte de voir Nora.

C'est pour ça que j'attends devant chez Olly, en fait : je

suis assise sur le perron et j'épluche les petites annonces. Je sais qu'Olly est allé chercher Nora et Mark à l'aéroport il y a presque une heure. J'imagine qu'ils ont simplement été retardés dans le métro, parce que personne ne répond à la porte ni au téléphone.

Stevenage, donc.

J'ai déjà parlé à deux ou trois agents immobiliers, en fait. Je pense aller y jeter un coup d'œil demain. Il y a un espace pas trop cher dans une zone industrielle près d'une gare, que je pourrais transformer en atelier, et je pourrais peut-être louer un studio pas trop loin… Et ça irait, non ? Je pourrais m'inscrire à quelques trucs — un club de lecture, peut-être ? Ou de jogging ? Me faire de nouveaux amis. L'agent immobilier (qui n'avait pas l'air si désespéré que ça, si ?) m'a dit qu'il y avait des pubs très sympas, un petit cinéma, et… je crois qu'il a parlé d'un Burger King…

Enfin, il faudra que je renonce aux frites, si j'essaie de garder la forme pour faire du jogging !

Qui sait : peut-être que me faire mettre à la porte de mon nouvel appartement, lâcher par mon investisseur et devoir déménager à Stevenage est la meilleure chose qui me soit jamais arrivée. Le club de lecture, le jogging, les kilomètres entre ma mère et moi, la distance par rapport à Olly…

Je suis en train d'imaginer ma nouvelle vie à Stevenage (plus saine, avec une plus jolie silhouette et une meilleure connaissance des classiques) quand mon téléphone sonne.

Bogdan.

Je réponds immédiatement.

— Bogdan.

— Libby. J'ai ton message sur ce qui passé avec tante Vanya…

— Attends. D'abord, ça s'est bien passé avec Dillon ce matin ?

— A la clinique ? Oui, oui. Il est très reconnaissant que tu encourages lui de retourner là-bas, Libby. Il dit tu es gentille, compatissante, très bonne amie…

— Pas la peine d'en rajouter.

— OK. Mais je veux juste dire je vais payer tante Vanya moi-même, Libby, pour me faire pardonner erreur.

— Attends. Elle ne va quand même pas m'envoyer une facture ?

— Sois pas injuste, Libby. Elle essaie de vivre. Pas facile être femme de conseiller municipal. Il y a apparences à maintenir. Dîners officiels, *garden-parties*, tout ça.

— Elle est mariée à un conseiller municipal, ce n'est pas la reine d'Angleterre, merde ! Ni un médium, pour ton information. C'est juste une exorciste.

— Je comprends bien maintenant. Je pense que je confondre peut-être avec autre membre de la famille qui a même genre de talents. Maintenant que j'y réfléchis, peut-être c'est tante *Anya* le médium. C'est la sœur de deuxième femme du cousin de ma *mère*. Pas du tout même côté de la famille. Je suis presque sûr elle vit aussi à Londres…

— Non ! Non, Bogdan, je ne veux pas qu'une autre de tes cousines douteuses s'approche de mon canapé.

De toute façon, elle refuserait probablement, si ça impliquait d'aller jusqu'à Stevenage.

— Ni médium, ni exorciste, ni nécromancien. Compris ?

— D'accord. Je suis vraiment, vraiment désolé, Libby. J'espère tu peux rattraper choses avec Elvira.

Je pousse un soupir.

— Je ne crois pas que ce sera possible. En fait, elle m'a virée de son appartement, donc si tu pouvais m'aider à déménager…

La porte s'ouvre soudain derrière moi. Je tombe à la renverse.

Je reste immobile un instant, à contempler les cuisses fines et dorées au-dessus de ma tête. Des cuisses qui appartiennent à…

Tash.

— Libby !

Elle a répondu à la porte, vêtue en tout et pour tout d'un

court peignoir, de pantoufles et d'une serviette enroulée autour de la tête.

— Oh mon Dieu, tu as frappé ? J'étais sous la douche…

Elle me prend par les aisselles pour m'aider à me relever.

— Je suis désolée ! Entre, tu dois te geler !

— Je ne me gelais pas, c'était plutôt agréable… Je te rappelle, Bogdan.

— Salut, Bogdan ! dit Tash en direction du téléphone. Quel garçon adorable ! Ça me fait tellement plaisir de te voir, Libby. Comment vas-tu ? Quoi de neuf ?

— Oh ! tu sais, comme d'habitude… Excuse-moi, Tash, je ne savais pas du tout que tu serais là…

— C'est grâce à toi, en fait !

— Ah bon ?

— Mais oui.

Elle m'entraîne vers la cuisine, me fait m'asseoir à table à sa façon autoritaire et allume la bouilloire.

— Olly m'a skypée l'autre soir et m'a raconté que tu lui avais dit qu'il exagérait. Tu sais, de ne pas passer assez de temps avec moi.

— Euh, ce n'est pas tout à fait les mots que j'ai employés…

— Donc j'ai décidé de lui faire une surprise et j'ai accompagné Nora et Mark ! Ça arrangeait tout le monde, parce que j'ai pu les aider à s'occuper de Clara dans l'avion… Ils sont passés prendre une tasse de thé chez Jack à Stockwell, pour que les cousins puissent faire la connaissance du bébé. Ils sont adorables, les enfants de Jack, mais ils étaient très bruyants au mariage de Nora, donc je me suis dit que j'allais venir ici directement ! Tu les as déjà vus ?

— Les enfants de Jack ?

Jack est le grand frère de Nora et d'Olly, si bien que je le connais depuis mes treize ans.

— Oui, je les connais. Je les ai toujours trouvés très mignons.

— Oui, tout à fait ! Mais on n'a peut-être pas les mêmes principes éducatifs.

— Mais… euh… tu n'as pas d'enfants.

— Pas encore ! répond-elle en me faisant un clin d'œil. Tu veux du sucre dans ton thé, Libby ?

— Oh… tu sais quoi ? Je prendrais bien un verre de vin.

Elle jette un coup d'œil éloquent à la pendule jaune vif sur le mur.

— J'ai passé une journée vraiment merdique.

— Ah, d'accord !

Mon cœur se brise un peu quand je la vois s'affairer avec un air de propriétaire dans la cuisine d'Olly et sortir des verres à vin et une bouteille.

Même en peignoir, avec les cheveux mouillés, elle est magnifique. Les yeux brillants, la peau éclatante : malgré le vol EasyJet, on dirait qu'elle arrive tout droit du genre de montagnes où vivent Heidi et ses chèvres.

Elle s'assoit devant moi et nous verse un verre de vin.

— Si la journée a été difficile, ça va te revigorer de voir Clara !

— Oui, j'ai hâte.

— Tu ne peux pas imaginer à quel point c'est un amour, Libby ! Elle commence à rire, elle joue avec ses orteils… Franchement, elle est à croquer. Tu verras la différence par rapport à la dernière fois où tu l'as vue, parce que ça fait… combien de temps ?

— Trois mois.

— Ouh là, ce n'est plus la même petite personne ! Evidemment, je la vois presque tous les jours, donc je remarque moins les changements, mais tu ne vas pas en revenir !

C'est moi, ou Tash essaie de remuer le couteau dans la plaie en me faisant bien sentir qu'elle passe plus de temps avec Nora et Clara ?

Non, c'est sûrement juste moi. Après tout, c'est moi qui suis jalouse d'elle, pas l'inverse. Pourquoi le serait-elle, alors qu'elle a tout ce dont je rêve ?

— Et bien sûr, Nora a un instinct maternel impressionnant.

Je lui dis tous les jours que ça me paraît essentiel qu'elle n'attende pas trop pour le prochain. Après tout, elle est tellement proche d'Olly, ce serait super que Clara ait elle aussi un frère génial, non ? Et aucune de nous n'a intérêt à perdre de temps, hein ?

— Perdre de temps ?

— Pour faire un bébé, Libby ! Ces choses-là ne tombent pas du ciel. Il faut s'organiser, élaborer une stratégie, bien y réfléchir. Comment tu vas t'en sortir, d'ailleurs ?

— Euh… pour avoir un bébé ?

Elle acquiesce.

— Je t'en prie, Libby, ne deviens pas une de ces femmes qui se rendent compte soudain à trente-cinq ans que le temps file ! Il vaut mieux s'organiser, je t'assure. Tu vois quelqu'un ?

Je suis perdue : elle me demande si je sors avec quelqu'un ou alors si j'ai rendez-vous avec un spécialiste de la fertilité ? Il y a deux minutes, j'étais effondrée sur le dos, la tête sous son peignoir, et maintenant elle me fait un sermon sur ma fertilité déclinante et la ménopause qui me guette. Je sais qu'elle est médecin et qu'elle gagne sa vie en faisant ce genre de discours brusques et froids sur le corps humain… mais ça n'aide pas à sympathiser.

— Je sais que Nora a hâte que tu trouves quelqu'un et que tu te cases.

— Hé, je suis sortie avec Dillon pendant des mois ! Ce n'est pas comme si j'étais une éternelle célibataire pathétique.

— Oui, d'accord, mais ce n'était pas du tout le genre de mec avec qui tu aurais pu te ranger, si ?

J'ignore commodément le fait qu'il y a moins de vingt-quatre heures, Dillon vomissait dans mes toilettes et qu'il est maintenant en cure de désintoxication pour la deuxième fois en un an. Je réponds :

— Ça aurait pu. On ne sait jamais. Et de toute façon, il se trouve que je vois quelqu'un.

— Super !

Tash réagit avec son pragmatisme et son manque de romantisme caractéristiques.

— Nom ?

— Joel.

— Age ?

— Trente-huit ans. Mais tu sais, Tash, c'est encore tout récent, et je préfère…

— C'est une différence d'âge raisonnable. Il voudra des enfants avant ses quarante-cinq ans. Et tu n'as pas de temps à perdre, nous sommes d'accord là-dessus.

— Euh, non, en fait !

— Et évidemment, à mesure que votre relation se développera, tu vas devoir mettre au point ton programme.

— Mon programme ?

— Parfaitement. Il faut que tu en élabores un. Par exemple, moi, je veux deux enfants et, bien sûr, ce serait mieux de rapprocher leurs naissances autant que possible — bon, l'idéal serait d'avoir des jumeaux, mais on ne peut pas vraiment compter là-dessus — pour que ça n'affecte pas trop ma carrière. Et tu sais, il y a plein de choses qu'on peut faire avant leur arrivée, avant même leur conception, pour faciliter les choses. Ma sœur avait déjà tout organisé pour les cinq premiers anniversaires de ses enfants avant leur naissance. Elle est avocate, donc c'est logique.

— Je ne vois pas en quoi.

— Tu rigoles ?

Tash me dévisage, comme si c'était moi qui racontais n'importe quoi.

— Tu te rends compte du temps que ça prend d'organiser un goûter d'anniversaire correct ? Il y a des tas de trucs qu'on peut faire à l'avance. Commander le matériel : les ballons, les banderoles, les serviettes en papier, tout ça. Chercher un bon pâtissier pour le gâteau…

Je déglutis.

— Waouh. On peut gagner au moins une heure sur chaque anniversaire !

Elle fronce les sourcils et me demande d'un ton sévère, sans aucune trace de sa chaleur habituelle :

— Tu n'es pas d'accord ?

— C'est juste que… ça paraît… Olly est du même avis que toi ?

— Pourquoi ?

— Je ne sais pas.

Je m'empourpre. J'aurais mieux fait de me taire.

— Tu as tout prévu.

Elle pose son verre.

— D'après toi, Olly est un flemmard ?

— Quoi ? Non, jamais de la vie ! Je me demandais simplement si, euh, il était au courant de ta façon de penser. De tous les détails, sur les moments où tu veux avoir des enfants, et…

— Oui, Libby, il est au courant. Tu as peut-être du mal à le croire, étant donné que tu penses le connaître mieux que moi, mais…

Dieu merci, à cet instant, j'entends la porte d'entrée s'ouvrir sur Olly, Mark, Nora et bien sûr, Clara.

Si je dis *bien sûr*, c'est en partie parce que Clara est la vedette du moment, mais aussi parce qu'elle braille de toutes ses forces. Je n'ai jamais entendu un vacarme pareil. Rouge de colère, elle griffe le corsage de Nora avec une sauvagerie que le démon que tante Vanya a essayé d'exorciser ce matin n'aurait pas désavouée. Nora reste calme dans la tempête, sereine et flegmatique, pendant que Mark s'agite et qu'Olly stresse. Elle me fait signe de l'accompagner dans la chambre d'amis à l'étage et emporte la boule de rage qui se débat dans tous les sens, ma filleule bien-aimée (et là, tout de suite, plutôt terrifiante).

Une fois dans la chambre, il faut moins de cinq secondes à Nora pour déboutonner son haut, presser Clara contre son sein et faire taire les hurlements.

Mes oreilles bourdonnent toujours, mais Nora m'adresse

un sourire béat, me fait signe de m'asseoir à côté d'elle sur le lit et s'exclame :

— Ça fait tellement plaisir de te voir, Libby !

— Toi aussi ! Et Clara…

— Ne me raconte pas de bobards. Sa petite crise t'a terrorisée !

— Ne sois pas bê… bon, d'accord. Un tout petit peu. Mais je suis sûre qu'elle avait simplement faim.

— Tu as raison. Tout le reste du temps, c'est un rayon de soleil.

— Vraiment ?

— Non, pas vraiment. Elle a été d'une humeur de chien pendant tout le voyage. Je crois qu'elle commence à faire ses dents. Ou alors, elle est juste furieuse qu'on ait pris une compagnie aussi merdique qu'EasyJet alors qu'elle se voyait plutôt voyager en jet privé.

Nora sourit et dépose un baiser sur le crâne chauve et dodelinant de sa fille.

— Ça va, ma vieille ?

— Moyen… Oh. Tu parlais à Clara.

— Effectivement.

Nora dirige son sourire vers moi.

— Mais tes réponses seront probablement plus intéressantes. Qu'est-ce qui se passe ? Tu as l'air sous le choc. Ce n'est pas à cause d'elle, si ?

— Oh non. J'ai juste passé une journée bizarre. Extrêmement bizarre. Tu ne veux pas savoir.

— Crois-moi, Libby, quand ta journée habituelle consiste à faire rouler des petites voitures, à remonter des ressorts et à poser des questions idiotes à des moutons qui parlent, tu veux clairement… Oh ! avant de commencer, tu peux récupérer le KitKat dans la poche de mon sac et m'en donner un bout ?

Je m'exécute, et elle explique :

— Allaiter me donne une faim de loup. Mais je t'en prie, n'en parle pas à Tash. Elle me ferait la leçon. D'après elle, je devrais me nourrir exclusivement de légumes verts et de noix du Brésil ou je ne sais quoi. Et là, tout de suite, je n'ai pas la force de la supporter. Enfin, de supporter ses sermons.

Parce que Nora ne dit jamais de mal de qui que ce soit. C'est une des choses que j'adore chez elle.

— Bien sûr, elle est pleine de bonnes intentions, et elle ne pense qu'au bien-être de Clara. Mais quand même. Je préférerais éviter d'aborder le sujet et profiter tranquillement de mon KitKat.

— Pas de problème.

Je lui tends une bouchée de KitKat, qu'elle engloutit avant d'en réclamer une autre.

— Raconte-moi. Quoi de neuf ? C'est le boulot ou, euh, ta vie amoureuse ?

Je sais pourquoi elle hésite avant d'évoquer ma vie amoureuse. Olly. Le sujet est très embarrassant pour nous deux, d'autant plus qu'elle est rongée par la culpabilité et le regret de ne m'avoir jamais parlé de ses sentiments.

— Le boulot, je réponds fermement. Enfin, il se trouve que je vois quelqu'un…

— Lib !

La joie et quelque chose d'autre — du soulagement ? — se peignent sur son visage.

— C'est génial !

— Oui, mais pourquoi tout le monde réagit comme si j'annonçais que j'étais Lazare ressuscité ?

— Désolée. Je suis juste contente. Très contente. Parle-moi de lui !

— Eh bien, je ne sais pas encore grand-chose. C'est un coach de fitness, et il est à moitié brésilien, à moitié slovaque…

— Waouh.

— … et notre deuxième rendez-vous est jeudi soir.

J'ai une brusque révélation :

— Mais ça va être compliqué si je déménage à Stevenage.

— Pourquoi devrais-tu déménager à Stevenage ?

— C'est une longue histoire.

Je me laisse tomber sur les coussins.

— Je t'épargne les bagarres de rue, les exorcismes et les accusations infondées d'espionnage industriel…

— Quoi ? !

— … mais en bref, je n'ai probablement plus d'investisseur. Et en tout cas, plus d'appartement.

— Oh mon Dieu. Oh ! Libby !

On frappe à la porte. C'est Olly.

— Nor ? Désolé de vous déranger, mais Tash prépare le goûter et elle se demandait si des noix du Brésil te feraient plaisir ?

Nora sort un châle immense de je ne sais où — comme toutes les femmes qui allaitent, elle semble en avoir une réserve inépuisable, fourrés dans des poches ou drapés sur une épaule — et se couvre pour qu'il puisse nous rejoindre sans gêne.

— C'est bon, Ol, tu peux entrer. Dis à Tash que c'est gentil, mais ce n'est pas la peine. Et surtout, dis à Libby qu'elle ne peut pas déménager à Stevenage !

Olly passe la tête dans l'embrasure de la porte.

Il a les joues un peu roses, probablement en partie à cause de la chaleur dans la cuisine, mais surtout parce qu'il est embarrassé de voir sa petite sœur allaiter. Ça le fait paraître très jeune, on dirait qu'il a quinze ans, comme à l'époque où je l'ai rencontré, et mon cœur se serre.

— Pourquoi est-ce que Libby déménagerait à Stevenage ? demande-t-il, éberlué.

Je fusille Nora du regard.

— Eh bien, ça ne s'est pas très bien passé avec Elvira Roberts-Hoare, elle m'a demandé de libérer son appartement…

— Et elle a insisté pour que tu déménages à *Stevenage* ?

— C'est bon, inutile d'avoir l'air aussi horrifié. Je ne vois pas ce que tu reproches à Stevenage ! Il y a… euh, des pubs. Et un Burger King. En plus, c'est juste à côté de l'autoroute M11.

— Pourquoi, tu prends la M11 ?

— Non, pas spécialement, mais Stevenage est extrêmement bien située, c'est un gros plus.

J'essaie de donner le change, comme si j'avais passé des heures à débattre du pour et du contre des diverses banlieues dortoirs avant de choisir Stevenage, alors que c'est à peu près le seul endroit dans la région de Londres où j'ai les moyens de louer à la fois un appartement et un atelier.

— Et puis il y a plein de gens qui quittent Londres ! Ce n'est pas le centre de l'univers, tu sais !

— Pour toi, si. Ta famille vit ici.

Ses joues s'empourprent encore davantage sous l'effet de l'indignation, et il ajoute :

— Tes amis aussi.

— Pas tous ! Nora n'habite pas à Londres.

— Oui, parce que Stevenage, c'est tout près de Glasgow !

— Ce n'est pas loin de l'aéroport de Luton. Une demi-heure.

— Et tu ne t'es pas dit que si Stevenage est aussi bien desservie c'est parce que tout le monde essaie de partir ?

— Qu'est-ce que tu proposes, alors ?

Je lui jette un regard noir, oubliant complètement que l'atmosphère devrait rester paisible et chaleureuse pour que Clara puisse manger tranquillement.

— Je ne suis pas sûre d'avoir encore un investisseur, Olly, et je vais peut-être devoir vider mon compte en banque pour honorer les commandes qu'on m'a déjà passées. Je suis censée gagner à la loterie ? Fouiller les poches de mes vieux manteaux et retrouver les dix mille livres que coûteraient six mois de loyer dans un endroit assez grand à Londres ?

Olly semble y réfléchir sérieusement, puis il prend une grande inspiration et répond :

— Non, mais tu pourrais venir t'installer ici en attendant de trouver une meilleure solution que Stevenage.

— Ici ?

— Oui. Ici. Dans cette chambre d'amis. Gratuitement, bien sûr.

Il parle assez vite, probablement parce qu'il réfléchit à haute voix.

— Et dans ce cas, tu pourrais louer un atelier ailleurs, non ? Oh ! maintenant que j'y pense, en allant travailler l'autre jour, j'ai vu un ancien entrepôt sur Kennington Road où ils louent des ateliers. Il y aurait aussi sûrement la place de stocker des meubles. Tu n'as qu'à les appeler et demander leurs tarifs…

Je le dévisage.

Nora aussi.

— Olly, dit-elle au bout d'un instant, tu es sûr ? Je ne dis pas que c'est une mauvaise idée. Mais… vous n'avez pas été colocs depuis l'année où Libby a fini ses études de théâtre, et ça n'avait duré qu'un mois ou deux…

— Ce n'est pas une colocation, c'est une solution temporaire. Pour quelques semaines, ou quelques mois, le temps que tu trouves autre chose, Lib. Et qu'est-ce qui s'est passé avec Ben, au fait ? Il a le droit de retirer son investissement comme ça ?

— Je ne sais pas…

Je m'interromps en voyant Tash faire son apparition, un plateau avec un verre d'eau et des noix du Brésil à la main.

— Salut, je me suis dit que Nora avait peut-être faim… Qu'est-ce qui se passe ?

Il y a un silence. Olly toussote et explique :

— Je viens de proposer à Libby de s'installer ici quelque temps. Elle se fait virer de son appartement, et ça lui permettrait de faire des économies.

Il s'éclaircit à nouveau la gorge et reprend :

— Tu ne trouves pas que c'est une bonne idée, Tash ?

Je ne sais pas trop quelle va être sa réaction. Parce que même si d'ordinaire, c'est un modèle de jovialité et de serviabilité, elle s'est montrée très froide avec moi juste avant le retour de Nora et d'Olly. Etant donné son attitude de tout à l'heure, ça m'étonnerait qu'elle soit ravie que quelqu'un d'autre — moi en particulier ? — emménage avec son copain pendant qu'elle est coincée à Glasgow, à des centaines de kilomètres.

— Et je disais…, commence Nora.

Tash l'interrompt :

— Super idée ! Bravo, Olly.

La vague culpabilité qui m'envahit à chaque fois que j'ai la moindre pensée négative sur Tash se transforme en véritable honte.

— Tu seras tellement bien, Libby.

Elle traverse la pièce et palpe le tissu des rideaux d'une main experte. On dirait Julie Andrews en robe de chambre dans *La Mélodie du bonheur*.

— Les voilages sont corrects, et les murs feront l'affaire avec une couche de peinture…

— Tash, non, ce ne serait que pour quelques semaines ! Ce n'est absolument pas la peine de commencer à redécorer !

— … et il y a un lit double, donc tu pourrais même inviter… Excuse-moi, comment s'appelle ton nouveau copain, déjà ?

— Tu as un nouveau copain ? demande Olly.

Il a l'air encore plus éberlué que quand j'ai parlé de Stevenage. Il me regarde droit dans les yeux.

— Tu ne m'en as pas parlé l'autre soir.

— Ce n'est pas mon copain.

Je jette à Tash un regard… non, en fait, j'y renonce. Elle me fait un peu peur, malgré son attitude guillerette à la Maria von Trapp.

— Pas du tout. On se voit de temps en temps, c'est tout. Inutile d'acheter des chapeaux, d'accord ?

Personne ne se joint à mon éclat de rire embarrassé.

— Vous savez. Pour les mariages. Les gens achètent des chapeaux.

— Attends, il va y avoir un mariage ? demande Olly.

— Non, répond Tash d'un ton sec qui contraste avec le

nuage de charme doucereux qu'elle dirige vers moi. Libby a dit que ce n'était pas la peine d'acheter des chapeaux.

— Exactement, dis-je fermement. On n'en est qu'au deuxième rendez-vous.

— Au deuxième rendez-vous, répète Tash.

Elle ajoute d'un ton tout aussi ferme :

— Mais quand même, on croise tous les doigts pour que ça marche, Libby ! N'est-ce pas ?

Nora émet un murmure approbateur. Olly ouvre la bouche comme s'il s'apprêtait à dire quelque chose, mais la referme quand Tash reprend :

— Et on peut transformer cette chambre en un endroit très sympa pour que tu puisses l'inviter. Oh ! je pourrais même aller faire du shopping demain, pendant qu'Ol s'occupe du déjeuner au restaurant, et ramener des serviettes d'invités toutes neuves, et peut-être une lampe de chevet… Sauf si tu préfères que je vienne t'aider à faire tes cartons, Libby ?

— C'est… c'est très gentil de ta part, Tash.

Je jette un coup d'œil à Olly, qui semble soudain regretter sa proposition.

— Ecoute, Ol, si tu es vraiment sûr que ça ne te dérange pas, ça m'aiderait beaucoup d'emménager ici. Juste le temps que les choses se tassent et que je sache comment la situation va évoluer niveau boulot. J'ai un rendez-vous avec une autre entreprise de fabrication de bijoux jeudi donc, au pire, peut-être que je trouverai du travail là-bas…

— Du calme, Libby.

Il pose la main sur mon épaule. J'ai un frisson, même à travers mon T-shirt et mon gilet.

— Tout va bien se passer. Et tu sais que tu peux rester ici…

— … aussi longtemps que tu le voudras ! termine Tash en me serrant l'autre épaule d'un geste amical. Dis-lui, Olly ! C'est quoi, déjà, l'expression — *mi casa e su casa* ? Ta *casa* est la *casa* de Libby, n'est-ce pas ?

— Inutile d'aller jusque-là, dis-je, gênée. Je ne vais pas m'incruster pendant des mois !

— Oh ! ça ne nous dérangerait pas, hein, Olly ? chantonne Tash.

— Je suis sûr qu'on n'en arrivera pas là, avance Olly en rosissant. Mais mes amis sont toujours les bienvenus chez moi.

A cet instant, quelque part sous le châle, Clara lâche un rot sonore et très satisfait.

— C'est son dernier mot, on dirait, commente Nora en souriant.

— Alors tout est réglé !

Tash se dirige vers la porte.

— Je ferais mieux d'aller m'habiller. Rendez-vous dans dix minutes à la cuisine pour boire un verre !

— Oui, je vais préparer des mini-bruschettas, approuve Olly.

Il se retourne vers nous une fois que Tash a quitté la pièce.

— Je suis vraiment content qu'on fasse ça, Lib. Enfin, je suis très heureux de pouvoir t'aider.

— Moi aussi. Merci beaucoup, Olly. Tu n'imagines pas à quel point ça me touche.

Il croise mon regard un bref instant.

— Je ferais n'importe quoi pour toi. Tu le sais, n'est-ce pas ?

— Oui.

Et, comme ça fait étrangement sérieux (et que ça ressemble donc un peu trop au genre de « oui » que j'aurais pu prononcer devant l'autel plutôt que dans la chambre d'amis d'Olly), j'ajoute d'un ton joyeux :

— C'est dans le besoin qu'on reconnaît ses vrais amis.

Olly esquisse un sourire étrange et s'empresse de refermer la porte derrière lui.

Quand je me retourne, Nora fait des grimaces à Clara. Elle me la tend.

— Tu peux la prendre une minute, Lib ?

— Tu es sûre ?

— Oui, Libby, je suis sûre. Ne t'inquiète pas, elle ne va pas paniquer.

— Elle non, mais moi si.

Mais je meurs d'envie de tenir contre moi ce petit paquet tout chaud, même si j'ai peur de le laisser tomber, ou de l'écraser, ou de l'abîmer d'une façon ou d'une autre.

Je me mets à gazouiller tandis que Clara m'examine avec curiosité.

— Salut, ma belle. Tu te souviens de moi ? Je suis tata Libby.

— Alors, ça ne va pas te poser de problème ? demande Nora en reboutonnant son chemisier. D'emménager ici, je veux dire.

— Bien sûr que non.

Je tapote le bout du nez de Clara pour voir si ça va la faire rire, mais elle reste sérieuse comme un pape.

— C'est beaucoup plus sympa que de déménager à Stevenage.

— Oui, évidemment. De toute façon Olly n'est quasiment jamais chez lui, donc ça ne sera pas trop… gênant.

— Nora ! Merde ! Je suis capable de me contrôler, tu sais. Je ne vais pas me glisser dans sa salle de bains pendant qu'il prend sa douche et ouvrir le rideau.

— Je t'en prie, Lib. Rien que d'y penser, j'en ai la nausée. C'est mon frère, je te rappelle.

— Alors ne parle pas de… de ces vieilles histoires ! En plus, je suis passée à autre chose.

— Avec le coach sexy ?

— Oui, enfin, pour l'instant. Je ne dis pas que c'est mon âme sœur de rechange, mais bon…

— Oh ! Libby.

— Mais franchement, tout ça, c'est très surfait. Tu sais ce qu'on dit : la vie est bien trop brève pour qu'on gâche ses meilleures années à pleurer la perte de son âme sœur.

— *Bien trop brève ?* répète Nora, un peu perplexe. Ça va, Lib ? Tu parles bizarrement.

— Ça va.

Je tente de m'inspirer de la volonté de fer de Grace Kelly, même si je suis vaguement désespérée.

— J'essaie juste de t'expliquer que tout ira comme sur des roulettes. Parce que… eh bien, j'ai tourné la page. Je me remets en selle. Je pensais que ça te ferait plaisir ?

— Oh ! bien sûr, Libby. C'est génial. Tu as l'air d'avoir vraiment changé.

— Oui, tu sais… J'y ai beaucoup réfléchi.

— Alors tant mieux pour toi !

Mais malgré ses efforts, elle semble toujours incroyablement triste.

Ce n'est vraiment pas ce dont j'ai besoin. Je sais qu'elle doit rêver en secret que je tombe dans les bras d'Olly et que je connaisse le même conte de fées qu'elle. Mais si j'arrive péniblement à aller de l'avant, il va falloir qu'elle fasse pareil.

Clara commence soudain à se tortiller et m'échappe presque quand Nora s'approche.

— Je m'en occupe, dit-elle. Viens, ma chérie. Viens me faire un câlin.

Clara tend une main douce et potelée, la pose sur la joue de Nora et part d'un rire cristallin. La perfection incarnée.

J'ai l'impression de me prendre un coup de poing au ventre. Je m'effondre sur le lit.

— Lib ? Ça va ?

— Oui, dis-je d'une voix cassée.

Je me réjouis que Nora soit urgentiste, juste au cas où je n'arriverais plus à respirer ou je ne sais quoi.

— C'est juste que… Tu as beaucoup de chance, Nora. Elle est merveilleuse. Et elle t'aime tellement.

— Je sais.

Nora contemple sa fille, et sa voix devient aussi douce que de la crème fouettée. Pendant un instant, on dirait qu'elles sont seules au monde.

— J'ai une chance incroyable.

Je ne dis rien. Je les regarde, perdues quelques secondes dans leur petite bulle magique.

— Désolée, reprend Nora en détournant avec difficulté les yeux de Clara. On disait ?…

— Tu sais quoi, Nora ? On en reparlera une autre fois.

Je me lève et je passe un bras autour de ses frêles épaules.

— Je n'ai qu'une soirée avec Clara et toi, et je ne veux surtout pas la gâcher en ressassant tout ça. Raconte-moi plutôt où tu vas avec Mark. Dans le sud de la France, c'est ça ? Un hôtel en bord de mer… ?

Nous nous dirigeons vers la cuisine, où flotte une odeur, familière chez Olly, de pain chaud et d'ail frit.

8

Les bureaux de Pressley/Waters sont situés dans un immeuble chic et flambant neuf (mais sans âme) avec vue sur Regent's Canal, un peu au nord de Paddington Station. Ce n'est qu'à un petit quart d'heure de marche de l'appartement de Cass à Maida Vale, si bien que quand elle m'a appelée à l'aube pour se plaindre longuement de Zoltan, je lui ai suggéré de me retrouver là-bas pour qu'on prenne un café après mon rendez-vous, histoire qu'elle puisse se lamenter en direct.

Comme Bogdan m'a fait la surprise de m'accompagner à Paddington, je vais lui proposer de voir Cass pendant que je serai à Pressley/Waters. On ne sait jamais, ils vont peut-être tellement cracher sur leurs ennemis communs, les Bulgares, qu'ils n'auront plus besoin de moi et que je pourrai retourner à Notting Hill pour commencer à faire mes cartons.

Il faut vraiment que je m'y mette : en sortant de chez Olly hier soir, j'ai reçu un message d'Elvira me rappelant que je dois avoir libéré son appartement avant la fin de la semaine. Elle n'en démord pas, ce qui n'a rien d'étonnant. De toute évidence, elle ne s'est pas transformée en Bisounours depuis la dernière fois que je l'ai vue.

Oh ! et Ben est « actuellement en déplacement » mais me contactera pour « discuter de la suite des événements » à son retour.

Soyons réalistes, ça n'a pas l'air bien parti.

J'ai d'autant plus apprécié que Bogdan m'accompagne ce matin, même si je sais que c'est surtout parce qu'il se sent tellement coupable à cause de cette histoire de tante Vanya qu'il serait prêt à me suivre sur la lune si je lui disais que j'ai besoin d'y récupérer deux trois bricoles. Grâce à lui, je suis à peu près calme. Et surtout, il m'a distraite, parce que tout en me faisant un rapport détaillé de sa visite à la clinique pour déposer Dillon (il ne m'a rien épargné, des formulaires qu'ils ont dû remplir à l'accueil à la couleur des murs de la chambre), il m'a relookée pour « l'entretien le plus super important de ma vie ».

Evidemment, on parle de Bogdan — il n'a pas *parfaitement* réussi à me rendre sereine.

— Pour la troisième fois, dis-je quand nous sortons du métro et nous dirigeons vers les bureaux, ce n'est pas l'entretien le plus important de ma vie ! Et même si c'était le cas, ça ne m'aide vraiment pas que tu dises ça !

— Je m'excuse. Mais je suis toute confiance, Libby. Je suis mûr et certain que tu les déchires.

— Que je vais *tout déchirer*, tu veux dire.

Même si, avec toutes les catastrophes qui me tombent dessus ces derniers temps, il est possible que je me débrouille pour déchirer d'une manière ou d'une autre la robe de Caroline Pressley ou d'Annika Waters.

— Bref, merci, Bogdan. Et merci de m'avoir accompagnée. Ça me touche beaucoup.

— C'est pas problème. Ça me fait plaisir. Et je suis content pouvoir améliorer tes cheveux.

Il tortille une mèche de ma frange, comme toutes les deux minutes depuis qu'on est montés dans le métro, et ajoute :

— Au moins, tu sais tu es plus belle possible pour entretien le plus super important de ta vie.

C'est rassurant, surtout venant de Bogdan, qui n'est pas avare en critiques. J'ai choisi une tenue simplissime (jean skinny noir, haut gris perle et blazer noir) pour qu'on ne voie que mes bijoux. Je me suis lâchée et j'ai sélectionné mes créations préférées de ces derniers mois : un collier monochrome en onyx et en opales, des pendants d'oreilles assez extravagants en onyx et argent, et un bracelet en argent tout simple avec une perle grise en guise de breloque. Aucune trace de diadème vintage de mariée.

— Merci, Bogdan. Tu n'es pas mal non plus. La moustache te va bien.

Il caresse d'un air satisfait sa moustache toujours plus luxuriante.

Je désigne le Starbucks qui donne sur le canal.

— Je vous retrouve tous les deux là-bas après mon rendez-vous, OK ?

— OK, dit Bogdan en prenant mon téléphone. Oh ! et avant j'oublie, Libby, tante Vanya appelle hier soir pour savoir où elle envoie facture. Je donne adresse d'Olly ?

— La facture ?

Je le dévisage.

— Elle a le culot de me demander de l'argent ?

— Oui. Mais bonne nouvelle, Libby. Par générosité, et reconnaissance de dégâts, elle te fait moitié prix.

— Je ne paierai rien du tout !

— C'est grosse remise.

— Bogdan, je me retrouve à la rue à cause d'elle ! Et surtout, elle a peut-être cassé mon canapé magique !

Une femme élégante qui promène son chien me regarde très bizarrement. Je baisse la voix.

— Il n'y avait aucune trace de Grace Kelly hier soir, alors si ça se trouve, à cause de tout ce cirque, rien n'apparaîtra plus jamais sur mon canapé.

C'est au tour de Bogdan de me jeter un regard atterré.

— Alors je vois plus jamais Mlle Kelly ?

— Je n'en sais rien ! Peut-être que dans son monde elle est juste couverte d'eau bénite, et qu'elle reviendra quand elle aura séché. Ou peut-être pas. Je ne suis pas sûre que le demi-exorcisme ait fait beaucoup de bien au Chesterfield, en tout cas.

Il fronce les sourcils.

— Dans ce cas, je pense tu dois vraiment pas payer tante Vanya. Aucune réduction compense résultat aussi catastrophique.

— Tu peux le lui dire, s'il te plaît ? Bref, il faut que j'aille à mon rendez-vous.

Il remet en place une de mes mèches une dernière fois et se dirige d'un pas lourd vers le Starbucks. Je prends une grande inspiration et je franchis les grandes portes vitrées de l'immeuble Pressley/Waters.

Un agent de la sécurité enjoué me dit d'aller au quatrième. Quand la porte de l'ascenseur s'ouvre, une jolie blonde m'attend.

— Libby ? demande-t-elle en me tendant la main. Je suis Celeste. On s'est parlé au téléphone.

— Enchantée !

— Moi aussi.

Elle m'examine.

— Oh ! j'adore vos boucles d'oreilles !

Je les triture nerveusement.

— Vraiment ? Je ne savais pas trop comment m'habiller.

— Ne vous inquiétez pas, Caroline et Annika sont vraiment charmantes. Suivez-moi, c'est par là.

Qu'elles soient charmantes ou pas, mon cœur bat à tout rompre pendant que nous traversons l'open space. Maintenant que je suis là, dans cette fourmilière, j'ai l'impression d'être un imposteur. Et malgré le gentil compliment de Celeste, mes bijoux soigneusement sélectionnés ne me semblent plus si extraordinaires que ça, parce que tout le monde porte des accessoires sublimes : rangées de bracelets, énormes créoles, sans parler du somptueux torque en or au cou de la femme qui ouvre la porte en verre devant nous…

— Bonjour ! Vous devez être Libby. Je suis Annika.

Je dois avouer que je tombe un peu amoureuse d'Annika en la voyant. Elle a des cheveux magnifiques (la perfection de sa coupe à la garçonne ferait fondre en larmes Bogdan), un sourire éblouissant, et elle porte exactement le genre de tenue que j'ai essayé d'imiter ce matin sauf que, sans qu'on sache pourquoi, son propre jean skinny, son T-shirt uni et son blazer paraissent mille fois plus chics.

— Je suis ravie de faire votre connaissance, continue-t-elle. Venez, je vais vous présenter Caroline, nous allons prendre un café.

— Je vais en chercher, dit Celeste.

— Merci, Celeste. Oh ! et tu peux apporter le classeur avec les coupures de presse ? Caroline veut ranger celles de ce mois-ci.

Annika m'ouvre la porte et me confie :

— En fait, lire les critiques de presse sur nos créations fait partie de nos tâches préférées. C'est toujours agréable de voir ce que les gens disent de nous. Enfin, tant que c'est positif, bien sûr ! Mais vous aussi, vous avez été bien accueillie par la presse, non ?

— Oh ! euh... oui, on a un peu parlé de moi. J'ai vraiment eu de la chance.

— Ça n'a rien à voir avec la chance ! Je lisais justement un article élogieux sur vous dans *Vogue* hier.

— Oui, mais c'était simplement parce que...

Je m'interromps juste à temps. Je ne vais pas tout gâcher (même si je ne sais pas encore ce qu'il y a à gâcher) en me dévalorisant. Cette époque est révolue. Et c'est le moment ou jamais d'imiter la confiance en soi de Grace Kelly.

— C'était un super article. J'en suis ravie.

Une femme un peu plus âgée, assise sur un canapé dans un coin du bureau, se lève en nous voyant.

— Caroline, je te présente Libby Lomax. Celeste est partie chercher du café.

Avec ses cheveux auburn, sa jupe crayon et son pull en cachemire, Caroline Pressley ressemble étrangement à Joan dans *Mad Men*. Elle me serre la main en souriant.

— Merci d'être venue nous voir. Je vous en prie, asseyez-vous...

Elle remet en ordre les magazines étalés sur la table basse en verre.

— Désolée, c'est toujours le bazar ici. Trop de travail et pas assez de temps pour tout faire.

— Ne vous inquiétez pas pour ça. Et merci beaucoup de me recevoir. Je sais que vous êtes très occupées.

— Non, merci à vous de vous être déplacée !

Caroline se rassoit sur le canapé en cuir. Je l'imite pendant qu'Annika se laisse tomber dans le fauteuil d'en face.

— Nous adorons toutes les deux vos créations. Vos colliers à breloques, vos boucles d'oreilles serties porte-bonheur… Emilia Clarke les a portées au Comic-Con quand elle faisait la promotion de *Game of Thrones*, non ?

— Oui !

Je leur fais un grand sourire.

— C'était un beau succès. Mais je crois que sa styliste a juste dû les commander sur mon site, parce que je l'ai appris par hasard. Si elle m'avait demandé, je les lui aurais données ! Qui suis-je pour dire non à Daenerys Targaryen ?

Pendant quelques secondes horribles, j'ai l'impression d'en avoir trop dit et je me sens complètement idiote. Mais heureusement, Caroline et Annika me rendent mon sourire.

— Eh bien, c'est pour cela que nous souhaitions vous rencontrer, dit Caroline. Nous voudrions vous aider à gagner en visibilité. De façon plus générale, une collaboration pourrait nous être mutuellement profitable. Je ne sais pas comment vous voyez la suite de votre carrière, et si vous souhaitez absolument faire cavalier seul, mais nos collaborations avec de jeunes créateurs se sont toujours très bien passées.

— Oh non, je ne tiens pas à faire cavalier seul ! Loin de là…

Pour ne pas avoir trop l'air de me raccrocher à une bouée de sauvetage, j'ajoute :

— Enfin, je serais ravie d'en discuter.

— Eh bien, nous pourrions envisager une collection

éphémère, dont Pressley/Waters aurait l'exclusivité… Ou, si vous préférez ne vendre que sur votre propre site, vous pourriez éventuellement travailler avec nous deux jours par semaine en tant que consultante, pour apporter de nouvelles idées à notre marque.

— Waouh. C'est…

— Annika, parle à Libby des personnes que nous venons de recruter, pour qu'elle comprenne mieux les différentes possibilités.

— Eh bien, par exemple, nous venons d'embaucher à temps plein une jeune créatrice géniale pour la collection de la marque Pressley/Waters. Elle a développé sa propre entreprise ces dernières années, mais elle a eu des jumeaux il y a un an et elle a décidé qu'elle avait besoin de davantage de stabilité le temps que ses enfants grandissent. Donc elle a suspendu les activités de sa propre marque pour venir travailler avec nous.

— Et c'est le genre de choses que nous soutenons à cent pour cent, au fait, intervient Caroline. Les jeunes mères qui travaillent. Nous essayons d'être le plus flexibles possible pour attirer les meilleurs.

— Donc, continue Annika, si vous tenez à ce que votre entreprise reste indépendante, nous pourrions peut-être vous proposer un poste de consultante, comme Caroline l'évoquait tout à l'heure. Je peux vous mettre en contact avec des femmes charmantes qui ont précisément ce statut… Je ne sais pas si vous connaissez Jess Fredricks ou Polly McAuliffe, mais… Ah, Celeste, vous tombez bien.

Celeste a effectivement bien choisi le moment de faire son apparition, chargée d'une grosse cafetière et de trois mugs, parce que ça me donne un instant pour rassembler mes esprits, plutôt que de continuer à fixer bêtement Annika et Caroline, bouche bée.

Parce que tout ça est… complètement fou.

Elles viennent vraiment de me proposer de travailler avec elles de la façon qui conviendrait le mieux à mon (selon elles) immense talent ? Je sais que je fais le maximum pour imiter l'assurance de Grace et, bien sûr, je ne me considère pas comme totalement nulle en création de bijoux (sinon, je n'essaierais pas aussi désespérément d'échapper aux accessoires pour mariées vintage), mais j'espérais, dans le meilleur des cas, qu'elles me proposeraient un poste sur leur propre marque. Mais voilà qu'elles parlent de « consultante » et de « collection exclusive »…

Je vais devoir me reprendre rapidement ou elles risquent de changer d'avis. Après tout, on fait confiance aux gens qui sont sûrs d'eux, non ?

Je me penche en avant.

— J'aimerais vraiment discuter d'une collaboration avec vous. J'ai travaillé dur pour créer ma propre marque et, même si tout n'est pas parfait, j'aurais du mal à abandonner. Et j'ai l'impression que Libby A La Conquête de Hollywood a encore un bel avenir. D'ailleurs, si vous aimez vraiment mes créations récentes — les colliers et les boucles d'oreilles d'Emilia Clarke —, ça m'aidera peut-être à convaincre mes investisseurs que je n'ai pas besoin de continuer à reproduire le même diadème vintage pendant le restant de ma carrière.

— Ah. Parlez-nous de ces investisseurs. Merci, Celeste, ajoute Caroline en s'emparant de la cafetière que Celeste vient de poser devant elle. Et tu as apporté les coupures de presse, parfait. Pourrais-tu récupérer cette liasse et la ranger avec celle du mois dernier ?

Celeste a les mains encombrées avec le plateau, alors j'attrape les papiers pour l'aider.

Et là, sur le premier article, je vois Joel qui me sourit.

Le choc.

Il est entre Caroline et Annika, avec quelques autres femmes que je ne reconnais pas. Il est vêtu d'un smoking élégant, et toutes les femmes sont en robes longues magnifiques, et ça ressemble à… une remise de prix, ou une soirée caritative quelconque ? On aperçoit une grande table ronde à l'arrière-plan, avec un énorme bouquet et des flûtes à champagne…

Je n'ai pas le temps d'en voir davantage, Celeste me reprend les articles. Elle les range dans le dossier et sort de la pièce.

— Libby ?

— Hmm ?

— Noir ?

— Pardon ?

— Le café. Noir ou au lait ? répète Caroline, la cafetière à la main.

— Ah oui…

Après avoir essayé d'imiter Grace Kelly pendant tout le rendez-vous, je suis à peu près sûre de reproduire fidèlement son expression quand elle est tombée sur le magazine sur ma table basse. Sauf que je ne peux pas demander d'explications à Caroline et Annika, j'aurais l'air… paranoïaque ?

— Oui, bien sûr ! Euh…

Toute mon assurance soigneusement cultivée s'est dissipée.

— Noir, s'il vous plaît.

— D'accord.

Caroline me tend un mug avant de reprendre :

— Bien sûr, vous voulez peut-être prendre un peu de temps pour réfléchir à ce qui vous conviendrait le mieux. Si ça pouvait être une collaboration, une collection capsule de Libby A La Conquête de Hollywood, par exemple, ce serait merveilleux. Pourquoi ne pas venir passer un jour ou deux ici pour vous faire une impression ?

— Parfait.

Je me retiens de dire ce qui me démange vraiment : *Excusez-moi, c'était bien une photo de Joel Perreira ? Comment est-ce que vous le connaissez ?*

Et est-ce que ça a un rapport avec ce rendez-vous et vos propositions incroyablement généreuses ?

J'aurais l'air très bizarre. Et c'est la dernière chose dont j'ai envie, pendant ce rendez-vous si important.

— Formidable ! Ecoutez, vous n'avez qu'à y réfléchir quelques jours et contacter Celeste dès que vous saurez quand vous souhaitez revenir. Nous sommes assez débordées pendant les deux prochaines semaines, n'est-ce pas, Annika, mais nous serions ravies de vous revoir dès que possible ensuite.

— Tout à fait, renchérit Annika. Et si vous avez quelques minutes, je peux vous emmener voir Jules — celle qui a des jumeaux, dont je vous parlais tout à l'heure —, elle vous racontera son expérience.

— OK. Jules. Avec plaisir.

— Parfait ! Prenez donc votre café, et allons voir si elle a quelques minutes, propose Annika en se levant.

— Mais vous ne voulez pas voir mes dernières créations ? J'ai apporté des croquis de mes projets, et…

— Nous adorons ce que nous avons déjà vu, répond Caroline en se levant aussi. Et franchement, Libby, nous essayons surtout de voir si ça colle. Nous travaillons avec des gens qui nous plaisent vraiment. C'est aussi important pour nous que le reste.

Ce qui ne me rassure absolument pas sur ce qui a amené ce rendez-vous.

— Venez, je vais vous présenter Jules, me dit Annika en se dirigeant vers l'open space. Vous pourrez lui poser toutes vos questions. N'hésitez pas !

Mais la seule chose que j'ai envie de demander à cette Jules, c'est : *Connaissez-vous aussi Joel Perreira et, si oui, soupçonnez-vous que c'est ce qui vous a permis de décrocher un entretien avec les grandes Caroline Pressley et Annika Waters ?* Question que je ne peux décemment pas poser.

Je pense que je vais devoir dissimuler mon malaise jusqu'à ce que je puisse parler à Joel en personne. Et que j'essaie de profiter des compliments et des honneurs dont je n'ai pas du tout l'habitude tant que ça dure.

*
* *

Je suis très frustrée de découvrir que l'ascenseur de Pressley/Waters me fait perdre durablement ma connexion au réseau, et je ne capte rien jusqu'à ce que j'entre dans le petit Starbucks, où Bogdan et Cass occupent une table dans un coin.

Cass est toujours en mode belle-mère exploitée, les cheveux ramenés en queue-de-cheval, vêtue d'un legging délibérément minable et d'un sweat à capuche, même si elle a réussi à se maquiller au moins la moitié du visage et si elle porte des dormeuses en diamant très Victoria Beckam, que je n'ai encore jamais vues.

— Comment passe rendez-vous super important ? demande Bogdan en se poussant pour me faire un tout petit peu de place sur la banquette.

— Oh ! bien… Super, en fait.

— Moi aussi, je suis contente de te voir, Libby, dit Cass d'un ton sarcastique, parce que j'ai mis trop de temps à lui dire bonjour. Tu ne me demandes pas comment je vais ? Et pourquoi je suis affreuse ?

— Tu es pas affreuse, susurre Bogdan en lui tendant sa tasse de thé. Tu as l'air fatiguée. Tu as besoin de bonne pause.

— Exactement. Mais quand est-ce que je vais pouvoir en avoir une ?

Elle me fusille du regard.

— Merde, Libby, tu ne pourrais pas poser ton téléphone une seconde ? On sait tous que tu es une grande femme d'affaires ces temps-ci, mais ce n'est pas une raison pour nous ignorer.

— Désolée, c'est juste… Ah. Voilà.

J'ai à nouveau du réseau, donc je pourrais simplement envoyer un petit message à Joel et lui demander… quoi ? Comment il connaît Caroline et Annika ? Si ça a un rapport avec le ton incroyablement positif du rendez-vous dont je sors ?

Comme je ne sais pas trop quoi écrire, je tente autre chose.

Je tape « Joel Perreira » dans Google, juste pour voir s'il y a des résultats.

Et il y en a.

Dix-huit millions quatre cent trente mille, même.

JOEL PERREIRA VA DONNER VINGT MILLIONS DE DOLLARS AUX VICTIMES DE LA CATASTROPHE AU BANGLADESH, annonce le premier titre sur Google, mis à jour il y a trente-six minutes sur Reuters.

PERREIRA SIGNE UN CHÈQUE POUR LES VICTIMES DE L'INONDATION, m'informe le site du *Times*, qui ajoute :

> *Il fait un don personnel considérable en plus des quinze millions promis par la Fondation Perreira.*

Je suis scotchée sur mon siège.

— Qu'est-ce que… ?

Le *Daily Mail*, le prochain sur la liste, a posté il y a vingt et une minutes que *le milliardaire idolâtré Joel Perreira montre sa générosité pour le Bangladesh : il donne aux victimes de l'inondation tragique une somme au montant inconnu issue de sa fortune personnelle.*

— Libby ? demande Bogdan en me dévisageant. Tu as l'air vouloir vomir. J'apporte à toi une tasse de thé ?

Je ne réponds pas. Il se lève et se précipite vers le comptoir, peut-être pour éviter que je me répande sur lui.

— Joel est… milliardaire.

Au mot *milliardaire*, les yeux de Cass se plissent et elle fait un bond.

— Quoi ? Qui ?

— Joel… le mec avec qui je suis sortie l'autre soir… Joel Perreira…

— Joel Perreira ? répète Cass.

— Oui.

— Attends, tu sors avec Joel Perreira ?!

— Oui.

— Joel Perreira, le milliardaire ?

— On dirait.

Je fixe l'écran de l'iPhone.

— Il m'a dit qu'il était coach sportif.

Mais… c'est peut-être possible de faire des milliards en étant coach ? Je sais que les DVD de fitness de Davina lui ont rapporté pas mal d'argent, et la femme qui a inventé le régime *30 Day Shred* a dû gagner une petite fortune en vendant des méthodes pour faire des abdos abominables…

Mais non. Je ne crois pas que ce soit possible de gagner des *milliards* avec le fitness. Vraiment pas.

Cass m'arrache mon téléphone des mains et met le doigt sur la photo de Reuters.

— C'est lui ? Le type avec qui tu sors ?

— Oui.

J'examine la photo. C'est bien lui, même s'il fait plus chic — très élégant, en fait — en costume bien coupé et cravate bleu pâle magnifique qui fait ressortir la couleur de ses yeux.

— C'est lui.

— Eh bien, c'est Joel Perreira.

— Il doit y avoir une erreur…

— S'il y a une erreur, Libby, à ton avis, pourquoi ils disent juste là…

Cass fait défiler l'écran et s'arrête sur un article du *Daily Mail.*

— … que sa fortune s'élève à 2,6 milliards de livres ? Que son divorce lui a coûté six cents millions il y a quelques années ? Qu'il a des maisons à Holland Park, dans le Sussex, à Manhattan, à Sydney, sur la côte australienne, à St Lucia et, finit-elle en s'étranglant un peu, à Beverly Hills ?

— Non. *Non.* Il vit à Shepherd's Bush. Enfin, par là.

— Shepherd's Bush, *c'est* Holland Park ! hurle-t-elle.

Je ne pensais pas qu'elle s'y connaissait autant en géographie londonienne — ou en quoi que ce soit d'autre, d'ailleurs.

— Putain de merde, Libby ! Comment tu as fait pour coucher avec un milliardaire sublime ?

Le couple d'âge mûr à la table d'à côté nous jette un coup d'œil. Je ne sais pas si c'est dû à la vulgarité de Cass ou s'ils veulent voir si je suis assez belle pour coucher avec un milliardaire sublime. Et là, tout de suite, je m'en fiche.

— Mais je… je veux dire, on n'a pas…

Je fixe l'article sur le site du *Daily Mail* et j'essaie de comprendre.

Joel Perreira n'est peut-être la deuxième fortune de moins de quarante ans du Royaume-Uni que depuis quelques années, mais il n'est pas du genre à se reposer sur ses lauriers. Cette semaine, le self-made-man devenu milliardaire a donné cinquante millions de sa fondation éponyme d'aide à l'enfance pour la construction d'au moins quatre maternités et cliniques pédiatriques et d'une demi-douzaine d'écoles en République centrafricaine et au Liberia. La directrice de la fondation, qui n'est autre que la mère de Perreira, Barbara Reitman, l'a annoncé au magnifique dîner de levée de fonds pour la fondation Perreira, organisé cette année à…

Mais je me fiche de savoir où a eu lieu le magnifique dîner annuel de la fondation Perreira. Même s'il paraît désormais assez évident que c'est là qu'a été prise la photo avec Caroline et Annika.

Mon estomac se tord. J'ai la nausée.

— Je ne comprends pas. Je ne comprends pas pourquoi il m'a menti.

— Parce que les hommes sont tous des menteurs et des connards, c'est tout.

— Oui, mais d'habitude ils exagèrent dans l'autre sens, non ? Ils essaient de paraître plus intéressants ou plus importants ou… ou plus riches qu'ils ne le sont…

— Peut-être que ses amis avaient parié qu'il n'arriverait pas à trouver une seule cruche qui ne le connaît pas !

Je me défends, piquée au vif.

— Comment j'aurais pu savoir qui c'était ? Je ne passe pas mon temps à lire, je ne sais pas, la *Gazette des milliardaires*.

— Mais tu vis sur quelle planète, Libby ! Google, ça te dit quelque chose ? Tu n'as même pas pensé à vérifier avant ton rendez-vous ?

— Eh bien non.

— T'es débile ou quoi ? Si tu ne cherches pas les gens sur Google avant de sortir avec eux, comment tu peux savoir qui c'est ? Ça pourrait être des tueurs en série !

— Si c'étaient des tueurs en série, dis-je d'une voix faible, encore sous le choc, je ne pense pas que ce serait affiché sur Google.

— Qu'est-ce que t'en sais ? Et si c'était un ancien tueur en série qui sort de prison et prétend avoir tourné la page… bref, ce n'est pas le problème ! Pourquoi est-ce que tu sors avec un milliardaire alors que je suis coincée avec ce connard de Zoltan et ses horribles mioches pour le reste de ma vie ?

Elle me prend la main et poursuit, l'air désespéré :

— J'ai toujours été une sœur sympa, hein, Libby ? Tu ne m'oublieras pas ? Tu essaieras de m'envoyer un peu de liquide, juste pour le strict nécessaire ? Une nounou à temps plein ? De quoi payer le pensionnat — ou peut-être cet hospice dont tu parlais…

— C'est quoi problème ? demande Bogdan, de retour avec ma tasse de thé. Qu'est-ce qui passe ?

— Oh ! rien, Libby a juste mis le grappin sur un putain de milliardaire, annonce Cass d'un ton mi-amer, mi-triomphant.

Bogdan me dévisage.

— Homme sublime que tu rencontres dans la rue ? Comment est possible ?

— Ha ! Crois-moi, je me pose la même question, répond Cass. D'abord Dillon O'Hara, et maintenant Joel Perreira…

— Attends, je sais ce nom, dit Bogdan en fronçant les

sourcils. Joel Perreira est entrepreneur dans réseaux sociaux, non ? C'est type qui investit dans Tumblr au tout début.

— Et Instagram, renchérit Cass. Et Snapchat. Et un milliard d'autres applications super connues. Ouais, c'est lui.

J'ai l'impression que le sol se dérobe sous mes pieds. Je ne sais pas si Joel m'a dit quoi que ce soit de vrai pendant notre rendez-vous.

En dehors du fait qu'il s'appelle Joel Perreira.

Et bien sûr, je comprends mieux pourquoi il a eu l'air aussi angoissé en me donnant son nom.

Mais alors, pour lui, tout ça n'était qu'une blague ? Sortir avec la seule femme au monde qui ne savait pas qui il était ?

— Il m'a menti du début à la fin. Il a dit qu'il était coach. Il a dit…

Il faut que j'y réfléchisse.

Parce qu'en fait, je ne suis pas sûre que Joel ait dit qu'il était coach.

Je crois que c'est moi qui l'ai dit, et il… n'a pas nié.

Maintenant que j'y pense, c'est ce qu'il a fait toute la soirée, à chaque fois que je lui ai posé une question. Il a dit avoir des clients importants, voyager beaucoup pour le travail et devoir aller à la Barbade pour rencontrer un client. J'ai cru que c'était quelqu'un qu'il devait coacher, mais ça avait probablement plutôt un rapport avec sa fortune…

Donc il ne m'a pas vraiment menti, mais il a distillé le genre de demi-vérités intelligentes qui font se sentir tellement drôle et supérieur à la personne qu'on trompe. Sous son air parfaitement calme, il réfléchissait à toute vitesse à une façon rusée d'esquiver la prochaine question.

— Je ne comprends pas, confie Cass à Bogdan. C'est ma sœur, je l'aime et tout, mais franchement, comment elle fait ?

— Peut-être, suggère Bogdan, elle a grande endurance et acrobaties sexuelles…

— S'il vous plaît ! Vous ne pourriez pas être un peu compatissants ? Je me suis ridiculisée avec… Oh ! non !

Je viens de me souvenir d'autres détails.

— Je lui ai dit de ne pas commander sur mon site parce que les bijoux étaient trop chers pour lui ! Je lui ai proposé de lui prêter mon pass pour le métro !

— Est très humiliant pour toi, acquiesce Bogdan. Je me demande bien pourquoi tu pas cherché sur Google avant rendez-vous.

— Exactement ! renchérit Cass.

— Ou pendant dîner, quand tu vas aux toilettes ? Ou quand lui va aux toilettes ? Il y a beaucoup occasions pour googler que tu rates, Libby. C'est pour ça j'ai du mal à compatir avec situation. Et en plus, tu sors avec homme riche le plus beau que je connais.

— Pourquoi je ne l'ai pas cherché sur Google ? je répète, éberluée. Mais parce que je passais un très bon moment ! Parce que j'étais trop occupée à faire sa connaissance — enfin, à faire la connaissance de celui que je croyais qu'il était — pour penser à prendre mes précautions et à sortir mon portable ! Mais surtout, parce que je trouve ça tout simplement déprimant de mener l'enquête avant un premier rendez-vous. Et le romantisme, dans tout ça ? Et le mystère ?

— Qu'est-ce qu'on s'en fout du romantisme et du mystère, tu vas épouser un milliardaire ! s'écrie Cass.

— Je ne vais pas l'épouser ! Stop, Cass ! Je ne vais même pas aller au deuxième rendez-vous.

Cass et Bogdan ouvrent de grands yeux.

Ils échangent un regard.

— Tout est clair, dit Bogdan. Ta sœur perd une case.

— C'est plus une case qu'il lui manque, chéri, c'est un cerveau…

— Ecoutez, je ne vais pas aller dîner avec quelqu'un qui m'a menti comme un arracheur de dents !

— Libby. Je crois que tu n'as pas tout compris.

Cass prend une grande inspiration, pose les deux mains sur la table et me regarde droit dans les yeux.

— C'est. Un. Milliardaire. Ça veut dire qu'il a des milliards de livres sur son compte. Pas des centaines de milliers. Pas des millions. Pas des… attends, ça existe, les trillions, non ? Ou c'est plus qu'un milliard ?

— Je pense trillion est peut-être nombre plus haut possible.

— Plus que des milliards, alors ?

— Je crois. Mais pas sûr.

— Oh ! mais je sais ! On n'a qu'à chercher sur Google, propose Cass d'un ton narquois en sortant son téléphone.

Je vais envoyer un message à Joel.

Salut. Juste pour te dire que je ne pourrai pas venir ce soir. Je suis heureuse d'avoir fait ta connaissance et…

Bonne chance pour tes futures activités lucratives ? Bonne chance pour compter tes milliards ? Bonne chance pour donner des millions pour la bonne cause ?

Je ne trouve rien qui ne soit ni acide ni agressif.

— Ah, constate Bogdan, penché sur l'écran de Cass. On dirait que trillion est plus que milliard.

— Vous croyez que c'est un trillionnaire, alors ?

Je repose mon téléphone. Je ne vais pas lui envoyer de message. Ce serait trop lâche.

Toute la question, c'est : que ferait Grace Kelly à ma place ? Je risque de ne pas pouvoir lui demander, étant donné que les profondeurs mystiques du canapé ont (peut-être) été exorcisées, mais je crois savoir.

Je vais aller voir Joel ce soir et je vais exiger des explications, avec dignité et élégance, même s'il m'a blessée et humiliée. Ensuite, je le planterai là et je ne le reverrai jamais.

Certes, je n'avais pas envisagé d'avoir une histoire sérieuse avec lui, mais je suis bel et bien blessée. Profondément, même. J'ai toujours eu du mal à faire confiance aux hommes, et le fait que Joel ait joué au mec bien sous tous rapports tout en se moquant de moi derrière mon dos — en organisant ce petit numéro à Pressley/Waters…

Il m'a fait miroiter une solution pour sauver ma carrière qui court à la catastrophe.

Il m'a fait entrevoir un monde où je ne me consume plus d'amour pour Olly, où je peux tourner la page avec quelqu'un d'autre.

Je prends une longue gorgée de thé brûlant et je me tasse sur la banquette en écoutant Cass et Bogdan se chamailler sur le statut de trillionnaire.

9

Une heure avant notre rendez-vous, j'arrive à Hanover Square, juste devant les bureaux londoniens de la SA Jansen-Perreira, l'entreprise de nouvelles technologies de Joel qui vaut des milliards.

Je ne peux même pas me consoler en me disant qu'il exploite sans vergogne de précieuses ressources naturelles, ou fabrique des armes, ou je ne sais quoi.

D'après ma recherche Google tardive de cet après-midi (tout l'après-midi), son entreprise est écolo. Propre. Comme une grande famille. Elle est constamment en tête du classement des endroits où il est le plus agréable de travailler, grâce aux nombreux avantages dont bénéficient les employés, des crèches subventionnées aux cafétérias de rêve, sans compter que personne ne travaille le jour de son anniversaire et que chacun a droit à un nombre illimité de « jours sous la couette » pour recharger ses batteries sans devoir invoquer une intoxication alimentaire douteuse.

Dans le monde des affaires, c'est quasiment un saint.

Mais il se trouve que dans sa vie privée, ce saint homme est aussi un menteur sans vergogne.

Et je vais le lui dire en face. C'est probablement une grave erreur, mais maintenant que j'ai pris ma décision, je ne peux pas revenir en arrière. J'aurais l'impression de me défiler, alors que c'est important. Indispensable, même.

Et je n'en suis pas fière, mais j'avoue que j'ai envie de

voir l'expression de Joel quand il comprendra que je suis au courant.

Ceci dit, maintenant que je suis là, devant ce bâtiment impressionnant, je me dégonfle un peu.

Mais je ne peux pas faire demi-tour maintenant. Pas question.

En essayant d'imiter l'attitude glaciale et impériale de Grace Kelly, je franchis la porte et je me dirige à grands pas vers le coin salle d'attente près des ascenseurs. Je m'installe sur un canapé en cuir blanc qui a probablement plus de valeur que tout le parc immobilier de Stevenage réuni.

Il y a suffisamment de passage dans ce hall gigantesque (les employés reconnaissants et bien payés de Joel) pour que personne ne me demande ce que je fais là. Malgré tout, je prends un exemplaire du *Financial Times* soigneusement plié sur la table basse devant moi et je fais semblant de lire, tout en surveillant les ascenseurs et la porte.

Je suis presque soulagée quand mon téléphone sonne soudain, parce qu'un appel me donnera l'air plus occupé et (j'espère) moins à l'affût.

C'est ma mère.

Elle m'appelle tellement rarement que pendant un instant, je me dis qu'elle doit avoir besoin d'aide. Elle est toujours à l'hôpital, où elle profite de son séjour remboursé par la mutuelle aussi longtemps que possible mais, telle que je la connais, elle doit avoir absolument besoin d'un truc qu'elle a oublié chez elle, ou alors elle a décidé que (surprise, surprise) une infirmière en a après elle et elle a envie de se plaindre. En tout cas, je réponds, parce que c'est toujours mieux que de se cacher derrière le *Financial Times*.

— Libby, ma chérie ! commence-t-elle d'une voix sucrée. Tu as une minute ? Je ne te dérange pas ?

— Non, j'ai un peu de temps. Qu'est-ce qui se passe ?

— Oh ! ma chérie, je t'appelle simplement pour bavarder !

C'est à cet instant que je comprends.

Joel. Cass lui a parlé de Joel.

— Je suis à l'hôpital et j'ai soudain plein de temps libre… C'est surtout pour ça que je ne t'appelle pas pour papoter, d'habitude, Libby. J'ai toujours plein de choses à faire, et toi aussi… C'est l'occasion ou jamais de rattraper le temps perdu !

— En fait, je travaille pendant la journée, moi, maman.

— Bien sûr. Eh bien, je ne voudrais pas t'interrompre. Pourquoi est-ce qu'on ne se prévoit pas une petite soirée très bientôt, dès que je serai sortie de l'hôpital ? Ça nous permettra de discuter de… tout ce qu'on fait en ce moment.

Je ne sais pas si je devrais éclater de rire ou fondre en larmes.

D'un côté, son culot est presque drôle. De l'autre, c'est très déprimant qu'après toutes ces années d'indifférence, elle veuille soudain faire ami-ami parce que je sors avec un milliardaire.

Non, parce que je *suis sortie* avec un milliardaire.

— Avec plaisir, maman. Dis-moi quand ça t'arrange.

— Mais quand tu veux, ma chérie !

Elle s'éclaircit discrètement la gorge.

— Tu dois être très prise avec ce… nouvel homme dont Cass m'a parlé.

— Pas vraiment.

— Mais il le faut !

Son ton doucereux se transforme en couinement paniqué.

— Libby, c'est vital que tu fasses de lui ta priorité numéro un ! Que serait devenue Kate Middleton, si elle n'avait pas mis toute sa vie sur pause pour être sûre d'être présente au moment où William aurait besoin d'elle ? Et quel genre de mère je serais si je ne te conseillais pas de faire pareil ?

Clairement, elle se voit déjà en double de Carole Middleton, tout en tailleurs-jupes, robes évasées et diamants discrets.

— Maman, il faut que j'y aille.

Je baisse la voix.

— Mais juste pour te tenir au courant, je dois te dire que je ne vais plus revoir Joel Perreira.

Ma mère part d'un éclat de rire argentin.

— Je suis sérieuse.

Un silence de mort se fait à l'autre bout du fil.

— Libby Alexandra Lomax, lâche-t-elle au bout d'un instant, si tu te crois drôle…

— J'hallucine. Mon deuxième prénom n'est pas Alexandra !

Je suis trop exaspérée pour poursuivre cette conversation.

— Ecoute, je t'appelle demain, d'accord ?

— Attends, Libby…

Mais je lui raccroche au nez.

Mon timing est parfait. Parce que la porte d'un des ascenseurs vient de s'ouvrir — et Joel en sort et se dirige vers la porte.

Il est en pleine conversation avec une belle femme à l'air sérieux qui prend des notes sur son iPad, un genre d'assistante, j'imagine. Et il est suivi par un grand type musclé et une femme de petite taille presque aussi baraquée : Esti, que je prenais pour son prof de krav maga mais qui semble plutôt être… son garde du corps ?

Je me relève et, prenant stupidement le risque d'être projetée au sol par une prise fulgurante, je me mets en travers de son chemin.

Joel s'immobilise.

Bien sûr, ils l'imitent tous.

Pendant un bref instant chargé de tension, on dirait que je risque effectivement d'être mise au tapis par un des gardes du corps.

J'ai le plaisir de voir Joel blêmir, comme s'il allait tomber dans les pommes.

Puis il ouvre la bouche.

— Libby.

— Joel.

— On peut parler ?

— OK.

Je parcours des yeux le hall fourmillant d'activité.

— Ici ? Ou…

— Tu veux bien venir dans mon bureau ?

— Non, je ne préférerais pas.

Je sens que, sur son propre terrain, Joel arriverait à tout expliquer.

— D'accord. Alors ici.

Il jette un œil à sa belle assistante et aux gardes du corps.

— Vous voulez bien me donner quelques minutes ?

— Mais Joel…

— Je sais, je sais, je devais appeler Palo Alto de la voiture. Appelle-les maintenant, Sav, et dis-leur que j'ai une urgence et que je les contacterai dans quelques minutes.

L'assistante tourne les talons et se dirige vers l'ascenseur, déjà au téléphone, et les gardes du corps… waouh. Ils se sont fondus dans le décor avec un art aussi impressionnant qu'effrayant.

— Tu as donc plusieurs minutes entières à me consacrer. Je suis flattée.

Avec un certain agacement, je ne peux m'empêcher de remarquer, quand il s'assoit sur le canapé en cuir, qu'il est canon. Sublime, même. Maintenant qu'il ne fait plus semblant d'être coach sportif et qu'il est l'image même du jeune businessman branché à la fin d'une journée de travail (costume magnifique, chemise blanche sans cravate), il est plus beau que jamais.

Il prend une grande inspiration.

— Donc. Tu es au courant.

— Oui, je suis au courant.

On se regarde quelques instants.

— Tu sais, je n'ai pas vraiment menti.

J'en reste bouche bée.

— Tu te fiches de moi.

— Non. Tout ce que je t'ai dit était vrai. Je te jure, Libby. J'ai simplement été… sélectif dans mes réponses.

— Tu as demandé conseil à tes meilleurs avocats avant d'aller dîner avec moi ou quoi ?

— Non, se défend-il en secouant la tête. Pas les meilleurs. Juste mes juristes de seconde zone.

— Ha ha.

— J'essaie de détendre l'atmosphère.

— Franchement, Joel, j'en ai assez de tes blagues.

— Ce n'était pas une blague. Ça ne l'a jamais été.

— Permets-moi d'en douter.

Il a l'air désemparé.

— Ecoute, tu ne veux pas qu'on aille dîner comme prévu pour en parler ?

— Je ne peux pas.

Je baisse les yeux, soudain plus triste que furieuse.

— J'avais prévu d'aller dîner avec Joel, le coach. Pas avec Joel Perreira, le milliardaire qui a fait fortune dans les nouvelles technologies.

— Libby… ça ne change rien.

— Si. Ça change tout.

J'ai du mal à déchiffrer son expression. Il doit être exceptionnellement bon au poker. Mais on dirait un mélange de désespoir, d'agacement et d'humour un peu las.

— J'ai juste une question, Joel.

— Juste une ? demande-t-il, l'air plus las que jamais.

— C'est toi qui as organisé le rendez-vous avec Pressley/Waters ?

Il hésite. Ça me suffit. Mon estomac se tord.

— D'accord, dis-je en me relevant. Je vois.

— Non, Libby, tu ne comprends pas ! OK, il se trouve que j'ai parlé de toi à Caroline Pressley quand je l'ai vue l'autre jour…

— Pourquoi est-ce que tu l'as vue ?

— Parce que ça fait des années qu'on travaille ensemble. J'étais l'un des premiers à investir dans son site web.

— Tu es son investisseur ?

C'est pire que ce que je croyais.

— Pas étonnant qu'elle ait accepté de me rencontrer et qu'ils aient tous été aussi sympas avec moi !

— Elle a été sympa avec toi parce que c'est comme ça qu'elle est ! Et parce que tes créations lui plaisent vraiment. Ecoute, je lui ai juste demandé si elle te connaissait, et…

— Laisse tomber.

Je me dirige vers la porte.

— Tu en as assez fait.

Joel se lève et me suit.

— Je t'en prie, Libby. Arrête.

Il pose la main sur mon épaule mais se ressaisit quand je me dégage. Après tout, nous sommes en public, au milieu de ses employés, et il ne veut pas donner l'impression qu'il agresse une femme isolée. Quand je m'en rends compte, je m'arrête et je me retourne vers lui, parce que je n'ai pas envie de lui faire honte. Enfin, un peu, si, sinon je ne serais pas venue. Mais je ne veux pas faire une scène, avec des badauds qui nous filmeraient sur leurs iPhones et je ne sais quoi. Si Joel comprend qu'il s'est mal comporté, ça me suffit ; je ne tiens pas à ce que toute son équipe en soit témoin.

— C'était comme un conte de fées, dit-il.

— Quoi ?

— De te rencontrer. Que tu ne saches pas qui j'étais. C'était comme un conte de fées. Tu sais… avec un prince qui se déguise en porcher, et…

— Attends. Si tu es le prince déguisé en porcher dans ton fantasme ridicule, qu'est-ce que ça fait de moi ? Une paysanne exceptionnellement crédule ?

— Non ! Bon, OK, je comprends pourquoi tu as cette impression, mais…

— Merci, Joel. On ne se reverra pas.

— Allez, Libby. Tu es sûre que tu ne mérites pas un peu de magie dans ta vie ? Tu crois que tu peux te permettre d'ignorer les cadeaux du destin ?

Sentant ma détermination faiblir, je me détourne.

— Au revoir, Joel. Je te laisse appeler Palo Alto.

— Libby…

— Ne me rappelle pas.

Je prends la porte tournante.

Et, comme je calcule mal la sortie, je dois faire tout le tour une seconde fois, sous les yeux de Joel.

Heureusement, je finis par y arriver et je sors dans la rue.

Il n'essaie pas de me suivre.

J'évite de rentrer chez moi aussi longtemps que possible, dans les limites du raisonnable.

C'est un endroit tellement déprimant, maintenant que presque tout est dans des cartons, alors que les choses ont terriblement mal tourné, avec Ben et Elvira comme (malgré tous mes espoirs) avec Pressley/Waters.

Et avec Joel. Auquel je tenais probablement bien plus que je ne voulais me l'avouer.

En plus, je n'ai pas particulièrement envie d'affronter le canapé : je ne veux pas admettre qu'il ne marche peut-être plus.

Surtout que, même si les conseils de Grace Kelly sont un peu douteux, je n'ai jamais eu autant besoin de son avis (enfin, si elle arrive à parler d'autre chose que d'elle-même pendant deux minutes) que depuis que je sais que l'homme qui me plaît est en fait un milliardaire.

Parce qu'à notre époque, ça fait presque de lui un prince, non ? Peu importe qu'il n'ait pas de titre. Il a une fondation caritative qui fait don d'énormes sommes d'argent aux pauvres, aux nécessiteux et aux victimes de catastrophes naturelles. Peu importe qu'il n'ait pas de château. Il a des propriétés dans le monde entier, dont certaines (je n'ai pas assez de cran pour vérifier sur Google, mais j'imagine que c'est exactement ce que fait ma mère en cet instant) font probablement la taille d'un château.

Il l'a dit lui-même. Il était le prince déguisé en porcher. Un noble d'aujourd'hui qui se commet avec une roturière.

Je tue le temps en traînant au Marks & Spencer's près du métro de Notting Hill, où je choisis une salade de pâtes déprimante et un petit pain encore plus tristounet en guise de dîner. Puis, en arrivant à la caisse, je craque et j'ajoute une bouteille de vin rouge, une boîte de bouchées glacées et un paquet de corn flakes au chocolat.

Un peu réconfortée par ces achats de junk food et d'alcool, j'ai le courage de revenir par les petites rues à mon appartement — enfin, celui d'Elvira.

Oh là là, il y a *encore* une silhouette sombre devant la porte.

Dillon s'est-il échappé de la clinique ?

— Tash ? dis-je, incrédule, quand je m'approche assez pour la reconnaître.

— Salut, Libby.

Elle porte une veste chaude, mais il fait frais pour un soir de juin, et elle a l'air gelée.

— Te voilà enfin.

— Désolée… tu as attendu longtemps ?

— Quelques minutes. Mais je ne savais pas quand tu rentrerais. J'ai cherché ton adresse sur ton site. J'espère que ça ne te dérange pas.

— Oh non… Non, pas du tout.

Mais ça me rappelle qu'il va falloir que je mette mon site web à jour le plus vite possible et que j'enlève cette adresse.

— Tu as l'air d'avoir froid… euh, tu veux entrer ?

— Si ça te va ?

— Aucun problème.

Elle me suit à l'intérieur.

— Excuse-moi, Tash, mais est-ce qu'il y avait quelque chose de particulier ? Dont tu voulais me parler, je veux dire ?

— Pas vraiment. J'ai juste pensé que tu aurais peut-être besoin d'aide pour faire les cartons, comme je te l'ai dit hier.

— OK.

J'essaie de ne pas avoir l'air abasourdie, puis je lâche :

— Il est 9 heures du soir, Tash. Bien sûr, je suis touchée par ta proposition, mais tu as sûrement mieux à faire ! Tu n'es à Londres que pour quelques jours, tu ne veux pas passer du temps avec Olly ?

— Il est au restaurant jusqu'à 22 h 30. C'est le risque quand on rend une visite surprise à quelqu'un qui travaille dans la restauration, j'imagine.

Je prends l'escalier et j'allume la lumière dans le salon…

Pas de Grace Kelly. Heureusement, vu les circonstances. Je n'avais même pas envisagé cette possibilité avant de faire entrer Tash.

— Ecoute, comme tu vois, je n'ai plus grand-chose à faire. Niveau cartons, je veux dire. Mais maintenant que tu es là, tu prendras bien un verre de vin ?

J'ai honte, plus que jamais, de mon sac de provisions de célibataire laissée pour compte, parce que je ne doute pas un seul instant que quand Tash est seule à Glasgow, elle se mijote des repas sains et nutritifs à base de légumes verts et de quinoa. Heureusement, elle n'a pas l'air intéressée par le contenu de mon sac.

— Non, merci. J'ai bu hier soir, et je préfère ne pas boire plus d'un soir par semaine. Tu as déjà essayé ?

— Non, jamais.

Je réponds honnêtement, ne me demandant qu'après si c'était une attaque personnelle.

— Oh ! eh bien, tu devrais vraiment tenter l'expérience, Libby. Olly fait pareil, et maintenant que tu vas vivre avec lui…

— Habiter chez lui !

— … ce sera l'occasion de l'imiter. Et ça te permettra d'avoir plus d'énergie et de perdre ces trois kilos en trop qui te collent à la peau.

OK. C'était une attaque personnelle.

— En fait, continue-t-elle sans me laisser le temps de répondre, j'aimerais vraiment que tu ne l'encourages pas à boire pendant que tu vivras chez lui, Libby. Je suis sûre que tu comprends pourquoi.

Je me fige.

C'est pour ça qu'elle est venue ce soir, en prétendant vouloir m'aider à faire mes cartons ?

— Dis-moi, ajoute-t-elle, de nouveau sans me laisser le temps de parler.

Elle se perche sur l'accoudoir du canapé, sans enlever son manteau ou faire quoi que ce soit pour dissiper la tension palpable.

— Comment s'est passé ton rendez-vous de ce soir ?

— Mon rendez-vous ?

— Oui. Tu as dit que tu sortais avec ce… Joel, c'est ça ?

— Ah oui. Eh bien…

Je n'ai pas l'énergie de mentir. Et surtout, je suis trop déconcertée pour y penser. Tash me fixe avec une expression inquisitrice d'ordinaire plutôt réservée aux interrogatoires musclés dans les commissariats.

— Je suis rentrée à 21 heures, avec une bouteille de vin et un gros paquet de bouchées glacées. A ton avis ?

— Oh. Quel dommage.

— Eh bien, tu sais, les relations, ce n'est jamais facile.

— Oui, bien sûr. Mais tu ne devrais pas laisser tomber aussi facilement, Libby. Enfin, ça n'a peut-être pas marché avec ce Joel, mais ça ne veut pas dire que tu devrais arrêter de chercher… quelqu'un d'autre.

Sans qu'elle ait besoin de le préciser, je capte le message subliminal.

Elle me demande de ne pas toucher à Olly.

Malgré mes efforts pour dissimuler mes sentiments, on dirait qu'elle a fini par piger.

— En fait, continue Tash, si tu comptes enchaîner les conquêtes, il vaut sans doute mieux que tu aies un appartement à toi. Tu devrais peut-être dire à Olly que tu ne vas pas aller habiter chez lui.

— Je… euh…

— Je sais qu'il est toujours prêt à jouer au chevalier servant. Mais il est comme ça. Il aime aider les gens. Les faibles. Ça ne veut pas dire qu'il faut forcément en profiter.

Bon. Ça suffit comme ça. Je comprends pourquoi elle est venue — pour me dire qu'elle est au courant de mes sentiments mal dissimulés pour Olly — mais là, elle me traite de faible et elle m'accuse de profiter d'Olly. Trop, c'est trop. En plus, quitte à en parler, je pense qu'on devrait le faire carrément, plutôt que de jouer à l'autruche tout en s'envoyant des coups de bec menaçants.

— Tash.

Je la regarde droit dans les yeux.

— Si tu ne veux pas que j'aille habiter chez Olly, dis-le-moi.

— Je n'ai jamais dit ça.

— Non. Tu as fait bien attention.

Ce qui explique probablement sa jovialité exagérée à la Julie Andrews quand Olly en a parlé. Elle ne veut pas qu'il sache ce qu'elle ressent.

— Ecoute, Tash, je ne veux surtout pas t'énerver…

— Voyons, Libby, je suis très calme !

Elle sourit.

— Honnêtement, c'est pour ton bien, ça n'a rien à voir avec Olly ou avec moi ! Je pense simplement que si tu as décidé d'être indépendante, tu ne devrais pas faire les choses à moitié. Même si ça implique que tu quittes Londres quelque temps. Parfois, ça peut être une bonne chose de changer de décor, de se faire de nouveaux amis. De recommencer à zéro.

Ça devient un peu flippant. J'espère que les Willington-Jones, à côté, ont collé un verre contre le mur dans l'espoir de surprendre des bruits suspects indignes de notre quartier élégant. Parce que, au moins, si cette affreuse conversation continue à empirer, il y aura des témoins.

J'essaie une dernière fois d'aborder le vrai problème.

— Enfin, Tash. Tu n'as aucune raison de t'inquiéter, je ne ferais jamais…

— Je ne suis pas inquiète, Libby. Crois-moi. Il n'y a rien que tu puisses faire ou dire qui m'inquiétera.

— Mais tu ne veux quand même pas que j'emménage. Je vois.

Son sourire se fige. La tension augmente d'un cran.

— Eh bien, c'est juste un conseil d'amie, Libby. A prendre ou à laisser.

— C'est bon. Je prends.

Je déglutis.

— Je trouverai un autre endroit.

— Si je peux faire quoi que ce soit…

— Ça va. Tu en as déjà assez fait, Tash. Merci.

Elle n'ajoute rien. Elle se lève et descend l'escalier.

Un instant plus tard, j'entends la porte d'entrée se refermer derrière elle.

10

Olly n'a pas pris mes appels de la matinée.

Plus inquiétant, il n'a pas répondu à mes deux messages, ni à mon texto lui demandant de me rappeler.

C'est pour cette raison que je me dirige vers son restaurant pour lui parler juste avant le début du service du midi. Je ne peux pas me contenter de refuser sa généreuse proposition par SMS. Si j'ai l'air de l'esquiver, il risque de se poser des questions, et c'est la dernière chose dont j'aie besoin.

Parce que Tash me terrifie un tout petit peu.

Mais aussi parce que ça pourrait amener une conversation avec Olly que je veux à tout prix éviter.

Je suis venue au Grignotis dans l'espoir qu'il soit très occupé et distrait par l'ouverture imminente du restaurant et qu'il accepte mon explication : je vais aller habiter chez Dillon pour être là pour lui dès qu'il sortira de la clinique.

Ce n'est pas complètement faux. Je vais bel et bien m'installer chez mon ex. C'est juste que ce n'est pas spécialement pour être là pour lui dès qu'il sortira. En fait, il faudra que je parte avant, parce que je sais qu'il aura vraiment besoin d'avoir son espace à lui en sortant de sa cure de désintox. Ça ne l'aiderait pas que je joue le rôle de la béquille codépendante. Mais en dehors de ça, ce n'est pas un mauvais plan. Dillon m'a appelée tôt ce matin — son unique appel quotidien autorisé, je suis très flattée qu'il m'ait choisie — et, après avoir répondu par monosyllabes et à contrecœur à mes questions sur sa santé, il a changé de sujet, et je lui ai raconté la visite de Tash. Il m'a tiré les vers du nez jusqu'à avoir toute l'histoire (son appétit pour les ragots liés à Olly étant apparemment insatiable) et m'a proposé :

— Franchement, Lib, tu n'as qu'à t'installer chez moi. L'appart est libre. Et je te promets que je ne laisserai aucune de *mes* copines tarées te menacer et te jeter dehors.

— Je n'ai pas dit que Tash était tarée. C'est juste que je ne me sens pas d'aller vivre chez Olly alors que… eh bien, ce n'était probablement pas une très bonne idée de toute façon.

— On est d'accord, ma belle. En plus, je suis sûr que c'est un coloc horrible. Du genre à laisser des cheveux dans la douche. A mettre du beurre dans la confiture. A faire des traces de pneus…

— Ça va, Dillon. Tu n'as pas besoin de me convaincre.

— Sans parler de la tension sexuelle inévitable, continue-t-il, visiblement bien décidé à me faire son petit laïus jusqu'au bout. Imagine-toi le matin, toute fraîche après ta douche, en train de lécher sensuellement des miettes de toast et des traces de confiture sur tes lèvres ou de le frôler par mégarde en peignoir… le pauvre n'arriverait pas à se contrôler.

— De quoi tu parles ? Je ne l'intéresse plus. Il est avec Tash, tu te souviens ?

— Oh ! franchement. Tu ne crois pas que te voir avec les toasts, la confiture, en train de te lécher les lèvres… ça le ferait revenir au point de départ ?

— Tout ce que je sais, c'est que toi, tu as clairement un fantasme toast/confiture.

Je suis cramoisie et je ne veux pas y penser. Avec Dillon, on ne sait jamais s'il est sérieux ou s'il se contente de taquiner.

Je poursuis :

— Mais si vraiment ça ne te dérange pas, ce serait génial que je puisse m'installer chez toi quelques semaines. Je te promets que j'aurai trouvé autre chose avant que tu sortes de la clinique.

— Hé, il n'y a pas urgence. De toute façon, a priori je

ne rentrerai pas pour très longtemps. Mon agent m'a appelé hier et m'a transmis une offre potentielle dans une nouvelle série télé, avec un tournage à Vancouver.

— Waouh, Dillon, c'est super !

— Oui, je ne m'y attendais pas du tout. Pour être honnête, j'avais peur de ne plus jamais pouvoir travailler. En tout cas, reste aussi longtemps que tu voudras. Et je te promets que si on finit par habiter ensemble, je serai un coloc modèle. La douche sera nickel. Les pots de confiture tout propres. Je peux même te proposer gratuitement mes services pour chauffer ton lit…

C'est justement pour ça qu'il faut que je sois partie avant son retour.

En tout cas, c'est ce que je m'apprête à expliquer (en version abrégée) à Olly.

J'ouvre la porte du restaurant.

J'adore cet endroit.

C'est exactement ce que j'avais imaginé pour le restaurant d'Olly, bien avant que l'idée se concrétise. C'est chaleureux sans être mièvre, cool sans en faire trop. Il y a des banquettes confortables pour les couples et quelques grandes tables pour les groupes ou pour que des gens venus seuls puissent faire connaissance. Il y a un minuscule bar qu'Olly voudrait agrandir en achetant l'espace vacant mitoyen dès qu'il pourra se le permettre. La pièce est lumineuse et ensoleillée, même en ce matin gris de juin, et les serveurs qui mettent la table s'activent à droite à gauche.

L'un d'eux s'approche, sûrement pour me dire qu'ils ne sont pas encore ouverts. Je lui souris.

— Bonjour, je suis une amie d'Olly. Il est là ?

— Oh ! oui, il est en cuisine, répond-il en me rendant mon sourire. Je vais lui dire que vous êtes là. Excusez-moi, vous pouvez me donner votre nom ?

— Libby.

— Oh ! Libby ! J'ai beaucoup entendu parler de vous.

Je cligne des yeux.

— Ah bon ?

— Oui, vous êtes sa meilleure amie, c'est ça ?

— Oui, en quelque sorte… Malheureusement, on se voit moins qu'avant, mais…

— Eh bien, il parle quand même de vous tout le temps. Vous voyagez toujours ensemble, non ?

— Euh, oui, on s'est baladés dans le sud de l'Europe plusieurs étés de suite avec un billet Interrail.

— Oui, c'est ce qu'il m'a dit. Vous êtes allés dans un bar à tapas à Madrid, qui a inspiré le look de ce restaurant.

— Ah oui, je me rappelle cet endroit…

J'ai soudain la gorge nouée.

— C'était il y a tellement longtemps.

— Eh bien, il s'en souvient parfaitement. Bref, je vais le chercher, d'accord ? A moins que vous ne préfériez y aller vous-même ?

— Euh, oui, si ça ne pose pas de problème.

Je suis déjà à mi-chemin quand je prends conscience que certains des cuisiniers d'Olly ont tendance à lorgner un peu trop mes seins, comme s'ils sortaient de prison et n'avaient pas vu de femme depuis leur condamnation pour coups et blessures cinq ans plus tôt. Mais maintenant que j'ai dit au serveur que j'y allais, je ne peux plus faire demi-tour. Je pousse la porte et je jette un coup d'œil à l'intérieur.

Comme toujours, je suis accueillie par un nuage de vapeur chaude, les grésillements et les sifflements de la friture, les éclats de voix des chefs dans un mélange d'italien et d'espagnol (itagnol ?)… et j'aperçois Olly, tout au fond, près de la chambre froide, une liste à la main et l'air un peu stressé.

— OK, Jorge, dit-il à l'un des chefs. Si on est envahis à ce point par la rhubarbe, je suis d'accord avec toi, il va falloir qu'on trouve un autre moyen d'en mettre au menu d'aujourd'hui. Est-ce que tu pourrais en faire de la glace cet après-midi, qu'on servirait avec la tarte aux amandes du menu fixe à la place de la vanille… Libby ! lance-t-il, étonné, en me voyant. Qu'est-ce que… Désolé, Jorge, on peut en reparler plus tard ?

Je l'interromps :

— Non, non, ne t'inquiète pas, je ne fais que passer. Si tu as une urgence rhubarbe, c'est beaucoup plus important.

— Oh ! c'est juste que le fournisseur nous en a livré à peu près quinze tonnes ce matin au lieu de ce qu'on avait commandé. On va se débrouiller, n'est-ce pas, Jorge ?

Pas de réaction. Jorge me fixe un long moment avant de lever la main.

— *Hola*, Libby, dit-il. On a tous beaucoup entendu…

— Viens, je te fais un café, intervient Olly.

Il m'ouvre la porte, et nous nous dirigeons vers le bar.

— Ça me fait très plaisir de te voir, continue-t-il, et ça fait super longtemps que tu n'es pas venue au restaurant !

— Je sais. Ça a l'air génial, Ol.

— Eh bien, ce serait encore mieux si on avait le permis pour le terrain d'à côté… si on pouvait créer un vrai bar, installer plus de tables pour les repas, éventuellement agrandir la cuisine si ça ne coûte pas trop trop cher… Il faut que je te montre les plans, Lib. Quand tu seras venue t'installer chez moi, on se prendra un bon petit déjeuner, et tu pourras regarder ça pendant que je te préparerai des œufs au bacon…

— En fait, c'est de ça que je voulais te parler.

Je tente de prendre un ton léger, mais c'est plus facile à dire qu'à faire, parce qu'il vient de me rappeler le fantasme toast/confiture de Dillon.

— Je suis très touchée par ta proposition, Ol, mais je me suis organisée autrement.

Il se retourne brusquement.

— Pardon ?

— J'ai prévu autre chose. Pour ne pas te déranger.

— Mais je t'ai déjà dit que ça ne me dérangeait pas.

Il plisse le front, l'air perdu.

— Franchement, Libby, ça ne me pose aucun problème.

— C'est adorable, Ol, mais en fait je vais aller habiter quelque temps chez Dillon. Son appartement est vide en ce moment, et c'est pratique, je peux m'étaler et travailler sans…

— Chez *Dillon* ?

— Oui.

Je m'éclaircis la gorge.

— Euh, il a quelques problèmes en ce moment, mais ça lui fera beaucoup de bien que je sois là à son retour.

— Il est encore en désintox, tu veux dire, lâche Olly d'un ton sec. Et il veut que tu sois là pour le dorloter et flatter son ego dès qu'il sortira.

— Non ! Ce n'est pas du tout ça.

— Ah bon, ça le dérange qu'une jolie fille soit en adoration devant lui matin, midi et soir ? Je me suis trompé.

Je m'apprête à protester : non, je n'adore pas Dillon, merci bien, mais je me fige.

— Jolie ? dis-je d'une voix rauque sans pouvoir me retenir.

Olly semble un instant horrifié, puis il se détourne, soudain absorbé par la machine à café.

— Eh bien, c'est évident, tu es une très belle fille. Femme. Personne. Noir ?

— Quoi ? Non, je…

— Café. Le café noir. Ce que je demande, bredouille-t-il sans parvenir à faire une phrase complète. Ou un cappuccino tu voulais ? Mon Dieu, attends, c'est absurde, je recommence. Je veux dire, est-ce que tu voulais un cappuccino ?

— Oh ! non, un café noir c'est très bien… en fait, Ol, je crois que je n'ai pas le temps.

Mon cœur bat à tout rompre. Cette conversation ne prend pas du tout le tour que j'avais prévu.

— Ecoute, je voulais te dire que j'apprécie énormément ta proposition, c'est juste que… il vaut mieux que j'aille chez Dillon.

— D'accord. Comme tu veux.

Olly continue à me tourner le dos.

— C'est tout ce que je voulais, que tu aies un endroit où

habiter. Si tu préfères être… chez lui… alors évidemment, ça ne pose aucun problème. Comme ça t'arrange. Tiens, ton café.

— Oh ! mais je devrais te laisser…

— Je t'en prie, bois ce café.

Il se retourne enfin, avec un sourire un peu tendu.

— Je t'en prie, Libby. Juste le temps que… que je te dise quelque chose.

— Ah bon, quoi ?

— Ce… ce que je dois te dire.

Il lève une main, ouvre la bouche, la referme et la rouvre.

— Il faut juste que je te dise quelque chose. OK ?

— Oui, bien sûr, Olly, tu peux me dire… tout ce que tu veux. Tu le sais.

— Tant mieux. Parce que…

Il s'interrompt.

— Je… j'ai un nouveau fournisseur de café.

— Pardon ?

— J'ai un nouveau fournisseur de café, répète-t-il.

Je ne sais pas à quoi je m'attendais, peut-être à quelque chose d'un peu plus important, étant donné son ton. Bien sûr, je suis heureuse d'apprendre qu'il a trouvé un nouveau fournisseur, vu l'importance du café pour Olly. Mais je ne m'attendais pas à une histoire de fournisseur.

— Euh, bonne nouvelle, dis-je d'une voix étranglée.

— Oui. Ça a été difficile. De trouver celle que j'aime. La marque que j'aime, je veux dire.

— J'imagine.

— Ils sont basés à Vérone.

Soudain incapable de tenir en place, il va me chercher une cuillère dont je n'ai pas besoin et un biscuit aux amandes dans le pot près de la machine.

— Ce sont de petits lots donc ce n'est pas donné, mais je crois que ça en vaut la peine. J'aimerais avoir ton avis.

Je prends une gorgée de café et je mens :

— Délicieux !

C'est sûrement la vérité, mais je suis trop tendue pour en sentir le goût.

— Très… euh… on sent bien le goût du café.

— Oui, j'espère bien.

Olly a un petit rire sans joie (comme dirait Dillon).

— Mais tu ne l'as pas trouvé trop amer ? Trop fort ?

— Oh ! je ne sais pas, Olly ! C'est comme pour cette histoire de fromage : je n'y connais rien !

Il garde le silence, puis finit par répondre :

— Tu t'y connais mieux que tu ne le crois, Lib. En matière de café, je veux dire. Et de fromage. Et…

Il s'interrompt. Il se fige, même, avant de reprendre quelques instants plus tard d'un ton compassé :

— Il faut vraiment que je retourne en cuisine.

— Bien sûr ! Je ne voulais pas te distraire !

— Non, Lib, ça va. Tu ne me déranges jamais. Je t'en prie, finis ton café. Je suis vraiment content que tu sois venue.

— Je voulais juste te le dire en personne.

— Je sais. Merci.

Il fait le tour du comptoir et s'avance vers moi. Pendant un instant très étrange, j'ai l'impression qu'il s'apprête à me serrer la main ou, je ne sais pas, à me faire une tape amicale sur l'épaule. Mais non, il se penche, me prend dans ses bras et me serre contre lui un long moment.

Un très long moment. Je compte jusqu'à dix (la seule méthode qui me vienne pour m'empêcher d'enfouir mon visage dans son cou chaud et fleurant le citron), et encore dix…

Il ne dit rien, mais je sens son cœur battre à tout rompre.

Ou c'est peut-être le mien. Sûrement.

Avant que je puisse en être certaine, il me lâche, se détourne et se dirige vers la cuisine.

— Dis-moi si tu as besoin d'aide pour emménager chez Dillon.

Et il disparaît de l'autre côté des portes battantes pour gérer la crise de la rhubarbe.

*
* *

Faire les cartons me fournit l'excuse idéale pour ignorer mon téléphone pendant le reste de la journée.

Les appels entrants (ma mère, Cass, Bogdan, ma mère, encore ma mère) et sortants. D'accord, ce n'est pas une très bonne idée quand on a des clients. Mais ils attendront. Comme je le disais, devoir déménager pour la seconde fois en un mois constitue une explication parfaitement raisonnable.

Et, pour être honnête, le silence m'apaise. Après tout, j'ai eu suffisamment de conversations difficiles, désagréables ou tout simplement absurdes ces derniers jours et je suis soulagée de déconnecter un peu.

J'ai du mal à ne pas penser à ma visite au restaurant de ce matin. En fait, plutôt que de me détendre, je crois que je me suis repassé en boucle toute notre conversation pour essayer de comprendre si la colère d'Olly voulait dire quelque chose.

Je veux dire, en dehors de sa vieille aversion envers Dillon. Sentiment qui, pour autant que je sache, était dû à la jalousie. Et qu'il aurait dû surmonter, maintenant qu'il est passé à autre chose.

Et il m'a prise dans ses bras. Sur le moment, j'étais à peu près sûre que ça voulait forcément dire quelque chose mais, depuis, j'ai fini par me convaincre que c'était simplement pour me faire comprendre qu'il serait toujours là pour moi. Rien de plus.

Le problème, c'est que je ne peux pas lui poser la question, si ? Je ne peux pas essayer d'avoir la conversation honnête et franche dont je rêve, pas avec quelqu'un qui n'est clairement pas libre. Je ne vaudrais pas mieux que ma croqueuse d'hommes de sœur, si je commençais à lui demander pourquoi…

— Oh ! ce n'est que vous.

La voix qui s'élève du canapé me fait sursauter.

Je fais volte-face. Grace Kelly, resplendissante en robe de mariée, trône sur le Chesterfield.

— Vous êtes là !

— Oui. Et vous aussi.

Elle pousse un soupir agacé.

— Pour être honnête, j'espérais vraiment revoir ce merveilleux Moldave. Nous n'avons pas… conclu tout à l'heure. Il se pâmait devant moi, et c'était très touchant, mais j'ai été déçue que cela n'aille pas plus loin. Après tout, ce n'est qu'un rêve. Et à quoi bon rêver, si l'on ne peut même pas être déshonorée par un bel inconnu ?

— Eh bien, je ne suis pas franchement surprise que vous n'ayez pas… conclu avec Bogdan, dis-je en la dévisageant. Waouh ! Je suis vraiment contente de vous voir. Je ne pensais pas que vous reviendriez un jour.

— Revenir ? D'où ? Peu importe, coupe-t-elle quand j'ouvre la bouche pour répondre. Qui sait de combien de temps nous disposons avant mon réveil ? Je préférerais finir notre conversation de tout à l'heure, si cela ne vous dérange pas. Ce qui, d'ailleurs, va de soi, puisque vous n'êtes autre que moi-même…

Elle s'interrompt et m'examine de ses yeux perçants.

— Même si je dois dire que je suis un peu surprise que mon subconscient ait choisi une représentation aussi… débraillée.

— Hé, je fais mes cartons, dis-je, indignée. C'est uniquement pour cette raison que je suis habillée comme ça.

Je désigne mon short ample et mon T-shirt.

— Croyez-moi, si je pouvais me pavaner en robe de mariée haute couture, je le ferais. Même si j'aurais moins d'allure que vous, je l'admets…

— Exactement. Mais ce n'est peut-être qu'un avertissement salutaire me montrant ce qui me guette si je me laisse aller.

L'air affairé, elle se lève et commence à faire les cent pas dans un bruissement de traîne.

— A propos, la dernière fois que nous nous sommes parlé, vous avez évoqué un certain… Joe ? John ?

— Joel.

— C'est cela, Joel. Continuons à lui donner ce nom, d'accord ? Plutôt que… eh bien, Rainier, de toute évidence.

— Oui, bon, je peux vous assurer qu'il est très différent de Rainier. Et de toute façon, peu importe, parce qu'il ne fait plus partie de ma vie.

— Comment ça ?

— Je ne vais pas le revoir. Il m'a menti, vous savez, à propos de ses milliards, et…

— Une seconde, m'interrompt-elle d'une voix impérieuse. Il vous a dit qu'il était milliardaire alors que ce n'était pas vrai ?

— Non, il m'a dit qu'il n'était pas milliardaire, alors qu'il l'était. Ou plutôt, il ne m'a pas dit qu'il était milliardaire. Ce n'est pas comme s'il…

— Je n'y comprends rien, répond-elle, l'air exaspéré. Pourquoi diable une femme refuserait-elle un milliardaire ?

— Oh ! franchement.

Je suis moi aussi assez irritée, même si je m'en sors moins bien qu'elle. Là où elle évoque une reine courroucée, je fais plutôt gamine grincheuse.

— C'est la pire raison au monde pour être avec quelqu'un !

— Vraiment ? Ne croyez-vous pas qu'il est tout aussi facile de tomber amoureuse d'un milliardaire que d'un sans-le-sou ?

— Le problème, ce n'est pas sa fortune ! Il m'a menti.

— Et alors ?

Elle lève un sourcil.

— Les hommes sont des menteurs, ma chère. Ce n'est pas une raison pour en rejeter un s'il a d'autres qualités. Est-il beau ? Drôle ? Doux ?

— Eh bien, oui. D'accord, il…

— Mon Dieu, dans ce cas, ne crachez pas dans la soupe ! Prenez-le dans vos filets, ne le laissez pas vous échapper !

C'est exactement ce que j'ai fait avec le prince ! Pas question de laisser une autre lui mettre le grappin dessus alors que j'avais une chance… Je vous l'ai déjà dit, non ? La vie appartient à ceux qui prennent les choses en main ?

— Oui, effectivement. Mais je ne crache pas dans la soupe. Je préférerais rester seule pour le restant de mes jours plutôt que d'être avec quelqu'un en qui je n'aurais pas entièrement confiance.

— Balivernes !

Grace fait volte-face. Sa traîne claque derrière elle. Elle a l'air fébrile, peut-être parce qu'elle pense que les minutes nous sont comptées et que je risque d'un instant à l'autre de m'évaporer et de ne plus jamais lui communiquer de messages de son subconscient.

— Vous ne dites ça que parce que vous soupirez toujours après l'autre. Celui avec qui vous vouliez être, avant que le destin… comment avez-vous formulé cela ? Fiche tout en l'air ?

— Oui, c'est ce que j'ai dit.

Je me sens soudain complètement découragée, et je lâche :

— Je sais que vous êtes froide et rationnelle en amour, Grace…

— Mademoiselle Kelly.

— Mademoiselle Kelly… Je sais que pour vous, l'amour n'est qu'une transaction commerciale, mais tout le monde ne peut pas se montrer aussi rigoureux que vous.

— Eh bien, je vous trouve un peu injuste !

Elle me fusille du regard.

— Je n'ai jamais dit que l'amour était une transaction commerciale, mais simplement que c'est une affaire trop importante pour la laisser entre les mains du destin. Franchement, je ne comprends pas comment les gens peuvent être aussi bêtes. Le destin est capricieux, cruel et stupide. Si j'avais aveuglement accepté ce qu'il me réservait, je serais toujours une gamine maigrichonne de Philadelphie, éclipsée par la réussite de mes éminents frère et sœurs et destinée à décevoir toute ma vie mon père et ma mère. S'il y a bien une femme qui a forcé la main au destin, c'est moi. Bon, allez-vous admettre que vous avez raison de fréquenter ce milliardaire, oui ou non ?

— Non ! Je ne le vois plus, c'est fini. Et il ne s'agit pas de vous et de vos justifications pour épouser le prince ! C'est ma vie, d'accord ?

Maintenant qu'elle me laisse aligner plus de deux mots, je n'arrive pas à me contenir.

— Je ne suis pas un symbole de vos propres rêves et espoirs. D'ailleurs, je ne suis pas sûre que vous soyez un très bon exemple. Pour quelqu'un qui est tellement sûr d'avoir raison d'épouser le prince, vous avez beaucoup parlé de ceux qui vous ont échappé !

Elle encaisse, le souffle coupé.

— Je suis désolée. Je… je n'aurais pas dû dire ça.

— Non, en effet.

Elle me fixe à nouveau de son regard perçant, puis elle semble abandonner. Elle s'affaisse sur le canapé et avoue d'une petite voix :

— Bon sang, je suis épuisée.

— Je sais.

Je m'approche et j'envisage de m'asseoir à côté d'elle, mais je me ravise. Elle a peut-être l'air vulnérable, mais elle reste Grace Kelly, après tout. Je m'installe donc à une distance respectable.

— J'imagine que ça doit être très dur pour vous.

— Je vous remercie.

Elle garde le silence un instant puis poursuit :

— Si vous avez l'impression que je n'arrête pas de parler de… certaines personnes, c'est parce que vous êtes la seule à qui je puisse me confier.

Elle a un petit rire fragile.

— C'est absurde, n'est-ce pas ? Que j'en sois arrivée là. Je n'arrive à avoir une conversation honnête qu'avec la fille que je vois en rêve.

— Ne vous en faites pas. J'ai eu quelques-unes des meilleures conversations de ma vie avec des gens qui n'étaient pas vraiment là.

— Je vois, dit-elle.

Mais elle semble ailleurs. Ses yeux bleu vif sont embués de larmes, et elle a effectivement l'air épuisée. Plus pour elle-même que pour moi, elle continue :

— Bien sûr que je pense aux hommes que j'ai aimés. Ce soir plus que jamais. Mais s'il y a une chose dont je suis certaine, c'est qu'il faut aller de l'avant. Pourquoi gâcher un seul instant à pleurer un amour perdu alors qu'on a l'occasion de créer une histoire solide ?

On frappe soudain à la porte d'entrée.

Et paf, Grace Kelly disparaît.

Je reste un instant immobile, un peu hébétée.

Puis on frappe à nouveau, et je me résous à aller répondre.

— Libby ?

Avant même d'ouvrir, j'entends la voix de Cass.

— Grouille, je me les gèle dehors !

— Salut, Cass… Ce n'est pas trop le moment.

— OK, d'accord, j'aurais peut-être dû appeler. Mais franchement, Lib, j'étais tellement soulagée de m'en sortir vivante ! Oh ! t'aurais pas vingt livres pour le taxi ?

Elle désigne un type occupé à sortir des valises d'une Toyota un peu cabossée.

— Il a été adorable, il a réussi à faire rentrer toutes les valises et il m'a écoutée… Comme quoi, il y a encore des gens bien sur cette terre. En plus, il est roumain et, crois-moi, il ne pense que du mal des Bulgares. Pas vrai, Corneliu ?

— Est vrai, acquiesce Corneliu.

Il a une valise dans chaque main et deux énormes fourre-tout sur les épaules.

— Elle a chance de s'en sortir vivante.

Toujours sonnée par ma conversation avec Grace, je parviens tout juste à lui tendre quelques billets trouvés dans la poche de mon sweat et à rentrer moi-même tant bien que mal les sacs de Cass pour qu'ils ne bloquent pas le trottoir, ce qui énerverait les Willington-Jones… Ce n'est que quand la porte se referme derrière nous et que Cass me précède dans l'escalier que j'arrive à former une pensée assez cohérente pour lui poser une question.

— Excuse-moi, Cass… Qu'est-ce que tu fais là ? Avec toutes ces affaires ?

— C'est évident, Libby : je m'échappe ! Je fuis avant d'y laisser ma santé mentale et ma dignité ! Avant d'être complètement détruite, conclut-elle d'un ton dramatique.

— Attends, tu as quitté Zoltan ?

— Oui !

— En lui laissant ton appartement ?

— Oui.

Elle plisse le front un instant en comprenant sa stupidité monumentale, mais elle se reprend rapidement :

— Mais justement. Après toutes ces épreuves, je ne savais même plus que c'était mon appartement. Et ils ont tout envahi, Libby. Je n'ai plus l'impression d'être chez moi.

— OK… euh… et pourquoi est-ce que tu es venue ici… ?

— Parce que je m'installe chez toi !

Je la dévisage.

— C'est une blague ?

— Pourquoi ?

— Parce que tu sais que je dois rendre l'appartement, non ? Et que pour l'instant, je n'ai pas vraiment d'endroit où aller ? Je vais m'installer chez Dillon quelques semaines, jusqu'à…

— Et Joel Perreira ?

— Quoi, Joel Perreira ?

— Il ne voudrait pas que tu te retrouves à la rue, si ? De quoi ça aurait l'air, si le *Daily Mirror* en entendait parler ? La petite amie sans abri du milliardaire !

— Je ne suis pas sa petite amie.

— D'accord, d'accord, peut-être pas encore, mais si vous vous revoyez une ou deux fois… Et je ne sais pas si tu as couché avec lui, Lib, mais ça pourrait être une bonne façon d'assurer le coup…

— Tu ne te souviens pas de ce que j'ai dit l'autre jour ?

Mais je me demande pourquoi je me fatigue : elle ne m'écoute jamais.

— Je ne vais pas le revoir. Je l'ai plaqué.

— Libby Rose Lomax !

— Mon deuxième prénom n'est pas…

— De toutes les bêtises égoïstes que…

— Oh ! excuse-moi. Comment étais-je censée savoir que tu allais quitter ton copain et avoir besoin d'un appartement ?

Elle me fusille du regard.

— J'ai vraiment besoin de ton soutien. Je viens de sortir d'une relation violente…

— Ne sois pas ridicule. Ça n'avait rien de violent.

— J'ai eu peur pour ma collection de chaussures ! Et tu trouves que j'aurais dû rester ? Ça commence par les chaussures, tu sais.

— Ah bon ?

— Oui ! Au début, ils mettent de la morve sur tes nouvelles sandales Kurt Geiger, et avant que tu comprennes ce qui t'arrive, tu as peur d'aller te coucher le soir au cas où ils viendraient t'attaquer dans ton sommeil… C'est l'escalade de la violence, Libby. Je suis surprise que tu n'en aies pas entendu parler.

On n'avance pas.

— D'accord, mais vraiment, Cass, tu ne peux pas t'installer avec moi. Je cherche moi-même un endroit où vivre. Peut-être à Stevenage.

— Putain, c'est où, ça ?

— Quelle importance ?

Je sens que je craque. Je prends une grande inspiration.

— Ecoute, tu peux rester cette nuit, vu que je suis toujours là, mais après tu vas vraiment devoir trouver une autre solution. Ou alors, étant donné que le bail de ton appartement est à ton nom, tu peux demander à Zoltan de partir avec ses enfants et rentrer chez toi !

— Ouais, mais comme je te le disais, je ne sais pas si j'ai envie…

Cass se pose sur le canapé, à l'endroit où Grace était assise.

— Tu sais, Lib, si tu sortais avec Joel Perreira et qu'il décidait de te louer un super appartement, on pourrait être colocs !

La vraie raison de son départ soudain est malheureusement de plus en plus claire.

— Imagine ! continue-t-elle, les yeux brillants. On n'a jamais pris d'appart ensemble. Ça pourrait nous rapprocher ! En plus, ce serait dans un quartier génial, évidemment, donc pratique pour des virées shopping, des déjeuners entre filles, des journées spa… Ooooh, c'est lui ? halète-t-elle quand mon téléphone sonne sur la table basse.

Elle s'en empare avant moi et commente, l'air déçu :

— Oh. C'est juste maman.

Elle répond avant que je puisse l'en empêcher :

— Salut, maman. Non, c'est moi… non, je suis chez Libby… OK, super… elle habite au 32… à tout de suite.

— Elle est en chemin ? je demande, atterrée, pendant que Cass repose le téléphone.

— Non, elle est juste devant chez toi. Enfin, elle ne savait pas exactement à quel numéro tu habitais… ah, ça doit être elle, ajoute-t-elle quand on frappe à la porte. Tu devrais aller lui ouvrir, Lib. Oh ! et je crois qu'elle a dit qu'elle avait du vin, mais sinon on pourrait peut-être lui demander d'aller en chercher ?

— Va ouvrir toi-même !

— Oh ! je vois.

Cass fronce les sourcils.

— Tu es trop bien pour répondre à la porte, maintenant que tu t'es dégoté un milliardaire ?

— Non, rien à voir, Cass. Mais maman n'est jamais venue me rendre visite — pas une seule fois — ni ici ni dans aucun de mes appartements précédents, et maintenant, juste parce qu'elle croit que je sors avec Joel Perreira, elle débarque comme une fleur. Avec du vin.

— Oh. Je vois. Oui, ça va être très chiant pour toi, Lib. Les gens qui essaient de profiter de toi parce que tu es la copine d'un milliardaire. Mais ne t'inquiète pas, poursuit-elle d'une voix doucereuse bizarre que je ne reconnais pas, je vais m'occuper de maman. Je suis là pour toi, Libby. Tu peux en être sûre.

Elle se lève, me guide vers le canapé et me force à m'asseoir.

Je me cache le visage dans les mains pour mieux m'apitoyer sur mon sort et j'envisage sérieusement de feindre une intoxication alimentaire soudaine ou une attaque d'Ebola, peut-être, pour me débarrasser de ces deux pestes et pouvoir réfléchir.

La voix de ma mère qui vient d'entrer dans le salon interrompt mes réflexions :

— Libby ! Oh ! ma chérie, tu n'en peux plus ? Avec ton déménagement ? C'est pour ça que je suis venue ! Directement de l'hôpital, d'ailleurs. Enfin, je suis sortie ce matin, mais bon…

— Pour m'aider à faire les cartons ?

J'enlève mes mains.

— Tu ne savais même pas que je déménageais.

— Bon, d'accord, je suis juste venue te soutenir de façon générale. Parce que, clairement, tu traverses une période difficile, ma chérie. Tu ne sais pas trop ce que tu ressens pour ce… excuse-moi, ajoute-t-elle d'un ton nonchalant peu convaincant, il s'appelle Joel, c'est bien ça ?

— Oui, maman, répond Cass d'un ton autoritaire.

Elle s'assoit à côté de moi sur le canapé et passe un bras autour de mes épaules dans un geste qui se veut probablement protecteur et fraternel mais qui me semble plutôt dominateur et étouffant.

— Et elle n'a pas envie qu'on en fasse toute une histoire juste parce qu'il est plein aux as, hein, Libby ?

— Quoi ? Je ne fais pas d'histoire ! Je sais juste que quand une femme a des problèmes de cœur, la seule personne qui puisse vraiment l'aider, c'est sa mère. Je regrette toujours de ne pas avoir bénéficié des conseils de ma propre mère quand j'ai décidé d'épouser ton père, ma chérie. Mais comme tu le sais, c'était quelqu'un d'extrêmement égoïste qui ne s'intéressait qu'à sa petite personne, alors on ne pouvait jamais compter sur elle pour écouter, tout simplement. Pour être une maman.

Je me lève d'un bond.

— J'ai besoin d'un verre.

— Oooh, eh bien, j'ai apporté du vin, ma chérie, dit ma mère en sortant de son sac une thermos pleine d'un liquide rouge. De quoi ça aurait l'air, une soirée filles sans vin, hein ?

— Non. J'ai besoin de quelque chose de plus fort.

J'attrape mon propre sac, posé près de la porte.

— Je reviens tout de suite.

— Lib, si tu prends de la vodka, tu peux prendre du tonic ? Light ? Oh ! et peut-être aussi du jus de cranberry. Je boirais bien un cosmo… pas toi, maman ?

— Eh bien, maintenant que tu le dis, j'ai bien envie d'une vodka-orange. Si tu peux acheter du jus d'orange, ma chérie, ce serait parfait. Oh ! et pendant que tu y es, j'essaie de boire plus de jus de grenade depuis que je suis sortie de l'hôpital… c'est tellement sain et nutritif… même mélangé avec de la vodka, ajoute-t-elle, sur la défensive.

— Très bien. Je vais acheter un assortiment complet de jus pour vos palais délicats. Ça risque de me prendre un bon moment.

Je descends l'escalier quatre à quatre.

J'ai besoin d'air frais, loin de leur égoïsme étouffant, et je suis prête à traverser la moitié de Londres, pourvu qu'elles aient épuisé tous leurs ragots sur Joel et allumé la télé avant mon retour.

Ou mieux encore, qu'elles soient parties chez ma mère.

Je me dirige vers Notting Hill d'un pas aussi rapide que possible dans le froid de la nuit. Je suis sortie en pull et short informe (mais confortable pour faire les cartons), et je le regrette déjà avant le bout de la rue.

J'envisage de faire demi-tour et de supporter quelques instants ma mère et Cass, juste pour enfiler un jean et une veste et pouvoir rester dehors plus longtemps sans geler, quand soudain une voiture s'arrête à côté de moi.

C'est Joel, au volant d'une décapotable. Je ne suis pas une experte, mais je crois bien que c'est une Bentley.

— Libby ! m'apostrophe-t-il, apparemment ravi de me voir. J'allais justement chez toi !

— Mais… je t'ai dit que je ne voulais pas te voir.

— Oui, c'est vrai. Mais tu ne veux pas monter et discuter un peu ?

Je le dévisage.

— Aie pitié de moi, je suis sur un arrêt de bus.

— Ne t'inquiète pas, je suis sûre que l'amende ne te mettra pas sur la paille.

— Et ma conscience de citoyen ? Je vais empêcher un bus de s'arrêter, Libby. Un bus rempli de travailleurs ordinaires. Des gens bien dont les salopards capitalistes dans mon genre ne font qu'une bouchée. Avec de la poudre de diamant pour le croquant.

— Joel, je ne sais pas pourquoi tu t'imagines que je suis une communiste enragée. Ta fortune ne me pose problème que parce qu'elle t'a poussé à me mentir et à me ridiculiser. Je n'en ai rien à faire que tu ne fasses qu'une bouchée des honnêtes travailleurs. Avec ou sans diamants.

— Eh bien, ce n'est pas très charitable. Tu ne penses pas au peuple ?

Je refuse de me laisser charmer.

— En fait, Joel, je crois que je n'ai pas envie de te parler. Tu as dit tout ce que tu avais à dire.

— Hé ! proteste-t-il, un peu irrité — un tout petit peu.

Ce n'est pas juste. Tu ne peux pas deviner ce que j'avais en tête, Libby. Tu ne veux même pas me laisser m'expliquer ? Tu ne crois pas que tu me dois bien ça ?

— Vraiment pas, non.

— Dans ce cas, je ne peux que faire appel à ton bon cœur. Je t'en prie, Libby. Si tu m'écoutes, peut-être que tu comprendras.

Je vacille.

Grace (maudite soit-elle) m'a fait douter.

Et Joel — probablement grâce à l'instinct qui lui a fait gagner 2,6 milliards depuis qu'il a quitté Harvard à vingt ans pour fonder une start-up dans les nouvelles technologies — profite de mon instant de faiblesse.

— Peut-être que tu ne me dois rien. Mais tu ne crois pas que tu te le dois à toi-même ? D'avoir la réponse que tu mérites ?

Il est fort. Bien sûr qu'il est fort.

Et évidemment, il ne sait pas que de l'autre côté de cette équation, il y a ma mère et Cass, cloîtrées chez moi, en train de comploter pour me pousser à épouser un homme que je connais à peine.

— D'accord.

J'ouvre la porte et je m'assois.

— OK. Je t'écoute.

11

Comme je sens que les explications de Joel vont prendre un moment, je profite du moment où il guette l'occasion de faire demi-tour dans un bouchon sur Bayswater Road pour envoyer un message WhatsApp à Cass.

Je suis tombée sur un ami et je vais prendre un verre. Faites comme chez vous.

Cass répond avant que Joel ait fini sa manœuvre.

C'est Joel ? ? ? ? ?

Quelques secondes plus tard, je reçois un autre WhatsApp de ma mère.

Inutile de rentrer à la maison ce soir, ma chérie, si tu t'amuses avec Joel. Je suis sûre que ça ne dérangera pas Cass.

Presque instantanément, j'ai la confirmation de ma sœur :

Si tu veux te faire un marathon sexuel toute la nuit, fais-toi plaisir. Oh ! et n'oublie pas que c'est un MILLIARDAIRE donc il est probablement habitué à ce qu'on lui offre tout sur un plateau. Ce n'est pas le moment de faire ta timide !

Je m'apprête à balancer rageusement mon téléphone dans mon sac quand je vois un dernier message de ma mère.

Je suis complètement d'accord avec Cass, ma chérie. Je ne sais pas à quoi tu es habituée au lit, mais il va peut-être falloir que tu fasses des efforts avec un homme du monde comme Joel Perreira (j'espère que je n'ai pas fait de faute !).

Je suis plus soulagée que jamais de m'être échappée. Avec tous ces complots, on comprend mieux pourquoi Anne Boleyn et ses consœurs se sont fait couper la tête, non ? Grâce à leurs familles qui bataillaient pour les meilleures charges, comme on disait à l'époque. Ma mère et Cass auraient été couvertes de rubis et de diamants dans leurs châteaux forts flambant neufs, et moi j'aurais eu le rôle de la pauvre fille mariée à un vieux roi syphilitique reluquant les dames d'honneur, le bourreau à portée de main au cas où je le regarderais de travers par-dessus le cygne rôti.

Non que Joel soit syphilitique. Enfin, j'imagine.

Et il n'a pas non plus de bourreau sous la main. Mais, encore une fois, ce n'est qu'une supposition. Quand on est aussi riche que lui, on doit pouvoir se procurer n'importe quoi en y mettant le prix.

— Merci, Libby.

Joel a réussi à faire demi-tour et se dirige vers Holland Park. Sa main droite négligemment posée sur le volant est très sexy ; sa main gauche qui effleure le levier de vitesse, encore plus.

— Je suis vraiment content que tu sois venue. Alors, la voiture te plaît ?

Non mais franchement. J'aurais peut-être mieux fait de rester avec ma mère et Cass.

— Je ne suis pas impressionnée par ta fichue bagnole !

— Oh ! dit-il, l'air déçu. Même si je l'ai achetée pour toi ?

— Pardon ?

— Eh bien, je l'ai achetée il y a quelques heures. Pour toi. Si tu veux.

J'ai la nausée.

— Tu m'as acheté une Bentley ?

Il acquiesce.

— Joel…

— Oh ! et si tu ouvres la boîte à gants, tu trouveras un autre cadeau que je t'ai pris en même temps.

D'une main tremblante, je m'exécute.

A l'intérieur, je vois une boîte à collier Cartier rouge vif.

— Joel…

— Ouvre-la.

— Hors de question.

— Mais si, vas-y.

Plus par curiosité morbide qu'autre chose, j'ouvre la boîte.

Et je suis aveuglée par l'éclat à cent mille watts qui m'accueille : un double rang de diamants arrondis parfaits.

Même si je ne travaillais pas dans la joaillerie, je devinerais que ça vaut au moins deux cent cinquante mille livres.

Je fusille Joel du regard.

— Tu te fous de moi ? Tu crois que tu vas me convaincre de tout oublier en m'achetant pour un quart de millions de diamants ?

— Il y en a pour plus d'un million, en fait. Les pierres sont d'une rare perfection. Tu le verrais si la lumière était meilleure.

Je me sens trop faible et écœurée pour parler.

— Mais pour répondre à ta question, Libby, je doute fort de pouvoir te persuader de tout oublier avec une rivière de diamants. J'imagine que j'utilise simplement la Bentley et le collier pour te montrer à quoi ressemble ma vie.

Je ne comprends pas.

— Tu es en train de me dire que tes milliards te permettent de conduire des belles voitures et d'acheter des bijoux hors de prix ? Tu me prends pour une idiote ? Je suis consciente que tu peux acheter toutes sortes de trucs si tu en as envie.

Même si je dois admettre que le constater par moi-même me fait un choc.

— Je me suis mal exprimé. En fait, ces objets — cette voiture, et un collier quasiment identique — sont des cadeaux qu'on m'a demandés récemment. Quand je dis on, je parle de femmes avec qui je sortais.

— Attends… Tu es sorti avec des femmes qui t'ont expressément réclamé des voitures de luxe ?

— Oui.

— Et des diamants Cartier ?

— Eh oui.

— Je vois.

Je referme l'écrin et je le fourre dans la boîte à gants.

— Eh bien, Joel, tu devrais probablement te débrouiller pour rencontrer des femmes un peu plus classe.

— C'est ce que j'ai fait. Je t'ai rencontrée, toi. C'est pour ça que j'ai bêtement joué au coach sportif. Et j'aurais probablement continué pendant des semaines si tu n'avais pas compris.

Il s'interrompt un instant et pousse un long soupir.

— Libby, toutes les femmes que je rencontre savent qui je suis. Ou, si elles ne le savent pas immédiatement, elles le découvrent au bout de cinq minutes, quand elles me cherchent sur Google. Et toi… en dix ans, tu es la première qui fasse exception à la règle.

Il prend une grande inspiration et continue, lentement et en articulant bien, pour souligner l'importance de ce qu'il dit :

— Tu n'imagines même pas à quel point c'est rafraîchissant. Comme un verre d'eau glacée après une décennie dans le désert.

— Si tu avais passé une décennie dans le désert sans boire, tu serais mort.

— Crois-moi, il y a des moments où je me sens vraiment vidé. C'est tellement prévisible : chaque femme que je rencontre fait la même tête.

— Quelle tête ?

Il s'arrête à un feu rouge et en profite pour imiter avec un certain talent l'expression exacte qu'a eue Cass quand je lui ai dit le nom de Joel : de grands yeux, la mâchoire tombante, les joues vaguement cireuses.

— Tu sais ce qu'on dit : la reine s'imagine que le monde entier sent la rose ? Eh bien, je commençais à croire que toutes les femmes ressemblent à des poissons rouges éberlués. Et je sais parfaitement que ce n'est pas à cause de mon physique séduisant ou de ma personnalité irrésistible.

Il a soudain l'air découragé, triste même.

— Dès qu'elles posent les yeux sur moi, elles voient des liasses de billets. La dernière à m'avoir vraiment regardé était mon ex-femme, et c'est parce qu'on s'est rencontrés il y a quinze ans, avant que mes affaires commencent à vraiment décoller.

Je ne veux pas lui laisser trop de temps pour m'émouvoir avec son histoire à faire pleurer dans les chaumières (même s'il a l'air honnête), donc je détourne le sujet :

— Alors l'ex-femme en Australie existe ?

— Voilà, c'est pour ça qu'il fallait vraiment que je te parle ! Tout ce que je t'ai dit — enfin, tout ce que je t'ai raconté spontanément — est cent pour cent réel. Oui, j'ai une ex-femme. Oui, elle vit à Sydney. Oui, on a une fille de cinq ans.

Il passe la première et redémarre.

— J'ai effectivement très peu connu mon père, qui était vraiment brésilien. Ma mère est bel et bien bénévole et slovaque. Enfin, maintenant, elle dirige ma fondation, mais c'est pareil. Oh ! et c'est vraiment son anniversaire bientôt. Et je veux vraiment lui acheter quelque chose sur ton site.

Je sens mes joues s'enflammer à ce souvenir.

— Honnêtement, tu n'imagines pas à quel point j'ai été heureux de passer une soirée loin de tout ce merdier. Et tu m'as vraiment plu. Et je ne voulais pas tout gâcher à cause des conneries habituelles. Et puis qu'est-ce que j'étais censé faire ? Te servir du vin au pub et dire, « Oh !

au fait, il se trouve que je suis milliardaire » ? J'aurais eu l'air d'un parfait crétin, non ?

— Si, probablement.

— Je t'en prie. Donne-moi une seconde chance. Laisse-moi te prouver que je suis juste… moi. Même si j'ai quelques livres sur mon compte en banque.

— Joel, tu n'as pas *quelques livres*…

— Et alors ? Si l'argent ne compte pas pour toi, quelle importance ?

Il hausse les épaules.

— Si ça ne t'impressionne pas, il ne faut pas non plus que ça te repousse. D'accord, je possède de belles maisons, je porte des vêtements chers et j'ai mon propre hélicoptère…

— Tu as un hélicoptère ?

— OK, je sais ce que tu penses, mais franchement, Libby, c'est juste un détail pratique. Je dois superviser beaucoup de gens dans beaucoup de pays différents…

— Tu n'as jamais entendu parler de Skype ? Des vidéo-conférences ?

— Si, mais c'est moins cool que de faire le tour du monde dans mon propre hélicoptère.

J'éclate de rire malgré moi.

— Ecoute, crois-le ou non, mais je comprends. J'imagine que ça ne doit pas être agréable d'être un compte en banque sur pattes pour la plupart des gens. Et d'ailleurs, j'aurais compris même sans tes bêtises avec la Bentley et les diamants.

Il fait la grimace.

— Ah, tu as trouvé ça bête ?

— Un peu, oui.

— Tu as raison. Je ne sais pas ce que j'avais dans la tête. Ça n'aide pas à te convaincre que je suis juste un type normal, hein ?

Le fait qu'il ait besoin de me convaincre prouve probablement le contraire, mais je n'ai pas le temps d'y réfléchir.

— Honnêtement, Joel, le problème n'est pas que tu sois

normal ou extraordinaire… c'est plutôt que, de toute façon, je ne te connais pas vraiment.

— D'accord, mais c'est tout l'intérêt des débuts, non ? On apprend à connaître l'autre. Dans l'idéal, cette personne est complètement honnête… Ecoute, j'ai une proposition à te faire. Pourquoi est-ce qu'on n'irait pas chez moi, là, tout de suite ?

— Oh ! Joel, je ne sais pas…

— Tu ne seras pas seule avec un quasi-inconnu dans une grande maison. Il y aura des domestiques.

— Waouh. Tu as des domestiques.

— Eh bien, c'est la maison que j'utilise pour les soirées de gala pour la fondation, ce genre de choses, donc j'ai besoin qu'elle soit entretenue en permanence… Je me sens beaucoup plus chez moi dans ma propriété du Sussex…

— C'est bon. Tu n'as pas besoin de te justifier systématiquement.

— Merci.

Il me prend la main et, de son pouce, me caresse très doucement la paume.

Je contiens à grand-peine une envie soudaine mais pressante de me jeter sur lui.

Tout est la faute de Cass. Et de ma mère. Avec leurs histoires de « marathon sexuel », elles m'ont fait penser à toutes sortes de… possibilités. Si la main de Joel sur ma paume est aussi agréable, qu'est-ce que ce serait sur d'autres parties de mon corps… A quoi ressemble ce torse puissant sculpté par le krav maga sous sa chemise ?

Et bien sûr, c'est aussi parce que j'ai été privée de sexe depuis ma rupture avec Dillon, il y a presque dix-huit mois.

Appelons un chat un chat.

Ça n'a rien à voir avec ce que me disait Grace Kelly tout à l'heure. Peut-être qu'elle a raison de me conseiller de passer à autre chose et d'aller de l'avant, ou peut-être pas… mais là, je ne pense qu'à une chose : j'ai terriblement envie de Joel Perreira et je donnerais n'importe quoi pour être au lit avec lui, là, tout de suite.

— Alors ? demande-t-il au bout d'un moment. Tu veux venir chez moi, ou…

— Oui.

Je sais que ma gorge soudain rauque trahit mon désir.

— Oui, Joel, allons chez toi.

— C'est la meilleure nouvelle que j'aie entendue, dit-il d'une voix un peu éraillée, depuis que j'ai introduit mon entreprise en Bourse il y a quinze ans et que j'ai fait ma première centaine de millions.

Mince, et si c'était une grave erreur… ?

— Je rigole.

Il appuie sur l'accélérateur, juste un peu, pour qu'on arrive plus vite.

Nous qui voulions faire connaissance, le fait de nous retrouver au lit trois minutes après être arrivés chez lui nous a permis d'atteindre assez efficacement ce noble but.

Forte de mes nouvelles découvertes, je peux désormais confirmer que les mains de Joel étaient effectivement très agréables sur d'autres parties de mon anatomie, et son corps sculpté par le krav maga bel et bien sublime sans chemise. Chemise que je porte, d'ailleurs, assise sur le lit.

Je pourrais raconter beaucoup d'autres choses — toutes plus spectaculaires les unes que les autres — mais je préfère me prélasser en repensant à tous ces délices.

A ma grande honte, ce que j'ai préféré, c'étaient les œufs brouillés sur des toasts qu'il vient de préparer à la cuisine et de m'apporter au lit, en guise de dîner tardif (qui, je l'espère, nous donnera de l'énergie pour le deuxième round).

(Je dis *à ma grande honte* non seulement parce que je suis tellement affamée que j'apprécie presque autant les œufs brouillés que les orgasmes spectaculaires, mais aussi parce que les prouesses culinaires de Joel me rappellent désagréablement Olly. Qui, je ne l'ai imaginé que trop souvent, n'aurait pas manqué de me servir une assiette de quelque chose de délicieux après une séance de galipettes. Ou plutôt, vu son faible pour les tapas, toute une farandole de plats succulents. Et quoi de plus déplacé que de continuer à penser à Olly après la demi-heure fabuleuse que j'ai passée dans le lit de Joel ? il faudrait que je demande à Cass, la spécialiste en la matière.)

— Encore du champagne ? propose-t-il.

Parce que oui, bien sûr, nous buvons vraiment du champagne avec notre souper : cette soirée a tout du conte de fées.

— Ou, si tu préfères, je peux appeler la maison principale et demander à quelqu'un d'aller chercher du rouge à la cave ?

— Non, le champagne est parfait, Joel, merci.

Je prends ma flûte posée près du lit et j'avale une gorgée.

— Mais il va falloir que tu m'expliques, pour la maison. Et que tu me dises où on est exactement, là.

— Ah oui, bien sûr. C'est difficile de se repérer dans le noir. Sans parler du fait que tu m'as sauté dessus à la seconde où je me suis garé…

Joel me fait un grand sourire. Il est à tomber, négligemment vêtu d'une robe de chambre. Il se lève et remonte le store de la fenêtre.

— Alors, là-bas, tu vois ma résidence londonienne officielle.

Même s'il fait noir, j'aperçois, de l'autre côté d'un jardin qui doit faire un quart d'hectare, un manoir blanc imposant que j'ai effectivement entraperçu quand on est arrivés il y a presque une heure.

Et il est vraiment imposant : il y a au moins quatre étages, et des… créneaux ?

— Euh… c'est…

Le mot *charmant* me reste dans la gorge.

— Monstrueux ? suggère Joel. Obscène ? A la limite du scandaleux ?

— Je… eh bien, les goûts et les couleurs, tu sais…

Il sourit.

— Tu es très polie. Mais je suis d'accord avec toi. J'ai acheté cette maison uniquement pour les dîners de gala. On peut organiser toutes sortes de soirées de levée de fonds pour la fondation, ici, et c'est assez grand pour qu'il y ait une cuisine professionnelle… Mais si j'ai choisi cette horreur-ci en particulier, plutôt que beaucoup d'autres qui plaisaient davantage à mes comptables, c'est à cause de cet endroit.

Il désigne la pièce dans laquelle nous sommes.

— Je ne sais pas si à l'origine, c'était destiné à des gardiens ou autres, mais c'est quand j'ai vu que la propriété comportait un cottage indépendant dans le jardin que j'ai pris la décision d'acheter.

J'ai honte d'admettre qu'aveuglée par le désir et dans ma hâte à déshabiller Joel, je n'ai vraiment pas remarqué qu'on était dans un cottage séparé.

Mais maintenant que j'ai un peu repris mes esprits, ça paraît logique. Parce que même si la chambre est joliment décorée, avec de l'art contemporain impressionnant sur les murs, c'est néanmoins une chambre de taille normale. Juste assez grande pour un lit king-size, une armoire vaguement scandinave (mais probablement pas IKEA) et deux petits fauteuils.

— Ma fille a une chambre de l'autre côté du couloir — ne t'inquiète pas, elle n'est pas là en ce moment ! Et au rez-de-chaussée, il y a juste une cuisine et un petit salon. Je vais chercher le champagne, tu n'as qu'à m'accompagner à la cuisine, ajoute-t-il en me tendant la main. C'est ma pièce préférée.

On sort de la chambre, on descend un petit escalier en escargot et on traverse l'entrée étroite pour accéder à la cuisine.

A nouveau, tout est discret, bien que hors de prix. Evidemment, c'est la première cuisine privée de milliardaire que je vois, donc je ne peux pas comparer, mais si j'avais imaginé des robinets en or massif et des Picasso inestimables maculés de taches au-dessus de la cuisinière, je me serais complètement trompée. Les éléments de cuisine sont peints en gris perle et le sol est en ardoise, chauffé par en dessous, ce qui est incroyablement agréable. Une grande table en chêne trône au milieu de la pièce, avec de larges bancs de part et d'autre. Il y a un grand frigidaire américain couvert de lettres, de chiffres aimantés et de dessins tout en couleurs primaires, probablement l'œuvre de la fille de Joel. Et au moins une douzaine de photos d'elle ornent différents étages du magnifique vaisselier dans un coin.

Même l'anticapitaliste le plus virulent serait forcé d'admettre que ça ressemble à un foyer chaleureux.

— Alors ? demande Joel en sortant la bouteille de champagne de l'énorme frigo. Qu'est-ce que tu en penses ? Tu ne crois pas que je suis en fait exactement le genre de type normal que tu pensais avoir rencontré l'autre jour ?

— OK, d'accord. Tu as gagné. Tu es normal.

Il s'incline.

— Merci.

— Et comme je te l'ai dit dans la voiture, je comprends que si tu m'as raconté des salades…

— Si je ne t'ai pas tout dit, rectifie-t-il d'un ton agacé.

— … c'est parce que tu étais terriblement déçu par toutes ces croqueuses de diamants qui voyaient danser les dollars à chaque fois que tu sortais ta carte platinum pour payer un café.

— Ah, dit Joel avec un petit rire. Peut-être que c'était ça, le problème. Les dix dernières années auraient sans doute été très différentes si j'avais eu l'intelligence de payer en liquide.

Je m'assois sur un banc en chêne avant de reprendre :

— Mais le truc, Joel, c'est que j'ai l'impression que tu veux une relation très sérieuse.

— Oui, effectivement, répond-il en haussant les épaules.

Je ne m'en cache pas. Fais-moi confiance, j'ai eu mon compte de coups d'un soir…

Je m'empresse de le couper :

— Je n'en doute pas.

Parce que je n'ai vraiment pas envie d'entendre parler de ses aventures (et, même si par masochisme, j'en avais envie, il pourrait avoir le bon goût de ne pas aborder le sujet un quart d'heure après notre propre première nuit).

— … mais j'ai juste une question, Libby : est-ce que tu crois aux âmes sœurs ?

— Aux âmes sœurs ?

— Oui.

Il s'assoit près de moi, et je sens sa chaleur à travers son peignoir.

— Je sais que certains pensent que c'est une lubie romantique stupide. Qu'il y a des centaines, des milliers de gens dont on pourrait tomber amoureux. Et non pas une seule personne.

— Non, je ne trouve pas ça stupide. J'y crois. A cent pour cent.

— A t'entendre, on dirait que tu penses en avoir une.

— Oui. Enfin, je le pensais. Ce… n'est plus un problème.

— Tant mieux. Parce que je crois que tu es peut-être mon âme sœur, Libby. Même si je t'ai rencontrée il y a quelques jours à peine.

Je cligne des yeux.

— Vraiment ?

— Oui, vraiment. Tu ne crois pas qu'on est liés ? Qu'on a quelque chose de particulier ? Et je ne veux pas juste dire que tu me fais fantasmer et que, comme je viens de le découvrir avec bonheur, tu es géniale au lit. Mais j'ai eu l'impression qu'il y avait de la magie dans l'air quand on s'est rencontrés. Et je suis un technicien dans l'âme, Libby. Je n'emploie pas le mot *magie* à la légère. D'autant plus que je sais que ça me donne l'air dingue.

— Pas tant que ça, crois-moi.

— Et voilà ! Tu vois, nous sommes faits l'un pour l'autre. Bon, je ne sais pas comment tu comptais persuader Dillon que tu étais l'amour de sa vie…

— Ce n'était pas Dillon !

— Non ?

— Non ! Je t'ai déjà dit que c'était juste un ex. Et encore.

Je m'éloigne un peu pour mieux le scruter.

— Pourquoi est-ce que tu fais une fixation sur Dillon ?

— Ce n'est pas ça. Je pensais simplement… écoute, je ne suis pas du genre à rester passif. Si je vois une occasion d'être heureux, je la saisis. *Carpe diem.*

— Oui, une… amie m'a dit la même chose récemment.

Je déglutis.

— C'est un bon conseil.

— Absolument. Je n'aurais jamais eu autant de succès dans ma vie professionnelle si je ne m'étais pas battu pour les choses que je veux vraiment, dont je suis convaincu qu'elles me correspondent. Bref, Libby, il faut que tu saches : j'ai l'intention de consacrer toute mon énergie à te faire la cour.

Je ne peux pas m'empêcher de sourire.

— Me faire la cour ?

— Te faire la cour.

Il prend l'air consterné.

— C'est comme ça qu'on dit, non ? Je ne m'embrouille pas avec le portugais ?

— Non, pas du tout. C'est juste une drôle d'expression.

Je lui caresse le visage.

— Tu es tellement parfait, Joel.

Il me dépose un baiser sur le poignet.

— Pas autant que toi.

Quelque part dans le couloir où j'ai laissé tomber mon sac en entrant, mon téléphone se met à sonner.

C'est la sonnerie de Nora.

— Désolée, Joel, mais il faut que je réponde.

— Ah bon ? C'est urgent ? demande-t-il, visiblement irrité d'être interrompu.

— C'est ma meilleure amie. Elle est en vacances en France, c'est la première fois qu'elle laisse son bébé…

Je m'arrête : évidemment, je n'ai pas besoin de me justifier pour répondre au téléphone.

— Oui, c'est urgent ! Enfin, peut-être. Il n'y a qu'une seule façon de le savoir.

— Bien sûr. Vas-y. Je vais nous resservir du champagne. Et j'ai probablement des fraises quelque part dans le frigo. On pourrait les tremper dans de la crème.

J'espère que Nora a vraiment une bonne raison de m'appeler. J'étais tranquillement en train de boire du champagne après des galipettes avec un bel homme qui a déjà prouvé ses prouesses au lit et qui me propose des fraises à la crème…

Je m'empresse d'aller repêcher mon téléphone dans mon sac et de répondre.

— Nor ? Désolée, mais tu tombes mal. Enfin, tout va très bien, mais…

— Libby ? Tu es avec eux ?

— Avec qui ?

— Avec Olly et papa ! Au Central Middlesex !

— Hein ? L'hôpital ?

— Oui, dit-elle d'une voix paniquée. Mark essaie de nous trouver un vol, mais il n'y a rien avant 5 heures du matin, et on est dans un village, à des kilomètres de la civilisation…

— Nora, qu'est-ce qui se passe ?

— C'est Clara. Et maman. Maman est tombée dans l'escalier en l'emmenant prendre son biberon.

— Oh mon Dieu.

Je suis prise de vertige.

— Nora, je… Elles vont bien ?

— Mais je n'en sais rien, putain, c'est pour ça que je te demande ! Olly m'a appelée il y a une demi-heure de l'hôpital, et il m'a dit qu'ils avaient envoyé Clara aux urgences pédiatriques… Je ne sais même pas comment va maman, je n'ai pas posé la question.

Elle laisse échapper un sanglot. Je n'ai jamais vu Nora, habituellement calme et sereine, dans un état pareil.

— Mais elle a soixante-quinze ans, et l'escalier est raide… Je n'arrête pas d'imaginer la petite tête de Clara qui heurte le sol en bas… elle était sûrement tout endormie, ça a dû être un tel choc…

— Bon, ne paniquons pas.

Mais je suis moi-même affolée.

— Essayons de réfléchir tranquillement. Tu peux louer une voiture ? Prendre un train de nuit ?

— Pas avant demain matin ! répond-elle en sanglotant pour de bon, si bien que j'ai du mal à comprendre. Je ne sais pas quoi faire, il faut que je rentre… si je ne suis pas là…

— Tout va bien ?

Joel est dans le couloir, un ramequin de fraises dans une main et un bol de crème dans l'autre. Je le fixe un instant, incapable de comprendre comment il peut être aussi nonchalant au milieu d'une crise pareille, puis je me souviens qu'il ne sait pas ce qui s'est passé. Je bredouille :

— C'est le bébé de Nora. Il est tombé dans l'escalier… enfin, c'est sa mère qui est tombée, avec le bébé dans les bras…

— Oh merde.

— Qui c'est ? demande Nora. C'est un médecin ? Il dit que c'est très grave ?

— Non, ce n'est pas un médecin, c'est… Je t'en prie, Nora, essaie de garder ton sang-froid.

Je me tourne vers Joel :

— Elle est coincée dans la cambrousse en France. Il n'y a pas de vol avant 5 heures du matin.

— En France ? Où ça ?

Joel fait demi-tour et retourne dans la cuisine. Il pose les bols et s'empare d'un téléphone.

— Je peux envoyer mon hélicoptère.

Je le fixe.

— Un *hélicoptère* ? crie Nora. Mais c'est qui, ce type, Libby ? Il se croit drôle ?

— Non, non, il a vraiment un hélicoptère.

— Je vais demander à Sav de s'en occuper, dit Joel en composant un numéro. Allô, Sav, c'est moi. J'ai besoin que tu envoies l'hélico pour un rapatriement d'urgence. Il est à Battersea, c'est ça ?

Je remarque qu'il ne s'embarrasse pas de *bonsoir* ni de *désolé pour l'heure*, mais il essaie de faire vite. Et puis j'imagine que quand on est assistante de milliardaire, recevoir des coups de téléphone impérieux au milieu de la nuit fait partie du job.

— On peut trouver un pilote à cette heure-ci ? Non, pas très loin, juste en France… Où est ton amie, exactement, Libby ?

— Dans le Sud, dit Nora. Près d'Arles.

— OK, c'est une bonne nouvelle, il y a des tonnes d'héliports par là-bas, nous annonce Joel. Qu'est-ce que tu en penses, Sav, on peut probablement y envoyer quelqu'un d'ici… quatre-vingt-dix minutes ?

Il écoute la réponse.

— OK, je fais ça… D'accord… Merci, Sav, je te laisse t'en occuper.

Il raccroche et me prend mon iPhone.

— Alors, Nora, je vais rappeler mon assistante Savannah dans cinq minutes et lui donner votre numéro. Elle aura eu le temps de tout régler et elle vous contactera immédiatement. Restez à côté de votre téléphone. Oh ! et faites vos bagages, parce qu'elle va vous envoyer une voiture d'une minute à l'autre. Ça vous va ?

— C'est parfait. Je… je ne sais absolument pas qui vous êtes, mais c'est… merci. Merci infiniment.

— Franchement, ce n'est rien… Ecoutez, allez vous

préparer et gardez la ligne libre pour que Savannah puisse vous appeler, d'accord ?

— Oui. Oui, je vais faire ça. Libby, donne-lui mon numéro, ordonne-t-elle avant de raccrocher.

D'une main tremblante, je note le numéro de Nora sur le papier que Joel me tend. Si je n'étais pas aussi choquée par l'horreur de la situation, je serais encore plus estomaquée par sa maîtrise. D'accord, c'est plus facile de garder son sang-froid dans un cas de ce genre quand on dispose d'un hélicoptère et d'une assistante redoutablement efficace… mais ce n'est pas le problème.

— Alors, tu veux y aller aussi ?

— Pardon ?

— Dans l'hélico. Pour aller chercher ton amie. Elle a peut-être besoin de toi ? Enfin, si tu dois aller à Battersea, ça va décaler le décollage d'une demi-heure, parce que autrement je pense qu'ils pourront partir dans une quinzaine de minutes…

— Non, non, je ne veux rien retarder… Mais j'aimerais aller à l'hôpital, en fait. Pour être là quand elle arrivera, et… eh bien, sa famille est un peu ma famille aussi…

— OK, pas de problème.

Il pose la main sur mon épaule.

— On va prendre la voiture, je conduis. Je n'ai bu qu'une demi-flûte de champagne. Si ça te va ?

— Oui, c'est parfait.

— Bien. On va prendre quelque chose d'un peu plus couvert que cette décapotable ridicule. Va t'habiller, dit-il en m'entraînant vers la chambre. Je vais donner le numéro de ton amie à Savannah, et on pourra y aller.

— Tu es… c'est tellement gentil de ta part, Joel.

— Ce n'est rien.

— Ce n'est pas vrai.

— Mais si. A quoi bon être ridiculement riche si on ne peut pas aider les gens quand ils en ont besoin ? Oh !

ça doit être Sav, ajoute-t-il quand le fixe sonne. Je vais lui transmettre le numéro de Nora. Va t'habiller. Détends-toi, Libby. Je suis sûr que tout va bien se passer. Et de toute façon, ça ne sert à rien de paniquer.

12

J'ai envoyé plusieurs messages à Olly pour lui dire que j'étais en chemin, mais comme je n'ai reçu qu'un *OK* en réponse, je suis très surprise de le voir quand je déboule devant les urgences au pas de course, Joel à mes côtés. Il m'attend dehors, les yeux plissés dans l'obscurité, et il se précipite vers moi.

— Libby !

C'est dur à dire dans la nuit, et avec les lumières jaunes aveuglantes autour de l'entrée, mais il a l'air d'avoir pris dix ans depuis la dernière fois que je l'ai vu.

— Nora vient d'appeler.

Il me dévisage, puis examine Joel avant de reporter son attention sur moi.

— Elle est en chemin en… hélicoptère ?

— Oui. C'est celui de Joel. Comment va Clara ? Et ta maman ?

— Clara va bien, a priori. Beaucoup de sang, et des points de suture, et ils veulent lui faire un scanner dans quelques heures, juste pour vérifier qu'elle n'a pas d'hémorragie crânienne. Mais elle est réveillée et elle a l'air plutôt contente… Tash est avec elle…

Il regarde Joel de plus près.

— Excusez-moi, vous avez un hélicoptère ?

— Oui.

Joel lui serre la main.

— Je suis heureux de pouvoir vous être utile. Comment va votre mère ?

— Poignet cassé, épaule déboîtée, quelques côtes fêlées… la pauvre, elle a dû essayer d'absorber le choc au maximum.

La voix d'Olly tremble un peu.

— Ils sont justement en train de lui faire un scanner. Je ne l'ai pas encore vue, mais papa est avec elle. Je me suis occupé de passer les coups de fil. D'ailleurs, je n'ai presque plus de batterie.

— Oh ! je dois avoir un chargeur quelque part dans ma voiture, dit Joel. Je vais vous le chercher ?

— Si ça ne vous dérange pas, ce serait génial.

— Aucun problème. Il y a une cafétéria d'ouverte à cette heure-ci ?

— Oui, à côté de l'entrée, dans le bâtiment principal, juste là.

— OK, vous n'avez qu'à aller prendre un café, et je vous rejoins avec le chargeur dans cinq minutes ?

Nous le regardons s'éloigner en direction du parking.

Il veut clairement nous laisser un peu de temps pour reprendre nos esprits, ce qui est très délicat de sa part.

En fait, de façon générale, je suis très impressionnée par sa gentillesse ce soir.

— C'est… une sorte de super-héros ? demande Olly, l'air un peu hébété, dès qu'il est hors de vue.

— Non. Enfin, je ne crois pas. Viens.

Je le prends par le bras et je l'entraîne vers le bâtiment principal.

— Il a raison, tu devrais boire un café. Tu as mangé depuis que ton père t'a appelé ?

— Non… J'avais pris ma soirée pour passer du temps avec Tash… J'avais préparé un tajine, mais on a été… hum, distraits, et puis papa a appelé…

— OK, donc il faut vraiment que tu manges.

Je guide Olly vers une chaise en plastique tout en essayant d'effacer de mon esprit l'image de Tash et lui *distraits* pendant leur soirée tajine romantique, puis je vais lui acheter un double expresso, deux sandwichs et un paquet de gaufrettes fourrées. Mon téléphone se met à sonner quand j'ouvre mon sac pour payer, mais un coup d'œil m'informe que ce n'est que Cass, donc je l'ignore (sagement, je crois). Ce n'est pas le moment — encore moins que d'habitude — de répondre à ses questions sur mon marathon sexuel avec Joel.

— Je sais que tu es difficile, dis-je en tendant le plateau à Olly. Mais il faut que tu manges quelque chose. Et ne te plains pas du café. C'est le Central Middlesex Hospital à minuit, pas Vérone par un bel après-midi de printemps. Tu boiras ce qu'il y a.

— Oui, chef.

Olly avale le double expresso en deux gorgées sans grimacer et prend une gaufrette.

— Merci infiniment, Libby.

— Pour les gaufrettes ? Ne sois pas ridicule. Ça m'a coûté moins d'une livre.

— Non. Merci d'être venue. Et pour... Joel. L'hélicoptère. Tu ne peux même pas imaginer l'état dans lequel était Nora la première fois que je lui ai parlé...

Il frissonne.

— Et maintenant, elle est en chemin et elle arrivera peut-être même à temps pour le scanner... Ça se présente beaucoup mieux qu'il y a une heure.

— Ne me remercie pas. Je n'ai rien fait du tout, Ol. C'est juste une chance que j'aie été avec Joel quand Nora a appelé.

— Une chance, répète-t-il. Que tu aies été avec Joel.

— Oui. Tu ne crois pas ?

Il ne répond pas. Il plisse le front, l'air exténué.

— Olly ?

— Oui, excuse-moi. Tu as raison. C'est... une chance que tu aies été avec lui.

Il lève son gobelet de café quasiment vide.

— A la chance. Ou disons, au destin. Ça sonne mieux, non ?

— Oui. Comme si les dieux étaient de notre côté.

— Pour une fois, remarque-t-il à voix basse.

Etant donné qu'on est censés porter un toast, on devrait probablement boire nos cafés tous les deux. Mais non. On se contente de se regarder un long moment. N'y tenant plus, et pour éviter les dérapages, j'ajoute :

— Et heureusement que Tash était avec toi. Etre accompagné d'un médecin, ça a dû faciliter les choses.

— Oui, elle a été géniale, bien sûr, dit Olly en se mordant la lèvre. Et Clara l'adore, donc c'est super qu'elle puisse la faire patienter jusqu'à l'arrivée de Nora. En plus, les médecins lui disent les choses, tu sais, plutôt que de se sentir obligés de nous dire « eh bien, le bébé a un gros bobo »...

— Bien sûr. Mais votre soirée romantique a été gâchée.

— Oh ! on survivra. On en aura plein d'autres.

Il prend une grande inspiration.

— En fait, une heure avant que mon père appelle, on a décidé de se marier.

Heureusement que je suis assise, parce que je suis à peu près sûre que je me serais effondrée.

Je le dévisage.

— Vous allez vous marier ?

— Oui.

Il me regarde fixement.

— Désolé, j'imagine que c'est probablement le pire moment pour te l'annoncer.

— Mais... tu veux dire... vous marier, genre, à l'église ?

— Oh non, non, pas du tout.

Je suis terriblement soulagée — même si je ne comprends toujours pas ce qu'il raconte — jusqu'à ce qu'il reprenne la parole.

— Enfin, on n'a pas encore discuté des détails, mais je ne crois pas qu'on fera une cérémonie formelle à l'église. Je pense qu'on optera pour quelque chose de simple en petit comité. Tash aura probablement une idée précise de ce qu'elle veut.

Il détourne enfin les yeux et joue avec son gobelet de café.

— C'est sûr, même ! Tu la connais !

Je suis incapable de répondre.

— Mais c'est ce qu'il y a de bien avec elle, tu sais ? poursuit-il. Enfin, c'est l'une de ses nombreuses qualités. Elle sait ce qu'elle veut, tu comprends ? Et elle m'aide à y voir plus clair, tu vois ?

A la troisième question, je me sens obligée de répliquer.

— Enfin, Olly. Tu diriges un restaurant qui a un succès fou ! Tu n'as pas besoin qu'on t'aide à savoir ce que tu veux !

— Oui, d'accord, professionnellement je m'en sors bien.

Il me jette un bref coup d'œil.

— Mais dans ma vie privée, j'ai tendance à… rester passif. A attendre sans rien faire. Jusqu'à ce qu'il soit trop tard.

J'ai la gorge nouée.

— Olly…

— Mais c'est du passé, ajoute-t-il d'un ton ferme. Tash a besoin que je m'engage, et je comprends, tu sais ? C'est normal… et je ne vais pas laisser encore échapper une occasion juste parce que…

Il s'interrompt et se passe la main devant les yeux.

— Merde, Libby. Je n'arrive pas à croire que je te parle de ça alors qu'on a failli perdre maman et Clara. C'est le choc, j'imagine. Tu veux bien ne rien dire ? Jusqu'à ce qu'on soit sûrs que tout va bien ?

— Tu veux dire…

J'ai du mal à parler, comme si j'avais du papier de verre dans la gorge.

— Tu veux dire, que je ne parle pas de tes… fiançailles ?

— Oui. Même si ce mot me fait bizarre.

Il a un petit rire gêné.

— Enfin, je ne me suis pas mis à genoux avec une bague ni rien…

— Ça a l'air…

— Romantique, hein ? Si tu veux tout savoir, je commence déjà à le regretter.

— Dans ce cas, tu n'as qu'à changer d'avis !

Sans réfléchir, je pose la main sur la sienne, par-dessus les sandwichs, les gaufrettes et les gobelets.

— Honnêtement, Olly, il n'y aurait pas de honte à ça. Tu as dit toi-même que vous n'êtes même pas vraiment fiancés, et ça ne fait que quelques heures... Les gens font tout le temps des trucs beaucoup plus gênants. Kim Kardashian a été mariée soixante-douze jours, et Britney Spears...

— Ouh là, non, Lib, stop !

Olly semble plus embarrassé que jamais.

— C'est... oh mon Dieu... Ce n'est pas ce que je voulais dire.

— Oh !

— Non, je regrette simplement de l'avoir fait de façon aussi peu romantique ! C'est tout.

Il presse soudain ma main, mais de façon presque involontaire, spasmodique.

— Tu penses que je ne devrais pas me marier ?

— Non, ce n'est pas ça...

Je retire ma main comme si la sienne s'était transformée en lave incandescente. Je suis atrocement gênée. Clairement, il est furieux contre moi — il n'y a qu'à voir comment il m'a écrasé la main —, et j'imagine que je ne peux pas lui en vouloir. Il vient de m'annoncer une grande nouvelle, et je lui suggère d'annuler avant même d'avoir commencé.

— Je suis vraiment désolée, Ol. Je n'aurais pas dû dire ça.

— Mais tu crois que je fais une erreur ou quoi ?

Ses joues s'empourprent, comme à chaque fois qu'il s'énerve pour de bon.

— Je veux dire, tu as l'air carrément contre, Lib, pour être honnête, et...

— Non ! Olly, oublie ce que j'ai dit ! Ces conneries sur Kim Kardashian et tout le reste...

Mon portable s'est remis à sonner, donc je pourrais simplement échapper à cette conversation horrible en répondant… oh non, c'est Cass. Je préfère éviter. Je prends une grande inspiration.

— Je suis surprise, c'est tout, OK ? Il faut que je digère la nouvelle et… écoute, même en dehors de l'accident, j'ai passé une soirée très, très étrange. Et puis tu m'as annoncé ça d'un coup et… ça me semble très soudain.

— *Soudain ?* Ça fait un an qu'on est ensemble, Libby ! J'ai trente-deux ans, Tash trente-cinq. Il est grand temps qu'on s'engage. Qu'est-ce qu'on est censés faire ? Traîner dans une vague routine pendant qu'autour de nous les autres se marient et pondent des gosses comme si leurs vies en dépendaient ?

— Non…

— C'est comme ça que ça marche, tu sais, Lib ! Tu rencontres quelqu'un, tu… tu tombes amoureux. Et tu passes le reste de ta vie avec cette personne.

— Oui, je sais. Je sais bien, Olly. Et je… écoute, je suis très, très contente pour toi. Oublie les bêtises que je t'ai dites. Je t'en prie.

Il y a un bref silence. D'une petite voix, pour tenter de détendre l'atmosphère, je demande :

— Alors, où est-ce que vous allez vivre ?

— Pff, je n'en sais rien, Libby, répond-il d'une voix agacée.

Il soupire.

— Excuse-moi. Je ne veux pas m'énerver. Mais tu as raison, la soirée a été bizarre. Et crois-moi, l'endroit où je vais vivre, c'est le cadet de mes soucis — alors que j'ai failli perdre ma mère et ma nièce —, mais je suis triste pour Tash. Ça a foutu la soirée en l'air. Elle est tellement géniale. Elle mérite mieux.

— Oh ! Olly.

Je lui effleure à nouveau la main d'un geste hésitant.

— Tu as raison. Elle est super.

Parce qu'elle est avec Clara en ce moment même, et qu'elle fait l'intermédiaire entre les médecins et la famille d'Olly, chose dont je serais incapable. Je n'arrive même pas à arracher un sourire au bébé ! Et c'est le genre d'adulte mature et rationnelle qui n'a pas besoin de déclarations fleur bleue à la noix quand elle se fiance. C'est rare. Admirable, même.

Et si on oublie son avatar un peu effrayant venu m'interdire de m'approcher d'Olly l'autre soir — ou si on considère que c'est simplement l'attitude d'une femme forte qui défend son territoire —, je n'ai rien à lui reprocher. Absolument rien.

En plus, je crois que le destin vient de dire son dernier mot sur le sujet, non ?

— C'est une excellente nouvelle. Et peu importe comment s'est passée la soirée. Vous avez… eh bien, toute la vie devant vous.

Je prends une gorgée de café brûlant.

— Un soir de gâché, ce n'est rien.

— J'imagine. Et, euh, on dirait que les choses se passent bien pour toi aussi ! Ce Joel…

— C'est le début.

— Enfin, venir à la rescousse avec son hélicoptère et tout ça… quel type extraordinaire !

Il se met à déchirer le paquet de gaufrettes.

— Extraordinaire, répète-t-il.

— Tu viens de le rencontrer…

— Oui, mais il s'est comporté en héros ce soir. Et il a l'air impressionnant dans d'autres domaines aussi. D'après ce que Tash a lu sur son téléphone.

— Oh ! bien sûr. Google.

— Désolé, lâche-t-il, l'air gêné. L'attente a été longue avant qu'ils nous laissent voir Clara. Et on ne comprenait pas très bien qui était censé envoyer un hélicoptère à Nora… tu veux répondre ?

Mon téléphone sonne pour la troisième fois.

— Non, c'est juste ma sœur…

De toute façon, Joel vient de faire son apparition.

— Mission accomplie, dit-il en tendant un chargeur à

Olly. Tu peux charger ton téléphone à cent pour cent. Vous avez des nouvelles ?

— Non, mais je ferais mieux de retourner voir… Lib, tu veux bien prendre un café pour Tash et un thé pour papa ? On se retrouve dans la salle d'attente des urgences, OK ?

— Pas de problème, Ol.

— Merci. Et merci encore, mec. Pour tout.

Il serre la main de Joel et lui assène une tape maladroite dans le dos.

Je le suis un instant des yeux pendant qu'il se dirige vers la porte à double battant qui mène à l'extérieur.

Au moment de sortir, il se retourne pour nous regarder. Je me dis qu'il va nous faire signe, mais non, il se contente de nous fixer.

Puis il fait demi-tour, pousse la porte et disparaît.

Je me penche vers Joel, je l'attrape par la taille et je l'embrasse.

Encore et encore.

J'ai l'impression d'être une noyée qui essaie désespérément de retrouver le monde des vivants grâce au bouche-à-bouche.

Mon téléphone sonne de nouveau… c'est encore Cass. Je ne veux pas m'occuper de ça. Je le mets en silencieux.

— Je sais, murmure Joel quand on se sépare. Je sais. Tu as subi un choc…

Mais bien sûr, il ignore que ce n'est pas pour ça que je m'accroche à lui comme à une bouée de sauvetage.

Et puis je recommence à l'embrasser, comme si ma vie en dépendait.

Ce n'est que devant chez moi, à presque 6 heures du matin, que je me rappelle avoir éteint mon téléphone.

Après l'arrivée de Nora, je lui ai tenu compagnie quelques heures pendant qu'elle attendait les résultats du scanner de Clara, puis je suis restée au chevet de sa mère pour que son père puisse aller se changer, et avec tout ça, j'ai oublié de rallumer mon portable.

En sortant le téléphone du sac, je suis inquiète de voir que je n'ai pas moins de dix-sept appels manqués de Cass, entre 23 heures et 3 heures du matin, et presque autant de messages WhatsApp.

Et aucun de ces messages ne fait allusion à ma nuit avec Joel.

OK, bon, l'odeur de fumée est vraiment horrible donc je vais dormir chez maman.

C'est le dernier message qu'elle m'a envoyé, à 3 h 07.

Quelle odeur de fumée ?

Je fais défiler le reste des messages pour voir ce qui s'est passé dans mon appartement — ou plutôt celui d'Elvira — en mon absence :

Oh mon Dieu, Libby, qu'est-ce que tu as renversé sur ton canapé ? ? ? ? ?

Pourquoi est-ce que tu ne réponds pas à ton téléphone ? ? ? ?

J'ai versé une tonne d'eau dessus mais ça ne s'éteint pas.

Je suis dehors. Maman sonne chez les voisins pour voir s'ils ont un extincteur.

Mais réponds ! ! ! !

C'est maman qui a eu l'idée d'allumer cette saloperie de bougie. Et c'est TOI qui en avais, donc tu es en partie responsable. Et je ne sais toujours pas quelle cochonnerie il y avait sur le canapé. Ça a pris feu comme de l'essence. J'aurais pu être DEFIGUREE.

Mon sang se glace. D'une main tremblante, j'introduis la clé dans la serrure.

Le canapé a pris feu comme une traînée de poudre ? Allumé par une des bougies de tante Vanya ?

Après avoir été rendu hautement inflammable, bien sûr, par l'eau bénite à l'alcool…

Les voisins les snobs avaient un extincteur. Donc on a éteint le feu sans avoir besoin d'appeler les pompiers. Le canapé est en ruines, mais on t'a sûrement rendu service.

J'arrive en haut de l'escalier.

De mon Chesterfield magique, il ne reste qu'une coquille calcinée au milieu du salon.

13

Six mois plus tard

Evidemment, ça va être très romantique.

Imaginez un peu : un mariage d'hiver — quasiment à Noël, en fait — dans une minuscule chapelle, dans le parc de la propriété magnifique de Joel dans le Sussex… la météo pour après-demain, le grand jour, prévoit une journée froide mais ensoleillée, avec peut-être même un peu de neige…

Mais pour l'instant, mon niveau de stress est maximal. Le niveau « alerte rouge », juste avant l'apocalypse. Et je ne me suis jamais imaginée en mariée hystérique et tyrannique. J'ai justement opté pour un petit mariage — la famille proche et quelques amis, vingt-sept invités au total — pour réduire le plus possible les prises de tête liées à l'organisation.

Mais là, à J-2, j'ai l'impression que ça tourne au désastre.

Et bien sûr, tout est la faute de ma famille. Ma mère me hurle dessus sur le fixe pendant que Cass m'envoie depuis 6 h 30 du matin un des flux continus de messages WhatsApp dont elle a le secret.

— D'accord, techniquement, c'est ton père, mais je ne comprends toujours pas pourquoi tu veux qu'il soit là le jour de ton mariage, me dit ma mère pour la millième fois en un quart d'heure. Et de là à inviter sa nouvelle femme…

— Ecoute, maman, j'essaie juste de me comporter correctement, OK ? En plus, vous avez divorcé il y a vingt-cinq ans. Et tu t'es toi-même remariée depuis ! Inutile d'être agressive avec Phoebe. Elle a été charmante quand je l'ai rencontrée à leur mariage, et elle m'envoie de gentilles cartes pour Noël et mon anniversaire.

Ce que mon père n'a jamais fait, d'ailleurs.

— Exactement ! se récrie ma mère. Elle essaie de gagner ton affection maintenant que tu épouses un milliardaire !

— Non, dis-je d'un ton ferme.

C'est l'hôpital qui se moque de la charité…

— Elle le fait depuis qu'ils sont mariés. Allez, maman, ce n'est pas comme si tu allais devoir lui faire la conversation ! La cérémonie va être courte, ensuite il y aura une séance photo et un cocktail, puis le dîner. Je ne vous ai pas du tout mises à côté sur le plan de table, donc…

— J'espère bien ! Elle a quoi, trente-cinq, trente-six ans ? Je vais avoir l'air d'une mamie à côté ! Elle va complètement éclipser la mère de la mariée !

— Elle a quarante-cinq ans passés, maman.

Un texto de Cass apparaît sur mon iPhone.

Ecoute, ça fait un mois que je vais à la gym tous les jours à 6 heures du mat, tu ne peux pas m'interdire de porter mon pantalon sexy au dîner de répétition.

Je commence à écrire la réponse :

Cass, tu pourras porter ton pantalon sexy tous les jours pendant le restant de ta vie. Tu ne pourrais pas S'IL TE PLAÎT m'accorder mon unique requête, juste avant mon mariage ? La grand-mère de Joel sera là, elle a quatre-vingt-onze ans et c'est une rescapée de Treblinka, donc je ne crois pas que ce soit déraisonnable de te demander…

— Eh bien, je te trouve très insensible, Libby, déclare ma mère. Tu as pensé à ce que je ressens ?

Je lutte pour ne pas exploser.

— Ecoute, tu n'as pas l'air de t'en rendre compte, mais j'ai longuement réfléchi avant d'inviter papa, et…

Je reçois un nouveau message de Cass avant même d'avoir eu le temps d'envoyer ma réponse :

OK, j'essaie d'être raisonnable. Si tu me promets à 100 % que je serai assise JUSTE A COTE du témoin de Joel demain soir, je suis prête à renoncer au pantalon sexy et à mettre un décolleté plongeant à la place. Après tout, c'est un dîner assis, non ?

Je suis en train de me demander si balancer mon portable et le fixe causerait des dégâts irréparables au mur immaculé quand la porte s'ouvre. Joel passe la tête à l'intérieur.

— Tu as un moment ? chuchote-t-il.

J'acquiesce et je me lève.

— Il faut que j'y aille, maman. Joel vient d'atterrir.

— Oh !

Elle change immédiatement de ton : le gémissement auquel je suis habituée depuis l'enfance est soudain remplacé par la voix enthousiaste, dégagée et arrangeante qu'elle emploie souvent avec moi désormais, et toujours en présence de Joel. Ou quand je parle de lui.

— Dans ce cas, va t'occuper de lui ! Entraîne-toi à être une bonne épouse ! Après tout, dans quarante-huit heures, tout sera bouclé !

Et elle pourra se détendre, sachant que — puisqu'on ne va pas faire de contrat de mariage — elle aura de toute façon une retraite plus que confortable. Du moment que je ne fais rien de dingue, du genre ne pas demander un centime à Joel.

Au cas où ça ne marcherait pas entre nous, bien sûr. Une éventualité à laquelle elle pense, de toute évidence, quarante-huit heures avant que nous prononcions nos vœux. Mais après tout, elle n'a jamais réussi à faire marcher un mariage, donc son cynisme n'est pas si étonnant que ça. Elle le dissimule néanmoins vaillamment derrière une hystérie classique de mère de la mariée.

— Embrasse-le de ma part ! s'écrie-t-elle. Dis-lui que j'ai hâte de le voir au dîner de répétition demain !

Ce qui me rappelle qu'il faut que je réponde à Cass.

Cass pour la dernière fois le témoin de Joel n'est pas je répète n'est pas milliardaire.

— Salut !

J'enlace Joel et je l'embrasse longuement (probablement pas assez pour être une bonne épouse selon les critères de ma mère : j'imagine qu'elle préférerait que je l'accueille avec un cocktail dans une main et ma culotte dans l'autre). Je respire l'odeur du carburant d'hélicoptère sur sa veste.

Oui, ma vie est devenue tellement absurde depuis que j'ai accepté la demande en mariage de Joel il y a deux mois que je suis désormais capable d'identifier l'odeur du carburant d'hélicoptère.

Même si je ne comprends toujours pas pourquoi il prend l'hélicoptère aussi souvent — je sais qu'on a plaisanté là-dessus au début et franchement, je suis sûre que Skype ou le dernier logiciel de vidéoconférence à la mode suffirait souvent largement — mais je ne dis rien. Joel est étonnamment agressif quand on parle de son hélicoptère ou d'un certain nombre des privilèges liés à sa fortune et auxquels il prétendait ne pas attacher d'importance. Mes soupçons ont été confirmés il y a quelques semaines, quand j'ai aperçu une facture de onze mille livres pour un nouveau costume qu'il s'est fait confectionner à l'occasion de l'arbre de Noël qu'il organise tous les ans pour les enfants de ses employés britanniques. Au début, je le taquinais (je veux dire, onze mille livres. Pour un costume. Comment est-ce qu'on peut dire ça sérieusement ?), mais il s'est tellement énervé qu'on a fini par se disputer pour de bon. Il s'est montré ridiculement susceptible, étant donné que (comme il me l'a rappelé plusieurs fois pendant la dispute) il donne chaque année mille fois plus pour habiller des enfants nécessiteux par l'intermédiaire de sa fondation. Et il est même devenu franchement désagréable : il a commencé à m'expliquer en détail qu'il allait falloir que je refasse ma propre garde-robe, « parce que les gens vont s'attendre à un certain standing de ta part, Libby, maintenant que tu épouses un homme comme moi ».

On s'est réconciliés plus tard, et il m'a assuré qu'il adorait mon physique et qu'il n'était pas en train de me dire (ce que toute femme raisonnable aurait immédiatement pensé, à mon avis) qu'il fallait que je perde cinq kilos. Le problème, c'est qu'il a ajouté qu'il serait heureux de financer une séance shopping « quand » je déciderais d'acheter les robes somptueuses dont j'allais avoir besoin « pour toutes les soirées auxquelles nous devrons assister, après notre mariage ».

(Par *soirées*, au fait, il ne veut pas juste dire des fêtes. Aller à une soirée, pour Joel, ça ressemble davantage à ce qu'une célébrité appellerait « faire une apparition ». Il y a beaucoup de poignées de main cordiales, de tapes dans le dos, et souvent on lui demande de faire un discours. Je le sais parce que j'y suis allée quelques fois, et je me suis sentie complètement démunie. Si seulement Joel m'avait prévenue qu'il faudrait que je participe à une conversation brillante sur les accords commerciaux anglo-américains et que je ne me ridiculise pas dans un débat sur la politique du Nicaragua autour d'une flûte de champagne, je me serais enfermée avec Wikipédia pendant les trois jours précédents pour essayer d'ingurgiter le maximum d'informations possible.)

— Salut, répond-il en m'embrassant. Tu as l'air plus stressée que moi, et je rentre d'une réunion du conseil d'administration de deux heures particulièrement houleuse au Luxembourg.

— Des histoires de famille, c'est tout. Les mariages ne font pas paraître ma mère et ma sœur sous leur meilleur jour.

— Oh ! ne t'inquiète pas pour ça. Je crois que c'est pareil pour toutes les femmes.

— Hé !

Je le fusille du regard pendant qu'il s'assoit sur le canapé en cuir et sort l'iPad qu'il ne quitte jamais pour commencer à lire ses mails (activité qu'il répète à peu près toutes les deux minutes, à mon grand agacement ; mais j'imagine qu'on ne peut pas se payer le luxe de se reposer plusieurs minutes consécutives quand on est responsable de dix-sept mille employés dans le monde, sans parler des innombrables actionnaires.)

— Ce n'est pas juste ! Ni pour moi ni pour les femmes en général !

— OK, OK, désolé. Je me souviens simplement que mon ex aussi était super stressée avant notre mariage. Et j'ai déjà passé la plus grande partie du vol de retour du Luxembourg au téléphone avec ma mère, qui m'a posé toutes sortes de questions délirantes sur la tenue de ta mère au dîner de répétition, et la couleur qu'elle porterait au mariage lui-même… Enfin, c'est une femme qui passe ses journées à administrer des vaccins antitétaniques d'urgence à des enfants dans des zones sinistrées ou à organiser la distribution de nourriture aux victimes de famines ! Et maintenant, elle essaie de savoir si sa tenue jurera avec celle de la mère de la mariée si elles portent toutes les deux du violet !

Pendant un bref instant peu glorieux, je me dis que Joel pourrait éviter de m'expliquer à quel point sa mère est une sainte à chaque fois qu'il parle d'elle. Mais c'est probablement simplement parce que j'ai les nerfs en boule : après tout, demain soir, sa mère va rencontrer la mienne pour la première fois, et la comparaison entre les deux va être horrible. La mère de Joel consacre sa vie aux œuvres caritatives et se dévoue aux autres sans compter, et la mienne… pas franchement.

Honnêtement, j'espère de tout cœur qu'elles porteront toutes les deux du violet : ça leur fera au moins un minuscule point commun pour la journée.

Sans parler du fait que je n'ai moi-même jamais rencontré la mère de Joel, si bien que je suis assez inquiète.

Je mens effrontément :

— Eh bien, moi, je ne suis pas stressée, donc tu peux oublier tes généralités. Tu m'as manqué.

Je me laisse mollement tomber à côté de lui sur le canapé (pas spécialement mou).

— Tu restes là, maintenant, non ? Jusqu'au mariage, je veux dire ?

— Je ne bouge plus.

Il m'enlace et m'embrasse sur le front.

— J'ai juste une conf call cet après-midi. Et un rendez-vous avec mes avocats demain matin, mais ici — d'ailleurs, on en profitera probablement pour faire un golf en même temps. Donc je suis là, Lib. Ne t'inquiète pas, je ne vais pas t'abandonner à ma famille, mes amis et mes employés juste avant notre grand jour.

Je suis secrètement soulagée, parce que je m'inquiétais vraiment. Pas à cause des amis de Joel, qui ne seront pas là avant demain soir, ni de sa famille (même si sa sacro-sainte mère et sa grand-mère rescapée de Treblinka ont de quoi intimider), mais à cause des employés, pour être honnête.

Il a beaucoup, beaucoup de personnel.

Ici, à Aldingbourne Abbey, sa propriété du Sussex (et bientôt la nôtre, j'imagine), il y a par exemple vingt-deux employés à temps plein. Des jardiniers, des horticulteurs (apparemment, ça n'a rien à voir), une gouvernante, une petite armée de femmes de ménage… Et bien sûr, les trois assistantes personnelles de Joel le suivent où qu'il aille. Savannah, Rachael et Rebecca. Je ne sais jamais exactement quels sont leurs rôles respectifs et, à ma grande honte, j'ai même du mal à distinguer Rachael de Rebecca. Il y a également, heureusement pas toujours, des gardes du corps comme Esti, qui font leur apparition quand l'une des menaces de mort que Joel reçoit à peu près cent fois par semaine sur Twitter (apparemment, il y a des gens qui n'aiment pas du tout, du tout les milliardaires, même quand ils donnent des millions à des œuvres caritatives et défendent les droits des femmes et des enfants dans le monde) n'est pas un simple délire de déséquilibré et ressemble plus à un vrai plan pour l'éliminer de la surface de la terre au moment où il s'y attendra le moins. Il y a le personnel de la fondation, qui suit souvent Joel dans ses déplacements comme la cour d'un roi au Moyen Age, et qui comprend entre cinq et quinze personnes, en fonction des circonstances. Il y a généralement aussi quelques avocats, souvent accompagnés d'un ou deux comptables exténués…

Pas étonnant qu'on ait voulu faire un mariage aussi petit et simple que possible. Rien que d'y penser, je frissonne à l'idée qu'une équipe de *wedding-planners* aurait pu venir rôder autour de nous, en plus de tous les autres.

Comme souvent, j'ai un pincement au cœur en me disant que je ne peux pas demander à Grace Kelly comment elle prévoyait de gérer l'invasion d'un bataillon d'employés. Elle s'est sûrement bien mieux débrouillée que moi. Je trouve tout ça vraiment embarrassant et je crains tant de dire par inadvertance quelque chose qui pourrait paraître grossier ou hautain que je fais probablement petite souris timide.

— D'ailleurs, en parlant d'employés, continue Joel, Savannah était avec moi pendant le retour du Luxembourg et elle aurait voulu te voir quelques minutes aujourd'hui. Juste pour discuter des quelques jours à venir, de qui doit être où à quel moment, voir si elle peut t'aider pour quoi que ce soit.

— Oh ! c'est vraiment gentil de sa part. Tu crois qu'elle accepterait de gérer ma mère et ma sœur pendant les festivités ?

Joel me fait un grand sourire.

— Je ne pense pas que je la paie assez pour ça. Mais elle t'aime bien, donc tu arriveras peut-être à négocier.

Je suis étonnée d'apprendre que Savannah m'aime bien, parce qu'elle a une aura tellement sévère et imposante que j'ai toujours eu l'impression qu'elle me considérait comme une sorte de pou envahissant.

— En fait, si vous faites un peu mieux connaissance pendant les jours prochains, Lib, tu pourrais envisager de la prendre dans ton équipe.

— Mon équipe ?

Ça ne me dit rien qui vaille. Il prévoit peut-être un concours de force ? De vitesse ? D'endurance ? En tout cas, Savannah me battrait à plate couture ; mieux vaut effectivement l'avoir dans mon équipe que contre moi.

— Qu'est-ce que tu veux dire ?

— Tu pourrais l'engager comme assistante.

— Pour le travail ? Euh, je ne sais pas si tu te souviens, Joel, mais je n'ai pas vraiment besoin d'une assistante en ce moment.

En effet, Libby A La Conquête de Hollywood n'existe plus. Après toutes les histoires avec Elvira, Ben et moi avons (en d'assez bons termes) mis fin à notre collaboration il y a quelques mois, mais comme j'avais bêtement donné à Ben soixante-cinq pour cent de l'entreprise en échange de son investissement, il a gardé ce qu'il en restait. J'aurais pu (dû, selon Joel) faire appel aux avocats hors de prix de mon fiancé pour l'attaquer en justice, mais je n'avais aucune envie de le faire avec l'argent de Joel. Mais comme nécessité fait loi — je veux relancer l'entreprise un jour, avec mes propres deniers —, j'ai ravalé ma fierté et j'ai accepté le poste de consultante chez Pressley/Waters. Et je dois avouer que ça se passe très bien. D'accord, c'est Joel qui a organisé notre premier rendez-vous, mais elles adorent les créations que je leur soumets et elles viennent de proposer de renouveler mon contrat pour un an, après la fin des six premiers mois. J'apprends beaucoup à leurs côtés, j'ai fait de belles rencontres au bureau… et l'absence totale de diadèmes vintage pour mariées ces derniers mois est une vraie bouffée d'air frais.

— Mais non, pas pour ton travail !

Joel lève les yeux de son iPad et replace une mèche de cheveux derrière mon oreille.

— Comment vas-tu te coiffer pour le mariage, au fait ?

Je suis un peu étonnée par le changement de sujet.

— Bogdan va venir cet après-midi — il devrait arriver d'une minute à l'autre, d'ailleurs — pour essayer différents chignons. C'est pour ça que je les ai laissés pousser ces derniers temps. Pourquoi ?

Je pose la main sur mes cheveux.

— Tu n'aimes pas ?

Il hausse les épaules.

— Pas trop, non. C'est un peu moins… soigné qu'avant, tu ne trouves pas ?

— Eh bien, non, en fait, ça me…

— En tout cas, un chignon t'ira à ravir… Ecoute, tu n'as clairement pas besoin d'une assistante pour ton travail, Libby, mais tu ne crois pas que ça pourrait t'être utile pour tout le reste ?

Je glousse. Parce que c'est une blague, non ?

— Joel, je ne peux même pas poser un verre vide sans que quelqu'un surgisse comme par enchantement pour le récupérer ! De quelle autre aide je pourrais avoir besoin ?

— Je sais, Libby, rétorque-t-il d'une voix un peu sèche. Je vois bien que tu n'aimes pas ça.

— Ce n'est pas que je n'aime pas, dis-je prudemment, parce que ça a été un sujet de dispute auparavant. C'est juste que tu disais que tu aimais venir à Aldingbourne pour souffler un peu loin de tes responsabilités et de ton entourage… et j'ai l'impression que l'entourage en question nous suit partout.

— Je ne sais pas si tu as remarqué, Libby, mais on organise un mariage ici après-demain ! En plus, si je peux souffler, c'est en bonne partie parce que les employés s'occupent de tout. On a passé de très bons moments ici, tous les deux, sans avoir besoin de gérer l'intendance, non ?

— Oui. C'est comme d'avoir son propre hôtel de luxe. Mais tu disais que j'avais besoin d'aide, qu'est-ce que tu voulais dire ?

— Pour tout ce qui est administratif ! Et l'organisation d'événements ! Tu serais soulagée que Sav fasse le gros du travail, non ?

— Oh ! tu veux dire… Pour les soirées et tout ça ?

— Oui, les soirées et tout ça…, dit-il avec un sourire en coin. Et évidemment, tu vas assumer un rôle beaucoup plus important au sein de la fondation elle-même, Lib. Ça va te prendre énormément de temps.

— Euh… comment ça ?

— Il y a plein de projets dans ton domaine d'expertise. Sav est beaucoup plus au courant que moi, mais je sais qu'on vient de lancer un projet à Madagascar pour assurer des conditions de travail correctes dans les mines de saphirs. Et on lutte depuis longtemps pour mettre fin au travail des enfants dans les mines de diamants indiennes… D'ailleurs, tu pourras en parler à ma mère demain, c'est son projet fétiche depuis trois ou quatre ans.

— C'est super, Joel.

Avec lui, j'ai appris à peser mes mots. Quand il est un peu stressé, comme en ce moment à l'approche du mariage, et fatigué, comme aujourd'hui alors qu'il s'est levé à 4 heures pour aller au Luxembourg après être rentré de New York à 23 heures, il a tendance à devenir irascible s'il se sent incompris.

— Mais je ne connais rien à l'aide au développement. Je ne saurais même pas par où commencer. Et c'est un peu trop important pour que quelqu'un comme moi débarque et fasse des catastrophes !

— Tu apprendras. D'où l'intérêt de demander à Sav de t'aider. Ça fait un moment qu'elle travaille sur ce genre de choses. Et j'aurais cru que tu serais très heureuse de pouvoir participer, dit-il en remettant une autre mèche derrière mon oreille.

— Oui, bien sûr. Et je suis contente que tu aies pensé à moi. Mais je ne veux pas empêcher Sav de travailler sur les trucs importants qu'elle fait pour toi si c'est pour m'aider à régler des broutilles.

— Lib, il ne s'agit pas de ça !

Il retire son bras de mes épaules pour pouvoir me regarder bien en face.

— J'aimerais vraiment que tu t'impliques à fond dans certains projets ! Tu n'imagines pas à quel point c'est satisfaisant, de s'occuper de ça. Et c'est tellement plus impressionnant, pour les donateurs, si ma femme est sur le terrain de temps en temps et que ce ne sont pas juste des paroles en l'air. Je te vois déjà, continue-t-il en me mordillant le cou, sexy et dynamique en short kaki et chapeau de paille, en train de rencontrer des ouvriers dans une mine de saphirs à Madagascar…

Je m'écarte : il est en train de m'allumer, et je préfère être en pleine possession de mes moyens pour cette conversation.

— Même si je suis toute disposée à essayer de réaliser au maximum ton fantasme, comment est-ce que je suis censée partir au bout du monde alors que je travaille ?

Il me lâche.

— Que tu travailles ?

— Pour Pressley/Waters.

J'ai un peu peur que le manque de sommeil l'ait rendu amnésique.

— Je travaille pour eux à plein temps, tu te rappelles ?

Et j'en suis très heureuse, surtout depuis que je ne suis plus complexée par l'intervention de Joel. Parce que, comme me l'a répété Caroline Pressley presque à chaque fois qu'on en a parlé, elle avait vraiment entendu parler de moi et admirait mes créations, bien avant que Joel mentionne mon nom. Sa conversation avec Joel lui avait simplement fait penser à moi, m'a-t-elle dit — et après avoir appris à la connaître ces derniers mois et avoir constaté à quel point elle tient à découvrir de jeunes talents, je la crois.

— Ah, ça ! Oui, d'accord, mais ça peut passer derrière ton travail à la fondation, Lib, je ne pense pas que ça les dérangerait.

— Mais moi, si.

— OK, donc si tu as peur de ne pas réussir à tout gérer, tu peux simplement refuser de renouveler ton contrat de consultante à la fin des six mois.

— Joel, j'ai déjà renouvelé pour un an… Je te l'ai dit sur Skype l'autre jour, quand tu étais à Tokyo.

— Ah oui, ça me dit quelque chose. Mais encore une fois, Libby, je ne pense vraiment pas que ce soit problématique. Je veux dire, si tu peux passer un jour par semaine avec eux et consacrer le reste de ton temps à la fondation…

On frappe à la porte.

— Entrez ! dit Joel.

Rachael passe la tête dans l'entrebâillement de la porte. Ou peut-être Rebecca. En tout cas, je ne savais pas que *toutes* les assistantes étaient là.

— M. Bogdanovich et M. O'Hara viennent d'arriver, annonce-t-elle. Je ne sais pas si ce sont des invités du mariage ou des employés de Libby.

— Ils sont invités, dis-je. Enfin, Bogdan, en tout cas…

Je ne sais pas trop ce que fabrique M. O'Hara (je veux dire, Dillon), ni pourquoi il se pointe avec Bogdan. Ce n'est pas parce que c'est mon ex qu'il n'est pas invité au mariage — même si Lilian, l'ex-femme de Joel, ne vient pas pour cette raison, alors qu'elle arrive à Londres ce soir avec Julia, qui va être enfant d'honneur — mais étant donné qu'on le fait en tout petit comité, il n'y avait tout simplement pas de place pour lui sur la liste d'invités. Sans parler du fait qu'il me donne à peine de ses nouvelles… et évidemment, telle la méchante fée de la *Belle au bois dormant*, il débarque sans prévenir juste avant mon mariage.

— Tu ferais mieux d'y aller, alors, me dit Joel d'un ton brusque en reprenant son iPad. Je suis là si tu as besoin de moi.

— Mais tu ne veux pas venir dire bonjour ?

— J'ai du travail.

Super. Donc maintenant, il boude, même si je ne sais pas si c'est dû à l'apparition inattendue de Dillon (ce qui serait étrange, parce que Joel ne s'est jamais montré jaloux) ou à ma réaction au nouveau poste qu'il m'a confié sans me demander mon avis.

Et je ne peux pas lui poser la question, parce que Rachael/Rebecca se dirige déjà vers lui avec son iPad, qu'elle ne quitte jamais, en lui demandant s'il a cinq minutes pour discuter d'un voyage à Genève dont je n'ai jamais entendu parler.

Je me contente de résister passivement en claquant un peu la porte derrière moi, je ravale mon malaise et je vais retrouver Bogdan et Dillon devant la maison.

Ils sortent d'une Land Rover noire que l'un des nombreux gardiens utilise pour aller chercher les gens à la gare. J'ai la gorge nouée et je dois même ravaler un sanglot sorti de nulle part. Mince, j'ai vu Bogdan il y a deux jours, quand il m'a accompagnée pour l'essayage final de ma robe. Je ne comprends pas pourquoi j'ai l'impression que c'était il y a deux siècles.

— Salut, ma belle.

C'est Dillon qui m'attrape en premier. Il me serre contre lui à m'étouffer.

— Surprise !

— Tu ne m'as pas prévenue.

— C'est le principe d'une surprise, Fille de Feu. J'étais avec Bogdan hier, et il m'a dit qu'il venait te voir aujourd'hui, donc j'ai décidé de l'accompagner avant que ça devienne trop sérieux.

Dillon me fait un grand sourire. Heureusement, il a l'air mille fois plus en forme qu'avant d'être hospitalisé il y a six mois : plus mince, plus musclé, avec moins de poches sous les yeux.

— Tu es toute fine.

— C'est un compliment ou une critique ?

— Je ne sais pas encore, répond-il en m'examinant de plus près. Ça dépend si c'est pour rentrer dans ta magnifique robe de mariée ou parce que Monsieur le grand milliardaire voulait que tu perdes du poids.

— Merde, Dillon !

Je le fusille du regard.

— Joel est juste à côté ! Tu pourrais essayer d'être un peu plus poli, non ?

— Et je peux informer toi que Libby perd poids pour être belle dans robe de mariée, ajoute Bogdan en faisant le tour de la Range Rover. Je te dis, Dillon, tu vois jamais beauté comme cette robe. C'est une Jenny Packham, coupe en biais, qui aide déjà silhouette de Libby…

— Sa silhouette n'a pas besoin d'aide, affirme loyalement (et à tort) Dillon. Mais je suis sûr qu'elle lui va à ravir.

— Je l'aide à choisir, dit Bogdan. Sinon, elle se marie sûrement en sweat gris et jogging.

— Merci, Bogdan.

— Mais de rien. Tu peux me dire où je pose sacs… ?

Il s'interrompt en avisant soudain la maison devant nous.

Enfin, « la maison », c'est peu dire.

Aldingbourne Abbey, que j'imaginais (à cause de Joel) comme un humble refuge à la campagne, peut-être même un peu délabré, est en fait presque aussi impressionnant que le manoir de Holland Park. Sauf que contrairement à Holland Park, Aldingbourne est vraiment splendide. C'est une demeure en pierres gris pâle qui date du XVIIIe (avec quelques ajouts du début du XXe, comme Rachael ou Rebecca me l'a expliqué pendant ma première visite il y a quelques mois ; je crois qu'elle envisage d'écrire l'histoire officielle de la maison, étant donné la quantité d'informations qu'elle m'a données). La bâtisse comprend quatorze chambres, plus une douzaine dans les petits cottages éparpillés dans le domaine. Elle dispose de six hectares de jardins paysagers, d'un parc presque trois fois plus grand et de son propre bois. Il y a un lac, assez grand pour pêcher, si l'envie vous en prend. Et la vue sur les collines est magnifique.

C'est tout simplement superbe.

Bogdan et Dillon contemplent longuement la maison depuis l'immense allée, puis Bogdan commente :

— Eh bien, j'imagine tu es plus au Kansas.

— Sans blague, renchérit Dillon d'une voix délibérément

nonchalante, où je perçois une certaine tension. Donc c'est la demeure dont tu dois devenir la châtelaine ?

— Oh ! inutile d'employer ce genre de mots.

— Bien, maîtresse. De ces terres.

— Ça suffit, Dillon !

Je le fusille du regard. Je ne le lui avouerai jamais, mais il n'est pas loin d'avoir raison. J'ai eu récemment une autre conversation avec Joel (elle aussi pesante, d'ailleurs) au sujet d'Aldingbourne : il aimerait que je supervise les projets de rénovation pour le printemps prochain. En plus d'être versée en politique nicaraguayenne et en commerce international, je suis apparemment censée diriger les réparations de maçonnerie et concevoir une nouvelle cuisine professionnelle dans un manoir géorgien classé. Je sais que Joel essayait simplement d'être gentil, à sa façon, parce qu'il veut que je me sente chez moi et que je puisse y mettre ma marque, mais quand même. Je n'ai jamais réussi à rénover un dcux-pièces pourri, donc c'est un peu effrayant.

— En fait, si tu n'es venu que pour être agressif…

— Pas du tout. Je suis vraiment content pour toi, ma belle. Tant que tu es heureuse.

— Très.

J'enlève son bras de mon épaule.

— Bref, on va t'installer, Bogdan, et puis on pourra peut-être aller se promener… Je pense qu'on a dû t'attribuer une chambre dans un cottage, mais je vais vérifier avec Rachael… ou, euh, Rebecca…

— C'est pas problème. Mais ça dérange toi si je passe une seconde dans maison principale, Libby ? Je veux juste vérifier quelque chose.

— Oh… euh… oui, d'accord. Mais qu'est-ce que tu veux…

Trop tard : il est déjà parti.

Je m'apprête à lui courir après — parce que franchement, c'est dangereux de le laisser errer seul dans les couloirs — mais Dillon m'arrête.

— Ça te dérange si je fume ?
— Oh ! Dillon. Tu as recommencé ?
— C'est ça ou je me lève le matin pour me faire une ligne de coke avec trois shots de vodka avant la douche, alors…
— OK, OK. Vas-y.
— Merci. Ça me tuera moins vite que l'alcool et la drogue.
— Ça me fait chaud au cœur.
Il sort une cigarette de sa poche, l'allume et s'appuie contre la Land Rover.
— Donc. Tu n'as pas changé d'avis.
— Eh non.
— Tu vas épouser ce Joel.
— Je vais épouser ce Joel. Dont je suis amoureuse, au fait. Juste au cas où tu aurais voulu parler… d'autre chose.
— Hé, je n'avais pas l'intention de parler d'autre chose. Ou de quelqu'un d'autre.
— Tant mieux.
Je le regarde souffler un nuage de fumée dans l'air frais et, malgré moi, j'ajoute :
— Olly aussi se marie, d'ailleurs.
— Oui, je me rappelle que tu m'en as parlé quand tu es venue me chercher à la clinique en juillet. Donc ça tient toujours ?
— Evidemment ! Enfin, ils n'ont pas fixé de date, pour autant que je sache… Je n'ai pas eu beaucoup de nouvelles de lui ces derniers mois. Il va souvent à Glasgow, et il y a le boulot… En fait, je crois que la dernière fois que je l'ai vu, c'était juste avant mes fiançailles.
— Ah oui… Et comment ça s'est fait, d'ailleurs ? Je ne veux pas juger, mais c'est un peu rapide, non ?
— Plutôt, oui, Dillon. Mais tu sais : quand on sait, on sait.
— Tu viens d'utiliser le verbe savoir trois fois dans la même phrase.
Je l'ignore et je frotte doucement du bout du pouce ma bague de fiançailles. (C'est un diamant sur un anneau d'or blanc, magnifique et de très bon goût, bien sûr ; Joel l'a fait

tailler et monter à Londres, mais la pierre vient d'un projet de sa fondation en Afrique centrale.)

— Et il m'a demandée en mariage ici, au fait.

— Sur l'allée ? demande Dillon en levant un sourcil. Très romantique.

— Non, près du lac ! Au coucher du soleil. Donc oui, c'était très romantique, si tu veux savoir. Et si tu n'es venu que pour te moquer…

— C'est l'impression que je donne ?

— Oui, Dillon. Et pour être honnête, j'ai de bonnes raisons de le penser : après tout, tu as un lourd passif.

— Oh ! quand je disais du mal d'Olly parce que j'étais jaloux ?

— Oui.

— Mais ça n'a rien à voir.

— Ah bon ?

— Ouais. Je ne suis pas jaloux de Joel. Je pense juste que tu fais une grosse erreur en l'épousant.

— Merci, Dillon, je réponds d'un ton glacial. C'est vrai que je n'avais pas assez de problèmes, entre ma mère qui est hystérique parce que mon père est invité, Cass qui prévoit de faire un strip-tease pour le témoin, et Joel qui boude parce qu'il veut que je commence à diriger sa fondation dès qu'on sera mariés…

— Tu sais qu'il m'a eu mon rôle sur *Rois et légendes* ?

— Quoi ?

— Joel. Ton fiancé. Il m'a pistonné pour mon rôle sur *Rois et légendes*. La série que je tourne à Vancouver.

— Je ne comprends pas.

— Je ne le sais que depuis quelques semaines. Je bavardais avec le premier assistant-réalisateur — mais sans m'approcher de sa copine, je te rassure —, et il m'a avoué que la directrice du casting avait reçu un coup de fil du directeur du studio de production me concernant quand le rôle a été créé… C'était un peu bizarre, donc je me suis renseigné sur le studio de production. Stellar Media. Et devine qui est leur investisseur principal ? La SA Jansen-Perreira.

J'ai un peu le vertige, avec tous ces liens, ces associations d'idées et cette odeur de théorie du complot.

— Désolée, Dillon, tu es en train de me dire que Joel a… quoi ? Appelé le directeur du studio de production pour lui demander de te donner un rôle dans leur nouvelle série ?

— Oui, c'est exactement ça.

— Et même si c'est vrai… Est-ce que c'est aussi sinistre que tu le laisses entendre ?

— Eh bien, je n'en sais rien. A toi de me le dire.

— Avec plaisir, Dillon, mais… honnêtement, je ne vois pas de quoi tu parles.

— Très bien, je vais être direct.

Il plante ses yeux noirs dans les miens.

— Je crois qu'il a voulu m'éloigner.

Je garde le silence pendant un instant. Puis je réponds, calmement mais fermement :

— Dillon. Comme je le dis souvent à ma mère, le monde ne tourne pas autour de toi.

— Ce n'est pas ce que je voulais dire !

Il prend une bouffée de sa cigarette, l'air frustré.

— C'est le timing, Lib. Il me rencontre, un peu dans le cirage, devant chez toi. Moins de quarante-huit heures plus tard, mon agent reçoit un appel sorti de nulle part de la directrice du casting me demandant de venir passer une audition au Canada. Sachant que cette bonne femme me déteste, parce qu'une fois je l'ai fait attendre deux heures pour une audition après avoir raté mon vol de retour d'Ibiza…

— Merde, Dillon ! Et tu te demandes pourquoi quelqu'un de gentil pourrait se dire que tu as besoin d'un coup de main ? Ce n'est pas le crime du siècle…

Je m'interromps, parce qu'une camionnette blanche est en train de se garer sur l'allée.

C'est un engin particulièrement cabossé, dont le pot d'échappement déverse un nuage de fumée couleur de suie, ce qui explique probablement que la porte de la maison s'ouvre soudain à la volée et que — mais d'où ils sortent ? — Esti et un autre garde du corps à l'air dangereux se matérialisent brusquement devant la maison.

La camionnette s'immobilise près de la Land Rover, et la portière passager s'ouvre. Un brun en jogging Adidas et lunettes de soleil vaguement sinistres en sort.

Pour être honnête, la bizarrerie de la situation semble émouvoir même Dillon le cynique : il passe un bras autour de mes épaules et m'attire derrière la Land Rover pendant qu'Esti va se planter devant l'intrus.

— Je peux vous aider ? demande-t-elle d'un ton qui suggère qu'elle est à deux doigts de le mettre K-O.

— Je viens de la part de Bogdan.

— Bogdan ?

— Oui. Bogdan, fils de Bogdan. Il nous a demandé de livrer…

— De livrer quoi ? rétorque Esti, l'air plus disposée à l'étrangler que jamais.

— Le canapé.

— Le canapé ?

— Oui. Le canapé. De Chester.

Bogdan lui-même surgit de la maison, suivi par un Joel éberlué. Il descend l'escalier et commence à parler en moldave à une vitesse ahurissante au type en Adidas, qui fait le tour de la camionnette et commence à ouvrir les portes arrière.

— Qu'est-ce qui se passe ? demande Joel. Bogdan était dans le salon et, euh… Il prenait des mesures…

Je vois déjà ce que M. Adidas commence à extraire du van louche, avec l'aide d'un autre Moldave qui vient de descendre côté conducteur.

C'est le Chesterfield.

— C'est cadeau de mariage pour toi, Libby, annonce Bogdan en esquissant un petit sourire nerveux que je ne lui ai jamais vu. J'ai fait réparer lui après incendie. Ils peuvent sauver un peu structure et rembourrage. Reste est neuf, tissu aussi. Pas exactement même qu'avant.

En effet, le canapé est couvert de fleurs kitsch non pas orange mais roses.

— Mais c'est même canapé. Dans âme. Si tu vois je veux dire.

Sans un mot, je me dirige vers Bogdan. Je pose la tête sur sa poitrine. Et j'éclate en sanglots.

— Ballon, ballon, dit-il doucement en me tapotant le dos.

Allons, allons ?

— Je suis content que tu es heureuse.

Parce que seule une belle âme comme Bogdan peut comprendre que, malgré mes larmes, je suis heureuse.

Enfin, évidemment, ce n'est pas que du bonheur. Je suis aussi sur les nerfs. Un mélange d'émotions exacerbées, entre le mariage, ma mère, Cass, Joel, Dillon…

Mais je suis tellement contente de revoir le Chesterfield — d'avoir ne serait-ce que l'ombre d'un espoir de retrouver sa magie — que ce sont surtout des larmes de joie.

— Eh bien, c'est très gentil à toi, Bogdan, mais je ne sais vraiment pas où on le mettrait dans le salon principal, dit Joel, l'air un peu inquiet, tandis que deux Moldaves inconnus commencent à transporter le meuble affreux vers la maison. Libby, ma chérie, tu peux venir t'en occuper, s'il te plaît ? Il faudra le mettre dans un cottage ou dans le grenier jusqu'à ce qu'on puisse trouver un meilleur endroit…

— Le grenier fera l'affaire, dis-je en m'essuyant les yeux sur ma manche et en me dirigeant vers la maison. Venez, je vais vous montrer l'escalier. Je redescends dans deux minutes, Dillon. A moins que tu ne veuilles entrer prendre un thé ?

— Non, non. Je suis très bien ici, ma belle.

Dillon lâche sa cigarette dans l'allée et l'éteint d'un coup de talon.

— Ça fait plaisir de te voir, Joel, ajoute-t-il aimablement. Et félicitations pour le mariage.

— Merci, Dillon. Content de te revoir.

Joel a toujours l'air un peu exaspéré par… tout, mais ses manières impeccables l'obligent à être parfaitement poli.

— Tu prendras bien une tasse de thé ?

— Non, ça va, mec, merci. Ça te dérange si je vais me promener ? C'est un endroit magnifique.

Sans attendre de réponse, il s'éloigne sur la pelouse (extrêmement) bien entretenue, en direction du lac.

14

Même si Rachael et Rebecca ont toutes deux très gentiment proposé de faire livrer ma robe à Aldingbourne, j'ai décidé d'aller la chercher moi-même à Londres ce matin.

Ce n'est pas comme si je pouvais faire grand-chose dans la maison aujourd'hui. Les assistantes ont tout délégué et ont la situation bien en main, du grand ménage dans la petite chapelle à la préparation des tables pour le dîner de répétition dans la salle à manger principale. Les fleurs pour ce soir étaient en train d'arriver quand je suis partie pour la gare, et j'ai vu des chefs engagés pour l'occasion se diriger vers le potager clos pour cueillir des légumes et des herbes aromatiques biodynamiques.

Honnêtement, je suis contente d'échapper à ce remue-ménage. Et ça me calmera les nerfs de faire quelque chose.

Et puis je n'ai pas de raison de rester. Ma mère et Cass, qu'il faudra surveiller de près, n'arriveront qu'en fin d'après-midi. Bogdan est bien au chaud dans son petit cottage, où il commande sur iTunes aux frais de Joel des vieux films (tout public, j'espère) qu'il regarde sur l'énorme télé. Et je le soupçonne de prévoir une incursion dans la maison principale un peu plus tard, à la recherche du pâtissier sexy qu'il a aperçu quand je lui ai fait visiter les lieux hier. Croyez-moi, il vaut mieux ne pas s'interposer entre Bogdan et un pâtissier sexy.

Et Joel… eh bien, Joel a son rendez-vous/golf avec ses avocats.

De toute façon, il boude toujours un peu à cause de cette histoire de canapé.

Qui, d'ailleurs, n'a pas l'air de marcher comme avant. Ça ne change rien au fait que Bogdan a été adorable de le faire retaper. Mais malheureusement, les réparations n'ont pas ramené la magie. Je n'ai pas encore osé le lui annoncer.

Je suis montée au grenier dès que j'ai pu, après le dîner hier soir, et je me suis contentée de m'y asseoir un moment. Je me suis même assoupie. Le nouveau rembourrage est beaucoup plus confortable, et le fait qu'il ne sente plus le chien mouillé (enfin, peut-être un tout petit peu, un relent incrusté très profondément dans sa structure d'origine) ne gâte rien. Mais les deux heures que j'ai passées dessus n'ont servi à rien. Pas le moindre effluve du parfum de Grace.

Il n'y avait que moi. Et mes pensées.

Qui ne sont probablement que les ruminations habituelles d'une future mariée, l'avant-dernière nuit avant son mariage. Les papillons dans le ventre. L'appréhension. Une bouffée d'angoisse d'une rare intensité, même si vous êtes entièrement convaincue d'avoir pris la bonne décision, sans doute possible.

J'aurais simplement aimé avoir Grace à mes côtés sur le canapé. Voilà tout.

C'est elle qui m'a poussée à me mettre avec Joel. C'est elle qui m'a seriné qu'il faut aller de l'avant et saisir sa chance, et qui m'a donné envie d'imiter le cran légendaire, le dos droit et la volonté de fer qui ont mis un royaume entier à ses pieds.

Maintenant que j'en suis arrivée là, j'aurais voulu le lui dire. Elle aurait probablement ignoré les détails pour se concentrer sur le message supposé de son subconscient, mais tout de même, j'aurais aimé pouvoir lui parler.

Nora calmera probablement mes angoisses tout à l'heure, puisqu'elle me retrouve en ville pour aller chercher la robe. C'est elle qui me l'a proposé, parce que — selon elle, pas moi — elle a été une demoiselle d'honneur « de merde », étant donné qu'elle était coincée à Glasgow, avec le boulot, Clara et, comme elle me l'a confié la dernière fois qu'on s'est parlé, un nouveau bébé qui grandit bien au chaud depuis dix semaines.

J'ai hâte de la voir. Sa présence m'aidera sûrement à retrouver mon enthousiasme (waouh, je me marie demain !) et me fera oublier mon stress et mes nerfs à vif. On se retrouve au Wolseley sur Piccadilly pour prendre un brunch tardif arrosé de mimosas — enfin, de jus d'orange pour Nora — avant d'aller chercher ma robe chez Jenny Packham, dans le quartier hyper chic de Mount Street.

Je descends du métro à Green Park quand mon portable sonne.

Oh mon Dieu. Encore ma mère.

Je réponds : savoir que dans cinq minutes je siroterai (ou descendrai en une gorgée) mon premier mimosa en compagnie de Nora rend la perspective d'écouter pleurnicher ma mère plus supportable.

— Salut, maman.

— Ma chérie ! J'ai une super nouvelle !

— Oh !

Je suis agréablement surprise : pas de pleurnicheries, semble-t-il.

— Quoi ?

— J'ai décidé de me faire un relooking complet pour demain !

— Euh… quand tu dis complet… ?

— Eh bien, pour commencer, j'ai tiré un trait sur la vieillerie Jacques Vert que je pensais porter. Donc je suis allée chez Selfridges à l'ouverture ce matin, et je me suis offert un ensemble Oscar de la Renta ravissant…

— Pfiou, ça a dû te coûter un bras.

— Ma chérie, ce n'est pas tous les jours que l'une de mes filles se marie ! Oh ! ça me fait penser : tu pourras faire de ton mieux pour présenter tous les amis de Joel à Cass ce week-end ? Si je dois l'écouter se plaindre encore une fois parce qu'elle n'aura probablement jamais son propre milliardaire pour lui tenir chaud la nuit…

— Elle m'a déjà demandé, maman. Mais franchement…

— Bref, je me suis acheté une robe écarlate, et une veste magnifique, et puis j'étais obligée de prendre des nouvelles chaussures pour aller avec — des escarpins couleur chair L.K. Bennett, parce que la vendeuse m'a rappelé que c'est ce que portent toutes les Middleton — et là, je suis dans un fauteuil chez Nicky Clarke ! Ils m'ont fait une couleur à tomber et ils sont en train de finir ma coupe. Ils m'ont trouvé une place à la dernière minute, ma chérie, c'est adorable, non ? Evidemment, ça a probablement aidé que je glisse le nom de Joel quand j'ai appelé…

— Maman ! S'il te plaît, arrête de faire ça !

— Bien sûr, ma chérie, promet-elle d'un ton solennel qui ne me rassure pas vraiment. En tout cas, je voulais te mettre au courant, parce que je sais que tu vas chercher ta robe juste à côté tout à l'heure…

— Oui, je passerai si j'ai le temps, maman. Mais sinon, tu viendras avec Cass par le train de 5 heures de St Pancras, non ?

— Oui, oui. Tu ne vas pas me reconnaître ! Ça va la faire baver, cette Phoebe.

— Maman…

— Je plaisante, ma chérie ! glousse-t-elle d'un ton peu convaincant. Bye !

Pleurnicheries ou pas, j'ai toujours besoin de ce mimosa.

Je pousse la porte en verre de Wolseley, je me faufile dans la cohue, je donne mon nom au type derrière le pupitre et…

Oh.

Olly est assis à la table.

Pendant un instant, je me demande s'il a atterri là par pur hasard — un déjeuner romantique avec Tash, par exemple, avant qu'ils partent pour le Sussex tout à l'heure — mais quand il se lève pour m'accueillir, je comprends que ce n'est pas une coïncidence : Nora a dû lui dire qu'on se retrouvait ici.

— Libby.

Il me fait un grand sourire. Il est à tomber, habillé de façon un peu plus formelle que d'habitude, avec une chemise élégante et une tignasse domptée pour une fois.

— Ça me fait tellement plaisir de te voir.

— De même !

Je le serre contre moi en me retenant d'inhaler son odeur familière irrésistible. Cependant, on reste enlacés plus longtemps que prévu. Je finis par m'écarter à regret.

— Enfin, je ne m'y attendais pas…

— Oui, excuse-moi ! Nora m'a dit qu'elle te retrouvait ici — oh, elle est sûrement en retard, d'ailleurs ; ma mère m'a appelé il y a dix minutes, et Nora venait de partir de chez elle…

Même si je les connais depuis vingt ans, je suis toujours aussi étonnée de voir à quel point les Walker sont une famille soudée. Parfois, ça me rend jalouse, parfois plutôt claustrophobe, et puis il y a des jours comme aujourd'hui, quand Nora, Olly, leurs moitiés, leurs parents et Clara se préparent tous à venir assister à mon mariage dans le Sussex, où je suis profondément reconnaissante de les avoir dans ma vie.

— Ça tombe très bien que tu sois là, alors.

Je m'assois en face d'Olly. Ça me fait tellement de bien de le voir, c'est une telle bouffée d'air frais, que la gêne et la gaucherie de nos derniers rendez-vous ne sont plus qu'un souvenir.

— Tu peux prendre un mimosa avec moi !

— Je ne devrais pas. Il faut que je retourne au restaurant pour le déjeuner.

Il réfléchit un instant, l'air déchiré.

— Même si… j'imagine que je pourrais prévenir Jorge que je serai en retard…

— Exactement ! C'est toi le chef.

— Eh oui.

Il me sourit, prend son portable et envoie un message.

— Allez, Liberty. Prenons un verre !

Je ne sais pas pourquoi, mais l'entendre m'appeler Liberty (une première) me fait frissonner. Je tente de masquer mon émotion.

— On ne s'est pas assis à table ensemble depuis… Eh bien, si on ne compte pas cette nuit horrible à l'hôpital, depuis le bistro, j'imagine. Quand on a bu tout ce champagne et qu'on a… cru avoir trouvé le fromage mystère.

— Mais c'était il y a une éternité !

— Eh oui.

— Dans une autre vie.

— Ne m'en parle pas.

— Mais au fait, ça me fait penser : j'ai une super nouvelle. Je crois que j'ai une nouvelle piste pour le fromage mystère.

— Ah bon ?

— Oui. Je voulais t'envoyer un texto, mais… j'étais débordé, tu sais ce que c'est. Un ami chef vient d'ouvrir une boutique à Bermondsey Market, il vend du fromage et du vin français… J'ai été le voir il y a quelques semaines, et on s'est retrouvés à parler fromage.

— Normal.

— Et je lui ai touché deux mots du fromage mystère. Mais je n'ai pas précisé que ça faisait plus de dix ans qu'on essayait de le retrouver, bien sûr. Et il m'a dit qu'il avait deux trois pistes. Bref, il m'a appelé hier et il vient de recevoir une livraison importante, il veut que je passe le voir. Evidemment, tu t'apprêtes à partir en lune de miel, mais, je ne sais pas, peut-être à ton retour…

— J'adorerais !

Je lui prends la main.

— De toute façon, on ne part qu'une semaine, on rentre juste après Noël… Joel ne pouvait pas se libérer plus longtemps. Donc je serai là.

— OK, super.

— Mais promets-moi que tu me proposeras de venir, d'accord ?

— D'accord, dit-il en évitant mon regard. C'est promis.

— Je t'en prie, Ol… ne te dis pas que je serai trop occupée.

— Non, non, bien sûr. Mais tu sais, si tu es effectivement trop occupée, ce n'est pas grave. Je peux y aller tout seul.

— Mais je prendrai le temps. Quoi qu'il arrive.

— Eh bien, d'accord. Ça me fait plaisir !

— Oui. Toi, moi et du fromage, le plan à trois parfait !

Un silence un peu gêné s'installe. J'appelle un serveur, je commande deux mimosas et je continue sans transition :

— Alors, comment va Tash ? Elle est en chemin ou elle est venue de Glasgow hier soir ?

— Oh ! elle est arrivée tard hier soir.

— Super ! J'ai hâte de la voir !

— Oui… à propos, Lib. Je ne crois pas… je ne crois pas qu'on va pouvoir venir.

— Pardon ?

— Au mariage. Je ne crois pas que Tash et moi allons pouvoir venir.

— Tu… pardon ? Je ne comprends pas.

— Je sais que je te préviens à la dernière minute, et je ne ferais jamais ça si j'avais le choix. Son père va être opéré d'une hernie en urgence demain matin.

— Je… je veux dire, je suis désolée de l'apprendre… Mais je ne comprends pas…

— Eh bien, c'est une intervention à risque.

— Se faire opérer d'une hernie ? Vraiment ?

— Eh oui ! Rien de mortel — enfin, j'espère — mais il a soixante-douze ans, ça fait un moment qu'il n'est pas très en forme, et Tash tient à être présente pour soutenir sa mère…

— Oui, je comprends.

Je m'éclaircis la gorge.

— Mais toi, il faut vraiment que tu sois là ?

— En fait, oui, répond-il en se tortillant sur son siège. Je sais que ça n'a pas l'air indispensable, mais… elle a été tellement géniale quand maman et Clara ont eu leur accident que je ne veux pas la laisser seule avec sa mère dans cette épreuve. Tash est fille unique, et sa mère a tendance à stresser…

— Mais c'est mon mariage, Olly.

Je le dévisage.

— Tu ne pourrais pas aller à Durham après ? La cérémonie est à 14 h 30, donc tu pourrais manquer la réception et arriver en milieu de soirée… Oh ! je pourrais même demander à Joel de te prêter son hélicoptère…

— Enfin, Libby ! s'exclame Olly, l'air plus désespéré que jamais. Je ne vais pas réclamer l'hélicoptère de ton fiancé.

— Ça ne le dérangerait pas !

— Mais moi, si ! Ecoute, le timing est catastrophique, je te l'accorde. Mais j'ai regardé les horaires des trains, et même si je ne venais qu'à la cérémonie, j'arriverais à Durham trop tard pour être utile à Tash et à sa mère. Et elles ont vraiment besoin de moi, Lib.

— Moi aussi, j'ai besoin de toi.

J'ai immédiatement honte d'endosser le rôle de la future mariée tyrannique.

— Ecoute, je comprends que le père de Tash est vieux et malade, et qu'elles s'inquiètent, mais il sera dans un super hôpital, et Tash et sa mère peuvent sûrement se débrouiller seules une journée, et…

— Je t'en prie ! dit Olly, l'air tourmenté. C'est juste… ça tombe mal. Et je suis vraiment, vraiment désolé. Mais il faut que j'y sois. Je n'y peux rien.

Je me laisse retomber sur mon dossier.

— OK.

Bizarrement, je me sens complètement engourdie. Presque vide.

— OK. Ça tombe juste très mal. Comme tu dis.

— Ecoute, tu ne pourrais pas trouver quelqu'un d'autre à la dernière minute, pour prendre notre place ? Je sais que c'est un petit mariage et je ne veux pas que notre absence crée un trou béant dans ton plan de table...

— Le plan de table ? Oh ! ne t'inquiète pas, Olly. C'est le cadet de mes soucis.

— Qu'est-ce que tu veux dire ?

— Eh bien, c'est ton absence qui va créer un trou béant. Au-delà des détails pratiques.

— Oh ! je sais, dit-il en baissant les yeux. Mais je serai présent par la pensée ! Je te le promets. Et... je ne sais pas, j'imagine qu'il y aura une vidéo... Je te préviens, papa et maman viennent armés de leur vieille caméra, même s'il y a un professionnel !

— C'est gentil.

Je ferais tout pour me débarrasser de cette horrible impression de vide.

— J'ai hâte de les voir.

— Ne réagis pas comme ça. Je t'en supplie.

— Qu'est-ce que tu veux que je te dise, Ol ? Evidemment que je suis contente que tes parents viennent. C'est juste... qu'ils ne sont pas... toi.

Ce que je ne peux pas lui avouer — ni à moi-même, en fait, parce que j'aurais l'air trop bête, et parce que j'épouse Joel dans vingt-quatre heures —, c'est que récemment j'ai eu un fantasme stupide récurrent. Non, pas stupide : ridicule. J'imaginais l'instant où l'officiant demandera si quelqu'un a une objection de nature à empêcher le mariage.

Enfin, évidemment, je n'espère pas réellement qu'Olly bondisse en hurlant : « Oui, j'ai une objection ! Ce mariage ne peut pas avoir lieu ! Je suis désespérément amoureux d'elle ! »

Comme je l'ai dit, je sais que c'est ridicule.

Mais l'absence d'Olly rend ce fantasme carrément impossible.

Heureusement, l'arrivée de nos mimosas nous donne un peu de répit.

Dès que le serveur les pose sur la table, nous nous jetons sur nos verres, que nous vidons quasiment en une gorgée.

— Alors ! commence Olly au bout d'un moment. Tu es… euh, tout excitée pour demain ? Tout se passe bien ? Pas de problèmes de dernière minute ?

J'ai très envie de dissiper la gêne entre nous, et lui aussi, de toute évidence, donc j'essaie d'oublier ma déception — OK, mon immense désespoir — et je réponds gaiement :

— Eh bien, je préfère t'épargner les nombreux délires de ma mère et de ma sœur…

— Je vois.

Il finit son mimosa et lâche soudain :

— Mince, Libby. Qui aurait cru, il y a presque vingt ans, qu'on serait un jour assis tous les deux… toi sur le point de te marier, moi fiancé…

— Tu as raison. Je n'aurais jamais imaginé ça, dis-je en vidant mon propre verre. Mais nous y voilà !

— Eh oui.

Le silence retombe.

Je crois qu'il faut que je dise quelque chose. Quelque chose d'important.

Parce que je ne supporte pas cette sensation affreuse. L'impression que tout est… de travers. C'est un mélange d'agitation, de frustration et de panique. Comme le début de la pire migraine imaginable, combiné aux premiers symptômes d'une gastro. Je suis mal à l'aise, stressée, voire carrément terrifiée, et c'est insupportable. Je ne tiendrai pas une journée dans cet état, encore moins une semaine, sans parler du restant de ma vie.

C'est pour cette raison que, sans savoir encore très bien ce que je vais lui dire, je lâche :

— Olly, c'est juste que… j'aimerais vraiment, vraiment que tu viennes.

Non. Non, ce n'était pas ça. Il faut que j'aille plus loin, que je sois plus audacieuse…

— Je sais. Moi aussi.

Olly a la voix un peu étranglée, comme s'il y avait eu un insecte dans son verre et qu'il venait de réaliser qu'il l'avait avalé. Il s'éclaircit bruyamment la gorge.

— Mais j'ai des obligations envers Tash, Libby. Je sais que tu comprends… Tu ne devrais pas répondre ?

— Quoi ?

— Ton téléphone. C'est peut-être important… en rapport avec le mariage ?

Je jette un coup d'œil à mon portable qui sonne. C'est ma mère.

— OK, une seconde.

Je soupire et je décroche.

— Maman ? C'est urgent ?

Pas de réponse. Ou plutôt, pas de réponse articulée. J'entends juste un sanglot étouffé.

— Maman ?

— Oui, c'est moi… oh, Libby, j'ai fait une grosse bêtise.

Etant donné qu'elle est chez le coiffeur, mon imagination s'égare. Elle les a laissés lui faire une permanente ? Une afro ? Une crête ?

— C'est à cause de mon shopping de ce matin. J'imagine que c'était un peu bête de tout mettre sur ma carte bleue, mais je n'ai même pas pensé que je risquais de dépasser mon plafond… Et maintenant, j'essaie de payer chez le coiffeur, et ça fait plus que ce que je pensais…

— Combien ?

— Sept cent trente.

— Sept cent trente livres ?

Son silence à l'autre bout du fil me le confirme.

— Mais comment… ?

— Eh bien, j'ai demandé une coloration, évidemment, ils m'ont fait un soin nourrissant fabuleux avant, et puis la coupe elle-même coûtait deux cent dix, parce que c'était la coiffeuse la plus expérimentée… enfin, à part Nicky, bien sûr… En tout cas, ma carte a été refusée, continue-t-elle d'une toute petite voix, et j'espérais juste que tu pourrais venir m'aider, ma chérie.

— Maman, ma carte aussi va être refusée, si j'essaie de mettre sept cent trente livres dessus !

— Mais ma chérie, proteste-t-elle en baissant la voix, tu t'apprêtes à épouser un homme très riche.

— Oui, et j'ai toujours mon propre compte en banque ! Qui n'est pas très bien garni, d'ailleurs !

Sauf que, bien sûr, j'ai une des cartes de crédit de Joel sur moi, pour payer la robe Jenny Packham.

— Je me sens tellement bête, souffle ma mère d'une voix que je ne reconnais pas, plus éteinte que jamais. Tout ça, c'était idiot. Je me suis mise dans tous mes états parce que je ne voulais pas que ton père me trouve vieille et fatiguée. Ça fait vingt-cinq ans que je ne l'ai pas vu, et je crois que j'avais juste envie de ressembler à la femme que j'étais. Comme s'il allait comprendre un jour qu'il n'aurait jamais dû me quitter !

— Ne t'inquiète pas, maman.

Je me lève déjà.

— Ne bouge pas, je vais te sortir de là, d'accord ?

— Vraiment ? dit-elle avec un soulagement palpable. Tu peux faire ça ?

— Oui, je peux. Enfin, temporairement. Il faudra quand même que tu me rembourses — ou plutôt, que tu rembourses Joel.

— Evidemment ! Franchement, Libby, pour qui est-ce que tu me prends ? Je sais que j'ai l'air un peu éblouie par la fortune de ton futur mari, mais…

— Je serai là dans dix minutes. A tout de suite.

Je me lève, repoussant ma chaise en même temps que l'instant de folie que l'appel de ma mère a interrompu. Evidemment que je ne peux rien dire. Qu'est-ce que j'avais dans le crâne ? Le mariage est demain. Ce n'est plus le moment de faire des déclarations.

— Excuse-moi, Ol, il faut que je file…

— Ta mère va bien ?

— Oui. Enfin, elle est très bête, mais c'est tout.

Mais à l'instant où je le dis, je me rends compte que c'est un peu dur. Ce n'est pas une mère parfaite (et c'est un euphémisme), mais je ne peux pas lui reprocher d'avoir envie de se sentir bien et d'être belle pour mon mariage. Et devant mon père, après vingt-cinq ans… Je comprends qu'on ait besoin de compter pour quelqu'un qu'on a aimé, même après tout ce temps.

— Je ferais mieux d'y aller. Tu peux attendre Nora et lui dire que je serai de retour dans quelques minutes ?

— Oui. Et je vous laisserai déjeuner entre filles, répond-il d'une voix mécanique.

— Et écoute… s'il y a un changement. Avec le père de Tash, je veux dire…

— Bien sûr.

Il se penche pour me déposer un baiser sur la joue.

Je me mets sur la pointe des pieds et je l'imite.

Il me prend dans ses bras, je le serre contre moi, et même si nous sommes en plein milieu d'un restaurant animé, que les gens doivent nous regarder, et que ma mère attend que je vienne la sortir du pétrin, nous restons enlacés.

J'aimerais que la terre arrête de tourner. Je ferais tout pour prolonger ce moment.

Mais la terre n'arrête pas de tourner et, de toute façon, ça ne perturberait pas l'équipe du Wolseley : une serveuse nous demande justement si nous pourrions nous décaler un peu pour qu'elle puisse accéder à la table voisine…

— Tu sais, Lib, dit Olly d'une voix étranglée quand nous nous lâchons, tu vas passer une journée tellement merveilleuse demain que tu ne remarqueras même pas mon absence ! Tu n'auras d'yeux que pour Joel.

Je n'ai rien à répondre et, en fait, je ne suis pas sûre d'être capable de parler. Je me contente de hocher la tête, de presser une dernière fois le bras d'Olly, et je me dirige vers la sortie sans un regard en arrière.

15

La journée a été tellement trépidante que je suis à un quart d'heure de la gare de Barham quand je me rappelle que je suis censée appeler la maison pour prévenir de mon arrivée et qu'on vienne me chercher.

Je m'attends à ce que Sav, Rachael ou Rebecca décroche et je suis un peu déconcertée de ne pas reconnaître la voix à l'autre bout du fil.

— Allô ? Qu'est-ce que je peux faire pour vous ?

— Oh ! euh… c'est Libby… Excusez-moi, qui est à l'appareil ?

— Barbara.

Elle fait une courte pause avant d'ajouter :

— Votre future belle-mère.

— Oh mon Dieu !

Oh mon Dieu.

— Barbara, je suis vraiment désolée, je n'ai pas reconnu votre voix…

— Ce n'est pas grave. Je ne suis probablement même pas censée répondre au téléphone, mais j'aime me sentir utile.

— OK, mais… Eh bien, j'essaierai probablement le portable d'une des assistantes, alors… J'ai juste besoin qu'elles envoient une voiture à la gare pour venir me chercher.

— Oh ! je peux m'en charger.

— Non, non, Barbara, je ne veux pas vous déranger. Vous avez sûrement mieux à faire que de courir après les assistantes.

— Non, je voulais dire que je peux venir moi-même. A quelle heure arrive le train ?

Quoi ? Non. Non !

— Non ! je glapis tout haut.

Puis je me rends compte que c'est l'une des choses les plus grossières que j'aurais pu dire à Barbara. Qui, après tout, ne sait pas que je suis très angoissée à l'idée de la rencontrer, et que mon plan — me mettre sur mon trente et un et descendre au moins une double vodka avant de la rencontrer ce soir — va être complètement saboté si je dois la retrouver à l'arrivée du train, dans dix minutes, sobre.

— Je veux dire, Barbara…

— Donnez-moi l'horaire, et je serai là.

— J'arrive dans une dizaine de minutes, mais…

— Tss, tss, vous n'êtes pas du genre prévoyante, on dirait ! D'accord, j'y serai.

Et elle raccroche.

Pendant au moins cinq des huit minutes qui me séparent de la gare, je reste paralysée sur mon siège dur et un peu sale, à fixer la campagne du Sussex qui défile, trop paniquée pour réfléchir.

Quand il reste moins de trois minutes, j'ai enfin une bouffée d'adrénaline. Je me passe un peigne dans les cheveux, je farfouille dans mon sac et je mets la main sur un rouge à lèvres un peu écrasé, puis je file dans les toilettes immondes pour examiner mon reflet dans le miroir.

Pour quelqu'un qui se marie dans un peu moins de vingt-quatre heures, je ne suis pas au top de ma forme. J'ai surtout l'air fatiguée, et un peu hagarde, et le coup de peigne ne m'a pas été d'une grande utilité (peut-être que Joel a raison et que les cheveux longs ne me vont pas), sans parler du fait que j'ai passé une bonne partie du trajet à pleurer…

Je sais que ce n'est pas comme si j'avais dit adieu à Olly pour toujours. Mais je n'y peux rien si c'est l'impression que ça me fait.

Ce n'est pas le moment d'y penser. Le train ralentit à

l'approche de Barham et, d'un instant à l'autre, je vais devoir descendre et rencontrer Barbara en personne pour la première fois.

En fait, je la vois avant même l'arrêt du train : une grande femme magnifique, dangereusement près des rails, qui parle au téléphone.

Je rassemble mes affaires — mon sac à main, la housse Jenny Packham, mon courage — et je descends du train.

Dès qu'elle me voit, elle raccroche et se dirige vers moi à grands pas.

— Libby, dit-elle en m'embrassant sur les deux joues. Heureuse de faire enfin votre connaissance. Venez, ajoute-t-elle en s'éloignant vers le parking. Il fait très froid, nous serons mieux dans la voiture.

J'ai un peu de mal à suivre son rythme, étant donné qu'elle a de longues jambes et que je porte tout, mais je m'efforce de ne pas me laisser semer. Surtout pour pouvoir l'observer à la dérobée pendant qu'on marche. Même à la lumière du crépuscule, sa beauté est saisissante : des cheveux d'ébène rassemblés en queue-de-cheval, les yeux bleus qu'elle a légués à Joel et des pommettes encore plus saillantes que sur Skype, quand je l'ai « rencontrée ». Elle porte ce qui ressemble au ciré de Joel par-dessus un jean et des bottes noires coûteuses, et elle fait au moins dix ans de moins que l'âge qu'elle doit avoir, environ soixante-cinq ans.

— C'est adorable d'être venue me chercher, Barbara. Surtout que vous venez sûrement d'arriver à Aldingbourne.

— Oh ! ça fait deux heures que nous sommes là. Ma mère fait la sieste, mais je mourais d'ennui, à attendre que tout se mette en place. Joel est allé chercher Julia à Gatwick, comme vous le savez sûrement, donc je n'ai même pas pu discuter tranquillement avec mon fils. Et franchement, ajoute-t-elle d'une voix qui, malgré son léger accent slovaque, me rappelle Grace Kelly, je n'en pouvais plus des chichis de ces assistantes. Elles sont charmantes, mais elles en font vraiment trop. Nous y voilà. Montez.

Bon, d'accord, on ne se connaît que depuis quarante-cinq secondes, mais ça se passe mieux que je ne l'aurais cru, ne serait-ce que parce que je me réjouis secrètement que Barbara trouve Sav, Rachael et Rebecca aussi envahissantes que moi. Je pose la robe sur la banquette arrière et je saute dans la Range Rover noire avec un peu plus d'entrain que je ne l'espérais. J'ai à peine le temps d'attacher ma ceinture avant que Barbara démarre.

— Alors ! dit-elle avec l'air de quelqu'un qui commence une conversation importante. Je fais enfin la connaissance de ma nouvelle belle-fille !

— Oui, c'est super. Je suis désolée qu'on n'ait pas pu se voir avant, mais vous savez ce que c'est, avec l'emploi du temps de Joel…

— Oh ! ne vous inquiétez pas. Je connais mon fils ! Et je suis moi-même assez débordée.

Elle claque des doigts plusieurs fois, comme pour démontrer la rapidité avec laquelle elle se déplace de par le monde.

— Ici, là et partout, ces derniers temps. Mais c'est une période enthousiasmante à la fondation. Nous mettons en place plusieurs nouveaux projets pour l'année prochaine. D'ailleurs, il faut que nous discutions après la lune de miel, pour voir ce qui vous intéresse. Vous êtes gemmologue, c'est bien ça ?

— Euh… non, je suis créatrice de bijoux. Enfin, je travaille avec des pierres précieuses, bien sûr, mais je ne m'y connais pas tant que…

— Parfait ! Vous pourrez m'accompagner en Afghanistan en février pour découvrir le projet que nous sommes en train de lancer. Je ne sais pas si vous avez déjà travaillé avec le lapis-lazuli, mais les conditions de vie des mineurs sont problématiques, et nous tenons à lever le voile sur le travail des enfants dans…

— En Afghanistan ?

— Oui.

Ses yeux bleus perçants se posent sur moi, quittant la route un peu trop longtemps à mon goût.

— Quel est le problème ?

— Euh… eh bien, je ne suis pas très au courant de l'actualité, mais ce n'est pas un peu… euh…

Sous son regard insistant, je me surprends à chevroter en concluant :

— Dangereux ?

— Le Badakhchan est l'une des régions les plus stables d'Afghanistan, répond-elle en fronçant les sourcils.

— Je n'en doute pas, mais…

Je laisse échapper un petit rire nerveux. Et je me demande comment on s'est retrouvées à planifier un voyage en Afghanistan cinq minutes après notre rencontre, plutôt que d'aborder, je ne sais pas, des sujets plus classiques pour une future mariée et sa belle-mère la veille du mariage. Je ne suis pas obsédée par les détails de la cérémonie, mais la plupart des gens parleraient fleurs et petits-fours, non ?

— C'est quand même… l'Afghanistan.

— Je ne comprends pas. Vous prévoyez d'être déjà enceinte à ce moment-là ?

— Quoi ? Oh mon Dieu, non, pas du tout…

Je sens mes joues s'enflammer. En fait, c'est sans doute un sujet de conversation plus classique entre une femme et sa belle-mère, et je ne suis pas sûre d'apprécier.

— Ce n'est pas pour cette raison que je m'inquiète pour la sécurité.

Son froncement de sourcils s'accentue. Elle semble capable de négocier la petite route en lacets en se contentant de jeter un coup d'œil devant elle toutes les quelques secondes. Sûrement le résultat de longues années passées à conduire des camions humanitaires sur les chemins en terre d'Afrique centrale.

— La sécurité est une illusion, Libby. Vous pourriez vous faire renverser par un bus pendant que vous faites les courses à Chichester.

— Oui, c'est possible.

J'éclate à nouveau de rire, dans le vain espoir de détendre l'atmosphère.

— Mais statistiquement, c'est certainement beaucoup moins probable que, vous savez…

Me faire kidnapper par les talibans et lyncher dans les rues de Kandahar ?

— Le genre de choses qu'on lit dans les journaux sur cette région du monde.

— Ah oui, c'est tout le problème, n'est-ce pas ? fait Barbara en prenant un virage avec un contrôle impressionnant, étant donné qu'elle va vite et regarde à peine la route. Je veux dire, lire des articles de journaux plutôt que d'être directement sur le terrain. Sans vouloir vous vexer, Libby, comment allez-vous pouvoir parler de votre travail en détail, avec passion, si vous vous contentez de répéter le mémo que quelqu'un vous a envoyé ?

— Parler ?

— Mmh mmh.

Elle tire le pare-soleil pour se protéger de l'éclat hivernal du coucher de soleil dans le champ devant nous.

— J'ai toujours pensé que la femme de Joel devrait être une figure de proue pour la fondation Perreira, capable de prendre la parole en public et de dire aux donateurs ce qu'ils ont besoin d'entendre. Joel est parfait dans ce rôle, bien sûr, mais soyons réalistes, ça ne fait jamais de mal que le message soit repris par une jolie jeune femme…

Elle me scrute à nouveau, se demandant clairement si je suis effectivement jolie. Elle semble dubitative parce que, au bout d'un instant, elle poursuit :

— J'imagine que vous vous êtes laissé pousser les cheveux pour les relever pour le mariage ? En fait, je pense que vous seriez plus élégante avec une coupe un peu plus courte, Libby. Et vous a-t-on appris à vous maquiller ? C'est un vrai atout pour prendre confiance en soi, continue-t-elle sans me laisser le temps de répondre, et c'est indispensable pour rencontrer des donateurs importants ou parler à des reporters dans une région où on ne peut pas emmener nos propres coiffeurs et maquilleurs. Et bien sûr, ce sera le cas en Afghanistan. Je vais parler à mon assistante Elena et lui demander de prendre contact avec la vôtre pour organiser le voyage… Je vais à Peshawar le 18 février et je dois prendre l'avion pour Kaboul le 21, je crois, donc il vaudrait probablement mieux que vous arriviez le…

— Barbara ! Nous ne nous sommes pas mises d'accord, si ?

— Eh bien, j'imagine que vous voulez d'abord en discuter avec Joel. Il voudra peut-être que vous soyez accompagnée par un garde du corps, même si personnellement je me suis toujours débrouillée sans… Enfin, il y a bien eu un incident l'année dernière en Angola où j'aurais sûrement apprécié l'expertise en arts martiaux d'Esti…

— Ecoutez, est-ce qu'on peut laisser ça en suspens pour le moment, Barbara, s'il vous plaît ? Après tout, je me marie demain, et je n'ai même pas fini de faire mes bagages pour la lune de miel ! Prévoir un voyage en Afghanistan me semble un peu prématuré. Et en plus…

Ma voix se fait plus ferme : il faut que je le dise, non ?

— J'ai déjà expliqué à Joel que je ne suis pas sûre d'être qualifiée pour travailler à temps plein à la fondation.

Barbara écrase le frein, mais c'est pour éviter un lapin qui zigzague sur la route, pas pour se défouler. En fait, quand elle tourne son visage magnifique vers moi, elle ne semble pas en colère du tout, simplement surprise. Non : éberluée.

— Mais pourquoi donc ?

— Eh bien, pour commencer, j'ai déjà un travail ! Qui me plaît beaucoup et dans lequel je me débrouille plutôt bien. Et je ne pense pas que je serais douée pour faire le même genre de choses que vous. Ça fait trente ans que vous travaillez dans l'humanitaire ! Vous parlez probablement cinq langues…

— Huit. Neuf, si on compte mes compétences orales en mbochi.

— Et vous avez été formée à la gestion de crises, vous avez l'habitude des relations avec les ONG, vous savez négocier avec les gouvernements et les tribus… Je suis créatrice de bijoux. Ce n'est pas que je ne veuille pas venir en aide aux gens moins chanceux que moi, je pense simplement que je ne suis pas du tout équipée pour ! Enfin, un jour, j'ai mis le feu à mes cheveux pendant un tournage de série télé. A King's Cross. Est-ce que je suis vraiment celle que vous voulez avoir à vos côtés dans une région reculée d'Afghanistan ?

Mon anecdote ne fait pas rire Barbara. Elle ne demande pas non plus de détails. Mais je la soupçonne de ne pas avoir un grand sens de l'humour. Ni la moindre curiosité pour quoi que ce soit en dehors de son travail.

— Mais qu'est-ce que vous aviez en tête, alors ? demande-t-elle d'un ton maussade.

Nous venons d'atteindre la route privée qui conduit à Aldingbourne. Au moins, cette conversation va bientôt s'achever.

— Parce que Lilian, ma belle-fille précédente, ne s'est jamais vraiment impliquée dans nos magnifiques projets, et ça a rendu nos relations difficiles. Ce n'est pas une menace, au fait. Je n'ai jamais eu de gros problèmes avec les petites amies de mon fils, tant que ce n'étaient pas des croqueuses de diamants superficielles. Et je n'ai pas l'impression que vous soyez une croqueuse de diamants.

Elle ne dit rien sur l'aspect *superficiel*.

— Mais je crois que tout le monde, Joel inclus, sera assez déçu si vous n'essayez même pas d'être à la hauteur. Vous savez, Libby, vous allez avoir un statut extrêmement privilégié. Vous épousez un homme très fortuné. Vous ne voulez pas rendre un peu de ce que vous allez recevoir ?

J'ai honte de l'avouer, mais là, tout de suite, la seule chose que j'aie envie de rendre, c'est ma bague de fiançailles.

— Bien sûr que j'aimerais me rendre utile ! Et je suis consciente de ma chance, Barbara, honnêtement. Mais ne vaudrait-il pas mieux que je prenne mon temps et que je détermine ce pour quoi je suis douée ? Pour la fondation, je veux dire. Et que je laisse les choses sérieuses aux gens compétents qui savent ce qu'ils font ?

— Hmm, dit-elle pendant que nous arrivons sur l'allée conduisant à la maison. J'imagine que vous êtes la mieux placée pour vous rendre compte de vos limites.

Je m'éclaircis la gorge.

— Je n'appellerais pas ça des limites. J'essaie simplement d'être réaliste.

— Bien sûr. Eh bien, comme je le disais, vous êtes la mieux placée pour le savoir.

Son ton suggère cependant exactement le contraire. Elle gare la Range Rover juste devant la maison.

— Et vous avez beaucoup de pain sur la planche, avec le mariage et… ce genre de choses.

Cette fois, son ton laisse entendre que je suis une écervelée de la pire espèce parce que je ne veux pas me consacrer corps et âme à la lutte contre la pauvreté et les souffrances dans le monde.

— Mais j'imagine que j'ai du mal à comprendre comment quelqu'un peut vouloir rester passif alors qu'il pourrait être utile. C'est sûrement dû à mon histoire personnelle. Joel vous a certainement expliqué que ma mère est une rescapée de la Shoah, et j'ai grandi derrière le rideau de fer… J'ai transmis à mon fils une vraie détermination à réussir, et à aider les autres. C'est une partie importante de sa personnalité. Je ne sais pas comment il pourra être heureux avec quelqu'un qui… oh ! En parlant du loup !

Joel est en train d'ouvrir ma portière.

— *Ahoj, milà ku !*

— *Mamicka ?*

Il semble surpris de la voir.

— Je ne savais pas que c'était toi qui conduisais ! En fait, je ne savais même pas que tu étais arrivée…

— Oh ! tu étais occupé, *srediecko*, je ne voulais pas

te déranger. Et Libby a appelé en disant qu'elle était à la gare… c'était l'occasion parfaite de faire connaissance ! Nous avons bien discuté, n'est-ce pas, Libby ?

— Oui, c'était super.

— Et maintenant, je vais vous laisser deux minutes pendant que je vais réveiller Babicka, d'accord ?

Barbara sort de la voiture avec une nonchalance délibérée, très loin de la virulence dont elle a fait preuve jusque-là.

— Nous prendrons tous le thé au salon, j'espère ? J'imagine que Julia est là ?

— Oui, elle est à l'étage avec la nounou, elle s'installe dans sa chambre. Va lui dire que tu as apporté des cadeaux — j'imagine que tu en as ? — et elle descendra avant que tu aies le temps de dire ouf.

— Bien sûr, mais je ne lui ai pas acheté la princesse Disney que tu m'avais suggérée, *milà ku*. Je lui ai rapporté une magnifique poupée tribale du Burkina Faso…

— Super, *Mamicka*, répond Joel, l'air distrait. Je suis sûr que ça lui plaira.

Personnellement, je ne parierais pas là-dessus, mais je suis soulagée de voir Barbara fermer sa portière et se diriger vers la maison.

Evidemment, c'est la première fois que je rencontre une belle-mère potentielle, donc je ne sais pas quels sont les critères pour se faire un avis… et au moins, elle n'était pas ouvertement hostile à l'idée que j'épouse son petit chéri. En fait, elle semblait surtout ne pas comprendre ma présence dans la vie de Joel. C'est vrai que si elle s'attendait à une amazone aussi belle qu'intrépide, avec un doctorat en relations internationales et le pouvoir de sauter d'un gratte-ciel à l'autre…

— Libby, dit Joel, l'air tendu. Est-ce que tu as dépensé sept cents livres avec ma carte de crédit cet après-midi ?

— Oui. Enfin, j'ai utilisé ta carte, parce que j'étais sûre qu'elle marcherait. Evidemment, ma mère va te rembourser.

C'était pour sa coupe de cheveux, elle a un peu dépassé les bornes… Mais comment est-ce que tu es au courant, au fait ?

— American Express m'a appelé. Cette carte n'est quasiment jamais utilisée, et soudain il y a une dépense de coiffeur de sept cents livres. Ça a activé une procédure de sécurité. En fait, j'étais avec mes avocats quand ils ont appelé…

Son visage se durcit, et il reprend d'une voix encore plus tendue :

— Ecoute, Libby, il va peut-être falloir repenser l'absence de contrat de mariage, d'accord ? Ce coup de téléphone a fait vraiment peur aux avocats, et ils ne sont pas contents du tout qu'on n'ait rien mis en place. Ils sont en train de rédiger des documents, et on devrait avoir un résultat ce soir…

— Joel. Je ne veux pas passer la veille de mes noces à étudier un contrat de mariage.

— Eh bien, ce n'est pas très agréable, et je me sens bête de ne pas avoir insisté auparavant. Seulement, je ne pensais pas que tu étais… Je suis sûr que ta mère n'avait pas prévu de trop dépenser pour sa coiffure, mais il faut comprendre les avocats : la veille du mariage, la fiancée se met soudain à faire chauffer la carte bancaire…

— Ça n'a rien à voir, je suis venue en aide à ma mère ! Qui va tout te rembourser, je te le garantis !

— OK, calme-toi… Ecoute, le contrat de mariage te protégera aussi. J'ai dit aux avocats de s'assurer que tes intérêts soient préservés.

Tout en claquant la portière de la Range Rover, je réplique :

— Je m'en fiche ! Je ne veux pas un seul centime, Joel. Tu ne me crois plus ?

— Allez, Libby, tu ne peux pas prétendre que tu ne t'es pas habituée à mon train de vie ! Et je ne t'ai pas entendue formuler d'objections.

— C'est faux. J'ai protesté quand tu as claqué onze mille livres sur un costume.

— Ah.

Son regard devient glacial.

— Encore cette histoire de costume. Si je me souviens bien, tu n'as pas protesté, tu t'es moquée de moi…

— Mais pas du tout ! Je t'ai juste demandé s'il était vraiment nécessaire de dépenser autant pour un costume destiné à un goûter d'enfants !

Je prends une grande inspiration : c'est un terrain glissant, et je ne veux pas reprendre la fameuse dispute du costume la veille du mariage. La dernière fois, Joel a boudé pendant des jours.

— Ecoute, dis à tes avocats que je suis prête à signer un document disant que je renonce au moindre centime de ta fortune — je le prendrai comme une insulte, mais je signerai — tant que je n'ai pas besoin de passer la soirée à examiner de la paperasse alors que ma famille et mes amis vont arriver.

— Je trouve ça idiot. Et je crois que tu gagnerais à être un peu plus raisonnable là-dessus, Libby. Je suis tout à fait prêt à te payer ton propre avocat, qui acceptera sûrement de lire les documents pour toi, ce soir, si tu as peur de ne pas comprendre…

— Hé, je ne suis pas idiote !

— Non, Libby, je sais. Mais ce sont des sujets sérieux.

— Moi aussi, je suis capable d'être sérieuse ! A ma façon ! Et personne ne me laisse une chance de tracer ma propre voie dans ton monde, Joel. Tout ça parce que je ne passe pas mon temps à secourir les victimes de cyclones et à négocier des accords de commerce équitable avec des chefs de guerre rwandais…

— Tu te moques de ma mère ? s'insurge Joel.

— Non, je ne me moque pas d'elle ! C'est clairement une femme extraordinaire, Joel. Vous le savez très bien tous les deux. Mais vous avez l'air de croire que vous pouvez me dire comment passer le reste de ma vie.

— Tu parles de la fondation ? Oh ! franchement, Libby, elle est simplement passionnée par son travail ! Ça te tuerait de t'y intéresser un peu plus ? Tu avais l'air très enthousiaste quand il s'agissait de sortir ta chère maman du pétrin dans lequel elle s'était fourrée… Je suis surpris que ta compassion ne s'étende pas aux enfants réfugiés qui ont besoin d'une aide humanitaire d'urgence !

— Joel, je suis très intéressée par la fondation. Mais pour moi, charité bien ordonnée commence par soi-même. Je suis censée rencontrer ma future belle-fille d'un instant à l'autre. J'aimerais commencer par me concentrer sur cette enfant-là en particulier, si ça ne te fait rien ?

— Très bien.

Il me fusille du regard.

— Et si tu continues à prétendre que tu es beaucoup trop occupée pour lire un contrat de mariage ou parler à un avocat ce soir, il faudra qu'on le fasse après.

— Une fois qu'on sera déjà mariés ?

— Oui. C'est tout à fait possible.

— Mais je ne veux pas de contrat du tout ! Le mariage, ce n'est pas censé être romantique ? Au moins un peu ? Et une question de confiance, d'amitié, de…

— Tu as bu ? m'interrompt-il brusquement.

— Parce que je parle d'amour ?

— Non. Parce que tu as l'air un peu pompette !

— J'ai bu un cocktail avec le déjeuner ! Et un verre de champagne à la boutique de robes de mariées, il y a des heures !

— Génial !

Il lève les bras au ciel. C'est un geste tellement théâtral, pour quelqu'un qui est habituellement plutôt calme, que je ne peux pas m'empêcher de me dire que c'est une façon assez affectée de mettre un terme à notre dispute, en me mettant clairement en tort.

— Félicitations, Libby. C'est la première fois que tu rencontres ma fille, ma mère et ma grand-mère, et tu es bourrée.

— Je ne suis pas bourrée ! J'ai bu deux verres ! Ne sois pas ridicule…

Il se détourne et se dirige à grands pas vers la maison en me lançant par-dessus son épaule :

— Et tu t'étonnes que les gens ne te trouvent pas toujours très sérieuse !

— Joel…

— Puis-je te suggérer de demander à quelqu'un de t'apporter un café fort avant de venir prendre le thé avec ma famille ?

Il ne claque pas la porte d'entrée derrière lui, parce qu'il y a un employé (bien sûr ; un témoin de notre dispute, merveilleux) qui la lui tient. Mais le cœur y est.

16

J'ai passé la soirée en pilote automatique.

Je sais ce que vous *pensez* que vous feriez, si vous vous étiez violemment disputée avec votre fiancé la veille du mariage. Si sa mère vous avait délicatement laissée entendre que vous n'êtes pas assez bien pour lui, et que votre relation ne peut que se solder par un échec. S'il s'était mis à insister pour établir un contrat de mariage, avant ou après la cérémonie, ou un autre accord financier minable, même s'il devrait savoir que vous n'en avez rien à faire de son argent. Vous vous dites que vous demanderiez à quelqu'un de vous amener à la gare pour prendre le premier train pour Londres et ne jamais revenir.

Mais la réalité est un peu différente. La réalité, c'est que vous êtes incapable d'aligner deux pensées cohérentes pour établir un semblant de stratégie vous permettant de répondre à ces coups bas. La réalité, c'est que vous êtes obligée de rentrer dans la maison pour trouver le chauffeur de la Land Rover, sans parler du fait que c'est là que sont toutes vos affaires. Et la réalité, c'est qu'une fois que vous êtes dans la maison, on vous présente soudain sa grand-mère, qui est venue de Floride exprès pour assister à votre mariage. Et puis bien sûr, sa fille fait son apparition, et elle est angélique, avec ses grands yeux bleus solennels, sa peau de bébé et ses boucles blondes. Très mignonne, elle s'assoit près de vous sur le canapé, boit un verre de jus et, au bout d'un moment, vous prend la main.

Ensuite, douche rapide, vous mettez la robe choisie pour le dîner de répétition et vous redescendez pour accueillir tous les autres invités, y compris votre mère, votre sœur, votre meilleure amie et sa famille…

Je dis juste que même si, de façon raisonnable, vous avez envie de faire une pause pour réfléchir, en réalité, c'est loin d'être aussi simple.

Malgré mon état, le dîner de répétition va bon train. La douzaine d'invités se gavent de saumon mariné et de coquelets grillés avant d'enchaîner sur une délicieuse (enfin, sûrement, pour moi tout a un goût de cendres) glace au miel et à la lavande cueillie dans le jardin biodynamique. Le vin coule à flots — mais pas pour moi, qui n'ose pas en boire —, et il y a des discours : pas de Joel, évidemment, qui se réserve pour demain, mais de sa mère, qui m'accueille dans la famille (gentiment, mais toujours d'un air un peu surpris), et du père de Nora, qui, très ému, essuie une larme en parlant de l'amitié qui me lie à sa fille depuis des années.

Mais je dois avouer que j'évite Nora, maintenant que tout le monde commence à quitter la salle à manger et à aller dans la bibliothèque boire un café accompagné de petits-fours (l'œuvre du pâtissier sexy de Bogdan). De l'autre côté de la pièce, elle me fixe en haussant les sourcils, probablement parce qu'elle a remarqué que je suis un peu pâle, même si elle pense sûrement que c'est dû à l'absence d'Olly demain.

Je n'ai jamais très bien réussi à mentir à Nora — en fait, je n'y arrive pas du tout — et la dernière chose dont j'ai besoin, c'est qu'une femme enceinte boostée aux hormones annonce à tout le monde que le mariage devrait être suspendu parce que la mariée a de gros doutes. Il me semble donc plus sage de l'éviter.

En plus, Julia commence à fatiguer : elle bâille à s'en décrocher la mâchoire, comme seule une petite fille de cinq ans épuisée par le jet-lag peut le faire. Quand elle me demande de l'accompagner à l'étage pour lui lire une histoire, je saute sur l'occasion, pour me rapprocher de ma future belle-fille, mais aussi, je l'avoue, pour m'échapper une demi-heure.

Quand je préviens Joel, il lui dit tendrement :

— Alors, tu montes avec Libby ? Super, ma chérie. Tiens-toi bien !

Je me demande à qui s'adressait cette dernière phrase, mais ce n'est pas le moment de poser la question, si ?

Je sais qu'un mariage n'est pas un long fleuve tranquille. Mais si, juste avant, vous doutez déjà d'être heureuse…

— Libby ? me demande Julia quand on monte l'escalier. Je peux voir ta chambre, s'il te plaît ?

— Oh… Je croyais que tu voulais que je te lise une histoire ?

— Oui, oui. Mais d'abord, j'ai très envie de voir ta chambre. Et ta robe, ajoute-t-elle après un instant de réflexion. Tu me montres ta robe de princesse ?

— Euh, ma robe de mariée, tu veux dire ?

— C'est ça.

Elle pose sur moi ses grands yeux bleus, si semblables à ceux de Joel.

— Celle que tu vas porter demain.

— J'imagine que je pourrais… Mais tu es sûre que tu ne veux pas attendre demain, pour avoir la surprise ?

Julia réfléchit un instant et plisse le nez.

— J'aime pas trop les surprises, répond-elle enfin.

— Tu sais quoi, Julia ? Moi non plus.

Elle me suit dans la chambre où je vais dormir cette nuit. J'ai déménagé toutes mes affaires ce matin — autant dire il y a une éternité — pour que Joel et moi ne dormions pas ensemble la veille du mariage. C'est une très belle pièce — comme tout le manoir —, et j'imagine qu'elle est encore embellie par ma magnifique robe de mariée accrochée à l'armoire.

Quand on entre, Julia s'arrête net et la dévore des yeux.

— Waouh ! C'est elle ?

— Eh oui !

— C'est la robe de princesse que tu vas porter demain ? Pour te marier à mon papa ?

— Mmh mmh.

Je m'éclaircis la gorge.

— Alors, elle te plaît ?

— J'adore, dit-elle, les yeux brillants et l'air solennel. Tu veux bien la mettre ?

— Quoi, maintenant ?

— Oui !

— Oh ! je ne sais pas, Julia… Je crois que c'est censé porter malheur d'essayer sa robe de mariée la veille au soir.

En fait, je n'en suis pas sûre du tout. Ça porte malheur si le futur mari voit sa fiancée la porter avant le mariage, oui. Mais si c'est pour gagner des points auprès de votre adorable future belle-fille de cinq ans… non, je ne crois pas.

— S'il te plaît ? Je vais mettre ma robe de demoiselle d'honneur, et on pourra s'entraîner !

— Oh non, on ne va pas risquer de froisser ou de tacher ta jolie robe.

Je sais à qui on ferait des reproches. Pour la distraire, j'ajoute :

— Je veux bien essayer ma robe, mais juste deux minutes, d'accord ?

— OK ! On va pouvoir jouer aux princesses ! répond-elle joyeusement.

Elle n'a peut-être pas tout à fait accepté que je ne la mette que deux minutes.

Tandis que j'ouvre la housse Jenny Packham, on frappe un petit coup à la porte. Sans attendre de réponse, Cass passe la tête dans l'entrebâillement et siffle :

— Lib, j'ai besoin de… oh.

Elle s'interrompt en apercevant Julia.

— Elle est là, celle-là.

— Qui c'est ? demande Julia.

— C'est ma sœur, Cass… ce sera un peu ta tante, à partir de demain, j'imagine.

— Oh.

Julia dévisage Cass.

— Ça me plaît pas trop.

— T'es pas la seule, la Minimoy, grogne Cass. Bon, écoute, Libby…

Elle entre dans la pièce en chancelant sur des talons de vingt centimètres. Rien que de la voir, j'en ai le tournis. Je dois dire que Cass est à tomber ce soir, dans une robe moulante au décolleté plongeant qu'elle a choisie en apprenant que ce serait un dîner assis — et croyez-moi, quand ma sœur fait dans le décolleté plongeant, c'est vraiment vertigineux.

— C'est quoi, son problème, à ce Nick ?

— Le témoin de Joel ?

— Oui. Il est gay ou quoi ?

— Cass !

Je fais un signe de tête en direction de Julia.

— Ah oui, t'as raison… Juliet, c'est ça ?

Cass se penche soudain vers Julia, soumettant à une pression dangereuse le tissu déjà tendu de sa robe.

— Julia.

— C'est ça. Bref. Dis-moi, Julia, ce Nick, le meilleur ami de ton père… il est gay ou quoi ?

— Ce n'est pas ce que je voulais dire ! Tu ne peux pas lui demander ça !

— Pourquoi pas ? Elle le connaît depuis plus longtemps que toi.

— Oui, mais elle a cinq ans !

— Presque six, me corrige Julia. En plus, je sais ce que ça veut dire, gay. C'est quand un monsieur aime les autres messieurs plus que les dames, hein ?

— Exactement !

L'air agréablement surprise, Cass lui fait un *high-five* approbateur.

— Alors, il est gay ? Nick, je veux dire.

— Hmmm…

Julia plisse le nez, l'air songeur.

— Je crois pas… Maman a jamais beaucoup aimé Nick, c'est tout ce que je sais. Elle a dit qu'il était… badin ?

On la fixe toutes les deux un instant, sans savoir comment traduire. Ni comment réagir…

— Oh ! il est radin ? demande Cass, prouvant une fois de plus qu'au fond elle n'a rien d'une blonde écervelée. C'est ce qu'a dit ta mère ?

— Oui, c'est ça ! fait Julia avec un grand sourire. Je crois qu'il a beaucoup de sous, mais il veut pas les dépenser. Maman est toujours amie avec la dame qui était mariée à Nick, donc elle sait tout ça. Enfin, je crois que Nick a été marié à plein de dames…

— C'est bien, p'tite tête, c'est bien… donc ça nous ramène à la question de départ : peut-être qu'il est secrètement gay !

— Non mais ça va pas, Cass !

Il faut que j'arrête les dégâts. Après tout, je suis la future belle-mère de Julia. Et une adulte responsable. Un être humain.

— Tu ne peux pas essayer de penser un peu aux autres, juste pour un week-end ?

— Hé ! Là, je pense à toi, Lib. Ta vie sera tellement plus sympa si j'arrive à me maquer avec Nick. Tu auras quelqu'un de marrant avec toi ! Enfin, Joel et sa famille sont plutôt sérieux, non ? Sans vouloir te vexer, Jules, dit-elle à Julia. En tout cas, toi, tu as l'air super. Si seulement mes ex-belles-filles avaient été aussi cool que toi ! Je serais peut-être toujours avec Zoltan…

— Au lieu d'essayer de séduire le témoin la veille de mon mariage ? Dans ce cas, je crois que c'est effectivement très regrettable.

— Tu ne m'aides pas du tout, là, Libby, remarque-t-elle, l'air agacé. Et qu'est-ce que tu fous, à te planquer ici comme ça ? Je crois qu'il va y avoir un PowerPoint en bas. Avec des photos d'enfance de Joel ou quelque chose comme ça, enfin un truc bien mièvre.

— Oh mon Dieu… Julia, et si on redescendait, et j'essaierai la robe plus tard ?

— Mais tu as dit que tu allais me la montrer maintenant, proteste Julia.

Ses traits angéliques se crispent dangereusement.

— OK, OK, je te la montre maintenant, mais très vite, je réponds avec toute la fermeté dont je suis capable. Cass, si Joel demande où je suis, tu peux lui dire que je descends dans une minute ?

— D'accord, concède-t-elle en titubant vers la porte. Mais je ne peux pas te garantir que je resterai jusqu'à la fin de ce PowerPoint pourri, tu sais. Si Nick a l'air un tant soit peu intéressé, je vais essayer de le convaincre de sortir fumer une clope et je tenterai ma chance.

Elle jette un coup d'œil à son décolleté plongeant et secoue ses seins, soit pour les réajuster, soit pour se rappeler à quel point elle est fabuleuse.

— Merci encore, Juliet, lance-t-elle à Julia avant de refermer la porte derrière elle. Je sens qu'on va bien s'entendre, toi et moi.

Même si elle n'a que cinq ans, je ne suis pas à l'aise à l'idée de me changer devant elle, donc je prends la housse et je me dirige vers la salle de bains.

— Je peux te laisser une seconde, Julia ?

— Oh oui, pas de problème, Libby.

Elle se perche sur le lit.

— Au fait, j'ai une question pour toi. T'es déjà tombée sur des Grace ?

Un frisson me parcourt.

— Qu'est-ce que tu as dit ?

— T'es tombée sur des Grace ?

— Je… tu veux dire… excuse-moi, Julia, tu parles de… Grace Kelly ?

Je m'agenouille près d'elle.

— Tu es allée jouer dans le grenier, aujourd'hui ? Tu as rencontré quelqu'un, là-haut ? Une dame blonde ? Assise sur le vieux canapé ?

Elle me regarde comme si j'étais folle.

— J'ai pas été dans le grenier. Je me demande simplement si tu es tombée sur des Grace. Parce que maman a dit que c'était qu'une question de temps.

Etant donné le malentendu sur *radin* il y a deux minutes, je commence à comprendre qu'il y a peut-être un problème de traduction. Et à force de fréquenter Bogdan, je suis devenue une pro de la traduction.

— Julia, est-ce que ta maman a dit que j'allais tomber en disgrâce ?

— Oui, c'est ça, acquiesce-t-elle. Maman dit qu'il lui est arrivé la même chose quand elle était mariée à papa. Et je l'ai entendue dire à papy que c'était qu'une question de temps avant que ça t'arrive aussi. En effet, poursuit-elle avec un drôle de vocabulaire d'adulte qui me suggère qu'elle se contente de répéter ce qu'elle a entendu sans nécessairement comprendre, papa déteste l'imperfection. Parce que, tu sais, il met les gens sur un pied de salle…

— Un piédestal ?

— Et après, quand ils commencent à être un peu plus humains, il supporte pas.

Je frissonne soudain, et ce n'est pas juste parce que je ne porte qu'une fine robe en dentelle.

Je m'empresse de me redresser : je n'ai pas le droit de poursuivre cette conversation avec la fille de Joel. Si je veux en parler — et même si ça me terrifie — je crois que c'est à lui qu'il faut que je m'adresse. Pour voir s'il admettra que son ex-femme n'a pas complètement tort.

Pour être honnête, ça ne me surprend pas trop, étant donné la façon dont les choses se sont passées ces derniers jours. Etant donné qu'il m'a idolâtrée dès notre rencontre. Et que sa mère m'a clairement fait comprendre qu'il faudrait que je sois un croisement entre Gandhi et Mère Teresa (mais jolie en tenue de soirée et en talons) pour ne pas le décevoir.

— Je vais juste enfiler ma robe, et ensuite il va vraiment falloir qu'on descende voir le PowerPoint de ton papa.

Julia hoche la tête, et je vais dans la salle de bains.

Je ne ferme pas la porte à clé, je me contente de la pousser et j'enlève ma robe droite. Puis, d'une main tremblante, j'enfile ma robe de mariée.

J'examine mon reflet dans le miroir en pied.

Une inconnue me rend mon regard.

Soyons clairs : la robe est somptueuse. Avec sa coupe en biais et ses manches flottantes, elle met vraiment ma silhouette en valeur, et elle est brodée de milliers de minuscules cristaux qui reflètent la lumière et m'entourent d'un halo presque palpable. Si c'est aussi impressionnant à la lumière artificielle de la salle de bains, je n'imagine même pas l'effet que ça fera à la lumière des bougies, dans une chapelle victorienne, par un crépuscule d'hiver.

Enfin, si j'y vais.

Je prends une grande inspiration.

Oh mon Dieu, oh mon Dieu, oh mon Dieu.

Est-ce que je devrais dire à Joel que j'ai besoin de plus de temps ? Est-ce que j'annule, purement et simplement ? Est-ce que je continue, pour nous préserver de l'humiliation, en serrant les dents jusqu'à ce qu'on puisse divorcer avec dignité ? Ou est-ce que je continue en y mettant tout mon cœur, dans l'espoir que Joel finisse par m'accepter comme je suis… ?

Je l'aime. Enfin, je crois. J'aime certains aspects de Joel. J'aime certaines choses chez lui malgré certaines autres…

Un bruit me fait faire volte-face.

Vive et quasi silencieuse, comme une petite souris, Julia vient de filer dans la salle de bains et de ramasser ma robe de cocktail avant de s'enfuir en courant.

Elle ferme la porte.

Un instant plus tard, j'entends un tour de clé dans la serrure.

Je fixe la porte.

— Euh… Julia ?

— Oui ?

De l'autre côté, sa voix n'est pas hostile.

— Je… euh… tu m'as enfermée ?

— Oui.

— D'accord. Est-ce que tu pourrais ouvrir, s'il te plaît ?

— Non, répond-elle fermement. Je ne peux pas. Tu vois, je n'ai pas du tout envie que tu te maries avec mon papa. Je ne veux pas de belle-mère. Les belles-mères sont méchantes. Elles essaient toujours de faire du mal à la princesse, de lui donner des pommes empoisonnées, et tout ça.

Et merde.

— Julia…

— Si tu ne redescends pas de la soirée, il va être très fâché contre toi. Et il ne voudra pas se marier avec toi. Et même s'il monte et qu'il te trouve, ça marchera aussi, parce qu'il te verra dans ta robe avant le mariage, et après, vous ne pourrez pas vous marier. C'est la loi, non ?

— Non !

Je secoue la poignée. Je ne suis pas d'humeur à être charmée par sa fantaisie.

— Julia, ouvre la porte. Tu vas avoir de gros ennuis…

— Si quelqu'un t'entend. Je vais aussi fermer la porte de la chambre, ajoute-t-elle d'un ton nonchalant, et cacher la clé pour que personne ne la trouve.

Son raisonnement n'est pas parfait, mais elle y a bien réfléchi, du haut de ses cinq ans. Personne ne m'entendra crier si la porte de la chambre est fermée aussi, et même s'ils se rendent compte que je suis là, ils auront quand même du mal à entrer. Et j'aurai raté le PowerPoint. Et Joel sera furieux. Et il me verra dans ma robe de mariée…

Oh ! il me reste un espoir : Cass. Elle sait que je suis là. Quand elle verra que je ne redescends pas, elle enverra la cavalerie…

— En fait, continue Julia comme si elle lisait dans mes pensées à travers la lourde porte, je vais peut-être dire que tu t'es enfuie. Comme ça, personne ne te cherchera. Mais t'inquiète pas, je viendrai te glisser des biscuits sous la porte dans deux trois jours. Je veux pas de belle-mère, mais j'ai pas non plus envie que tu meures de faim. Tu peux boire l'eau du robinet.

Et c'est le silence. De toute évidence, elle est partie, probablement en fermant la porte à clé derrière elle.

Le défaut principal de son plan m'apparaît un instant plus tard : il y a une énorme double-fenêtre dans la salle de bains, presque aussi haute que moi, et qui donne sur une étroite balustrade longeant quasiment toute la façade du deuxième étage.

Je m'empresse d'ouvrir le battant, je me penche et je vois tout de suite qu'une autre fenêtre, à quelques chambres de la mienne, est également ouverte. Je crois que c'est la chambre de Barbara, en fait, parce qu'il y a eu quelques retouches de peinture de dernière minute ce matin, et on a sûrement laissé ouvert pour chasser les vapeurs avant qu'elle aille se coucher.

Je pourrais facilement sortir, suivre la balustrade et entrer par là, puis descendre en vitesse et essayer d'attirer l'attention de quelqu'un avant que Joel me voie en robe de mariée.

Même si ça n'a probablement plus aucune importance de respecter cette tradition superstitieuse. Parce que ça ne tient que si le mariage a effectivement lieu. Et regardons les choses en face : ça me paraît de moins en moins réaliste.

Malgré tout, la robe de mariée est la seule chose qui risque de poser problème dans cette expédition : même si je ne la porte pas dans une chapelle, c'est tout de même un objet magnifique que je ne veux surtout pas abîmer. Donc il va falloir que je fasse extrêmement attention, en sortant par la fenêtre et en prenant la balustrade, de ne pas l'accrocher ou salir l'ourlet. Mais si je la relève à quelques centimètres du sol en plaquant le tissu fluide contre mes jambes, je crois que ça devrait passer.

J'ai quasiment atteint l'autre fenêtre et je me félicite de n'avoir pas choisi une meringue à la Cendrillon vraiment peu pratique quand, soudain, le sol s'ouvre sous mes pieds.

Je veux dire, mon pied traverse la balustrade.

J'ai tout juste le réflexe de ne pas poser l'autre pied devant moi, ce qui serait une très, très mauvaise idée, étant donné que la balustrade, sur laquelle personne n'a dû marcher depuis des années (des décennies ? des siècles ?), a commencé à s'écrouler sous mon poids. C'est une avalanche de schiste, avec moi au milieu.

Je n'ai pas le choix : je me plaque contre le mur et je pose un pied, puis l'autre, sur le large rebord de la fenêtre la plus proche de moi. Ce n'est pas celle que je visais, mais c'est le seul endroit qui ait l'air assez solide, et je me cramponne de toutes mes forces aux briques qui dépassent du mur.

Je suis mal barrée.

D'accord, l'appui de la fenêtre est large — juste assez pour y poser le pied. Mais je porte des talons. Avec des semelles en cuir qui ne sont pas particulièrement adhérentes, encore moins sous une pluie fine, si on est perché sur un appui de fenêtre glacé.

Et surtout, je suis à deux étages du sol. Deux étages extrêmement hauts, grâce aux architectes géorgiens et à leur penchant pour les hauts plafonds.

Et la balustrade qui, il y a cinq secondes, soutenait mon poids, n'est désormais plus qu'une ruine qui s'émiette. Il y a un trou d'au moins vingt centimètres par lequel j'aperçois l'allée couverte de gravier, à bien — oh merde — dix mètres de moi.

Ça doit être la maçonnerie vétuste que Joel prévoyait de faire réparer au printemps, sous mon égide. Une maçonnerie qui a choisi un très mauvais moment pour jeter la truelle, plusieurs mois avant l'heure.

Qu'est-ce que je vais faire ? Je ne peux pas rester éternellement accrochée aux briques. Il n'y a rien que je puisse vraiment agripper, juste deux angles droits sur lesquels mes mains sont crispées comme des pinces de crabe.

— Au secours ! Il y a quelqu'un ? Au secours !

Mais il y a pas mal de vent, je suis très loin du sol et, pour autant que je le sache, Joel a commencé son PowerPoint en bas, donc la probabilité que quelqu'un entende mes hurlements pitoyables est… soyons réalistes. Nulle. Même le bruit que cette mini-avalanche de pierres a fait en s'écrasant sur l'allée n'a pas dû être audible. Je suis à l'arrière de la maison, et tout le monde est dans la bibliothèque, sur le devant.

J'essaie vraiment de ne pas paniquer, mais c'est plus dur de seconde en seconde. Je balaie frénétiquement du regard les environs, à gauche, à droite, sous mes pieds, au-dessus de ma tête… la seule chose qui dépasse sur ce mur lisse interminable est l'appui de la petite fenêtre juste au-dessus de moi. Au grenier, probablement. Même si je réussissais à l'attraper, ce qui n'est pas gagné, je n'aurais nulle part où poser les pieds. Je serais suspendue au-dessus du vide. Au lieu d'être accrochée à la façade, comme maintenant.

On dirait le choix de Sophie.

Je crois vraiment que je suis foutue.

Je ne sais pas combien de temps je tiendrai sur cet appui. Mes pieds commencent déjà à glisser, et je viens d'entendre un craquement sinistre, probablement le bois qui cède sous mon poids. Si l'appui casse, je suis foutue. C'est fini. Je dégringolerai à travers le trou.

J'imagine que j'ai eu une vie plutôt heureuse.

D'accord, mon enfance n'était pas terrible, et je n'ai pas eu de chance avec mes parents. Mais ça aurait pu être pire. Et j'ai plutôt bien réussi, non ? Je laisse quelque chose derrière moi, avec mes bijoux, même si je n'ai pas encore eu d'enfants. Et OK, j'ai complètement raté ma vie amoureuse, mais au moins je peux mourir en sachant que les gens que j'aime sont heureux. Nora, tout à son idylle avec Mark, Clara et le nouveau bébé. Cass, qui tournera probablement mon décès tragique à son avantage en pleurant sur l'épaule du riche, bien que pingre, témoin de Joel. Olly, qui…

Olly.

Oh ! Olly.

Si je meurs de cette façon horrible, sans aucune dignité, en m'écrasant en un tas sanglant dans ma robe de mariée qui n'aura même pas servi, je veux qu'Olly soit la dernière personne à laquelle je pense. Pas Joel. Joel, dont je n'aurais jamais pu satisfaire les exigences. Mais Olly, qui m'a toujours acceptée telle que je suis. Avec mes défauts. Mes limites. Ma stupidité, franchement, qui m'a fait m'aventurer sur une balustrade construite il y a deux cents ans…

— Oh mon Dieu !

Un hurlement retentit soudain en dessous de moi.

C'est Cass. Je la distingue à peine, dans le jardin baigné de lumière. Elle a dû finir par persuader Nick de l'accompagner pour fumer une cigarette et se rouler des pelles !

Je gémis, même si je sais qu'elle a peu de chances de m'entendre :

— Cass… Va chercher de l'aide !

— Elle va sauter ! crie-t-elle.

J'entends un beuglement : Nick vient de faire son apparition.

— Venez tous ! Libby va se suicider !

Quoi ? Mais non !

— Je ne vais pas me suicider !

Mais je ne peux évidemment pas crier aussi fort que Cass, parce que ça me ferait trop trembler sur mon appui de fenêtre. (Qui, à l'instant où j'y pense, émet un autre craquement alarmant sous mes pieds.)

— Je n'ai vraiment, vraiment pas envie de mourir !

Nick a disparu, probablement pour annoncer à tous les convives que la future mariée a mis sa robe blanche et menace de mettre fin à ses jours en sautant du deuxième étage.

— Ne fais pas ça, Libby ! braille Cass. Je sais que je n'ai jamais vraiment été là pour toi, je sais que j'ai toujours été trop égocentrique, mais c'est juste parce que ma vie était toujours beaucoup plus intéressante que la tienne !

Soyons honnêtes : pour dissuader un suicidaire, on peut mieux faire.

— Si tu veux annuler et ne pas épouser Joel, il suffit de le dire ! Il s'en remettra ! Franchement, il a eu l'air plutôt distant toute la soirée, donc je ne sais pas si ça le dérangera tant que ça…

Mais j'entends d'autres cris, et d'autres gens arrivent en courant. Je distingue tout juste Joel, Barbara, Bogdan et — poussant des hurlements assez suraigus pour déclencher une deuxième avalanche — maman.

— Libby ? crie Joel en mettant ses mains en porte-voix. Reste où tu es ! Ne saute pas ! Ne fais pas ça !

— Je ne vais pas sauter, merde !

Le rebord craque une nouvelle fois ; je sens qu'il se détache du mur.

— Au secours !

— Nick va monter et essayer d'ouvrir cette fenêtre ! annonce Joel, l'air calme et détaché dans la tempête, comme avec Nora et l'hélicoptère il y a des mois. Tiens bon, Libby !

— Non, il ne peut pas faire ça… S'il ouvre la fenêtre, je n'aurai nulle part où aller.

Un autre craquement horrible retentit, et l'appui se dérobe sous mon pied gauche.

— Une échelle… vite… apportez une échelle…

— Libby, je te supplie !

C'est Bogdan, dont la voix gronde dans la nuit.

— Ne fais pas ça. Oui, tu aimes pas vraiment Joel. Oui, tu souffres toujours parce que Olly aime pas toi comme tu aimes lui. Mais mort est pas une solution. Surtout pas cette mort horrible, sale. Tu peux pas au moins réfléchir à option qui te rend pas affreuse pour enterrement ?

Oh ! pour l'amour de Dieu.

Et je le pense vraiment à cet instant parce que, au moment où Bogdan achève son petit discours, je sens le rebord céder.

Tout est fini.

J'entends des hurlements en dessous de moi, je sens mes pieds pendre dans le vide, et mes mains me font atrocement souffrir pendant que j'essaie en vain de m'agripper aux briques quelques instants de plus, aussi longtemps que je peux supporter mon propre poids, à cet angle précaire, avant de lâcher.

Et c'est alors qu'une main sortie de nulle part m'attrape le poignet. Et le serre comme dans un étau.

Puis une autre main s'empare de mon second poignet.

Sous le choc, je desserre ma prise inutile sur le mur et je me laisse hisser. J'entends des cris abasourdis s'élever dans le jardin pendant qu'instinctivement, malgré l'unique chaussure encombrante qui me reste, j'utilise mes pieds pour pousser contre le mur et soulager un peu les mains de la personne qui me tire.

Quand je jette un bref coup d'œil au-dessus de moi, je reconnais Grace Kelly.

Et Marilyn Monroe. Et Audrey Hepburn.

Le choc me fait presque tomber à la renverse, malgré la force impressionnante de Grace et de Marilyn. Je me concentre quelques secondes de plus et je bloque mes coudes sur la petite fenêtre du grenier pour les aider à me hisser à l'intérieur. Les bras maigres d'Audrey entourent la taille de Grace pour la soutenir pendant qu'elle supporte la moitié de mon poids en tenant mon poignet gauche, et Marilyn, plus solide, me tracte par le poignet droit. Dès que mon torse est passé par-dessus l'appui de la fenêtre, elles me tirent complètement à l'intérieur. Je m'étale dans une flaque de soie brodée, et mon autre chaussure glisse et va s'écraser dix mètres plus bas, passant à travers le trou dans la balustrade.

Je reste immobile un instant, à plat ventre, incapable de parler.

— Eh bien ! commence Grace Kelly, l'air essoufflé. Je n'aurais jamais cru vous revoir, vous !

Je la regarde. Je les regarde toutes les trois.

Grace est beaucoup plus âgée que la dernière fois que je l'ai vue — la cinquantaine, peut-être ? — et elle ne porte plus sa robe de mariée. Elle est vêtue d'un tailleur empesé en tweed pâle, d'une chemise en soie et de gants d'un blanc éclatant. Elle est magnifique, et sa peau a toujours cet incroyable éclat perlé, mais ses traits se sont adoucis, sa silhouette s'est épaissie, de fines rides entourent ses yeux, et ses cheveux ont l'air laqués à la Superglue. Marilyn, en revanche, semble avoir le même âge que la dernière fois. Elle porte sa robe à paillettes beige de *Certains l'aiment chaud*, mais ses boucles vaporeuses sont décoiffées à cause de ses efforts pour me sauver d'une mort certaine. Audrey, ses grands yeux fixés sur moi avec une sérénité surprenante, est toujours sans âge, et vêtue, comme la dernière fois que je l'ai vue, de sa petite robe noire Givenchy de l'ouverture de *Diamants sur canapé*, avec de longs gants noirs. Bien évidemment, ses cheveux sont ramenés en choucroute à l'arrière de son crâne.

— Moi non plus ! halète Marilyn en m'attrapant par les aisselles et en me traînant vers le canapé. Voilà, ma chérie, tu as besoin de t'asseoir… un choc pareil, ça couperait le souffle à n'importe qui !

— Je… je vais bien, dis-je en me laissant tomber sur le Chesterfield. Merci, merci infiniment à toutes les trois de m'avoir sauvé la vie.

— Oh ! ma chérie, ce n'est rien !

Je sens le corps chaud et rond de Marilyn s'installer à côté de moi. Elle me tend un verre de martini posé sur l'accoudoir.

— Bois, tu te sentiras mieux.

— Euh… ça va, merci.

Je connais trop bien le goût infect de ses cocktails.

— Voyons, tu as l'air d'en avoir besoin. Je regrette simplement de ne pas avoir de whisky de seigle, comme vous en buvez au Canada…

Ça fait dix-huit mois que je ne l'ai pas vue, mais je constate qu'elle est toujours aussi convaincue que je suis canadienne.

— Oh ! Marilyn, ma chère, elle n'est pas canadienne.

L'accent de Grace Kelly semble désormais plus anglais

qu'américain, mais c'est peut-être juste le contraste avec la prononciation nasillarde de Marilyn.

— Elle est britannique. Enfin, aussi britannique qu'une manifestation de mon subconscient peut l'être…

Elle me dévisage un instant et vient à son tour s'asseoir sur le canapé, mais à une distance beaucoup plus royale.

— Mon Dieu, ajoute-t-elle, cela fait très longtemps que je n'ai pas rêvé de vous. Et je n'aurais jamais cru vous imaginer avec ces deux-là.

Elle pose son regard pénétrant sur Marilyn et, avec plus de réserve, sur Audrey.

— Hé ! Attendez une minute, souffle Marilyn. Qu'est-ce que vous êtes en train de dire ? Que je ne suis qu'un personnage de votre rêve ?

— Mais bien sûr, Marilyn ! répond Grace, l'air choqué qu'elle pose la question. Vous ne pouvez pas être là, vous êtes…

Malgré tout ce qui vient de se passer, j'ai la présence d'esprit de faire une chiquenaude sur la cuisse de Grace Kelly. Et elle a l'intelligence de ne pas conclure : *… morte depuis vingt ans*. Elle me jette un coup d'œil compréhensif et m'adresse un hochement de tête gracieux, presque imperceptible. Elle est probablement toujours aussi convaincue que nous sommes toutes dans son subconscient, mais au moins elle est assez sensible pour se rendre compte qu'il vaut mieux ne pas évoquer la fin tragique de Marilyn.

— Je suis quoi, mon agneau ? demande Marilyn.

Mais avant qu'on ait le temps de répondre, elle a un petit frisson.

— Pfiou, il fait frisquet ! C'est ton nouvel appartement, mon chou ?

— Non, intervient Grace. Et franchement, Marilyn, ma chère, si vous avez froid dans ma tête, ne pourriez-vous pas envisager de vous couvrir un peu plus ? Ce ne serait pas surprenant que vous attrapiez la mort dans cette… peut-on seulement appeler cela une robe ? On dirait que vous êtes sortie en chemise de nuit.

— Merci du conseil, Votre Altesse sérénissime.

Marilyn lève un verre un peu tremblant dans la direction de Grace avant de presser sa poitrine contre mon bras pour me murmurer :

— Si ce n'était pas la princesse Grace, moi aussi, j'aurais deux mots à lui dire sur son style ! Elle n'est mariée que depuis quelques années et elle a déjà l'air d'avoir cinquante ans ! Finalement, on a de la chance de n'avoir jamais rencontré de prince, hein ?

Avant que je puisse répondre, Audrey vient s'asseoir entre Grace et moi et pose une main gantée et fraîche sur mon épaule. (Naturellement, l'autre main tient un long fume-cigarette, dont elle tire une bouffée avant de parler.)

— Comment vous sentez-vous, très chère ? demande-t-elle doucement. Ça a dû être un sacré choc.

— Moins que d'être sauvée par vous, ceci dit. Enfin, je suis très heureuse de vous revoir, Audrey…

— Moi aussi.

Elle me serre l'épaule et, d'un geste élégant, prend une autre bouffée de sa cigarette.

— Et on dirait qu'il faut vous féliciter !

— Hmm ?

— La robe.

Elle caresse le tissu, qu'elle examine d'un œil expert.

— Elle est magnifique. De la dentelle brodée à la main, n'est-ce pas ? Et l'ivoire vous va à ravir. C'est tellement plus seyant que le blanc.

— Hé, Audrey a raison ! Je n'avais même pas remarqué ! s'enthousiasme Marilyn en renversant du martini qui atterrit dangereusement près de la dentelle qu'Audrey admire. Quelle bonne nouvelle, mon chou ! Il faut tout nous dire ! Qui est l'heureux élu ? Oooh, c'est celui dont tu étais folle ?

— Olly, précise Grace en levant un sourcil. Il s'appelait Olly, n'est-ce pas ? C'était il y a si longtemps…

— Non, ce n'est pas lui.

Je croise le regard de Grace.

— C'est l'autre, Joel. Vous vous souvenez, le milliardaire ?

— Mon chou ! Tu t'es trouvé un milliardaire ? Ça, ça se fête ! Il est mignon ? Intelligent ?

Marilyn se laisse tomber en arrière, exhibant ses atouts impressionnants sous sa robe à sequins.

— J'ai toujours su que tu finirais avec un type bien, mon chou, même si ce n'est pas exactement celui que tu as toujours voulu…

— Ma chérie, nous avons hâte d'avoir tous les détails, renchérit Audrey.

Elle s'éclaircit la gorge.

— Même s'il faut bien avouer que ce n'est pas très bon signe que vous vous soyez retrouvée sur le toit en robe de mariée…

— Non, non, c'est juste parce que la fille de Joel a essayé de m'enfermer dans la salle de bains… mais pour être honnête, ça non plus ce n'est pas très encourageant.

Je prends une grande inspiration, avec difficulté.

— Ecoutez, les filles, je n'ai pas beaucoup de temps, parce qu'ils vont tous venir me chercher d'une minute à l'autre.

En fait, maintenant que j'y pense, je suis assez surprise qu'ils ne soient pas encore là.

— Donc j'ai juste une question : qu'est-ce que vous pensez que je devrais faire ?

— Que tu devrais faire ? répètent-elles en chœur.

— Oui. Est-ce que je dois me marier demain ou pas… ? Vous savez ce que c'est, dis-je à l'intention de Grace. Vous vous souvenez de la nuit avant votre mariage et de toutes les questions que vous vous posiez ? Vous pensiez à Clark Gable et vous vous demandiez si vous aviez eu raison de ne pas insister…

— Oh ! j'adore Clark Gable ! s'exclame Marilyn, de façon assez peu constructive. Vous savez, quand j'étais petite, j'imaginais que c'était mon père.

— Et je sais que vous aviez des doutes, vous n'étiez pas sûre qu'épouser le prince Rainier vous rendrait vraiment heureuse…

— Oh mon Dieu, non, je n'irais pas jusqu'à parler de doutes, répond Grace d'un ton qui suggère qu'elle est consciente de sa mauvaise foi. Comme je n'avais jamais fait de rêve de ce genre auparavant, j'en profitais simplement pour me livrer à de l'introspection. Et maintenant que j'y pense, je n'ai jamais refait de rêve semblable depuis mon mariage… et vous revoilà, dans votre propre robe de mariée cette fois.

Elle pose une main lasse sur sa joue.

— Est-ce dû à mes inquiétudes concernant Caroline ? Elle a été tellement malchanceuse en amour, la pauvre chérie, même si elle empire le problème en prenant de mauvaises décisions.

— Non, écoutez… il ne s'agit pas de Caroline. Il ne s'agit pas de vous, princesse Grace, pas du tout. Pas cette fois, dis-je en me corrigeant rapidement, parce que je sais qu'on va perdre du temps si je tente de lui expliquer. J'ai vraiment besoin d'avoir votre avis. Est-ce que je dois épouser un homme que je ne suis pas certaine d'aimer, pour éviter de passer ma vie à soupirer après mon âme sœur ? Ou bien rester seule et prendre le risque de ne jamais me remettre de la perte d'Olly ?

Il y a un silence.

Puis Marilyn et Audrey prennent la parole au même moment.

— Mon chou, si j'étais toi…

— Ma chérie, à votre place…

— Oh ! excusez-moi, Audrey !

Marilyn tapote le bras d'Audrey de sa main qui tient le martini. Des gouttes de cocktail bien réelles tombent cette fois à quelques millimètres de ma robe Jenny Packham.

— Je vous en prie. Vous avez certainement des choses beaucoup plus intelligentes que moi à dire.

— Ne soyez pas ridicule, Marilyn, répond Audrey de sa voix douce inimitable. Vos conseils sont tout aussi valables que les miens. Probablement plus, étant donné la facilité avec laquelle vous tombez amoureuse.

— Tomber amoureuse, c'est une façon de présenter les choses, marmonne Grace, juste assez fort pour que Marilyn l'entende.

— Ça suffit, Votre Grandeur ! rétorque Marilyn, l'air indigné. Tout le monde n'a pas la chance de mettre le grappin sur un prince pour s'échapper de Hollywood !

— De quoi diable parlez-vous ? Je ne cherchais pas à m'échapper de Hollywood !

— Ah vraiment ? Parce que moi, j'aimerais bien qu'un beau prince vienne à ma rescousse !

— Marilyn, c'est votre affaire, répond Grace.

Sa prononciation est toujours aussi impeccable, mais elle ne m'a jamais paru aussi agitée.

— Je n'avais pas besoin que Rainier me sauve, et surtout pas de Hollywood ! Franchement, je suis toujours… eh bien, je regrette de n'avoir jamais pu y retourner.

Au rez-de-chaussée, j'entends des voix inquiètes.

— Je vous en supplie, Audrey, dites-moi ce que vous alliez me conseiller. Dites-moi ce que je devrais faire.

— Oh ! ma chérie, je ne permettrais jamais de vous dicter votre conduite.

Les grands yeux de chat d'Audrey se plantent dans les miens.

— Je peux juste vous dire ce que moi, je ferais. Je suivrais mon cœur. Sans un regard en arrière.

Puis elle disparaît. Elle s'évapore purement et simplement, comme si elle n'avait jamais été là.

— Hé ! s'exclame Marilyn, encore plus abasourdie que moi. Merde… mais où est passée Audrey ?

— Non mais franchement, Marilyn, ce n'est pas dur à comprendre ! Vous êtes toutes dans mon rêve, et…

J'interromps Grace, parce que les voix se font plus fortes : ils montent l'escalier vers le premier étage.

— Marilyn. Nous n'avons pas le temps. Que ferais-tu ?

— Mon chou, tu sais bien ce que je ferais ! Je l'épouserais. Je les épouse toujours. Bien sûr, il y a des hauts et des bas, mais finalement, un mari c'est une famille. Et la famille, c'est ce qu'il y a de plus précieux au monde, n'est-ce pas ?

Et elle disparaît à son tour. Un instant, elle diffuse son aura pailletée unique au monde… et l'instant d'après, tout comme Audrey, c'est comme si elle n'avait jamais été là.

— Eh bien ! s'indigne Grace Kelly, l'air impatient. On ne peut pas dire qu'elles aient été très utiles ! Suivre son cœur, avoir une famille… Je suis sûre qu'elles étaient pleines de bonnes intentions, mais ce n'est pas le moment de faire dans la sensiblerie. Vous avez besoin d'un avis clair, de fermeté. N'est-ce pas ?

J'acquiesce sans répondre, parce que j'entends Joel m'appeler à l'étage juste en dessous du grenier.

Grace retire un gant immaculé et pose une main fraîche et poudrée sur la mienne. Elle me regarde de ses yeux bleu vif.

— Epouser un homme que vous n'aimez pas vraiment ne vous consolera jamais de la perte de l'autre. Dans mon cas, cela a eu ses avantages. Si je devais revenir en arrière et revivre ma vie, je ne changerais rien. Du moins, ajoute-t-elle, le regard vacillant, c'est ce que je me dis la plupart du temps. J'hésiterais peut-être un peu si vous me posiez la question pendant que je regarde une autre se pavaner dans un film de Hitch.

— Libby ?

La voix de Joel s'élève dans l'escalier du grenier.

— Tu es là-haut ? J'arrive…

— Mais si quelqu'un d'autre me le demandait, s'empresse d'ajouter Grace, vous, par exemple, chère jeune fille de mon rêve… Eh bien, je n'aurais qu'un conseil à vous donner : ne l'épousez pas. Trouvez un autre moyen de donner une fin heureuse à votre histoire.

Puis elle s'évapore à son tour, en un clin d'œil.

Mais son gant blanc immaculé reste sur mes genoux.

La porte s'ouvre sur Joel.

— Libby, dit-il. Oh mon Dieu…

Il se faufile entre les cartons pour s'approcher de moi.

— Les pierres ont bloqué l'entrée principale. Et la porte de la cuisine était fermée de l'intérieur. On a tambouriné pendant cinq minutes avant qu'un cuisinier nous entende…

Il s'écroule sur le canapé à côté de moi et me dévisage, les yeux écarquillés et l'air choqué.

— Mais comment est-ce que tu as réussi à te hisser comme ça ? On a tous pensé que tu… eh bien, j'ai cru te voir tomber.

— Je sais. Je… ne comprends pas.

— Moi non plus. Je n'ai jamais cru aux miracles, mais ça y ressemblait.

Je ne réponds pas. Je prends une grande inspiration. Je sais que si je ne parle pas maintenant, le moment sera passé.

— Joel. On ne peut pas faire ça.

Il ouvre la bouche, probablement pour demander *qu'est-ce que tu veux dire*. Mais il la referme. Au bout d'un instant, il demande :

— Excuse-moi, Libby, mais… tu as fumé ici ou quoi ?

— Non, dis-je honnêtement.

Je froisse le gant de Grace dans ma main pour qu'il ne le voie pas et je prie pour qu'il ne remarque pas (comme je viens de le faire) que le verre de martini à moitié vide de Marilyn est en équilibre précaire sur l'accoudoir juste à côté de lui.

— Je n'ai pas fumé. Ça doit être quelqu'un d'autre.

— OK.

Il regarde ses mains un instant puis change de sujet sans prévenir :

— Ça va être plutôt gênant de renvoyer tout le monde sans qu'il y ait eu de mariage.

— Oui, horriblement gênant. Mais ce n'est pas une assez bonne raison pour le maintenir.

— Non, j'imagine que non.

Il réfléchit un instant.

— Mais bon, on pourrait faire comme si de rien n'était demain, leur donner ce qu'ils sont venus voir, et annuler aussi vite que possible ?

— Tu penses vraiment que c'est une bonne idée ?

— Non, c'est une très mauvaise idée.

Il esquisse un sourire piteux.

— Julia va être anéantie, tu sais.

— Oh ! je suis sûre qu'elle s'en remettra.

Un ange passe.

— Je suis désolée, dis-je doucement.

— Ce n'est pas grave. Moi aussi, je suis désolé. Enfin, si je t'ai poussée au suicide…

— Mon Dieu, non, ce n'est pas… c'était simplement un accident idiot.

A quoi bon attirer des ennuis à Julia ?

— Ce n'est pas ta faute si je me suis retrouvée là. Simplement, je ne pense pas être la bonne personne pour toi, et l'inverse est vrai aussi, tu ne crois pas ?

— Oh ! je ne sais pas…

Il n'arrive pas à poursuivre et concède :

— Bon, d'accord. Il n'est pas impossible que j'aie suivi mon cœur dans cette histoire, alors que j'aurais dû me servir de mon cerveau. Enfin, je suis toujours raisonnable. Tout le temps. C'est ma nature. Et je suis à peu près sûr que tu suis toujours ton cœur.

— Effectivement. Pour le bien que ça me fait.

— Et il faut que je te demande, vu ce que Bogdan vient de dire… à propos de ce Olly…

— Ne fais pas attention à Bogdan. Olly ne… ne compte plus.

— Tu veux dire dans l'addition *Joel + Libby*, qui est maintenant égale à zéro ?

Mais il sourit à nouveau.

— On trouvera une explication. Je demanderai aux assistantes d'annoncer la nouvelle ou quelque chose dans ce genre, d'accord ? Comme ça, on pourra se cacher dans un coin sans les affronter.

— Eh bien, c'est vrai que ce sont des filles très qualifiées, après tout.

— En effet.

Joel se relève.

— Au fait, la robe est magnifique.

— Merci.

— J'aurais aimé t'épouser dedans.

— Moi aussi. Dans une autre vie.

— Dans une autre vie.

Il se penche et me plante un baiser sur la joue.

— Tu devrais descendre boire quelque chose de fort. Je peux te faire envoyer un verre dans ta chambre, si tu préfères ne pas affronter ma mère ? Et la tienne, d'ailleurs.

— Tu pourrais demander qu'on me le monte ici, si ça ne te dérange pas ? J'aimerais juste… rester au calme quelques instants.

— Oui, bien sûr. Je peux t'apporter quelque chose ? Des couvertures ?

— Ça va, merci, Joel.

Je le regarde sortir et fermer à moitié la porte derrière lui.

Je reste complètement immobile quelques instants.

Mais Grace Kelly, Marilyn Monroe et Audrey Hepburn n'ont pas l'air de vouloir revenir. Pas le moins du monde.

Seuls demeurent le martini de Marilyn, l'odeur de la cigarette d'Audrey et le gant blanc de Grace, que je serre dans ma main droite.

17

Je suis dans le premier train de la journée pour Londres. Il n'est que 8 h 15, et nous quittons déjà la gare.

Toujours aussi bien élevé, Joel a proposé de me raccompagner, mais j'ai refusé. On est peut-être restés en bons termes, mais ça ne veut pas dire qu'un voyage en voiture de deux heures serait une bonne idée. En plus, il faut qu'il s'occupe de sa mère, de sa grand-mère et de Julia : jusqu'à 11 heures du soir, elles s'attendaient toutes (à part peut-être Julia) à ce qu'un mariage ait lieu aujourd'hui.

Et si je suis partie aussi tôt, c'est précisément pour échapper aux longues conversations atroces avec ma mère et Cass. Comme hier soir, ma mère essaierait de me convaincre d'épouser Joel « même si tu ne l'aimes pas vraiment, ma chérie ! Après tout, un mariage d'amour est un luxe que tu ne peux pas te permettre ! ». Et Cass me casserait les oreilles avec Nick qui, je dois l'admettre, a l'air de lui manger dans la main depuis leur petit interlude au jardin avant qu'elle me voie sur le toit.

J'ai fini par me réfugier dans le cottage de Nora et Mark, parce que je savais que sinon ma mère me harcèlerait toute la nuit, prête à se lamenter jusqu'à m'avoir à l'usure.

Cependant, je n'ai pas beaucoup dormi — j'ai parlé des heures avec Nora —, et le train est parti trop tôt pour qu'il y ait des cafés ouverts un samedi matin, donc je suis complètement lessivée. Mais même si je rêve de piquer un somme, il faudrait que je passe un coup de fil à Nora pour lui dire que j'ai eu mon train.

Je l'appelle sur FaceTime, parce que j'ai besoin de la voir (presque) en personne pour calmer mes doutes. Et, fidèle à elle-même, Nora répond au bout de deux sonneries.

— Lib. Tu es dans le train ?

— Je suis dans le train.

Après tout ce qui s'est passé ces vingt-quatre dernières heures, ça me fait bizarre d'avoir une conversation aussi banale. Mais c'est tout ce dont je suis capable. Une vague de fatigue me balaie.

Nora, toujours vêtue du haut de pyjama de Mark (et étrangement fraîche pour une mère d'un bébé de un an à nouveau enceinte ayant passé une bonne partie de la nuit à discuter avec sa meilleure amie), me fait un signe encourageant.

— Bien. Alors, tu es toujours dans le même état d'esprit que la nuit dernière ? Tu te dis toujours que tu as pris la bonne décision ?

— En quittant Joel ? Evidemment, je suis mal à l'aise, Nor. Je n'arrête pas de penser aux gens que j'ai laissés tomber et à la honte d'annuler à la dernière minute… Mais oui. Je sais que j'ai pris la bonne décision.

— Moi aussi, Lib.

Nora détourne les yeux un instant, pour veiller sur Clara endormie hors de mon champ de vision, puis ajoute :

— Et il y a autre chose.

— Oui.

— Mon imbécile de frère.

— Ton imbécile de frère.

— Ecoute, je te le répète. Tu le regretteras toute ta vie si…

Mais je n'entends pas la fin de la phrase.

Parce que Dillon vient de s'asseoir en face de moi.

Oui, Dillon.

— Salut, ma belle, dit-il doucement. Comment ça va ?

— Qui c'est ? demande Nora. J'entends quelqu'un.

— Oui. C'est Dillon.

— Dillon ? ! Libby Lomax, si tu…

— Je te rappelle plus tard, Nor, OK ? Je t'aime, mais tout va bien, et tu devrais aller dormir.

J'ai juste le temps de la voir agiter le poing avant de raccrocher. Je pose mon téléphone et je regarde Dillon dans les yeux.

— Mais qu'est-ce que tu fous là ?

— Je rentre à Londres, comme toi.

— Ce n'est pas ce que je voulais dire ! Tu as pris le train à Barham ?

— Non, non, à Rye. J'ai passé deux jours délicieux là-bas, d'ailleurs. A respirer l'air de la mer, à traîner chez les antiquaires, à paresser dans les salons de thé avec un bon scone et une tasse de…

— Je ne te suis pas. Tu as passé deux nuits à Rye… mais pourquoi ?

— Eh bien, je ne sais pas si tu as remarqué, ma belle, mais il n'y a pas beaucoup d'hôtels de luxe dignes d'une star de mon acabit dans la région. Donc c'était soit Rye, soit Brighton et pour être honnête, Brighton comportait trop de, disons, tentations, pour un homme comme moi. Des bars, des boîtes de nuit, des types louches qui dealent de la drogue sur le front de mer…

— Dillon.

Je me penche par-dessus la table et je le fusille du regard.

— Je me fiche de savoir pourquoi tu as choisi Rye plutôt que Brighton. Je te demande pourquoi tu es venu dans la région.

Il hausse les épaules.

— Pour être près du mariage, bien sûr. Au moment où ça partirait en cacahuètes.

— Comment ça ?

— Oh ! Libby, ça ne pouvait que mal finir, entre toi et ce… Excuse-moi, j'ai déjà oublié son nom.

— Joel.

— Oui, c'est ça. On voyait bien que tu ne l'aimais pas vraiment et qu'il ne t'aimait pas non plus. Bon, évidemment, il aurait mieux valu que tu t'en rendes compte avant d'essayer de sauter d'un toit hier soir…

— Bogdan. C'est lui qui t'a raconté ?

— Oui. Et il m'a dit que tu serais dans le train ce matin, au fait, au cas où tu te demanderais si je suis devenu voyant. Je sais bien que tu n'ignores rien de mes multiples talents, y compris mes pouvoirs quasi-surnaturels au lit, mais…

— Je n'essayais pas de sauter du toit, si tu veux tout savoir.

— Oh ! évidemment, Libby, dit-il en levant les yeux au ciel. Je n'ai jamais rencontré quelqu'un de plus attaché à la vie que toi.

— Vraiment ?

Je déglutis avec difficulté.

— Même si j'ai tendance à me rendre la vie impossible ?

— Mais c'est justement pour ça, ma belle ! Réfléchis un peu. Tu avais la pire carrière au monde avant de te réinventer en créatrice de bijoux super hype. Tu as mis le feu à tes cheveux avec une cigarette et depuis, le type qui a dû éteindre l'incendie t'adore… Oui, je t'adore, au fait, au cas où tu te poserais la question. Oh ! et ne parlons pas de ta vie amoureuse. La plupart des filles auraient sombré dans le désespoir en se rendant compte qu'elles allaient devoir regarder leur grand amour en épouser une autre… mais pas ma Fille de Feu. Tu t'es relevée, tu t'es secouée et tu as mis le grappin sur un milliardaire !

— Ne te moque pas de moi, dis-je tout bas.

— Mais non, je t'admire tellement, Libby, d'avoir fait tant d'efforts pour tourner la page. Quelle importance si ça a mal fini ? Tu as essayé ! C'est l'essentiel, non ?

— En théorie, oui, mais dans ce cas particulier, mes efforts ont fait honte à tout le monde et ont coûté une fortune en préparatifs de mariage. Et malgré tout, ça n'a pas marché.

Je sens un petit sanglot me monter à la gorge, celui que j'ai essayé de ravaler il y a quelques instants.

— Je n'arrive toujours pas à oublier mes sentiments pour Olly. J'essaie de ne pas avoir de regrets, pour ne pas devenir folle. Mais je ne sais pas si je pourrai un jour passer à autre chose.

— Eh bien… et si ce n'était pas nécessaire ?

— Qu'est-ce que tu veux dire ?

Il garde le silence. Puis il farfouille dans la poche de son manteau et en sort un paquet enveloppé dans une serviette : un croissant au chocolat et une viennoiserie à la crème, qu'il pose sur la table entre nous.

— Le petit déjeuner de l'hôtel, explique-t-il. J'ai fait des provisions.

Il découpe un morceau de croissant et me le tend.

— Ecoute, Libby… Je sais que tu ne seras jamais du genre à voler le petit ami d'une autre…

— Arrête tout de chuite !

(Je ne suis pas sûre d'être claire, étant donné que j'ai la bouche pleine : ce n'est peut-être pas surprenant, mais je viens de me rendre compte que je meurs de faim.)

— Franchement, Dillon, Nora m'a déjà fait le coup la nuit dernière. Je t'en prie, ne commence pas.

— Ne commence pas quoi ?

— Tu sais ce que je veux dire. Je ne suis pas comme ça, Dillon. Si je ne suis pas destinée à être avec Olly, je ne vais pas comploter pour changer les choses.

— Pff, arrête avec cette histoire de destin, c'est n'importe quoi ! S'il y avait un destin, je devrais être mort et enterré, tu en es consciente ? Vu la quantité de cochonneries toxiques que je me suis enfilées pendant dix ans, je trompe la mort en permanence ! Et qu'est-ce qui vaut mieux, d'après toi ? Que je sois mort et enterré parce que j'ai accepté le sort que je mérite ? Ou que je sois là, à t'éblouir avec mon charme et ma beauté, parce que j'ai osé dire *pas si vite* ?

Je ne réponds pas. Je me contente de regarder défiler la campagne glacée du Sussex, puis je lui demande enfin d'une voix blanche :

— Alors, tu lui dirais, toi ? Tu dirais à Olly ce que tu ressens pour lui ?

— Oh ! ma chérie, j'en serais ravi. Il ne faut pas me le dire deux fois ! J'ai hâte : *tu es un abruti, un branleur...*

— Dillon.

— D'accord, d'accord, je comprends. Oui.

— Oui ?

— Pour répondre à ta question, oui, si j'étais à ta place, je dirais à Olly ce que je ressens. Sans hésitation. Franchement, Libby, il t'a aimée pendant toutes ces années. Il a attendu patiemment. Il a persévéré. Tu ne crois pas qu'il est temps de lui annoncer qu'il n'a pas perdu son temps ?

— Mais je le laisse tourner la page...

— Oui, mais s'il n'en a pas envie ? S'il le fait en dernier recours ? Merde, Libby, tu ne veux pas en avoir le cœur net ? Enfin, ça ne fait qu'un an que tu es follement amoureuse de lui, non ? Et si ton mariage était toujours prévu aujourd'hui, mais qu'il faisait une apparition dramatique à l'autel, trempé jusqu'aux os et échevelé, pour t'annoncer qu'il t'aime toujours, tu voudrais le savoir avant de décider d'épouser ou non Joel. Je te connais. Et si tu oses me dire que tu ne pourrais pas faire ça à la pauvre fille à laquelle Olly a fait des promesses...

Il hausse les épaules.

— Libby, à ta place, je préférerais arracher son pansement d'un coup plutôt que de le décoller douloureusement, centimètre par centimètre. Elle ne mérite pas de finir avec un mec qui en aime une autre.

— Mais Dillon, si ça se trouve, Olly n'a plus de sentiments pour moi !

— Et alors ? Dans ce cas, tu pourras le laisser épouser cette autre fille la conscience tranquille. Et je ne sais pas, t'enfuir dans le désert et t'engager dans la légion étrangère, ou adopter n'importe quelle autre méthode radicale pour l'oublier.

Dillon frappe du poing sur la table, et les viennoiseries font un bond.

— Défie le destin à son propre jeu, Libby. Prends les choses en main. Tu ne t'es jamais dit que c'était peut-être la solution ?

— Si. Quelqu'un d'autre me l'a déjà répété.

— C'est quelqu'un qui a tendance à prendre de bonnes décisions ?

— Elle... elle fait ce qu'il y a de mieux pour elle-même. Sans un regret ni un regard en arrière.

— Une fille comme je les aime.

— Oh ! Dillon. Tu n'imagines même pas.

— Alors écoute-la, cette fille ! Personne ne te demande de construire ton bonheur en faisant le malheur d'une autre. Il faut juste que tu dises la vérité à Olly. Dis-lui ce que tu ressens. Et si les choses ne se passent pas comme elles le devraient... eh bien, le destin aura vraiment gagné. En attendant — comme je me le répète tous les matins, d'ailleurs, quand j'ouvre les yeux aussi sobre qu'une bonne sœur pour commencer un nouveau jour —, ce n'est pas fini, le rideau n'est pas encore tombé.

Je prends une grande inspiration, inhalant au passage des miettes de viennoiserie, ce qui me fait cracher mes poumons à en avoir les larmes aux yeux. Dillon sort une bouteille d'eau minérale d'une autre poche de son manteau et me regarde me gargariser avec tendresse.

— Ça va mieux ?

— Ça va mieux, dis-je en reposant la bouteille. Et j'imagine que tu as raison. Le moment est probablement venu de prendre le taureau par les cornes et de lui dire la vérité.

— Le taureau, c'est Olly ? Tu es sûre que ce ne serait pas plutôt moi, étant donné...

— Dillon !

— Oh ! ça va.

Il se cale au fond de son siège et ferme à moitié les yeux.

— Je me distrais comme je peux en attendant qu'on

sorte de la cambrousse, beauté. Tu n'imagines même pas comme je me suis fait chier dans ce bled de Rye. J'ai fini par claquer trois mille livres en antiquités qui vont être livrées chez moi d'un jour à l'autre, juste pour passer le temps. Et si je revois un scone…

— Au moins, tu es resté sobre.

— Ouais, au moins je suis resté sobre.

Il me fait un grand sourire, ferme les yeux et les rouvre un instant pour ajouter :

— Oh ! et pour ce que ça vaut, si tu as peur qu'Olly ne soit plus follement amoureux de toi, ne t'inquiète pas. Quand on tombe sous ton charme, Libby, on ne s'en remet jamais complètement. Fais-moi confiance, ma belle, je suis bien placé pour le savoir.

Cette fois-ci, quand il ferme les yeux, il ne les rouvre pas.

Je dis au revoir à Dillon à la gare Victoria, quelques minutes après l'arrivée de notre train. Il me serre fort contre lui et me propose d'aller passer Noël chez ses parents en Irlande la semaine prochaine : « Regardons les choses en face, Libby, tu viens de plaquer un milliardaire. Si tu te retrouves dans la même pièce que ta mère, ta sœur et une dinde, elles vont te balancer la volaille à la figure. » Et il me demande de l'appeler dès que j'aurai parlé à Olly.

C'est la suite du programme, on dirait.

Enfin, quand il rentrera de Durham. Je suis déjà malade à l'idée de lâcher une bombe dans la vie de Tash, je vais au moins attendre que l'opération de son père soit finie.

De toute façon, pour l'instant, il vaut mieux que je règle les détails pratiques. Il faut que je déménage mes affaires du manoir de Holland Park… mais pour les mettre où ? Bien sûr, Dillon m'a proposé de venir chez lui, et j'ai déjà reçu quelques textos confus de Bogdan me disant qu'il compte demander à son père si mon ancien appartement de Colliers Wood est occupé… J'ai les idées trop embrouillées pour savoir si retourner là-bas constituerait une régression ou si je m'y sentirais chez moi. Et peut-être que ça n'a aucune importance, que j'ai juste besoin de quatre murs (enfin trois, si je retourne à Colliers Wood) et d'un toit au-dessus de ma tête, pour ensuite prendre des décisions plus importantes…

Attendez, mon téléphone s'est mis à sonner.

C'est un numéro de portable que je ne connais pas.

Je ferais mieux de répondre, au cas où ce serait un invité oublié me demandant des informations sur le mariage. Les trois assistantes de Joel ont été mises à contribution pour tout annuler, mais peut-être qu'un ou deux invités se sont glissés entre les mailles du filet… Mais qu'est-ce que je raconte ? Avec les assistantes de Joel sur le coup, personne ne va passer à la trappe. Malgré tout, je dois des explications à certains, et cette conversation ne va pas devenir moins gênante si j'attends.

— Allô ? Libby à l'appareil.

— Libby. C'est Tash. Je te vois.

Je suis tellement horrifiée que je suis à deux doigts de laisser tomber mon portable.

Est-ce qu'elle est déjà au courant de mon projet machiavélique de parler à Olly ? Est-ce qu'elle m'a fait suivre ?

— Du calme ! ajoute-t-elle, l'air agacé. Je ne t'ai pas suivie à la trace. Nora m'a dit que tu devais arriver à Victoria à peu près maintenant. Je suis au Starbucks. Retourne-toi, je te ferai signe.

Chancelante, je m'exécute et je vois Tash installée au Starbucks, à cent mètres. Elle lève la main.

— Viens, dit-elle. Je t'ai déjà acheté un café. Cappuccino, c'est bien ça ?

— Euh… oui, mais Tash…

— Viens, répète-t-elle brusquement.

Et elle raccroche.

J'imagine que là aussi, il va falloir prendre le taureau par les cornes.

Quand je la rejoins trente secondes plus tard, elle ne

sourit pas vraiment, mais elle n'est pas non plus franchement hostile.

— Salut, dit-elle.

— Salut.

Je me demande si je dois lui faire la bise ou la serrer brièvement contre moi, mais étant donné la teneur de notre dernière conversation, il y a quelques mois, dans l'appartement d'Elvira, je ne suis pas sûre que ce soit judicieux.

— C'est, euh… merci pour le café.

— Pas de problème. Assieds-toi, bois.

Elle me tend un sac en papier.

— J'ai aussi pris des muffins…

— Oh ! ça va, merci. J'ai mangé dans le train. Tash… excuse-moi, mais… tu ne devrais pas être à Durham, là ? Si ton père se fait opérer aujourd'hui ?

— Il ne va pas être opéré aujourd'hui.

Elle me regarde. Elle a l'air fatiguée, ses yeux sont cernés, mais en dehors de ça, elle est évidemment aussi belle et rayonnante de santé que d'habitude.

— Attends… il n'a pas de hernie ?

— Non. Enfin si, en fait, mais il n'a pas besoin d'être opéré en urgence. C'est prévu pour un peu après Pâques.

— D'accord… euh… mais alors, pourquoi est-ce que tu as dit à Olly… ?

— Eh bien, maintenant, il sait que ce n'était pas vrai. C'était un genre de test, j'imagine.

— Excuse-moi… tu as dit à Olly que ton père allait être opéré en urgence pour voir sa réaction ?

— Non. Je le lui ai dit pour qu'il ait une raison de ne pas aller à ton mariage. Je voulais savoir s'il sauterait sur l'occasion. Et j'ai eu la réponse.

— Qu'est-ce que tu veux dire ?

— Ecoute, Libby.

D'un geste distrait, elle passe une main dans ses cheveux blonds.

— J'ai à peine eu le temps de finir ma phrase qu'il me

disait déjà qu'on ne devrait pas assister au mariage. Il aurait saisi n'importe quel prétexte pour se défiler et ne pas te voir te marier. Parce qu'il est toujours amoureux de toi.

Ma main se fige autour de mon gobelet en carton.

— Sérieusement, Libby, poursuit-elle avec un petit rire, j'aurais probablement pu lui dire que mon père avait un ongle incarné, ou une cuticule un peu douloureuse, il m'aurait quand même dit qu'il fallait annuler. En tout cas, j'ai eu la preuve que je voulais. Et c'est pour ça, au fait, que je viens de le quitter.

— Tu viens de… quoi ?

— De le quitter. Hier soir. Enfin, Libby !

Elle éclate à nouveau d'un rire sans méchanceté.

— Tu t'attendais à quoi ? Je ne vais pas rester avec quelqu'un qui, au fond, préférerait être avec quelqu'un d'autre ! Je refuse d'être un lot de consolation. Je suis beaucoup trop bien pour ça, conclut-elle d'un ton détaché.

— Oui, je bredouille. En effet.

— Merci. Bref, j'ai appelé Nora tôt ce matin, pour lui dire qu'Olly aurait peut-être besoin de son soutien, et elle m'a raconté ce qui s'était passé. Que le mariage était annulé. Désolée, au fait.

— Non, ça va. C'était… ce qu'il y avait de mieux à faire.

— Evidemment, répond-elle sèchement. Tu n'as rien à faire avec Joel Perreira, pas plus que moi avec Olly Walker. Ça ne va pas du tout. N'est-ce pas ?

— Oui, tu as raison… mais Tash, je… tu es sûre ? Qu'il m'aime toujours ?

— Oh mon Dieu, Libby !

Tash prend une gorgée de café d'un air impatient.

— Tu as entendu ce que je viens de dire ? Il ne supportait pas de te voir épouser un autre homme ! Ça ne te suffit pas ? Enfin, je n'ai pas passé la nuit à lui faire décrire ses sentiments en détail, mais ce n'est pas à moi de le faire, n'est-ce pas ?

— Non. Non, effectivement.

— Et puis il y a votre histoire de fromage stupide.

— Pardon ?

— Eh bien, c'est comme ça que ça a commencé. Quand il est venu me chercher à l'aéroport l'autre soir, il était tout content et niaiseux, il n'arrêtait pas de répéter qu'il avait trouvé le fromage pour lequel vous avez remué ciel et terre… Ou peut-être qu'il avait juste une piste… Franchement, je ne me souviens pas des détails. C'est votre truc. Enfin, si on ne peut même pas rivaliser avec un chèvre cendré, il faut se rendre à l'évidence. Vous êtes faits l'un pour l'autre, Olly et toi. Et je ne suis pas assez bête pour entraver le destin.

OK, j'ai toujours trouvé Tash aussi chaleureuse qu'un bloc de granit, mais là, tout de suite, j'ai envie de la prendre dans mes bras.

— Ouh là !

J'ai à peine le temps de me lever et de faire un pas vers elle qu'elle recule déjà sa chaise.

— Non, non, ce n'est pas la peine. Je ne te demande qu'une chose, Libby, et ce n'est sûrement pas de m'étouffer sous ta reconnaissance. Ce n'est pas pour ça que j'ai fait ça. Tout ce que je veux, c'est que tu conclues avec Olly. Débrouille-toi pour que ça marche. Parce que crois-moi, je n'ai pas pris du retard dans mon planning pour que vous tourniez autour du pot sans jamais aller jusqu'au bout. D'accord ?

— D'accord.

Elle m'adresse le sourire le plus sincère que je lui aie jamais vu et ajoute :

— Oh ! et si tu veux vraiment me témoigner ta reconnaissance, tu peux me présenter au beau milliardaire célibataire que tu viens de plaquer sans cérémonie. Après un délai raisonnable, bien sûr.

— Oui, Tash, bien sûr, je…

— Je rigole, se défend-elle d'un ton qui suggère qu'elle ne rigolait pas du tout et qu'elle a déjà le début d'un autre plan en tête.

Tant mieux pour elle, franchement. Et maintenant que j'y pense, Joel et elle feraient un couple parfait. Sa mère se réjouirait certainement qu'une grande pédiatre néonatalogiste blonde dispense ses largesses à la fondation Perreira, et Joel n'aurait pas à craindre que Tash en ait après son argent — son statut social, oui, peut-être, ses gamètes irréprochables, sûrement, mais pas son argent…

— Commence par mettre ta vie en ordre, Libby, d'accord ? Tu pourras jouer à l'entremetteuse quand tu auras enfin réussi à faire ce qui te pend au nez depuis vingt ans.

Tash se lève, récupère son sac Longchamp et conclut :

— Eh bien, il faut que j'aille à Gatwick pour rentrer en Ecosse. Je te souhaiterais bien bonne chance, mais je ne crois pas que tu en aies besoin. Donc… je ne sais pas. Joyeux Noël, j'imagine. Et je t'en prie, rends-le heureux.

Elle m'adresse un bref salut avant de disparaître dans la gare Victoria. La foule de voyageurs s'écarte sur le passage de cette grande femme majestueuse qui, de toute évidence, sait parfaitement où elle va.

18

Oui, bien sûr, je devrais être à Holland Park, en train d'emballer le peu d'affaires que je possède. Bien sûr, je devrais appeler Bogdan et lui demander des nouvelles de l'appartement de Colliers Wood.

Mais au lieu de ça, je me gèle au marché de Bermondsey, en quête du fromager dont Olly m'a parlé.

Sauf qu'apparemment, il y a au moins quatre fromageries, le marché est vaste et semble s'étendre sur deux sites différents et, le dernier samedi avant Noël, c'est bondé. Je ne pensais pas que j'aurais autant de mal à trouver le bon marchand. J'ai dû faire la queue presque vingt minutes chez le premier pour demander à un vendeur si le propriétaire connaissait Olly Walker (après consultation, la réponse était non, et je suis désormais blacklistée), et on dirait que je vais devoir répéter l'opération chez le deuxième, où j'attends déjà depuis cinq minutes tandis qu'une femme très concentrée goûte les bries subtilement différents que lui tend une vendeuse encore plus passionnée, et je commence à me demander si c'était vraiment une bonne idée.

C'est juste que je voulais débarquer chez Olly munie du fromage mystère. Quand j'irai chez lui tout à l'heure. Je n'ai pas réfléchi davantage — Tash désapprouverait mon manque de préparation, et Grace Kelly aussi, d'ailleurs — mais je me dis que si nous avons le fromage, la suite de notre grande conversation, après tant d'occasions manquées et de moments gâchés… ira de soi ?

Je ne sais pas.

En tout cas, les heures passent très lentement — pendant que j'attends qu'Olly sorte du travail. Si bien que j'essaie de diviser le reste de la journée en fractions raisonnables, pour ne pas devenir folle : premièrement, trouver le bon fromager. Deuxièmement (j'espère), acheter le fromage mystère. Troisièmement, aller à Holland Park et faire le plus de cartons possible. Quatrièmement, prendre une douche. Cinquièmement…

Mon portable vibre. Je le sors de mon sac, m'attendant à moitié à voir un message de Tash en majuscules :

QU'EST-CE QUE TU FABRIQUES AU MARCHÉ ALORS QUE TU DEVRAIS ÊTRE EN TRAIN DE PARLER À OLLY ??? JE TE VOIS, TU SAIS !!!

Mais ce n'est pas Tash (même si ça ne m'étonnerait pas tant que ça qu'elle hante Bermondsey pour me surveiller), c'est un message acerbe de ma mère sur WhatsApp :

> Donc j'imagine que tu voudras passer Noël avec Cass et moi ?

Je ne sais pas trop quoi répondre — et je me demande si je n'ai pas plutôt intérêt à l'ignorer — quand un second message apparaît :

> Tu as probablement bien fait. Même s'il est milliardaire. S'il te plaît, ne te sens plus jamais obligée de sauter d'un toit. Je ne sais pas ce que je ferais sans toi. Bises, maman.

Mes yeux sont soudain tellement embués qu'il vaudrait sans doute mieux que je laisse ma place dans la queue. Non que les femmes qui débattent des mérites du brie remarquent quoi que ce soit, mais il y a pas mal de monde derrière moi, et je préférerais m'éloigner un peu, me calmer, et revenir dans la file sans que personne ne me dévisage.

— Oh ! excusez-moi ! dis-je à la personne que je viens

de bousculer en sortant alors qu'elle entrait. Je ne vous avais pas vu…

— *Libby ?*

A travers mes larmes, je reconnais Olly.

OK, je n'avais peut-être pas de plan très précis, mais *ça* n'en faisait clairement pas partie. J'ai à peine dormi, je ne me suis pas démaquillée hier soir, je porte toujours le legging emprunté à Nora et le sweat trop grand de Mark, et j'ai les yeux rouges d'avoir trop pleuré.

— Olly, dis-je d'une voix que je ne reconnais pas. J'étais… j'étais venue chercher le fromage mystère.

— Moi aussi.

Il me regarde. Il a lui-même l'air de n'avoir pas beaucoup dormi.

— Mais attends… Tu n'es pas censée te marier dans deux heures ?

— Si. Enfin, non. Nora ne t'a pas appelé ? Tes parents non plus ?

— Non… enfin, Nora a essayé, mais je n'ai pas encore eu le temps de lui répondre. Je ne comprends pas.

Il pose une main sur mon épaule.

— Le mariage est annulé ?

— Oui. C'est vraiment gênant. Mais on a annulé. C'est fini.

— Et c'est pour ça que tu pleures ?

— Non, c'est parce que je viens de recevoir un message bizarrement gentil de ma mère. Je pensais qu'elle était furieuse à cause du mariage, mais on dirait qu'elle s'en est remise. En tout cas, elle est prête à accepter que j'aie pris la bonne décision.

Je chasse quelques larmes.

— Excuse-moi, Olly, mais tu sais comment elle est. C'est une grande première.

— Je sais.

Il me tapote l'épaule.

— Tu es glacée.

— Oui. Toi aussi.

— Oui, je n'ai pas très chaud. On va faire un tour ?

— Mais je faisais la queue, pour leur demander s'ils avaient…

— Le fromage mystère ? Non, ce n'est pas la boutique de mon copain. Je passais juste par ici avant d'aller le voir parce qu'ils ont du pain au levain à se damner. C'est en face, de l'autre côté d'Old Jamaica Road… On y va ?

Je m'essuie les yeux avec la manche de mon manteau.

— Oui, allons-y.

— Super.

Olly me lâche l'épaule, et nous commençons à marcher.

— Au fait, Libby, moi aussi j'ai des nouvelles. Tash et moi… on a rompu.

— Je suis au courant.

— Ah bon ?

— Oui. J'ai pris un café avec Tash à la gare Victoria ce matin.

Au moment où je le dis, je me demande si c'était une bonne idée. Parce que maintenant Olly va me demander pourquoi je l'ai vue, non ? Et depuis quelques heures, je n'ai pas du tout avancé sur ce que je veux lui dire.

Mais il n'y aura jamais de bonne façon de le dire, ni de bon moment. Voyons les choses en face : ça fait presque vingt ans qu'on n'arrive pas à se dire quoi que ce soit. Peu importent les circonstances, il faut que ça sorte.

J'enfonce mes mains dans les poches de mon manteau pour les occuper pendant que je ferai ma déclaration, plutôt que de les agiter dans tous les sens comme une folle… et je sens un objet mou roulé en boule dans l'une d'elles.

C'est le gant de Grace.

Je le serre fort pour qu'elle me communique son énergie pendant que je prends la parole.

— Tash m'a dit pourquoi vous avez rompu.

Olly bat des cils sans répondre. Les mots commencent à se déverser :

— C'est pour ça que je suis là. Que j'essaie de trouver

le fromage mystère. Je comptais débarquer chez toi tard ce soir, une fois que tu serais rentré du travail, et… je ne sais pas… te tendre le fromage sans un mot. Tu l'aurais regardé, tu aurais levé les yeux et tu aurais eu une expression émerveillée. Puis tu m'aurais entraînée à l'intérieur, et… le fromage se serait fondu dans le décor, à ce moment-là, j'imagine. Enfin, il n'aurait pas littéralement fondu, comme un camembert trop fait, mais il se serait évaporé, tu sais, comme dans…

Et je m'interromps. Parce que j'ai l'air ridicule. Je sais, il y a une minute, je me disais que peu importait la formulation, il fallait juste que ça sorte. Mais c'était avant de me mettre à parler de « camembert trop fait ». Je ne suis peut-être pas Shakespeare, ni Billy Wilder, mais je sais qu'aucune déclaration d'amour sublime n'a jamais, au grand jamais, contenu de référence à du fromage puant.

— Comme dans les films ?

Je dévisage Olly.

— Pardon ?

— Tu allais dire *comme dans les films*, non ?

— Oh ! ah oui. Effectivement.

Il y a un instant de silence, pendant qu'on continue à marcher.

Puis soudain, Olly s'immobilise.

— Attends une seconde, dit-il.

Et il passe la porte de la boutique devant laquelle on s'est arrêtés.

Il me laisse plantée là, la bouche grande ouverte après toutes les bêtises que j'ai débitées sans réfléchir, agitée, mal à l'aise, avec des fourmis dans tout le corps. C'est ce que doivent ressentir les pauvres types dont ni le paradis ni l'enfer n'ont voulu, condamnés à errer dans les limbes pour l'éternité.

Au purgatoire.

19

Trois mois plus tard

— Le paradis.

Je regarde Bogdan, ou plutôt son reflet, dans le miroir.

— Vraiment ?

— Vraiment réellement. Le paradis. Je le dis pas si c'est pas vrai, Libby, je te promets.

— OK !

Je fais un énorme sourire.

— Eh bien, alors, si tu es satisfait de mes cheveux, je peux…

L'air plongé dans des réflexions métaphysiques, Bogdan commente :

— Ça fait juste se demander pourquoi tu acceptes pas il y a des mois que je te fais frange bien structurée. Tu as l'air beaucoup moins vieille, Libby. Et moins fatiguée. Et enfin pommettes se voient. Ça te donne l'air…

Sa voix se met à trembler de façon touchante, et il pose doucement ses énormes paluches sur mes épaules couvertes par ma robe de chambre.

— Ça te donne l'air belle, Libby, conclut-il. Plus belle mariée dans monde entier.

Oui, au fait : aujourd'hui, je suis une mariée.

Une mariée comme il faut, cette fois. Pas du genre à annuler le mariage au dernier moment. Ni à épouser le mauvais. Non, je vais enfin épouser le bon. L'unique.

Olly.

Il vient de m'envoyer un message, d'ailleurs ; il s'affiche sur mon portable posé sur la coiffeuse.

Hâte de te voir. Et de t'épouser.

Il y a aussi un texto très récent de Dillon, que je viens de découvrir :

Je suis sûr que tu fais une mariée super sexy, Fille de Feu. Passe une journée magnifique, ma belle.

Je m'apprête à répondre (à Olly ; j'enverrai un message à Dillon à un moment plus approprié), juste pour lui dire que je ne vais pas être en retard, quand un hurlement inquiétant retentit dans la pièce de derrière.

On est aux *Etouales dans les zyeux* (oui, c'est ce que dit la devanture), le salon de coiffure flambant neuf de Bogdan, un petit joyau kitsch au bout de Balham High Street, du côté de Clapham. Il a ouvert il y a seulement deux semaines, mais il a réservé sa matinée ce samedi pour que Cass, Nora, ma mère et moi puissions nous faire coiffer et maquiller ici et enfiler nos robes avant de prendre un taxi chic pour rejoindre le lieu de la cérémonie, un jardin secret situé près du restaurant d'Olly. L'odeur de peinture (fuchsia) est toujours très forte aux *Etouales*, et les plumes (fuchsia) tombent des boas que Bogdan a amoureusement suspendus sur les miroirs éclairés, mais c'est magnifique. Et ça fait honneur à l'éthique professionnelle moldave : Bogdan a avoué à ses parents sa carrière secrète de coiffeur il y a six semaines (il ne leur a encore rien annoncé d'autre, mais nous pensons tous que le fuchsia et les boas en plumes devraient faire passer le message). Après avoir hurlé, tempêté et menacé de le renvoyer couvert de honte à Chişinău, Bogdan père a viré le marchand de journaux qui occupait cet espace minuscule et a transformé le local en salon pour son petit chéri. Une demi-douzaine de Moldaves ont joué du marteau et du burin pendant trois semaines fiévreuses, et maintenant, impossible de deviner que ça n'a pas toujours été un salon de coiffure outrageusement gay, avec un bar à ongles au fond pour les journées entre filles.

Le hurlement vient d'ailleurs du bar en question, actuellement transformé en vestiaire. Un instant plus tard, la porte s'ouvre à toute volée sur Cass.

— Regardez ça ! beugle-t-elle. C'est une catastrophe !

Elle déborde allègrement d'un bustier couleur chair et remplit non moins plaisamment la mini ras-les-fesses assortie. Ses cheveux, ramenés en un chignon défiant les lois de la gravité réalisé en deux heures par un Bogdan exténué, sont doux et brillants et même si, personnellement, j'aurais enlevé six couches de mascara et une bonne partie de cet océan de gloss, je ne vois pas de catastrophe.

— Cass, tu es magnifique. D'accord, ce n'est pas le look de demoiselle d'honneur le plus traditionnel qu'on puisse imaginer, mais j'ai cru comprendre que ce n'était pas le but.

— Tu te fous de moi ! Bien sûr que c'est une catastrophe ! Je me suis laissée mourir de faim pendant presque trois mois, Libby, depuis que tu as annoncé ce mariage, et je n'ai toujours pas de *thigh gap* !

Elle relève sa jupe minuscule assez haut pour révéler le bas de son string couleur chair et agite le bout de tissu d'un air paniqué. Effectivement, ses cuisses se touchent.

— Qu'est-ce que je peux faire ? Il reste une demi-heure avant la cérémonie, non ? Je devrais peut-être essayer de caser quelques centaines de flexions d'ici là. Ce sera probablement encore plus efficace si je les fais en talons, donc j'ai mes chances…

— Non mais franchement, Cass ! Tu n'as pas besoin de ça.

— La fente, intervient Bogdan avec sollicitude, est plus efficace sur muscles profonds des cuisses que je pense tu veux viser.

— Tu sais quoi, Bogdan ? Je crois que tu as peut-être raison.

— Je raison. Si tu veux être mince comme Sarah Jessica Parker et pas carrée comme Fedor Kassapu.

— C'est qui, ça ?

— Haltérophile moldave célèbre. Il gagne médaille d'or aux JO de Barcelone. Il est mon héros pendant mon enfance. Il me prouve que c'est pas grave avoir gros os et quantité inhabituelle de poils…

— Putain de merde ! glapit Cass. Non, je ne veux pas ressembler à un énorme lutteur poilu ! Des fentes ! Il faut que je fasse des fentes !

Je tente d'intervenir :

— Ecoute, personne ne va voir ton *thigh gap*…

— Evidemment, puisqu'il n'y en a pas !

— … sauf si tu prévois de faire une danse exotique à la fin de la cérémonie ou je ne sais quoi, dis-je, un peu nerveusement.

Après tout, ce n'est pas exclu. Elle a récemment plaqué le témoin de Joel, Nick (qui n'était pas gay du tout mais bel et bien radin, malheureusement), et elle cherche un remplaçant. Elle ne fera qu'une bouchée des amis d'Olly, ces pauvres innocents.

Ma mère émerge du vestiaire, resplendissante dans sa robe écarlate Oscar de la Renta pour laquelle elle a atteint le plafond de sa carte de crédit à l'occasion de mon mariage précédent. Je la prends à témoin :

— Maman, dis à Cass qu'elle est magnifique et qu'il faut qu'elle arrête de s'inquiéter pour ces bêtises de *thigh gap*.

— Ma chérie, Libby a raison. Tu es absolument magnifique. Les gens n'auront d'yeux que pour toi, Cass, je te le garantis.

— C'est bon à savoir, dis-je, blasée. C'est exactement ce qu'on a envie d'entendre le jour de son mariage.

— Oh ! ça va, Libby, tu sais ce que je voulais dire !

Ma mère regarde Cass, qui a commencé une série de fentes en s'appuyant sur l'énorme bras de Bogdan pour s'équilibrer sur ses talons vertigineux.

— Franchement, Libby, ce n'est pas la peine de devenir tyrannique. Ce n'est pas seulement *ta* journée, tu sais. Et tout va très bien pour toi, tu épouses enfin l'homme de tes rêves, mais ta pauvre sœur commence à désespérer de rencontrer un homme avec qui elle pourrait se caser…

— Je ne suis pas désespérée ! siffle Cass. Et si tu racontes ce genre de trucs aux hommes qui seront à la cérémonie, je te jure que je vais te tuer.

— Il n'y en a pas une pour rattraper l'autre !

Ma mère lève les bras au ciel.

— Pourquoi tout ce stress et cette agitation, alors que cette journée est censée n'être que joie, amour et enthousiasme ?

— Je ne suis pas stressée, maman, promis.

Parce que rien ne peut m'agacer pendant ce jour tant attendu. Absolument rien.

— Et crois-moi, j'ai suffisamment de joie et d'amour pour nous toutes.

— Oui, oui, répond-elle, déjà distraite. Mais écoutez, on peut prendre un instant pour discuter de la tête que fera ton père quand il verra à quel point je suis rayonnante ces jours-ci ?

Elle fait virevolter sa robe écarlate.

— Ça me va super bien, non ? Je ne sais pas ce que sa nouvelle femme portera, mais elle ne m'arrivera pas à la cheville.

Ce n'est pas exactement le genre de joie et d'amour que j'avais en tête.

Mais heureusement, il est temps que je passe dans la pièce de derrière pour que Nora m'aide à mettre ma propre robe. Je laisse ma mère tournoyer avec un malin plaisir et Cass continuer ses fentes affolées, et je vais profiter de ma journée.

Nora vient de finir d'enfiler une tenue de demoiselle d'honneur beaucoup plus décente, une jolie robe de bal gris pâle qui dissimule son ventre proéminent. Elle se dirige déjà vers ma robe, drapée sur le Chesterfield.

Oui, Bogdan a la garde du canapé. Temporairement, le

temps qu'Olly et moi trouvions un nouvel appartement, avec un salon assez grand pour l'abriter en plus de nos autres meubles. Ou peut-être, je dis bien peut-être, que je déciderai de le laisser à Bogdan. Même si je serais ravie de voir une de mes déesses hollywoodiennes en émerger, ce n'est pas comme si j'avais encore besoin d'elles. Après tout, je m'apprête à épouser mon grand amour.

— Allez, Lib ! me houspille Nora. Il est déjà 1 h 30, et on doit être partis au plus tard à 1 h 45 ! Bon, on va te mettre ta robe. Oh…

Elle ne peut s'empêcher de pousser un soupir en l'attrapant.

— Elle est tellement belle, Libby, je n'arrive pas à m'en remettre. Tu vas avoir l'air d'une star !

— Je n'irais peut-être pas jusque-là. Mais oui, elle est magnifique.

A tomber, même. J'ai été particulièrement cool pour tout ce qui concerne l'organisation du mariage depuis l'instant où on s'est décidés (quand on s'est réveillés dans le lit d'Olly le lendemain de la découverte du fromage mystère, au fait), mais j'ai été inflexible sur le style de la robe. Après avoir arpenté en long, en large et en travers les boutiques vintage et discuté plusieurs fois avec une couturière habile, voilà le résultat : une robe de princesse des années 1950 avec une jupe large en dentelle immaculée, pour mieux mettre en valeur les gants de Grace Kelly.

Oh ! et je me suis aspergée du flacon de Chanel N° 5 de Marilyn, et les lunettes de soleil écaille-de-tortue d'Audrey sont dans ma pochette en dentelle blanche, pour que j'aie l'impression qu'elles sont à mes côtés aujourd'hui.

Le voile en dentelle vintage de trois mètres de ma grand-mère, celui qui a provoqué mon accident il y a presque deux ans, a été brillamment transformé par la même couturière en court voile épais. Je le porte déjà : Bogdan l'a adroitement fixé dans mes cheveux avant de mettre la touche finale à sa frange parfaite.

Dès que j'enfile ma robe et que Nora commence à fermer les boutons, je l'entends sangloter. Je souris.

— Allez, Nor ! Il faut tenir pendant toute la cérémonie et la réception.

— Tu aurais dû y penser avant de décider de faire de moi la femme la plus heureuse au monde en épousant mon frère !

— Non, c'est moi, la femme la plus heureuse au monde.

— Oh mon Dieu, tu vois dans quel état tu me mets ? En plus, je suis enceinte, Lib ! Je ne suis pas responsable de mes hormones.

— Je suis contente de te rendre heureuse.

Je lui prends la main en me retournant, ce qui ne fait que déclencher une nouvelle cascade de sanglots, tellement forts cette fois-ci que je cours lui chercher un verre d'eau dans la pièce principale.

En me voyant dans ma robe, ma mère et Bogdan poussent un soupir flatteur et Cass hurle de jalousie (ce qui est sa façon de manifester son admiration), mais le temps presse. Dès que Nora a bu son eau et s'est mouchée une douzaine de fois, nous nous dépêchons tous les cinq d'entrer dans le taxi blanc qui nous attend. Cass continue ses fentes à chaque pas pour maximiser l'effet tonifiant.

On me laisse généreusement la place la plus confortable, entre Cass et Nora, avec ma mère et Bogdan en face. Et ce n'est que maintenant, alors que je suis en chemin, que je commence à avoir des papillons dans le ventre. Parce que ces trois derniers mois ont été un tel bonheur que je n'ai même pas ressenti l'ombre d'un soupçon de nervosité à l'approche du grand jour. Mais là, tout de suite, sachant que les gens m'attendent aux Metro Gardens… que mon père sera là, que tout le monde me regardera, qu'Olly me verra pour la première fois en robe de mariée… je suis plus troublée que je ne l'aurais cru. Je suis simplement soulagée que ça circule bien, sans le stress des bouchons du samedi après-midi qui pourraient nous mettre en retard. Le taxi file sur Clapham Common Southside. On est presque arrivés quand ma mère commence à avoir les larmes aux yeux (même si je ne peux pas m'empêcher de la soupçonner de vouloir rivaliser avec le torrent de larmes de Nora et les reniflements suspects de Bogdan), et je suis en train de me demander si Cass va placer la barre encore plus haut en simulant une crise d'hystérie et en se jetant par terre, quand quelque chose attire mon attention.

On est en train de passer devant le Grignotis, le restaurant d'Olly, et Olly lui-même est juché sur une échelle dangereusement instable, un pinceau à la main.

Tellement instable, en fait, que quand le taxi s'arrête au feu rouge à côté je vois l'échelle vaciller sous son poids et menacer de…

— Il va tomber !

Avant que ma suite éplorée puisse m'arrêter, j'ouvre la portière du taxi et, sans me soucier du danger, je saute au milieu des voitures pour me précipiter vers mon futur mari.

Mais j'arrive trop tard : l'échelle est bel et bien tombée, Olly a fait une chute de trois mètres et a atterri sur les fesses.

— Aïe ! glapit-il.

Puis, l'air abasourdi, il ajoute :

— Libby ?

— Oh là là ! Ça va, Olly ?

— Oui, je crois… J'ai mal aux fesses.

Il jette un coup d'œil à sa belle chemise blanche.

— Oh merde.

Il y a une énorme tache de peinture noire pile au milieu, souvenir du pinceau qu'il avait à la main quand il est tombé et qui gît à présent sur le trottoir à côté de lui.

— Tout ça, c'est la faute de Bogdan, commente-t-il.

— Libby ! appelle justement l'intéressé depuis le taxi. Qu'est-ce que tu fabriquer ? Ça porte terrible malchance qu'homme voie mariée avant cérémonie !

— Tu sais quoi, Bogdan ? rétorque Olly, l'air furieux, en se relevant. Ce qui porte malheur, c'est que le marié t'embauche la veille du mariage pour changer le nom du restaurant ! Ça, c'est la poisse !

Il désigne l'endroit où le mot *Grignotis* est habituellement peint au-dessus de la devanture en verre.

Désormais, le panneau affiche Chez Libby.

Ou plutôt, Shez Libby.

— Il y a problème ? demande Bogdan, l'air indigné.

— Oui ! J'ai remarqué le *s* en partant il y a cinq minutes, après avoir vérifié que tout était en place pour la réception, rétorque Olly en fusillant Bogdan du regard. Merde, Bogdan ! Tout devait être parfait pour… pour toi, conclut-il en me regardant soudain.

Toute son exaspération disparaît, remplacée par une expression d'adoration béate.

— Mon Dieu, Libby, murmure-t-il au bout d'un instant. Tu es… Waouh.

— Tu n'es pas trop mal non plus.

C'est un euphémisme. En fait, comme dirait Dillon s'il ne s'agissait pas d'Olly, son ennemi juré, et comme *je* le dirais si ma robe blanche à la Grace Kelly ne me poussait pas à la retenue, c'est une bombe atomique. La chemise blanche tachée moule son torse musclé, et je vois déjà que ce sera encore mieux quand il aura remis son élégante veste anthracite. Ses cheveux… bon, ils sont encore un peu en bataille, pour être honnête, mais j'ai très envie d'y passer la main, et son beau visage franc est légèrement hâlé par le soleil, inhabituel pour la mi-mars, de ces dernières semaines.

Olly. Mon Olly. Celui qui sera très, très bientôt mon mari.

— Tu n'étais pas obligé de changer le nom du restaurant et de repeindre la façade juste pour moi, dis-je, soudain timide.

— Oh ! Libby, ma chérie. Je voulais simplement te faire la surprise quand on arriverait tout à l'heure.

Il me prend les mains.

— Je m'étais toujours dit que ce restaurant porterait ton nom, alors quel meilleur moment pour réparer les choses que celui où on devient mari et femme ?

Il marque un temps d'arrêt, puis ajoute en riant :

— Ouh là. Ça fait très adulte, ce que je viens de dire, non ?

Avant que je puisse répondre, on m'appelle à nouveau depuis le taxi.

— Ma chérie, honnêtement, ça porte malheur qu'Olly te voie avant la cérémonie, crie ma mère. J'ai vu et ton père, et celui de Cass avant mes mariages, et ça s'est très mal fini ! Evidemment, le tien était un vrai connard, et l'autre…

— Salut, Marilyn ! intervient Olly.

Il prend virilement la situation en main, comme toujours avec ma famille compliquée. Il m'attire même un peu plus près de lui, comme pour signaler instinctivement à ma mère qu'il ne la laissera pas m'enquiquiner, et surtout pas aujourd'hui.

— Vous êtes tous très beaux, au fait ! Mais vous savez quoi ? Si Libby est d'accord, on va faire le reste du chemin à pied tous les deux, et on vous retrouve là-bas.

Il me jette un coup d'œil.

— Je ne sais pas ce que tu en penses, Lib, mais à mon avis on a déjà eu assez de malchance pour pouvoir se moquer de ce genre de superstition.

Il me caresse doucement la main.

— Ensemble, on est prêts à affronter n'importe quoi, non ?

Je lui souris.

— Si.

— Oh ! dit-il, l'air soudain inquiet. Sauf si tes chaussures posent problème… ?

C'est pour ça qu'on épouse un homme comme Olly. Il pense à ce genre de détails. En fait, il pense à moi avant tout le reste.

Je me mets sur la pointe des pieds (mais c'est presque inutile, parce que je porte des talons assez problématiques, que Marilyn adorerait autant qu'Audrey et Grace les désapprouverait) et je dépose un baiser sur ses douces lèvres.

— Je serais ravie de marcher avec toi. Allons-y.

Les grognements de la majorité des occupants du taxi

(mais pas Nora, qui a recommencé à sangloter) sont heureusement interrompus par le chauffeur, qui prend les choses en main et repart pour les quelques centaines de mètres qui restent à parcourir.

Pour l'instant, nous sommes seuls.

Olly jette un œil à sa chemise tachée.

— Oh merde… Tu crois que je devrais demander à un serveur de me prêter sa chemise ?

— Non. Tu es parfait comme tu es, Olly.

— Toi aussi.

Il me contemple à nouveau d'un air émerveillé.

— Mince, Libby, je suis l'homme le plus chanceux au monde, non ?

— Oh ! je ne sais pas. Tu es peut-être l'homme le plus chanceux de Clapham…

— Mieux que ça, Lib ! Au moins le plus chanceux de Londres, d'accord ?

— Huit millions d'habitants à Londres… dont une moitié d'hommes… OK. Je veux bien admettre que tu es l'homme le plus chanceux de Londres.

— Eh oui.

— Et je suis la femme la plus chanceuse.

Il fait un grand sourire. Je n'ai jamais vu son beau visage aussi vivant.

— Et si on se mettait d'accord pour dire que malgré tout, nous sommes devenus le couple le plus chanceux de Londres ? Parce que franchement, Lib, ce matin, je pensais à tout ce qui a failli nous en empêcher…

Il a un petit frisson.

— Tu sais que je ne suis pas croyant, mais parfois je me dis qu'il devait y avoir quelqu'un qui nous soutenait, quelque part. Tu ne penses pas ?

Je pense au Chesterfield, installé dans le nouveau bar à ongles de Bogdan, et j'acquiesce vigoureusement.

— Oui, tout à fait, Ol. Il y a quelqu'un qui veille sur nous. Et peut-être même plusieurs personnes.

— Mais on a fini par y arriver.

Il m'attire encore plus près de lui et me prend par la taille.

— Mieux vaut tard que jamais.

Je l'imite, glissant les mains dans le creux de son dos. Mon corps explose de désir et frissonne de satisfaction simultanément. Je suis vaguement consciente qu'une passante d'un certain âge vient de soupirer tout haut en voyant une mariée en robe de princesse et un marié élégant, bien que couvert de peinture, enlacés au beau milieu de Clapham High Street.

— Sans aucun doute. Et tu sais quoi, plus j'y pense, plus je me dis que ça devait se passer comme ça. Evidemment, on aurait pu être ensemble depuis des années…

— … si je ne m'étais pas censuré à chaque fois que je voulais te dire quelque chose…

— … si je n'avais pas été infichue de voir ce qui me pendait au nez…

— … si je ne m'étais pas convaincu que ce n'était pas une bonne idée à chaque fois que j'ai eu envie de t'attraper et de t'embrasser…

— … si j'avais arrêté de tourner en rond et d'essayer de vivre un conte de fées romantique digne de Hollywood avec des hommes qui n'étaient pas les bons, eh bien, le résultat n'aurait pas été aussi parfait. Parce qu'on n'est jamais conscient de la chance qu'on a tant qu'on n'a pas cru tout perdre.

Olly hoche la tête, puis répond doucement, en appuyant son front contre le mien :

— Mais crois-moi, j'ai toujours été conscient de la chance que j'avais d'être avec toi, Libby. Ma meilleure amie. Mon grand amour. Mon âme sœur.

Il pose alors ses lèvres sur les miennes et commence à m'embrasser, rendant ce moment encore plus magique qu'il ne l'était déjà.

Mieux encore, quelques instants plus tard, nous nous écartons et, main dans la main, nous empruntons la rue ensoleillée vers le jardin où, après toutes ces années, nous allons enfin devenir mari et femme.

Dans le genre happy end romantique digne de Hollywood, je ne crois pas qu'on fasse mieux.

Où qu'elles soient, et d'où qu'elles soient venues, j'espère que mes trois grandes héroïnes romantiques sont fières de moi.

Sous le charme de Libby ?

Découvrez les autres tomes de la trilogie !

Quand la sœur spirituelle de Bridget Jones se fait coacher par trois icônes hollywoodiennes

Audrey Hepburn, Marilyn Monroe et Grace Kelly : le bon vieux canapé Chesterfield de Libby Lomax a l'art de faire apparaître des actrices dans son salon… Les divas hollywoodiennes vont fondre pour cette héroïne aussi gaffeuse qu'attachante et partager avec elle conseils et secrets de réussite. Il faut dire que Libby n'est pas exactement une fille stable. Trois stars ne seront pas de trop pour inspirer et coacher « Lib » dans tous les domaines… surtout amoureux !

Moderne, drôle, pétillante : la trilogie de Lucy Holliday est disponible chez

Composé et édité par HarperCollins France.

Achevé d'imprimer en février 2017.

CPI
BLACK PRINT

Barcelone

Dépôt légal : mars 2017.

Pour limiter l'empreinte environnementale de ses livres, HarperCollins France s'engage à n'utiliser que du papier fabriqué à partir de bois provenant de forêts gérées durablement et de manière responsable.

Imprimé en Espagne.